LE SEVRAGE DE *Seb*

Les Hommes du Maine TOME 3

K.C. WELLS

Ceci est une œuvre de fiction. Les personnages, lieux et événements décrits dans ce récit proviennent de l'imagination de l'auteure ou sont utilisés fictivement. Toute ressemblance avec des personnes, des lieux ou des événements existants ou ayant existé est entièrement fortuite.

Avertissement

Le contenu du livre convient à un public averti. Il contient un langage graphique, des scènes de sexe explicites et des situations destinés aux adultes.

DÉDICACE

Pour Jack Parton

Un appel via Skype alors que je galérais à trouver des idées pour Le sevrage de Seb *a suffi à ce que, soudainement, je sache où emmener ce roman.*

Merci pour ces deux merveilleux road trips *à travers le Maine et pour l'inspiration que tu m'as donnée.*

Les hommes du Maine

Levi, Noah, Aaron, Ben, Dylan, Finn, Seb et Shaun.

Huit copains qui se sont rencontrés au lycée à Wells, dans le Maine.

Malgré des passés et des choix différents, une chose est toujours aussi solide après les huit années écoulées depuis la fin de leurs études : leur amitié. Vacances, mariages, enterrements, anniversaires, fêtes en tout genre ; ils saisissent le moindre prétexte pour se retrouver. C'est l'occasion de parler de ce qui se passe dans leurs vies, et plus particulièrement dans leurs vies amoureuses.

Au lycée, ils savaient que quatre d'entre eux étaient gays ou bi, ce n'était donc peut-être pas une coïncidence qu'ils se soient rapprochés de la sorte. Au fil des ans, des révélations et des prises de conscience ont eu lieu, certaines plus surprenantes que d'autres. Ce que les sept autres ignoraient, cependant, c'était que Levi était amoureux de l'un d'entre eux…

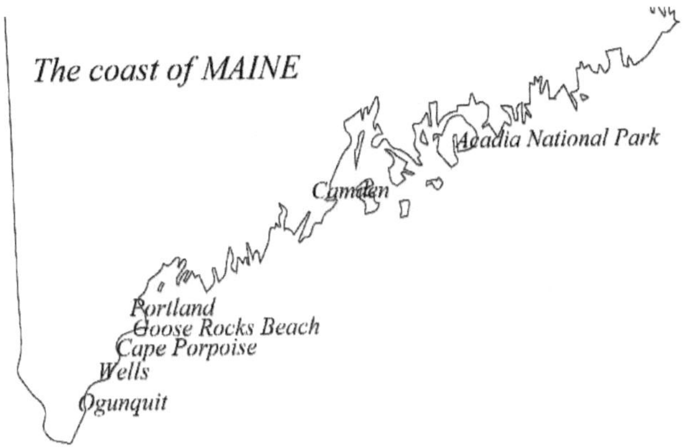

The coast of MAINE
Acadia National Park
Camden
Portland
Goose Rocks Beach
Cape Porpoise
Wells
Ogunquit

PROLOGUE

Extrait de Le boss de Ben :

— Putain de merde, j'arrive pas à y croire !

— Seb, l'avertit Ben. Tu vas réveiller Mamie. Ramène-toi là. Qu'est-ce qui se passe ?

Seb s'approcha de leurs chaises, les poings serrés, les cheveux en bataille.

— C'est ma mère qui vient de m'appeler.

Sa poitrine se soulevait au rythme effréné de sa respiration.

— Doucement, gars, lui intima Ben, qui ne l'avait jamais vu dans un tel état. Maintenant, dis-nous ce qu'il y a… calmement.

Seb fournit un effort évident pour obéir.

— Mon oncle Gary s'est pété le *bassin*, putain, voilà ce qui se passe.

Il se passa les doigts dans les cheveux, et ce n'était pas la première fois, selon Ben.

Celui-ci fronça les sourcils.

— Vous êtes proches, tous les deux ? C'est pour ça que tu es tout retourné ?

Sauf que Seb n'avait pas l'air retourné, il avait l'air *furieux*, au point même de trembler très visiblement de rage.

— Non, on l'est pas… Enfin, on l'a été, quand j'étais gosse, mais je ne le vois plus autant. On s'est éloignés. Et le truc, c'est que ma mère est allée lui dire que j'allais l'aider. Parce qu'apparemment, je suis le seul en mesure de le faire.

— On ne comprend rien, l'avertit Ben.

Seb s'assit sur la chaise la plus proche et se pencha en avant, la tête dans les mains.

— J'avais des projets, bordel de merde. J'avais prévu de me détendre, de m'envoyer en l'air et de m'envoyer en l'air encore un peu plus…

Il prit une profonde inspiration.

— L'oncle Gary a une entreprise de pêche dans un petit village le long de la côte. Cape Porpoise. C'est mignon, hein ? C'est exactement tout ce que le nom indique : trop chou, pittoresque, idyllique et complètement mort. Genre, y a pas un chat, parce qu'il s'y passe que dalle. Et ma mère lui a dit que je pouvais passer le reste des grandes vacances avec lui pour m'occuper de son business.

Ben se mordit la lèvre.

— *Toi*, tu vas pêcher ?

Il ne devrait pas en rire. Il ne fallait pas.

Mais putain, c'était hilarant.

Seb releva brusquement la tête, les yeux écarquillés.

— C'est pas drôle, enfoiré.

— Ça l'est de mon point de vue. Je me souviens quand tu étais plus jeune, l'été que tu as passé là-bas. C'est ce que vous faisiez en famille, non ? Chacun votre tour, vous serviez de matelot sur le bateau.

Ben était tout sourire.

— Tu n'as pas arrêté de t'en plaindre et tu as juré que c'était la dernière fois qu'on t'obligeait à mettre les pieds sur un bateau de pêche.

Seb semblait en état de choc.

— Tu veux savoir le pire ? C'est que je vais le faire pour *que dalle*. Tu aurais dû entendre ma mère. « Tu es enseignant, tu vas déjà toucher un salaire. Tu n'as pas besoin de cet argent. » Genre, j'ai les poches pleines.

« Fais ça pour lui, » qu'elle dit. Mais bien sûr. Vous me voyez vraiment me lever aux premières lueurs du jour pour monter sur un bateau et jouer les marins d'eau douce ? Parce que je ne servirai à rien.

Il se redressa.

— Vous savez quoi ? Je ne vais même pas y penser. Parce que ce serait comme de capituler, et c'est hors de question. Gary n'a qu'à se trouver un autre sous-fifre.

Il se releva.

— Désolé, les gars, je me tire. Ce coup de fil m'a laissé un sale goût dans la bouche. Je vous appelle bientôt.

Sur ce, il retourna à l'intérieur d'un pas hâtif.

CHAPITRE PREMIER

Le 13 juin

Quoi que Seb Williams ressente en cet instant précis, ça allait bien au-delà de la colère. Et il n'avait fallu qu'un coup de fil de sa mère pour en arriver là.

Il retourna d'un pas rigide dans la maison et se retint de justesse de claquer la porte parce que la partie logique de son cerveau se manifesta et lui fit réaliser qu'il réveillerait Mamie s'il faisait une chose pareille.

Mais quel culot elle a ! Il n'arrivait toujours pas à croire qu'elle ait osé lui dire tout ça. *Oncle Gary a dû la pousser. C'est pour se venger, voilà tout. Se venger de la fois où il m'a traîné sur son rafiot quand j'étais gosse et que j'ai dégueulé partout sur le pont.* Eh bien, pas question, *putain*, de passer les vacances d'été, vacances qu'il attendait depuis si longtemps, dont il avait tant rêvé, non *fantasmées*, à nettoyer des bouées, réparer des appâts, remonter des pièges et entraver des pinces de homard. Il était horrifié à la simple idée qu'il *sache* toutes ces conneries. Ces tâches étaient marquées au fer rouge dans sa mémoire.

Oncle Gary m'a marqué à vie.

Levi sortit de la cuisine au moment où Seb attrapait sa veste de l'un des crochets près de la porte.

— Hé, y a un problème ?

Seb se força à prendre une grande inspiration avant de répondre.

— Mon pote, ta fête était géniale, mais faut que je me tire. Je viens d'avoir un coup de fil vraiment pas chouette de ma mère et, si je reste, je vais gâcher la soirée de tout le monde. Je t'appelle, d'accord ?

Aussitôt dit, aussitôt fait ; il se dirigeait déjà vers sa

voiture, soulagé de ne pas avoir passé la journée à boire. Sa dernière bière remontait à deux heures et le coup de téléphone aurait dessoulé n'importe qui en un clin d'œil.

Il déverrouilla la portière, s'installa derrière le volant et résista au besoin de décompresser en hurlant. *Va te faire foutre, oncle Gary ! Pas* question *que tu me gâches mon été.* Son portable vibra et il remua sur son siège en essayant de le sortir de la poche de son jean.

— Tu n'as rien oublié ? demanda Levi lorsqu'il décrocha.

— En dehors de mes bonnes manières ? Je ne crois pas.

Il n'aurait pas dû partir comme ça.

— Pas même tes invités d'un soir ? Ben, Dylan et Aaron n'étaient pas censés passer la nuit chez toi ?

Oh putain.

— Merde, si.

Il les avait complètement zappés. *Bah oui, c'est pour ça que tu n'as pas bu de la soirée, ducon.*

Avant qu'il ait pu prononcer le moindre mot, Levi ajouta :

— Écoute, ne t'en fais pas pour eux. Ils peuvent passer la nuit ici. Je vais préparer le lit de la chambre d'amis.

Quel amour.

— Tu n'es pas obligé.

— Bien sûr que si. Je ne crois pas que tu sois d'humeur à jouer les hôtes. Envoie-moi un message quand tu seras rentré, tu veux ? Que je sache que tu ne t'es pas planté dans un arbre ou que sais-je d'autre.

— Si tu veux. Merci, Levi.

Il raccrocha. *Merci Seigneur de m'avoir envoyé Levi.* Il se souvint soudain des autres projets du week-end. Les copains étaient censés manger chez lui le lendemain midi.

On verra. S'il réussissait à changer d'humeur, pourquoi pas ?

Le trajet du retour jusqu'à Ogunquit se passa dans un silence presque total, en dehors de quelques « Putain ! » emplis de violence par-ci par-là. Le temps qu'il arrive à la maison, sa rage bouillonnante n'était plus que frémissante.

Pas la peine de me mettre dans tous mes états. Je vais juste dire à l'oncle Gary que ce n'est pas possible, quoi que ma mère ait pu lui promettre. Seb avait trimé dur toute l'année. Il avait besoin de recharger ses batteries et vu l'état dans lequel il était, il lui faudrait jusqu'à la fin août pour y parvenir.

Il ouvrit son réfrigérateur et se prit une bouteille de bière. Quand son portable se mit à vibrer sur la table, il y jeta un œil avec appréhension. *Si c'est maman, je ne crois pas que je pourrais tenir ma langue.* Sa respiration se calma lorsqu'il vit qu'il ne s'agissait pas d'elle ; c'était un numéro inconnu. Seb attrapa le téléphone, appuya sur « Décrocher » et attendit que son interlocuteur, qui qu'il soit, parle en premier. Si c'était un indésirable, son humeur était idéale pour l'envoyer péter.

— Seb ? T'es là ?

Il reconnut immédiatement la voix de son oncle.

— Salut, tonton Gary.

Eh merde. Apparemment, son cas allait empirer bien vite.

Un rire sarcastique emplit ses oreilles.

— Bon sang, gamin, t'es un peu vieux pour ces conneries de « tonton ». Appelle-moi Gary.

Sa voix semblait tendue.

Seb était bien d'accord : il avait l'impression

d'avoir de nouveau huit ans.

— Maman m'a appelé pour dire que tu avais chopé la guigne.

Il tira une chaise de sous la petite table de la cuisine et s'assit.

Gary lâcha un rire nasal.

— Putain, on peut dire ça, ouais. Excuse-moi d'avance si mon putain de langage offense tes oreilles délicates.

Malgré son humeur, Seb éclata de rire. Gary n'avait pas changé.

— Et donc, comment tu as fait pour te casser le bassin ? Attends, dis rien. Tu as glissé sur un poisson. Oh, je sais ! Un homard t'a fait un croche-pied.

— Ah, ah. Petit comique. Je me suis planté sur ma saleté de moto. Et c'est pas une cassure, c'est une fissure. On peut compter sur ta mère pour exagérer la chose, bon Dieu de merde.

Seb entendit une voix étouffée à l'autre bout de la ligne, suivie par un grognement de la part de Gary.

— Non, j'ai pas l'intention d'arrêter de jurer dans ma propre barraque. Sacré nom de Dieu, femme, tu vas m'avoir dans les pattes pendant huit semaines, voire plus. Tu ferais mieux de t'y habituer, parce que je refuse de m'en passer.

— Qui est avec toi ?

Gary grommela.

— Ta tante Annie ; elle me casse royalement les couilles !

Seb entendit tata Annie lever la voix, puis ce qui ressemblait à des coups.

— Salut, Seb. Annie à l'appareil.

— Tu viens de te battre contre Gary pour le téléphone ?

— Cette vieille bourrique, répondit-elle, mais il sentit très clairement l'affection dans son ton.

— C'est grave ?

— Assez pour qu'ils aient dû le rafistoler avec des vis. Et n'écoute pas un traître mot de ce qu'il raconte. Une fissure, mon cul, oui.

Elle gronda.

— Voilà qu'il m'a contaminée avec ses injures. Cinq minutes dans les parages et je me mets à jurer comme un charretier ou un marin plutôt. Ce dont il a besoin, c'est de repos total, au lit. Les médecins disent que ça pourrait prendre de huit à douze semaines pour qu'il s'en remette complètement, alors je l'emmène chez moi. Il ne peut pas rester ici. De toute façon, tu auras déjà bien assez de pain sur la planche comme ça sans devoir jouer les infirmières pour un vieux schnoque…

— Hé !

— Oh, boucle-la. Tu sais que j'ai raison. En plus, si tu restes, tu vas passer ton temps à surveiller tout ce que fait Seb. Tim sait ce qu'il fait, compris ?

Seb capta les bougonnements de Gary qui acquiesçait à contrecœur.

— Tu vois, tout va bien. Tu laisses Tim gérer, Seb fera ce qu'on lui demande pendant que *toi*, tu te remets sur pied.

Une autre pause.

— Va me faire un thé ! beugla Gary.

La voix d'Annie faiblit tandis que Gary poussait un soupir.

— Elle veut bien faire. Je sais pourquoi elle est comme ça. Tous tes cousins ont quitté le nid et elle a besoin de *quelqu'un* à materner, tu vois ? Et elle prendra bien soin de moi, je le sais.

Si vous n'en venez pas à vous entretuer.

— T'as mal ?

— Tu rigoles ? Ils m'ont refilé de ces antidouleurs qui me donnent l'impression de planer, du moins tant qu'ils agissent.

Un nouveau silence.

— Écoute, je suis désolé de t'imposer ça. Tu es le seul à qui je pouvais demander.

Seb poussa un lourd soupir.

— Je comprends. Maman m'a déjà déblatéré l'argument du « tu as tout l'été de libre ». Et Annie a raison. Elle pourra prendre bien soin de toi.

— Alors à quelle heure tu pourrais être là demain matin ?

Minute… quoi ?

— Pardon ?

— J'ai des trucs à te dire avant qu'elle m'enlève sur son balai magique.

La voix d'Annie vrombit dans le lointain.

— Ferme-la toi-même. Je cause avec Seb et c'est important. Donc, ouais, j'ai des trucs à t'expliquer pour que tu sois prêt à commencer lundi.

Il n'en fallut pas plus pour que Seb soit de nouveau à la case colère. *On dirait que le déjeuner avec les copains est bel et bien annulé.*

— Je l'enverrai chez Bradbury demain matin avec une liste de courses. Comme ça, tu devras pas penser à la bouffe pendant un moment. Je ferai en sorte qu'elle fasse le plein des trucs de base.

Seb savait que son oncle faisait de son mieux pour atténuer le choc, mais la situation n'en était pas moins exécrable. Et il n'y avait pas trente-six solutions, s'il voulait éviter de passer pour un enfoiré sans cœur.

— Je serai là avant midi. Ça ira comme ça ?

Cape Porpoise était à une demi-heure de route d'Ogunquit, si pas moins.

— Oui, ce serait super.

Un autre soupir, puis :

— J'essaierai de ne pas assassiner ta tante Annie d'ici là.

Nouvelle pause.

— Merci, Seb. Je sais qu'on ne s'est pas parlé depuis un moment, mais…

— Repose-toi bien, on se voit demain.

Seb raccrocha, lâcha le téléphone et but une grande goulée de bière. *Eh merde. Moi qui avais dit que je n'allais pas capituler. On dirait bien que l'univers a décidé de me forcer la main.* Seb leva sa bouteille.

— L'été est officiellement annulé, annonça-t-il au reste du monde.

Il quitta la table, portable dans une main, bière dans l'autre, passa sous l'arche qui menait à son salon et s'affala sur le canapé en prenant garde à ne pas renverser. Il avisa son décor. *Voyons le bon côté des choses. Je n'ai aucune plante qui risque de mourir pendant que je suis là-bas.* Seb n'avait absolument pas la main verte. C'était bien le seul point positif qu'il arrivait à trouver.

Ça craint un max.

Son portable vibra à l'arrivée d'un SMS de Levi.

Ça va ?

Il appuya sur la touche d'appel.

— Nan, déclara-t-il avant de relayer les grandes lignes. Donc, voilà. C'est la mouise.

— Hé, il y a au moins un angle positif dans tout ça.

Seb lâcha un rire moqueur.

— Ah bon ? Pas de mon point de vue.

À l'exception de l'absence végétale, dont il ne

comptait pas parler avec Levi.

— Mais si, je t'assure. Tu vas passer l'été à te sculpter un corps de rêve. D'ici à ce que tu aies fini làbas, tu seras si musclé que tu devras tenir à distance tous les mecs qui baveront sur toi.

Il fallait bien l'avouer : Levi était un optimiste né.

— Merci pour ce détail. Je te laisse retourner à ta sauterie.

Levi gloussa.

— Quelle sauterie ?

L'estomac de Seb se contracta.

— Dis-moi que je n'ai pas plombé l'ambiance.

— Détends-toi. Presque tout le monde était déjà parti. Les derniers survivants sont dans la chambre d'amis en train de papoter autour de chocolats chauds et des cookies aux raisins et à la farine d'avoine de Mamie.

— Oh, merde, j'ai raté ça.

Elle faisait les meilleurs biscuits.

— T'inquiète. La prochaine fois que tu viens, je ferai en sorte qu'il y en ait rien que pour toi. Et puis, tu es resté plus longtemps que Finn et Joel.

Seb ricana.

— Ouais, mais ils avaient une bonne excuse pour nous fausser compagnie. Ils avaient un rencard avec une chambre d'hôtel.

— En parlant de chambre… va te reposer. Et donne des nouvelles ? Si tu as besoin de parler à quelqu'un, tu sais où me trouver. Surtout si tu as besoin de te changer les idées.

— Merci, mon pote.

Seb raccrocha.

Il posa portable et bière sur la moquette, croisa les bras au-dessus de sa tête et ferma les yeux.

La première chose qui lui vint à l'esprit fut l'éclat dans les yeux de Joel quand il regardait Finn.

Quelqu'un en a fait une chanson, de cette lumière. Rien n'était plus juste que « Lovelight ».

Quand il avait vu Finn et Joel ensemble pour la première fois au MaineStreet, Seb avait su qu'ils étaient faits pour s'entendre, mais l'anniversaire avait mis leur relation en exergue. Il n'avait jamais vu Finn aussi *heureux*. Seb n'avait cessé de leur jeter des regards au cours de la soirée, les observant tandis qu'ils étaient assis côte à côte, qu'ils discutaient, riaient et s'échangeaient *tant* de sourires.

Putain, la façon dont Joel le regarde… Une telle intimité exsudait de ce regard. Un étau se referma sur la poitrine de Seb et ses membres s'alourdirent.

Je veux la même chose.

Il voulait quelqu'un qui le *connaisse*, de part en part. Quelqu'un qui s'inquiète quand il était en colère ou qu'il avait mal ou qu'il était simplement fatigué. Quelqu'un qu'il retrouverait au bout d'une longue journée, qui lui masserait les pieds et l'écouterait geindre au sujet des petits enfoirés qui lui servaient d'élèves.

Et le fait que je n'ai pas *cette personne, est-ce que c'est à cause de moi ?*

Seb savait l'image qu'il renvoyait : un mec un peu superficiel qui ne voulait aucune attache. Ce n'était pas sa faute si les mecs qui l'intéressaient le plus (les mecs mûrs, avec quelques poils argentés) n'étaient pas du genre à s'engager. Ils cherchaient surtout à s'amuser autant que possible, alors pourquoi ne pas leur donner ce qu'ils voulaient ?

Serait-ce pour ça que ces gars-là ne vont jamais plus loin qu'un coup d'un soir ? Peut-être voyaient-ils en Seb plus qu'il ne le croyait possible, peut-être captaient-ils ses besoins et craignaient-ils qu'il leur demande trop de choses.

Sauf que Joel était du même âge et n'avait clairement pas peur de s'engager. *Il doit bien y en avoir d'autres comme lui là dehors, non ?* Seb n'avait absolument aucun doute qu'à la seconde où il était parti aux toilettes, plus tôt dans l'après-midi, l'un de ses amis avait dû noter que Joel était son homme idéal. Et c'était le cas, mais il était avec Finn.

Seb voulait un gars à lui.

Même mes amis ne connaissent pas le vrai moi. Ils me voient comme une pêche, avec une pierre à la place du cœur, mais j'ai bien plus de couches qu'un oignon.

Cela suffit à le calmer. *Ouah.* Seb n'était pas du genre à s'épancher en pensées philosophiques. *Qu'est-ce qui m'arrive, là ?* C'était peut-être d'avoir vu Finn et Joel. Quant au fait que ses amis ne le connaissaient pas, ce n'était pas vrai, plus maintenant. Cela faisait plus d'un mois que Seb avait confié à Finn un secret qu'aucun autre de la bande ne savait : s'il se contentait de plans cul, c'était parce qu'on ne lui offrait rien d'autre.

Suis-je responsable de ce qui m'arrive ? Ai-je inconsciemment dressé des barrières et des feux rouges qui me désignent comme sans attache possible ?

Tout ce dont il était sûr, c'était ce qu'il ressentait quand il observait Finn et Joel.

Il voulait la même chose.

Je ne risque pas de trouver quelqu'un à Cape Porpoise. Tout ce que je vais trouver là-bas, c'est du boulot à n'en plus finir.

Dieu soit loué pour l'invention du porno. Il avait bien l'impression que ça lui sauverait la vie au cours des prochaines semaines.

Son portable vibra et il tendit la main pour le récupérer. Lorsqu'il ouvrit le message WhatsApp de Finn, sa gorge se noua. C'était un selfie. Finn avait pris la photo en plongée et elle le montrait au lit, sous un drap blanc, Joel enveloppé tout autour de lui, endormi.

Le message contenait une seule phrase : *Tellement heureux, putain.* Comme s'il avait besoin de le préciser. Son bonheur était indéniable. Sa figure *luisait* de joie.

L'étau se resserra autour de la poitrine de Seb. Il n'en voulait pas à Finn, pas le moins du monde, d'afficher sa toute nouvelle relation dans toute sa splendeur, mais cela ne faisait que contraster davantage avec la situation de Seb.

Moi aussi, je veux être heureux.

Plus que ça, il voulait la même chose que Finn : quelqu'un qui le regarde avec la lueur de l'amour évidente dans ses yeux.

CHAPITRE DEUX

Le 14 juin

Tandis que sa voiture avançait le long de Main Street, les pires craintes de Seb se réalisaient : Cape Porpoise était un village pittoresque et calme… bien *trop* calme. Il se souvenait de ses visites, enfant, lorsqu'il se plaignait à sa mère qu'il « n'y avait rien à faire ».

Peu de choses avaient changé sur ce front.

Jusque-là, il était passé devant le Bradbury's Market, qui semblait suffisamment grand pour subvenir à ses besoins en tous genres en termes de nourriture et autres nécessités. En dehors de ça, il y avait des maisons en retrait de la route aux jardins bien entretenus et jolis parterres de fleurs, mais rien d'autre. Là où Main Street se dissolvait dans Pier Road, à travers les arbres sur sa droite, il remarqua des bateaux qui mouillaient dans le port et le soleil scintillant à la surface de l'eau tranquille.

J'imagine que si je venais là pour me détendre, ce serait parfait.

Il n'envisageait toutefois pas d'avoir beaucoup de temps à consacrer à la détente.

Il suivit Pier Road jusqu'à un passage sinueux, ralentit là où la route était la plus proche du bord de mer, tourna sur un chemin à gauche et s'engagea sur le sentier de terre qui menait chez Gary. Un sourire lui échappa lorsqu'il vit la camionnette délabrée devant. C'était la même que celle dans ses souvenirs d'enfance.

Quand j'y pense, la maison a l'air beaucoup plus petite et elle n'était déjà pas fort grande. Se garant à côté du véhicule de son oncle, Seb remarqua une seconde voiture sur le côté. Sûrement celle d'Annie. Il sortit de la sienne et grimpa les quatre marches du perron. Avant d'avoir pu frapper à la porte, cette dernière s'ouvrit sur Annie en personne, cheveux gris rasés de près, lunettes perchées au bout de son nez, exactement comme dans ses souvenirs.

— Salut, bel inconnu. Comment se passent les cours ? Tu as étranglé un marmot ou deux, récemment ?

Seb se fendit d'un sourire narquois. Gary et elle avaient un point commun : ni l'un ni l'autre n'avait le moindre filtre.

— Ça me fait plaisir de te voir aussi, Annie.

Elle l'avisa dans un froncement de sourcils.

— Et tes affaires ?

— Dans la voiture. Y a pas le feu. Tu comptes me laisser entrer un jour ? ajouta-t-il avec un grand sourire.

— Évidemment, mais baisse d'un ton. Il s'est endormi sur le canapé.

Elle s'écarta pour libérer le passage et Seb pénétra dans l'étroit intérieur. Ils se trouvaient dans la pièce principale, où la cuisine était séparée du salon par un muret.

Seigneur Dieu, quel bordel. Pas un coin n'était épargné par le capharnaüm, mais au-delà de ça, lorsqu'il réussit à faire abstraction, il put voir qu'il y avait aussi de la crasse. *C'est quand la dernière fois qu'il a fait le ménage ?* Son oncle était allongé sur le canapé, un tas de coussins en guise de soutien et un plaid pour couverture. Le divan n'était pas juste trop petit pour servir de lit, c'était l'unique siège de la pièce. Une longue table basse était posée devant et tout un tas d'établis et de bibliothèques longeait les murs.

Seb ne voyait pas une seule surface libre.

Annie lui fit signe de la suivre ; ils contournèrent à pas feutrés le convalescent et se rendirent dans sa chambre, dont elle referma délicatement la porte.

— On pourra causer, ici, dit-il à voix basse. Il a passé une terrible nuit et je voudrais qu'il se repose un peu avant de prendre la route.

Elle grimaça.

— Il va devoir passer quatre heures dans la voiture et ce sera déjà assez pénible comme ça.

Elle s'assit au bord du lit et lui indiqua de faire pareil.

— Tu enseignes toujours au Wells Jr High ?

Comme il hochait la tête, elle lâcha un soupir exaspéré.

— Mieux vaut toi que moi. Les gamins ne sont plus ce qu'ils étaient.

Seb gloussa.

— Je parie que toutes les générations disent la même. Quand j'étais à la fac, l'un de mes professeurs nous a lu un texte de quelqu'un qui se plaignait de la jeunesse de son époque. Les trucs habituels : les gosses se complaisent dans le luxe, ne connaissent plus les bonnes manières, manquent de respect aux aînés en ne se levant pas quand quelqu'un de plus âgé entre dans la pièce, contredisent leurs parents...

Annie acquiesça avec véhémence.

— Exactement ce que je disais.

— Il nous a demandé si ça nous semblait familier et un élève a répondu : oui, je croirais entendre mon grand-père. Le prof a hoché la tête, puis nous a dit que c'était de la main de Socrate et qu'il ne fallait laisser personne nous dire ce genre de choses.

Seb étudiait la pièce en faisant de son mieux pour dissimuler ses sentiments.

Bon Dieu. Cet endroit a besoin d'être récuré. Alors, il repéra l'arbre à chat beige couvert de poils.

— Gary a un chat ?

Annie renâcla.

— Il *avait* un chat. Une saloperie de sac à puces qui a rendu l'âme il y a cinq ans, mais il n'a toujours pas pris la peine de jeter cette horreur.

Elle tapota le genou de Seb.

— Vois si tu arrives à t'occuper de la saleté quand on sera partis, dit-elle en baissant encore d'un ton. J'aimerais qu'il retrouve un intérieur plus propre qu'il ne te l'a laissé.

Seb se mordit la lèvre.

— Ce ne sera pas difficile.

La voix de Gary brisa le calme :

— Tu te tapes un mec dans ma chambre ? Je m'en fous, en vrai, mais si vous pouviez rester discrets ? J'ai pas envie que les voisins se plaignent.

Une lueur étincela dans les yeux d'Annie.

— La bête est réveillée.

Elle ouvrit la porte et retourna dans le salon. Gary ne broncha pas, mais ses yeux suivirent Seb tandis qu'il approchait.

— T'es quand même venu.

Il se fendit d'une vilaine grimace ; Annie n'hésita pas une seconde. Elle saisit un flacon sur la table basse, en versa deux pilules dans sa main et les tendit à son frère en même temps qu'un verre d'eau. Seb devina que la douleur devait être insupportable pour que Gary ne proteste pas.

Le blessé plissa les yeux à l'attention de sa sœur.

— Et si t'allais nous faire du café ? Seb et moi avons à causer.

Annie haussa les sourcils.

— Bah tiens.

— J'aurais bien besoin d'une tasse, lui confirma Seb.

Il attendit qu'elle se soit retirée dans l'espace cuisine pour se percher au bout du canapé et enleva sa veste qu'il posa sur le coin de la table basse.

— Tu as besoin d'autre chose ? demanda-t-il à Gary.

Ce dernier secoua légèrement la tête avec un nouveau rictus.

— Pour demain. Suis Pier Road jusqu'à la toute fin, c'est là que Tim passera te prendre en bateau. Assure-toi d'être sur place à quatre heures trente tapantes.

Seb absorba l'information dans un clignement de paupières.

— Apparemment, je vais me coucher tôt ce soir.

Ce n'était pas vraiment une surprise. D'ailleurs, Gary n'en venait pas au but directement. *Il n'a jamais été doué pour la conversation.*

— C'est lui qui s'occupera de la navigation et de choisir où placer les pièges.

Gary focalisa son regard.

— Tu te souviens comment on prépare les appâts ?

Seb lâcha un rire nasal.

— Tu m'as obligé à piquer des ombrines et des dorades sur des aiguilles quand j'étais encore qu'un mioche, je te rappelle ? *Et* tu m'as fait plonger des balises dans l'eau bouillante pour retirer les crasses et les algues.

Gary soupira.

— Je sais que tu détestais ça, mais c'était toi le meilleur dans le lot. Tout comme tu étais le meilleur pour geindre à ce sujet.

Un éclat taquin s'empara de ses yeux lorsqu'il ajouta :

— C'est un truc de gay, c'est ça ?

— Non, mais pardon ? s'offusqua Annie depuis la cuisine. On ne dit pas des choses pareilles !

— Oh, boucle-la. J'suis chez moi, ici, je dis ce que je veux. Et au cas où tu l'aurais pas remarqué, j'ai déjà diminué les grossièretés, vu le caca nerveux que tu m'as tapé.

Il se tourna vers Seb en levant les yeux au plafond. Le jeune homme fit de son mieux pour ne pas éclater de rire.

— J'avais remarqué, rétorqua Annie. Je n'avais juste pas l'intention de le préciser, au cas où tu déciderais que tu avais déjà fait assez preuve de civilité.

Le commentaire de Gary lui avait toutefois révélé une certitude : la mère de Seb avait des choses à dire à son sujet.

— Pour en revenir à ta question : pas nécessairement. Je connais plusieurs gays qui seraient incapables de geindre, même si leur vie en dépendait.

Gary émit un borborygme évasif.

— Tim te montrera comment mesurer les prises et décider lesquelles remettre à l'eau.

Il s'éclaircit la voix avant de reprendre :

— Je vais te le dire tout de suite : tu dois garder à l'esprit qu'il vous faut attraper au moins soixante-dix kilos de homards rien que pour payer les appâts et l'essence. Donc, faudra vous donner à fond.

— Soixante-dix kilos, ça ne m'a pas l'air beaucoup, extrapola Seb en penchant la tête. Le marché n'est plus ce qu'il était ?

Gary lâcha un autre soupir.

— La dernière fois que tu es venu, le homard à carapace molle se vendait entre six et huit dollars par kilo sur le quai. Maintenant ? Cinq dollars cinquante.

— Je parie que le prix de l'essence a augmenté aussi.

Les traits de Gary se figèrent.

— Pas seulement l'essence. Celui des appâts aussi. L'été que tu as passé ici, je crois qu'un bidon d'appât se vendait trente-cinq dollars. Aujourd'hui, ça nous coûte cent quatre-vingts.

— Est-ce que tu arrives à compenser en pêchant plus de homards ?

Son oncle hocha négativement la tête.

— J'ai atteint la limite de pièges autorisés par les lois du Maine. Huit cents, pas un de plus, et on remonte une partie de ces huit cents tous les jours.

Seb le contempla avec une admiration renouvelée.

— Pourtant, tu es toujours là.

Les yeux de Gary brillaient.

— Je continuerai jusqu'à ce que j'en sois plus capable. C'est ma vie.

— Ça, c'est juste parce que t'es trop têtu pour voir plus loin que le bout de ton nez, déclara Annie en leur apportant le café.

Elle tapota l'épaule de Seb.

— Je serai dans la chambre au besoin, faut que je prépare le reste de ses valises.

Elle tourna un regard faussement hautain à son frère.

— Je ne veux rien entendre de vulgaire juste parce que tu crois que je suis hors de portée. J'ai une très bonne ouïe.

Gary indiqua un tiroir dans la table basse.

— Y a des boules Quiès juste là.

Annie roula des yeux. Elle les laissa seuls, poussant la porte de la chambre contre le chambranle sans la fermer pour autant.

Gary avisa son neveu un moment.

— Ils t'autorisent à enseigner avec une touffe pareille ?

Seb n'était pas du genre à encaisser sans mot dire.

— Je t'emmerde, répondit-il d'un ton jovial en sachant que ça titillerait Gary.

Comme de juste, ce dernier ricana.

— Bah, mon cochon, ça fait plaisir de te voir. Tu vas bien ? demanda-t-il, le front soudain plissé.

— Tu veux dire en dehors du fait de me retrouver coincé ici ?

À peine ses paroles eurent-elles franchi ses lèvres que Seb les regrettait déjà.

Gary balaya l'air d'un geste désinvolte.

— Tout est ma faute. J'allais beaucoup trop vite.

Le visage ridé se fendit d'un regard horrifié.

— Rassure-moi, tu n'avais pas prévu de partir en vacances ? Ta mère ne m'a rien dit à ce sujet.

— Détends-toi. Le plus loin que j'avais prévu d'aller, c'était la plage d'Ogunquit.

Sauf que Seb n'avait vraiment pas envie de penser à ça.

Les lèvres de Gary tressautèrent.

— Alors, je crois savoir comment tu avais prévu de passer ton été.

Seb ne retint pas ses coups :

— Tu le savais déjà, de toute façon. Vu que tu as parlé à ma mère.

Gary indiqua l'oreiller près de Seb.

— Tu veux bien me le filer ?

Seb s'exécuta et, voyant son oncle galérer pour se

le mettre derrière la tête, l'assista. Il se rassit sous le regard pensif de Gary.

— J'ai deux frères et trois sœurs, mais il a fallu que tu te coltines la seule d'entre nous qui n'aime pas les gays. Faut croire que t'as pas de chance.

Le cœur de Seb se serra.

— On n'en parle pas, c'est tout.

Ça valait bien mieux comme ça.

— T'as envie de rire ? dit Gary avec un sourire carnassier. Quand t'as dit à ta mère que t'allais devenir instit', elle m'a appelé pour se vanter que t'avais enfin retrouvé la lumière. Elle était persuadée que tu ne pouvais pas être enseignant *et* homo.

Seb le dévisagea, frappé de stupeur.

— T'es sérieux ? Mais elle l'a tiré d'où, celle-là ?

Gary caqueta.

— Ça fait bien longtemps que j'ai arrêté de sonder les méandres du cerveau de ta mère. Par contre, je lui ai demandé si tu avais quelqu'un.

Seb lâcha un nouveau rire nasal.

— Je parie qu'elle en était ravie.

— Comme un poisson dans le désert.

Le regard du vieillard se posa sur la porte de sa chambre. Il baissa d'un ton.

— Faut que je t'avoue quelque chose, mais tu dois me promettre de pas dire à ta mère que je t'en ai parlé, compris ?

Qu'est-ce que c'est que ce bordel ?

— D'accord.

Un long silence s'installa avant que Gary ne reprenne la parole.

— Quand t'avais seize ans, ta mère a essayé de trouver un endroit où t'envoyer.

Seb sentit une vague de froid l'envahir.

— Quel genre d'endroit ?

Comme s'il n'avait pas sa petite idée sur la question.

— Oh, le genre où les gens qui bossent là-bas pourraient te remettre sur le droit chemin et te faire redevenir hétéro. Elle en a trouvé quelques-uns, d'ailleurs.

Nom de Dieu.

— Dis-moi que c'est une blague.

Gary secoua la tête.

— C'est moi qui lui ai demandé de se tirer la tête du fion et de te foutre la paix. Je lui ai dit que c'était pas un choix, que t'étais comme ça, un point c'est tout. Elle a pas apprécié ma réponse. Alors, je lui ai fait comprendre que ce qu'elle envisageait s'apparentait à du lavage de cerveau et que ça pourrait te faire du tort. *Ça,* au moins, ça l'a fait se calmer un chouia.

Seb inspira difficilement. La tête lui tournait.

— Faut croire que je te suis redevable.

Gary balaya sa remarque de la main.

— C'est rien. La façon dont je vois les choses, t'es déjà en train de me remercier.

Avec intérêts. Seb ravala ses frustrations. Il savait que le gros de sa colère était dirigé contre sa mère, pas parce qu'elle avait exigé ce sacrifice, mais parce que c'était *elle* qui le lui avait demandé. Certes, il détestait la pêche avec ardeur, mais compte tenu de ce qu'il venait d'apprendre ?

Il devait une fière chandelle à son oncle.

Bon, je crois qu'il est l'heure de me comporter en adulte, de prendre sur moi et de faire ce qu'il y a à faire. Un été, qu'est-ce que c'est ? Comparé à ce que j'aurais pu perdre si maman n'avait pas changé d'avis…

La porte se rouvrit et Annie sortit de la chambre,

une valise dans chaque main.

— J'ai pris toutes tes fringues. Et la première chose dont je m'occuperai quand on arrivera chez moi, c'est ta lessive.

Gary leva les yeux au plafond.

— Pour l'amour du ciel, femme. Il t'arrive de pas faire chier les autres ?

Son regard croisa celui de Seb.

— Je commence à croire que c'est vraiment pas une bonne idée.

— Eh bien, comme ça, on est deux, rétorqua Annie.

Seb leva les mains en signe d'apaisement.

— C'est moi qui vais devoir jouer les chaperons, c'est ça ? Vous allez vivre sous le même toit pendant deux mois, voire plus. La bonne idée, ce serait d'au moins essayer de vous supporter.

Il adressa un regard entendu à son oncle.

— Alors, tu ferais bien de ralentir la cadence niveau jurons.

Et de se tourner vers Annie :

— Et *toi*, tu vas devoir te montrer un peu plus indulgente.

Sa tante ouvrit et referma la bouche, coite. Elle finit par toussoter.

— Je vais les mettre dans la voiture.

Elle franchit la porte d'entrée, qu'elle claqua derrière elle.

Les yeux de Gary luisaient.

— Eh bien, regardez-moi ce grand garçon.

Il soupira et reprit :

— Je sais que je l'ai déjà dit la nuit dernière, mais ça vaut la peine de le répéter. Merci d'avoir accepté.

Seb retint un sourire.

— Je crois que je vais me la couler bien plus douce que toi.

Annie réapparut et se planta au pied du canapé, les mains sur les hanches.

— À nous deux, on devrait pouvoir l'aider jusqu'à la voiture.

Gary la fusilla du regard.

— Bon Dieu, je suis juste là. Et j'ai encore mes jambes, au cas où tu l'aurais pas remarqué.

Annie s'adressa à Seb :

— Tu vois ce que je voulais dire ? Une vieille bourrique.

Selon Seb, c'était bonnet blanc et blanc bonnet.

Trois heures après le départ de son oncle et sa tante, Seb était sur les rotules. Après avoir retiré les draps du lit et les avoir mis à laver, il s'était attaqué au reste du ménage. Cinq énormes sacs poubelle attendaient désormais dehors d'être ramassés, ainsi qu'un arbre à chat mal en point ; il avait déblayé l'ensemble du fouillis avec l'intention de récurer toutes les surfaces.

C'était là qu'il s'était confronté à un problème. Il n'y avait pas un seul produit d'entretien dans la maison. *T'es sérieux, putain, Gary ?*

Seb jeta un œil au tableau d'affichage de son oncle. Parmi les reçus pour appâts, pour essence et pour prises qui y étaient punaisés (et qui semblaient être l'unique système de classement du vieux briscard) se trouvait un dépliant pour le Bradbury Brothers Market. Ça fermait à dix-neuf heures le dimanche et le magasin était à moins de cinq minutes à pied.

J'ai besoin d'air, ça tombe bien !

De toute façon, quelles étaient les chances qu'il tombe sur un beau gosse en train de faire lui aussi ses courses ? Seb éclata de rire.

Zéro putain de chance, voilà la réponse.

CHAPITRE TROIS

Marcus Gilbert se servit une tasse de café et alla s'installer au salon pour observer son jardin. Tout était tranquille, en dehors des écureuils qui couraient de-ci de-là et les oiseaux qui chantaient à tue-tête dans les arbres entourant la maison de trois côtés. La journée de Marcus avait commencé comme toutes les autres : assis dans son grand fauteuil en face de la baie vitrée, une tasse de café à la main tandis qu'il profitait du moment pour apprécier la quiétude. En fin d'après-midi, il revenait au même endroit pour savourer les rayons du soleil.

Son portable vibra et Marcus soupira. *Tu parles de quiétude, oui.* Il sortit l'appareil de la poche de son jean et avisa l'écran. C'était un texto de Nick.

Alors, tu en penses quoi ? Ça te plaît ?

Nick n'avait pas pour habitude d'être aussi mystérieux. Marcus composa une réponse : *Qu'est-ce qui est censé me plaire ? Et bonjour à toi aussi.*

Le message de Nick arriva quelques secondes plus tard à peine : *Mon paquet.*

Marcus faillit cracher son café sur la vitre. Il reposa la tasse et appuya sur le bouton d'appel.

— Ton mari est au courant que tu demandes l'avis d'autres mecs sur ton « paquet » ?

Nick s'esclaffa.

— OK. J'avoue que j'aurais pu mieux tourner ma réponse. Le paquet que je t'ai envoyé. Il te plaît ?

— Quel paquet ?

Nick lâcha un gémissement d'impatience.

— Celui pour lequel j'ai reçu une notification hier m'avertissant qu'il avait été livré ?

Alors seulement Marcus réalisa-t-il qu'il n'avait pas vérifié sa boîte aux lettres depuis plusieurs jours.

— Oups. Laisse-moi le temps d'aller voir.

Il quitta son fauteuil, traversa la maison et franchit la porte d'entrée. Bien que ce soit un bel après-midi du mois de juin, il y avait du mordant dans l'air. La boîte aux lettres était bien ouverte et il pouvait voir plusieurs objets en dépasser.

Heureusement que j'ai des voisins qui respectent la loi. Encore que Marcus ne s'attende pas à moins des habitants de Cape Porpoise. Il s'empressa de récupérer les enveloppes et trouva un gros paquet en carton brun fourré au fond de la boîte en métal noir. Une fois de retour chez lui, il reprit le téléphone qu'il avait laissé sur le comptoir de la cuisine.

— Oh, on dirait que j'ai du courrier, plaisanta-t-il.

De prime abord, le reste était adressé à ses parents, quand il ne s'agissait pas de prospectus qui finiraient à la poubelle. *Oh, là, mon grand. Il existe cette petite chose appelée « recyclage », tu te souviens ?*

Nick rigolait.

— Ça alors. Je me demande bien de qui ça vient ?

L'emballage affichait le mot « Fragile ».

— Bon Dieu. Qu'est-ce que tu m'as envoyé ?

Il déchira la vignette autocollante pour ouvrir le colis. Un tas de papier bulle en sortit, ainsi qu'un paquet plus petit lui aussi enroulé dans du plastique. Marcus mit le haut-parleur, attrapa un couteau de son support et taillada l'emballage. Perplexe, il fixa les objets qu'il venait de découvrir.

— Nick, pourquoi m'as-tu envoyé des huiles essentielles et un diffuseur d'aromathérapie ?

C'était un *très bel* appareil, fabriqué dans ce qui ressemblait à de la stéatite, dans un modèle découpé qui produirait, à n'en pas douter, un superbe effet une fois le chauffe-plats allumé à l'intérieur.

— Hé, j'ai choisi ces cinq huiles avec grand soin. La lavande permet de déstresser, le bois de santal calme les nerfs et aide à la concentration, la rose réduit l'angoisse, la camomille joue sur l'humeur et la relaxation et le jasmin, ça… te transporte.

— Je vois comme un message, là, avoua Marcus, touché. Merci.

— Alors… comment tu vas ?

— Ça va.

Face au silence qui accueillit sa réponse, il soupira.

— Je t'assure, tout va bien. J'avais l'intention de t'appeler pour te remercier.

— En quel honneur ?

— De m'avoir convaincu de briser le cercle vicieux. De ne pas rester à New York à espérer que ma vie change.

Et quand Marcus avait fait la sourde oreille, Nick avait persisté, parce que c'était ça, les vrais amis. *Moi qui croyais en avoir à la pelle.*

Désormais, Marcus pouvait les compter sur les doigts d'une seule main.

— Ravi de l'entendre, dit Nick d'une voix chaleureuse. Juan se faisait un sang d'encre. Et je sais que je t'ai dit d'appeler si tu avais besoin de quoi que ce soit, mais voyant que je n'avais pas de nouvelles… je me suis dit que tu n'avais besoin de rien.

— Excuse-moi.

Il avait *réellement* eu l'intention d'appeler, mais ça lui avait échappé. *J'étais trop occupé à me reprendre en main.* Ce qui était une excuse bien merdique, puisque c'était grâce à l'intervention de Nick qu'il allait à présent largement mieux.

Marcus récupéra sa tasse et retourna au salon. Il dut sourire en voyant un écureuil qui l'épiait par la fenêtre. Comme Marcus approchait pour reprendre place sur son fauteuil, l'animal fila dare-dare dans les bois.

— Alors, dis-moi ce que tu deviens, tout là-bas dans le Maine ?

Marcus se remit à l'aise contre le dossier du fauteuil.

— Le premier mois, je n'ai rien fait à part dormir. Oh, et marcher. J'ai marché à m'en décrocher les jambes.

D'après ses estimations, il avait dû arpenter chaque centimètre carré de Cape Porpoise en avril et en mai. Fascinant, tout ce qu'il y avait à voir quand on n'était pas coltiné derrière la vitre d'une voiture.

— Eh bien, si tu as besoin de dormir… On dirait que mon cadeau ne va te servir à rien. À ta voix, j'ai l'impression que tu es beaucoup plus détendu.

— Comme je t'ai dit, je vais bien.

La maison lui avait offert exactement ce dont il avait besoin : un espace calme et sûr pour se retrouver, recharger ses batteries, se renouveler…

— Elle est comment ? La maison, j'entends.

— Je suppose qu'on pourrait la qualifier d'originale.

C'était du moins toujours comme ça que Marcus l'avait vue.

— Elle était toute simple au début, mais il y a eu divers ajouts au fur des années. C'est le calme plat, par contre, ici. Je n'ai que des arbres à perte de vue, expliqua-t-il en avisant de nouveau le jardin.

Il avait fait ce qu'il fallait en échangeant le brouhaha de Manhattan et… ses tentations contre la tranquillité de Cape Porpoise.

— Je veux venir te voir ?

— Si tu veux, mais choisis bien tes dates. La famille va débarquer pour le 4 Juillet. Tout le monde sera là, et j'ai bien dit tout le monde. Mon frère, ses deux gamins qui seront rentrés de la fac, ma sœur, pareil pour son fils, mes cousins Rob et Lisa, leurs enfants, les petits-enfants de Lisa… et mes parents, bien entendu.

— Nom de Dieu. Elle fait quelle taille, la maison ?

— Il y a quatre chambres, un grenier et un pavillon d'été. Sans parler des innombrables canapés-lits.

Être entouré de sa famille, ce serait un peu comme retourner en enfance.

Marcus ne parvenait pas à se décider si l'idée le terrifiait ou l'excitait.

— Tu te sens prêt à affronter un tel comité ?

La question le fit cligner des yeux.

— Pourquoi je ne le serais pas ?

— L'un d'eux sait-il ce qui t'est arrivé ?

Bien sûr que non. Pourquoi Marcus aurait-il partagé un tel fardeau, bordel ? Il s'obligea à prendre une inspiration apaisante.

— Tout ce que mes parents savent, c'est que j'avais besoin de changer de décor et de m'éloigner de New York. C'est pour ça qu'ils m'ont proposé leur maison.

Ils ignoraient ce qui avait causé cette besoin et il ne leur dirait pas de sitôt.

— Tout ira bien.

Heureusement, il s'entendait à merveille avec sa famille.

— Donc, je peux venir avant le 4… et pour après ?

Marcus rigola.

— Ils comptent rester un moment. Certains jusqu'à août, je dirais.

— J'en parlerai à Juan pour voir si on peut trouver un créneau, mais j'ai peu d'espoir.

Le rythme cardiaque de Marcus s'accéléra.

— Je pourrais venir, moi.

Il avait soudainement la bouche sèche. Il vida les restes de son café, puis retourna à la cuisine s'en préparer un autre.

Le silence dura un certain temps.

— Tu crois que tu reviendras vivre ici, un jour ?

C'était une question que Marcus se posait beaucoup ces dernières semaines.

— Aucune idée pour l'instant. On va déjà laisser passer l'été.

Il hésita avant de plonger tête la première, le cœur battant la chamade.

— J'ai commencé à écrire un livre.

Il entendit le hoquet de surprise de Nick.

— Sérieux ? Je suis dedans ?

Marcus rit.

— Tu le seras… quand j'arriverai au moment opportun. Mais ce n'est pas ce genre de livre. C'est plus… un guide pratique. Quelque chose du genre « Lui, c'est Marcus, et il a fait ça. Ne faites pas comme Marcus. ».

Une nouvelle pause.

— J'ai lu ton article.

— Oh.

Un étau se referma sur sa poitrine et sa bouche s'assécha de plus belle.

— Comme beaucoup d'autres de tes amis.

— Oh.

Quels amis ? Marcus mourait d'envie de demander

ce qu'ils en avaient dit, mais il n'osa pas. Il avait sa petite idée, toutefois.

— Disons juste que… l'opinion publique est divisée en trois camps. Le camp des « On s'en tape, non ? », celui des « Tant mieux pour lui » et…

— Laisse-moi deviner. Le camp des « Il est complètement déconnecté de la réalité ce con » ?

— En gros, oui.

Comme il s'en doutait.

— Et toi, tu es dans quel camp ?

Comme Nick ne répondait pas, l'étau se resserra davantage autour de son cœur.

— Je vois. Tu n'as pas cru un mot de ce que j'ai dit, alors ?

— Hé, c'est toi qui as dit ne pas avoir de problème, rétorqua Nick. D'ailleurs, à New York, tu as été *catégorique* à ce sujet avant même que j'aie eu le temps d'ouvrir la bouche.

— Je te l'ai dit : tout va bien.

— Je n'en doute pas. Tout ce que je dis, c'est que j'ai vu des hommes bien sombrer, des hommes qui pensaient eux aussi s'en sortir indemnes. Merde, si *ma* propre vie s'était déroulée dans un ordre différent, mais grâce à Dieu…

L'estomac de Marcus se noua.

— Tu ressasses le passé, là.

— Ouais. Et justement, n'oublions pas un truc. J'ai *vu* l'état déplorable dans lequel tu étais. C'est moi qui t'ai dit de faire une pause. Et ça m'a vachement surpris que tu m'écoutes. Mais si tu crois que je vais gober sur parole que tu peux tout laisser derrière toi ?

Un silence encore plus long s'impose.

— Désolé, Marcus. Je n'aurais pas dû dire ça. Comprends que de ne pas avoir de tes nouvelles…

— Tu as conclu que l'histoire se répétait, c'est ça ?

Autre pause.

Marcus ne put contenir sa colère plus longtemps.

— Tu sais quoi ? C'est tout à fait *possible* de dire « Je ne veux plus de cette merde », parce que si ça ne l'était pas, ça servirait à quoi toutes ces conneries de programmes de rétablissement genre les Alcooliques Anonymes et tout ça, putain ?

— On peut changer de sujet ?

— Pas de problème, siffla Marcus qui était à *deux doigts* de raccrocher.

— Tu as déjà bien avancé dans ton livre ?

— J'ai écrit soixante-dix mille mots, jusque-là.

— Merde, c'est énorme. Ouah.

Marcus s'efforcer de retrouver une respiration régulière.

— Avant que tu ne t'épanches en admiration, ce sont soixante-dix mille mots de gros bordel. Il faut encore faire un tri, couper des bouts, en réécrire d'autres…

Et en réécrire encore d'autres. Et d'autres encore.

— Tu comptes le publier ?

Marcus ne s'était pas attardé au-delà de l'effet libérateur que l'écriture lui procurait.

— On verra quand il sera terminé.

Il ne remarqua qu'en cet instant que l'espace de bien-être et de calme qu'il s'était constitué avait disparu sous ses pieds comme avalé par des sables mouvants : il avait un nœud à l'estomac, une boule dans la gorge.

Cet appel ne m'aide pas *du tout.*

— Désolé, Nick, mais je vais devoir te laisser. Je viens de me rappeler que je dois passer faire des courses avant que ça ferme.

Ce n'était pas un mensonge ; il avait réellement

besoin d'aller au magasin… ce n'était juste pas une urgence.

La voix de Nick se fit fluette.

— Je t'ai blessé, c'est ça ?

Sans blague.

— Tu m'as fait penser à des choses auxquelles je ne me suis pas confronté depuis un moment, c'est tout. Et avant que tu ne le dises, non, ce n'est pas parce que je cherchais à les éviter. C'est parce que j'avais sincèrement tourné la page.

Mais bien sûr.

— Je ne crois pas que ce soit aussi simple de tourner la page. Merde, excuse-moi. Ce n'est peut-être pas une si bonne idée que Juan et moi passions te voir.

Eh merde. Avant que Marcus ait pu lui dire qu'il était le bienvenu en toutes circonstances, Nick ferma la discussion :

— Je te laisse aller faire tes courses. Profite bien des huiles essentielles. J'espère qu'elles t'aideront dans les moments difficiles.

Et Nick de raccrocher.

Merde.

Ce qui lui mettait les nerfs à vif, c'était cette remarque : *J'ai vu des hommes bien sombrer, des hommes qui pensaient eux aussi s'en sortir indemnes.*

Il ne fallait pas être un génie pour savoir qu'il parlait de Marcus.

Il ne me croit pas. Est-ce vraiment si surprenant, néanmoins ? Pourquoi prendrait-il le risque de se détourner de l'opinion générale ? C'était bien ce qui lui faisait le plus mal : il *s'était* attendu à ce que Nick ne suive pas les moutons.

Il n'avait jamais autant ressenti le besoin d'aller faire un tour, ne fût-ce que pour s'éclaircir les idées et calmer les remous de son estomac.

Marcus se leva et retourna à la cuisine pour écrire sa liste. Le magasin n'était qu'à environ quinze minutes à pied. Il attrapa son portefeuille, puis fit la razzia des sacs en plastique que sa mère tenait parfaitement pliés dans un filet suspendu à un crochet dans le placard. Il enfila sa veste en cuir et fourra les sacs dans ses poches.

Une fois au bout de l'allée, il prit à droite sur Land's End Road, maintenant une marche aisée tandis qu'il suivait l'accotement en terre qui bordait la route. Pas un trottoir en vue, seulement des maisons dispersées çà et là et des zones d'ombres fournies par de grands arbres luxuriants qui formaient des arches au-dessus de la chaussée, offrant un répit rafraîchissant contre l'éclat aveuglant du soleil de fin d'après-midi. Il n'y avait pas beaucoup de circulation, ce qui rendait d'autant plus appréciable le chant des oiseaux tout autour de lui.

Tandis qu'il approchait de l'intersection avec Wildes District Road, son portable vibra dans sa poche et il se demanda brièvement s'il s'agissait de Nick.

J'ai plus envie de lui parler. Son ventre remua. *Mais sans Nick, je ne serais pas où j'en suis aujourd'hui.* Il sortit le téléphone et ses angoisses s'évaporèrent en y voyant le nom de Jess.

— Salut, frangine.

— Maman m'a dit que tu crèches à Cape Porpoise.

— Oui, ils m'ont dit que je pouvais en profiter un moment.

Même s'il était conscient qu'il finirait par devoir repartir une jour et, malgré le fait qu'il ait insisté qu'il allait bien, il n'était pour autant pas encore prêt à faire ses valises.

— Ouah. Je parie que c'est super à cette période

de l'année.

La mélancolie de la voix de sa sœur lui mit une pointe au cœur.

— C'est plus calme qu'à Boston, c'est sûr.

Il pouvait entendre les mugissements du trafic au loin.

— Tout va bien ? demanda-t-elle. Je m'inquiète, comme tu as loupé mon anniv. Et que c'était pas n'importe lequel.

— Je t'ai envoyé un cadeau, il me semble ?

Pour la seconde fois en moins d'une heure, un étau comprima sa poitrine. Il n'était pas en état de se joindre à la fête au mois d'avril. En plus d'une bouteille de champagne, il lui avait envoyé un mug sur lequel était écrit *J'ai 39+ ans* à côté d'un personnage qui faisait un doigt d'honneur.

Elle lâcha un rire nasal.

— T'aurais dû voir la tête de maman quand elle l'a vue.

Une pause s'ensuivit, jusqu'à ce qu'elle insiste :
— Mais tu n'as pas répondu à ma question.

Saleté de sixième sens ; à cause de lui, Jess semblait toujours pouvoir détecter sa mauvaise humeur.
— Ça va. Tu viens bien pour le 4 ?
— Ouais.

Malgré son envie évidente d'être à sa place, la réponse de sa sœur ne paraissait pas particulièrement enthousiaste. Il s'engagea sur Main Street et se retrouva soudain entouré de beaucoup plus de circulation, de trottoirs et d'immeubles. Où qu'il pose les yeux, des bateaux ornaient les pelouses.

— Qu'est-ce qui ne va pas ?
Elle souffla.
— Je n'ai jamais rien su te cacher, pas plus qu'à

Chris d'ailleurs.

Une autre pose, puis :

— Je m'inquiète pour Jake.

— Rien de grave, j'espère ?

Son neveu venait de finir ses études.

— Il s'est beaucoup renfermé sur lui-même, ces derniers temps.

— Il est rentré, là, non ? La cérémonie de remise des diplômes se passe le mois prochain. Peut-être qu'il réfléchit à son avenir. Il sait déjà vers quoi il veut se tourner ?

Jess soupira.

— Je ne crois pas que ce soit le problème. À chaque fois que je lui demande ce qui se passe, ou si quelque chose l'inquiète, on dirait qu'il prend ses jambes à son cou. Quoi que ce soit, il ne veut pas m'en parler à moi. Peut-être… peut-être qu'il a besoin d'un homme… à qui parler…

Marcus eut l'impression de savoir où elle voulait en venir.

— Il a *deux* oncles, il me semble ? Chris est plus âgé, plus sage…

Et c'est pas un raté fini, lui.

— Chris a ses propres contrariétés à gérer.

Une nouvelle vague de culpabilité l'assaillit. *T'es vraiment un sale égoïste.* Visiblement, ses frère et sœurs avaient des soucis alors que lui jouait les abonnés absents.

— Ces vacances vont tomber à pic, si tu veux tout savoir, remarqua Jess. Tu es *sûr* que tout va bien ? J'ai beaucoup pensé à toi ces derniers temps.

— Ça va, je t'assure.

Un tout petit mensonge, mais, après tout, il allait de mieux en mieux, non ?

— Voilà ce que je te propose : si Jake a envie de parler, très bien, on causera. Mais je ne vais pas le forcer.

— Merci, répondit-elle d'une voix chaleureuse. C'est dans ces moments-là que je regrette d'avoir autant foiré ma vie. Si j'avais fait d'autres choix, il aurait peut-être eu un père.

Marcus savait que Jess s'en voulait souvent concernant les origines de Jake. Il était le résultat d'un encart alcoolisé à une fête et le type en question n'avait rien voulu savoir. Il n'avait même pas demandé si Jess comptait garder l'enfant ou pas.

Enfoiré. Elle s'en était mieux tirée sans lui.

— Tu fais des rencontres, quand même ?

Elle lui adressa un nouveau rire nasal.

— Pour quoi faire ? Risquer que la malédiction des Gilbert me tombe dessus ?

Il éclata de rire.

— N'écoute pas les âneries de Chris. C'est des conneries.

— Ah ouais ? Donne-moi *une seule* relation de couple qui a duré dans la famille ?

— Facile. Maman et papa. Ils vont fêter leurs noces d'or, cette année. Ça m'a tout l'air de prouver l'inverse. Et aussi tante Carol.

— Tonton Jon est mort !

— Certes, mais il avait soixante-dix-sept ans. Ils allaient bientôt fêter leurs soixante ans de mariage.

— Et pour Rob alors ? Susan a demandé le divorce. Lisa ? David a demandé le divorce. Chris ? Rachel l'a quitté.

— Et moi, dis ? répliqua-t-il. Je n'ai personnellement pas remarqué de malédiction dans *ma* vie, toi si ?

— Toi, tu comptes pas.

Il poussa un cri de stupeur dramatique.

— Je te demande pardon ?

— Allô ? La malédiction nécessite qu'on soit en *couple*. Pas certain que tu saches de quoi il s'agit.

Voilà qui ressemblait bien plus à la sœur qu'il connaissait.

Les histoires de couple étaient bien la dernière chose à laquelle il voulait penser. Le marché de Bradbury apparut sur sa droite.

— Bon, je suis arrivé au magasin. Si je continue à te parler, je serai déjà rentré à la maison avant de me rendre compte que j'ai oublié quelque chose.

— Je te laisse à tes courses, alors. On se verra le 4 juillet.

— Je *promets* de parler à Jake, d'accord ? Si tu es sûre que ça servira à quelque chose.

— Merci, dit-elle avant de marquer une autre pause. Hé, Marcus ? Si j'avais besoin de venir avant le 4… rien que moi… ça poserait problème ?

— Pourquoi ça poserait problème ?

— Oh, je sais pas trop. M'avoir dans les pattes pourrait te gêner dans tes projets.

— Aucun projet en vue, répondit-il dans un éclat de rire. Je ne fais rien à part me promener et écrire.

D'autant que les seules gens qu'il voyait de façon régulière étaient les employés du magasin et le facteur, qui devait avoir au moins la soixantaine.

Oublie l'idée du couple, la dernière chose dont j'aie besoin, c'est bien d'une distraction. Et les mecs tombaient irrévocablement dans cette catégorie.

— Le paradis. Peut-être à bientôt, alors. Je t'aime.

Elle raccrocha.

Marcus entra dans le magasin, sortit la liste de sa poche et attrapa un caddie. Il aimait bien cet endroit : ils avaient de tout, des nécessités de base à la bière artisanale, en passant par des pâtisseries à faire pêcher un saint et même un espace sandwicheries pour tous les goûts. De plus, les employés étaient toujours polis : il avait droit à un sourire et un bonjour à chaque fois qu'il y mettait les pieds.

Il se rendit au rayon fruits et légumes où il choisit un sachet de pommes et un autre de raisins avant d'aller jeter un œil aux bananes.

— C'est quoi l'histoire derrière ces bananes vertes ?

Il fallut une seconde ou deux à Marcus pour réaliser que le type qui s'était planté non loin s'adressait à lui. Il était jeune, vingt-cinq ans peut-être, avec des cheveux bruns ondulés qui tombaient devant de magnifiques yeux bleu pâle ; avec sa carrure svelte, il aurait tout à fait eu sa place sur une planche de surf. Ce devait être un visiteur estival : Marcus ne se rappelait pas l'avoir déjà vu dans les parages. *Parce que j'aurais pas pu le rater, putain.* Il portait un tee-shirt, mais l'inscription était cachée par sa veste en jean.

Marcus, qui résistait à l'envie de regarder plus bas, lui décocha un sourire poli.

— C'est à moi que vous parlez ?

Le touriste indiqua les bananes.

— C'est quoi le truc ? On les achète vertes et on attend qu'elles mûrissent ? C'est pas mieux d'en acheter quelques jaunes aussi pour pouvoir les manger tout de suite, le temps que les autres soient comestibles ?

Marcus ravala une remarque désobligeante en passant le bras devant le gars pour attraper quelques bananes qu'il posa dans son chariot avant de s'éloigner à toute vitesse.

Pourquoi certains ressentent le besoin de faire causette avec des inconnus ? Marcus n'avait jamais fait ça... exception faite des fois où il voulait se trouver un plan dans un bar, bien entendu. Ils n'étaient toutefois pas dans un bar gay ; c'était un supermarché et ce mec ne connaissait Marcus ni d'Ève ni d'Adam.

Même si Marcus devait bien avouer que ça ne l'aurait pas gêné d'apprendre à le connaître. S'il l'avait rencontré dans un bar new-yorkais, il lui aurait fallu moins d'une nanoseconde pour répondre par une remarque aguichante. Et il n'aurait pas fallu longtemps après ça pour que l'un d'eux ait la queue de l'autre entre ses lèvres.

Il approcha du kiosque à magazines et en avisa les couvertures. À la une de l'un d'eux se tenait un homme en train de pêcher à la ligne et Marcus se retrouva à sourire. *Seigneur, j'avais quel âge la dernière fois que j'ai fait ça ?* Les balades sur le bateau de son père, les après-midi à essayer de pêcher un poisson, rien que lui, Chris et leur paternel par une idyllique journée d'été pendant les grandes vacances.

Je devrais peut-être m'y remettre. Marcus était certain qu'il trouverait un endroit où louer un bateau dans la région. Il y en avait à tous les coins de rue. Et il était prêt à parier gros qu'il pourrait dégoter de l'équipement au fond d'un placard à la maison.

— C'est bien ma chance. Le seul magazine que je veux, ils sont à court.

Marcus soupira intérieurement. L'ignorer n'était peut-être pas la meilleure stratégie.

— Vous cherchez quel magazine ?

— *Têtu.*

Marcus en resta coi. Il remarqua alors que le jeune

homme avait retiré sa veste, révélant l'imprimé sur son tee-shirt. Sur sa poitrine s'étalaient les mots « Oui, j'en suis, et non, tu ne peux pas mater ». Ses yeux tombèrent ensuite sur le pin's arc-en-ciel accroché à la veste qu'il tenait à présent dans sa main.

Putain, il est pas du genre discret, lui.

Marcus s'éclaircit la voix.

— Demandez-leur de vous le commander. S'ils peuvent, ils le feront.

Il aurait pu ajouter qu'il était selon lui évident que ce supermarché n'aurait pas de magazine gay sur ses étagères, mais ça aurait gâché tout le jeu. Marcus avait beaucoup trop d'expérience pour se faire avoir par un tel stratagème.

Pas question de lui donner la satisfaction.

Il s'éloigna en direction de la caisse. Il n'avait pas trouvé tout ce qu'il cherchait, mais il ne pouvait pas prendre le risque de s'attarder, au cas où le beau gosse tenterait de démarrer la conversation une troisième fois.

Parce que *putain*, qu'il était canon ! C'était une délicieuse pensée que de songer à cette barbe et cette moustache naissantes et les imaginer en train de frotter contre son…

Non, non, non. On ne va pas sur ce terrain. On ne se tapera pas le beau gosse.

La volonté de Marcus avait ses limites et cela faisait des mois qu'il ne s'était pas envoyé en l'air. Le sexe, toutefois, était une de ces distractions dont il n'avait pas besoin.

L'une des huiles que Nick m'a fait livrer est censée aider à la concentration. C'était de *ça* qu'il avait besoin. Et non *pas* la svelte silhouette et les superbes yeux bleus du type qui semblait bien décidé à le mater jusqu'au bout.

CHAPITRE QUATRE

Le 15 juin

Lorsque son réveil sonna, Seb eut envie de balancer le téléphone contre un mur. Il était quatre heures du matin, bordel. Il roula sur le dos, son érection érigeant un mini chapiteau sous les draps. Il avait une demi-heure pour se présenter au point de rendez-vous. Entre la douche, le café et les autres rations de café obligatoires, il n'avait pas le temps de s'occuper de sa trique.

Et puis, merde. Il y a toujours *le temps de s'occuper de ça.*

Seb rejeta les couvertures et se rendit à la salle de bains en quête du sac où il avait rangé son lubrifiant. Puis, il retourna au lit, plia les genoux, ancra les pieds sur le matelas et s'imbiba la main de gel. Il ferma les yeux, sachant pertinemment qui il verrait dans son esprit : le type du supermarché.

T'es un sale aguicheur, tu le sais, ça ?

Le seul mec à des kilomètres à la ronde qui soit potable et il fallait qu'il soit hétéro ! Certes, Seb ne pouvait pas en être certain, mais les preuves semblaient incontestables. Le tee-shirt graphique de Seb n'avait soulevé aucun commentaire, quant à sa mention du titre *Têtu ?* Merde, c'était l'inspiration du siècle. Le manque total de réaction du type était sans appel. Il n'aurait pas reconnu le magazine gay même si on lui avait mis la fessée avec une copie roulée sur elle-même.

Seb accéléra un peu ses mouvements de va-et-vient en imaginant sa main claquer sur les fesses fermes et dénudées du type du marché. Même s'il était hétéro, et alors ? Seb avait le droit de rêver, non ? Et le mec du marché correspondait à *tous* les critères de Seb. Ses cheveux foncés plus longs sur le dessus et plus courts sur les côtés étaient parsemés de blanc, tout comme les tempes grisonnantes qui avaient piqué l'intérêt du jeune homme en une microseconde. *Vive les hommes mûrs.* Sa mâchoire compacte et sa lèvre supérieure étaient recouvertes de poils, plus argentés que poivre et sel, mais quand même. Sa bouche était belle, de celles que Seb n'avait aucun mal à se représenter en train de glisser sur son sexe, qu'il s'amuserait à faire ressortir, tout rose et humide, pour le plonger tout au fond de sa gorge. Ses sourcils épais et foncés donnaient à ses yeux bleus un air sensuel qui avait bien failli faire perdre toute contenance à Seb au beau milieu du magasin. Quant au reste de sa personne...

Seb continuait de se palucher en essayant de visualiser l'homme du supermarché nu. Ce n'était pas une armoire à glace pleine de muscles, mais ce n'était pas non plus une mauviette. *Pile ce qu'il faut.* Le genre de mecs qui serait *parfait*, à genoux entre les cuisses écartées de Seb, occupé à le doigter tout en le suçant...

Un liquide chaud se répandit sur le ventre de Seb, qui frissonna, son corps pris de spasmes à chaque nouvelle gouttelette qui échappait à son méat. Il resta allongé ainsi un moment, savourant la rémanence de son orgasme.

Même si le type était hétéro, la belle affaire ! Il était magnifique et Seb se voyait déjà faire de nombreux prélèvements à sa banque d'images sexy entre son tee-shirt noir et sa veste en cuir... sans parler de son jean moulant qui révélait ses grandes jambes et cuisses musclées.

Tu ne vas pas t'en tirer à si bon compte, Dieu. C'est

tellement injuste ! Tu m'entraînes dans cet endroit misérable, puis tu me nargues avec un beau gosse avant de me le reprendre. Seb n'était pas penché mecs hétéros. *J'ai donné, merci.* C'était toujours pareil : un soi-disant bicurieux lui demandait de le sauter ou de se faire sauter et Seb jouait le jeu. *Quoi, je vais pas dire non à un cul consentant ou à une belle queue, quand même.* Puis, le lendemain matin, le gars se réveillait plein de remords et de reproches. La vie était bien trop courte pour ce genre de conneries. Seb préférait ceux qui se tournaient vers lui, l'embrassaient, et s'adonnaient peut-être à une branlette matinale ou un second round avant de tracer leur route.

Son cœur se serra. *Et ça m'a mené où, jusqu'ici ?*

Au royaume de la solitude, voilà où.

Seb sortit du lit et se rendit à la douche. Pas le temps pour les regrets. Il avait des homards à pêcher.

Accoudé sur la balustrade au bout de la jetée, Seb contemplait l'océan. Derrière lui, sur la droite, se dressait la Cape Pier Chowder House, alors que sur la gauche s'étendait le promontoire herbeux d'où les touristes observaient les bateaux dans le port. Les avant-bras reposant sur le garde-fou, il tenait dans ses deux mains un mug isotherme. Le ciel arborait cet étrange mélange de couleurs éthéré qui précédait éternellement l'aurore. L'heure du rendez-vous était passée depuis longtemps, toutefois il n'y avait toujours aucune trace de Tim. Seb ne s'en inquiétait pas pour autant ; il savait que le matelot finirait par arriver.

Son regard balayait les eaux calmes. Peut-être s'était-il montré injuste envers Cape Porpoise.

Sous ses yeux, le soleil se leva au-dessus des îles de la baie, teintant la cime des arbres d'un halo doré. Les mouettes arpentaient déjà le ciel en cercles, leurs cris stridents dans le silence matinal. C'était magnifique. Après tout, c'était *la* raison pour laquelle il était resté dans le Maine, non ? La raison pour laquelle il vivait à Ogunquit. Même si, chez lui, sa fenêtre donnait sur d'autres maisons présentement, Seb savait qu'il n'avait pas loin à aller pour n'être plus confronté qu'au roulis de l'océan, aux kilomètres de sable et à l'étendue infinie des cieux. Pour les mois à venir, la vue que lui offrait la fenêtre de Gary serait encore meilleure que la sienne.

— T'as prévu de bosser un jour, gamin ?

Seb retrouva brusquement ses esprits. Sous la rambarde, Tim était assis dans une barque, les yeux visiblement emplis d'amusement. Alors qu'il devait approcher la quarantaine, ses rides lui donnaient l'air plus vieux. En plus d'une casquette de base-ball, il portait une veste toute fine dont la tirette était remontée jusqu'au cou sous sa salopette jaune vif.

Un grand sourire étira les lèvres de Seb.

— Salut, Tim. Ça faisait un bail. Et je ne suis plus vraiment un gamin.

Tim émit un rire nasal.

— T'as bien poussé, c'est vrai. Allez, ramène tes fesses.

Seb descendit avec précaution dans la barque houleuse.

— T'as une salopette et des bottes pour moi aussi ? J'en ai pas trouvé chez Gary.

— Sur le bateau.

Il avisa Seb des pieds à la tête avec une approbation évidente.

— Tu t'es bien couvert. Bravo.

— Apparemment, y a des choses qu'on n'oublie pas.

Seb se replia sur le banc en bois et Tim les éloigna du quai.

— Il est parti chez sa sœur, alors ? commenta le matelot en ramant avant de sourire de toutes ses dents. Pas de bol pour lui.

Son allégresse se dissipa et il demanda :

— Comment va-t-il ?

— Il douille, répondit Seb.

Pendant qu'il terminait son café, Tim hocha sombrement la tête.

— Pas étonnant, oui. Je sais pas c'est quoi le pire : les douleurs dues à ses blessures ou devoir supporter sa frangine.

Il ouvrit grand les yeux.

— Merde, j'ai oublié que c'était ta tante.

Seb gloussa.

— T'inquiète. Je sais comment elle est.

Tim avait amarré le homardier de onze mètres de long près d'une balise. Il n'avait pas changé d'un iota. Même de loin, Seb avait remarqué la peinture qui s'écaillait par endroits, mais ça restait un vaisseau robuste.

— Ravi de voir que le *Liza Jane* se porte toujours aussi bien.

Tom éclata de rire.

— Je crèverai avant lui, à cette allure !

La première fois que Seb l'avait rencontré, le matelot devait avoir la vingtaine.

— Tu étais en apprentissage la dernière fois que je

suis monté à bord.

— Ouaip. J'ai obtenu mon permis l'année dernière.

Seb en resta bouche bée.

— Il t'a fallu autant de temps pour avoir le permis ?

Tim ricana.

— L'apprentissage a pris deux ans, mais ça peut prendre des années, parfois des décennies, pour obtenir le permis. Il faut attendre qu'un autre pêcheur de homard prenne sa retraite pour monter d'un rang dans la liste d'attente. Et je peux te dire que l'attente est aussi *longue* que la liste.

Ils atteignirent le bateau et Tim jeta l'ancre. Passant en premier, Seb grimpa à l'échelle en métal et se hissa à bord. Il reconnut les barils d'appâts, les piles de caisses, les crochets et les grappins à tire-larigot et même les tonneaux d'essence bien arrimés.

Comme si c'était hier.

Il avisa les pièges couverts de plastique empilés à la poupe.

— Ah, il s'est débarrassé de ceux en bois.

— Y a dix ans, à peu près.

Tim tapota le dessus d'un.

— C'est la nouvelle réglementation. Faut une trappe biodégradable pour que les homards puissent se libérer si le piège est perdu en mer.

Il se dirigea vers la proue.

— Je vais te chercher un ciré et des bottes. J'ai un tablier pour toi aussi. Je dois te rappeler la règle d'or ? l'interrogea le marin après avoir marqué une pause.

— Je m'en souviens. On ne marche pas sur les bouts.

Sinon il risquait de se retrouver pris au piège dans

une corde et d'être traîné par-dessus bord.

Tom sourit.

— T'as toujours eu de la jugeote. Quand Gary m'a dit que t'allais venir, je me suis demandé ce que t'étais devenu. Ravi de voir que t'as pas oublié comment te saper.

Les yeux brillants, il ajouta :

— J'ai lu un truc dans un magazine l'autre jour. Un abruti qui parlait de la pêche au homard et qui racontait que, sur son bateau, les bestioles montaient presque de leur plein gré. Ça m'a tellement fait rire que je me suis pissé dessus. Y avait une photo de lui à quai. Doux Jésus, je crois bien que si tu fais le total de tout ce qu'il avait sur le dos, ça devait coûter entre sept et huit mille dollars.

Tim dézippa sa veste.

— Moi, j'ai une chemise à quinze balles et trois sweats de chez Carhartt. Il enfile tout ça pour aller pêcher ? Quel ahuri. Une journée à bord du *Liza Jane* suffirait à tout gâcher. Quand la couche extérieure est gorgée de sel, de graisse et de boyaux, j'ai plus qu'à l'enlever et en mettre une nouvelle. Bon Dieu, le truc le plus coûteux qu'on porte, c'est nos bottes, et elles ne coûtent que dans les cent balles.

Il se racla la gorge.

— Bref, assez papoté. Le soleil est levé et on a du boulot.

C'est ainsi que commença la journée de Seb, qui eut l'impression d'avoir fait un saut dans le passé.

Certaines choses n'avaient pas changé : le clapotis des vagues contre la coque, le couinement des bottes sur le pont mouillé, le grincement du treuil qui remontait le chalut et le doux ronronnement du moteur. Les odeurs, également, qui achevèrent de le transporter dans le temps : les vapeurs d'essence et l'huile de moteur. Et enfin, la sensation des gouttelettes qui s'immisçaient sous son col, la caresse du soleil sur son visage et le reflet des rayons sur l'eau qui l'éblouissait.

Il avait oublié la cadence de travail que cela demandait. Tim tenait la barre pendant que lui préparait les appâts. Quand ils approchaient d'une balise, Tim se penchait pour attraper un crochet au bout d'une ligne et Seb se servait du treuil pour remonter les huit pièges accrochés au filet. La prise était alors versée dans un cageot.

Ce qu'il n'avait jamais réussi à oublier, c'était le cliquetis des pinces.

Tim lui montra un instrument.

— C'est avec ça qu'on décide lesquels on garde. Ça se mesure de derrière les cavités oculaires à la base de la queue. La taille minimum autorisée est de huit centimètres vingt-cinq et le maximum est de douze virgule sept. On rejette à l'eau les plus petits, mais aussi les plus gros. La logique, c'est que ceux-là sont de bons reproducteurs.

— Ça vous arrive de trouver d'autres espèces dans les cages ?

— Ouais. Une fois, on a chopé un poiscard qu'on aurait dit tout droit sorti de la préhistoire.

Il attrapa un homard de sa main gantée et indiqua une entaille triangulaire dans sa nageoire.

— Ça, ça veut dire qu'elle féconde. La marque en V signifie que c'est une reproductrice. On peut pas les garder, celles-là. Celui qui déroge à la règle se prend une prune de plus de mille balles.

Il rejeta la femelle à l'eau.

Seb étudia le cageot.

— Tu arrives à différencier les mâles des femelles. Ils se ressemblent tous à mes yeux.

Tim ricana.

— T'as juste à lever ses jupons.

Il en attrapa un autre qu'il retourna pour révéler son ventre.

— Tu vois les pléopodes, là ? Si elles sont dures, c'est un mâle. Si elles sont molles et duveteuses, c'est une femelle. Elles ont des queues plus larges, aussi.

Il saisit un autre homard et, même avec le peu d'expérience qu'il avait, Seb remarqua que la carapace avait une allure bizarre, comme moisie.

— Il a un problème, celui-là, non ?

— Maladie épizootique. On pourra pas le vendre sur le marché public, mais on peut l'envoyer aux transformateurs d'aliments : la chair est encore comestible. À une époque, on ne trouvait cette maladie que dans le sud du Massachusetts et de Rhode Island, mais elle a commencé à migrer jusque dans le nord du Maine, expliqua Tim avec un air renfrogné. Un problème de plus qui nous empêche de gagner notre croûte.

Ils trouvèrent un rythme de croisière. Tim remontait chaque trappe et ils triaient la prise ensemble. Une fois terminé, Seb prenait une aiguille à appât (qui ressemblait à une brochette en métal géante) qu'il avait préparée au préalable et enfilait les appâts dans chaque piège, qui quittait ensuite un à un la poupe. Alors, ils partaient pour le filet de huit pièges placé à la balise suivante.

Tim hocha la tête d'un air satisfait.

— Voilà, ils vont passer la nuit au fond de l'océan, et demain on n'aura plus qu'à recommencer.

Les homards attendaient dans un cageot. Seb et

Tim passèrent à la tâche suivante : enfiler des élastiques sur les pinces. Il lâcha un cri les deux ou trois fois où il se fit pincer.

— Ces petits cons ont du répondant !

Tim hululait de rire.

— On s'y habitue.

Tous les crustacés furent ensuite placés dans un aquarium.

Ils en eurent terminé avant les douze coups de midi. Tim barra le bateau jusqu'à la berge en face du point de rendez-vous où il avait récupéré Seb ce matin-là. Une fois entassés sur des palettes, les homards furent déchargés et pesés. Tout compte fait, le poids final s'éleva à cent cinquante-huit virgule soixante-quinze kilos.

— Mauvaise journée, bougonna Tim en fourrant le reçu dans sa poche. Gary m'a dit de garder tous les tickets pour que t'aies pas à t'en occuper. Je prends vingt pour cent. Espérons que la chance tournera demain.

Il lâcha un rire nasal avant de reprendre :

— Je croise beaucoup trop d'abrutis qui croient que les pêcheurs de homard se font un pactole. Si Gary rapporte deux cent soixante-quinze kilos, ça revient à environ mille dollars. Ce que les gens voient pas, ce sont les trois cents balles, si pas plus, qu'il a payés en appâts ou les réparations du bateau qui coûtent un bras et une jambe.

Il désigna le *Liza Jane*.

— Allez, viens, je te ramène de l'autre côté.

— C'est pas la peine. Je peux marcher.

Langsford Road débouchait sur Pier Road et, de là, la maison de Gary.

Tim lui lança un grand sourire.

— D'ici ce soir, tu auras mal partout, et tu vas douiller. Sois prêt pour demain, même heure, même endroit.

Il indiqua le ciré de Seb :

— Tu veux les garder avec toi ?

— J'aime autant, oui.

Seb retourna sur le bateau pour changer de bottes. Il attrapa sa veste puis hocha la tête à l'intention de Tim.

— À demain matin.

Il entendait presque la douche qui appelait son nom, et peut-être même le lit aussi, d'ailleurs.

Tandis qu'il avançait le long de Langsford Road, il se rendit compte qu'il mourait de faim. Son lit attendrait. Il passa devant le grossiste en poissons et homards et remarqua les voitures sur le parking. Les affaires tournaient bien, visiblement. Il repéra alors un visage familier qui approchait dans sa direction.

Le mec du marché portait la même veste. Dans une main, il tenait une paire de jumelles. Seb nota l'instant précis où l'autre le reconnut : il s'immobilisa au beau milieu de ce qui servait de trottoir.

Seb lui adressa un sourire guilleret.

— Salut.

Le mec du marché le scruta des pieds à la tête.

— C'est une dégaine différente, dit-il dans un tressautement de lèvres.

Merde, le ciré.

— Je reviens d'avoir halé du homard, répondit Seb avec un sourire narquois. Pour votre gouverne, ce n'est pas mon choix vestimentaire habituel.

— Oh, ce que vous choisissez de porter ne me regarde pas, assura l'autre dont les yeux bleus scintillaient. Je crois que je préférais le tee-shirt, par contre. Même s'il était aussi discret qu'un accident ferroviaire.

L'inconnu sourit puis :

— Je vous laisse retourner à vos occupations.

Il passa à côté de Seb d'un pas nonchalant, si près que ce dernier fut happé par une nuée de…

Était-ce du bois de santal ?

Sur un coup de tête, Seb fit volte-face et l'interpella :

— Excusez-moi ?

Le type s'arrêta et se tourna pour l'observer, sourcils levés.

— Vous vivez dans le coin ? demanda Seb. Parce que si c'est le cas, il y a de fortes chances qu'on se recroise, vu que je vais rester un moment et que, tant qu'à faire, j'aimerais bien connaître le nom du gars que je vois à tous les coins de rue.

Il prit une inspiration pour se calmer.

Bon Dieu, ça frôlait le ringard. *J'ai jamais eu l'impression d'être aussi nunuche.*

Le type du magasin semblait du même avis : son amusement était évident dans son regard froid. Il étudia Seb un instant, comme s'il s'interrogeait sur la marche à suivre. Il finit quand même par dire :

— Je m'appelle Marcus Gilbert, mais je ne vis pas ici ; moi aussi, je ne suis que de passage.

Seb rayonnait.

— Ravi de vous rencontrer, Marcus. Moi, c'est Seb Williams.

Marcus lui adressa un sourire poli.

— Maintenant que les présentations sont faites, je vous laisse reprendre le cours de votre journée.

Il lui tourna le dos et continua sa route.

Ce ne fut qu'à cet instant que ses mots prirent tout

leur sens.

    Il a compris pour mon tee-shirt !
Voilà qui était *fort* intéressant.

CHAPITRE CINQ

Marcus entra dans la douche. De toutes les modifications qu'avait subies la maison au fil des ans, celle-ci devait être sa préférée. Ils avaient fait retirer la baignoire pour créer une douche à l'italienne agrémentée d'un banc carrelé. Comparés à l'horrible pression à laquelle il avait droit dans son appartement new-yorkais, les jets d'eau étaient une vraie merveille. Il se lava les cheveux, massant son scalpe et inhalant le parfum vivifiant de son shampooing.

Marcus baissa les yeux vers son sexe lorsque celui-ci réagit.

— Eh bien, bonjour à toi aussi, murmura-t-il. Je suis à toi dans deux minutes.

Paupières closes, il tourna la tête vers le pommeau et savoura la chaleur et la caresse de l'eau sur son corps. Une séance d'onanisme sous la douche était sans doute la meilleure façon de commencer la journée.

Enfin… *presque* la meilleure.

C'était peut-être là la preuve que ses batteries étaient enfin en train de se recharger, car Marcus ne se souvenait pas de la dernière fois où il s'était réveillé excité. Il savait sur qui remettre la faute de ce retournement : ce beau et svelte… pêcheur de homard. Marcus devait bien avouer que le voir dans son ciré avait été une révélation. Il l'avait pris pour un glandeur, du genre surfeur qui passait ses journées à chevaucher les vagues et ses nuits à s'enivrer.

Il pourrait être complètement différent. Marcus se souvenait des choses que son grand-père disait sur les pêcheurs de homard et il avait une admiration sans pareille pour eux. Il était donc possible que Marcus se soit montré injuste.

Il s'appelle Seb. Marcus sourit sous cape. *Il a fait en sorte de me le faire savoir.* Il n'avait pas eu l'intention de battre en retraite, mais croiser la route de Seb l'avait pris par surprise. *Je ne suis pas venu là pour me taper un canon, il ne faut pas que je l'oublie. Je suis là pour me remettre sur le droit chemin.* Car tôt ou tard (et ça ne saurait tarder, vraiment), la bulle paradisiaque qu'il s'était créée finirait par éclater et il lui faudrait alors retourner à la réalité.

Le problème étant qu'il n'avait aucune idée de la forme que prendrait cette réalité.

Il remplit l'une de ses paumes de gel douche et se frotta de part en part. Ayant posé un pied sur le banc, il fit glisser sa main le long de ses fesses et sur ses bourses avant de s'enfoncer délicatement un doigt. La sensation de brûlure le fit grimacer. Sa poire à lavement prenait la poussière quelque part au fond de sa trousse de toilette tellement cela faisait longtemps qu'elle n'avait pas servi. Pour quelqu'un qui ne pouvait faire un jour sans une forme ou l'autre de pratique sexuelle, il était difficile de concevoir que cela faisait presque trois mois qu'il n'avait pas savouré le contact d'un autre homme.

Sauf que dit comme ça, ça s'apparentait à voir la vie en rose, et il en avait conscience. Le sexe avait pris une tout autre dimension ; c'était devenu sa manière de relâcher la pression, le stress, au point que ça avait fini par lui créer une nouvelle source d'angoisse.

À quand remonte la dernière fois où je me suis vraiment laissé aller, où j'en ai profité pleinement ? Rien que du sexe, sans… agréments.

Il s'installa sur le banc, jambes écartées, et referma

un poing lubrifié sur sa verge. Marcus posa la tête contre le mur et ferma les yeux en laissant sa main faire des va-et-vient décontractés.

Fantasmer sous la douche, c'était *beaucoup* moins dangereux que de s'y envoyer en l'air pour de vrai.

Seb s'assit sur lui à califourchon, les mains sur la nuque de Marcus ; ils s'embrassaient tandis que le jeune homme remontait lentement le bassin pour redescendre aussitôt, jusqu'à ce que Marcus soit entièrement ancré en lui.

Et putain, c'était génial.

Marcus attrapa Seb par les fesses et écarta les deux globes pour mieux étirer son entrée. Le jeune homme se mit à balancer plus vite, plus fort, chevauchant littéralement la queue de Marcus. Ce dernier lui embrassa les tétons, les titilla du bout de la langue, et se réjouit de sentir le corps de Seb se contracter autour de lui.

— Ça te plaît.

Seb le regarda avec des yeux grands ouverts.

— Oh, putain, ouais. T'as pas intérêt d'arrêter.

Marcus lui caressa le dos, puis glissa les mains sous ses fesses pour l'aider à se balancer plus vite, plus fort, son orgasme approchant à grands pas. Seb s'agrippa à ses épaules et s'en servit comme ancrage pour mieux le chevaucher tandis que son sexe, si dur, si droit, pointait vers Marcus.

— Accroche-toi à ma nuque, ordonna celui-ci.

Lorsque Seb eut obéi, Marcus le regarda droit dans les yeux.

— Maintenant, accroche-toi bien et penche-toi en arrière.

Il saisit Seb par la taille et l'empala sur son chibre.

— Oh, putain, juste là ! s'exclama Seb dont la respiration s'accéléra.

Ses yeux s'étaient ouverts tout grands, sa poitrine se soulevait lourdement et les muscles de son ventre se contractaient.

— Putain, continue comme ça et tu vas me faire gicler.

Marcus sourit.

— Vas-y, gicle. Couvre-moi de ton jus. J'ai envie de le sentir.

Seb rejeta la tête en arrête, une prise de fer sur la nuque de Marcus, la bouche béante.

— Défonce-moi. Défonce-moi !

Un cri lui échappa alors que son foutre jaillissait en plusieurs arcs blanchâtres et irréguliers.

Le voir jouir sans même s'être touché, sentir son fondement se comprimer autour de son propre sexe fut la goutte d'eau de trop pour Marcus. Il éjacula en lui, les bras serrés pour garder Seb contre son torse.

Embrasser Seb pendant qu'il se vidait dans son corps était la chose la plus excitante à traverser l'imagination de Marcus depuis bien longtemps. Son sperme fusa contre le carrelage d'en face, si puissamment qu'il aurait juré entendre des carillons. Des spasmes le secouèrent tandis que les derniers vestiges de sa jouissance s'évacuaient en un tourbillon dans les canalisations.

Sauf que la sonnerie n'était pas *que* dans sa tête !

Marcus se leva du banc comme d'un siège éjectable, coupa le jet d'eau et ouvrit la porte de la douche pour mieux entendre.

Le bruit recommença. *Merde.* C'était la sonnette de la porte et il était bien trop tôt pour que ce soit le facteur. Marcus attrapa une serviette qu'il noua autour de ses hanches et se posa, dégoulinant, sur le tapis de bain.

— Marcus ?

C'est quoi ce bordel ?

Il ouvrit la porte de la salle de bains.

— Jess ?

— Salut, lâcha-t-elle. Je suis entrée par la baie vitrée. Elle n'était pas verrouillée.

Un ange passa.

— Je n'arrive pas à un moment inopportun, j'espère ? ajouta-t-elle.

Il rigola.

— Je viens de finir ma douche. Donne-moi une minute, le temps de m'habiller. Si tu veux te rendre utile, tu peux préparer le café.

Un détail le frappa soudain.

— Tu as vu l'heure, par contre ?

Il était à peine six heures et demie.

Jess lâcha un rire nasal.

— Évidemment. Il faisait encore nuit quand j'ai quitté Jamaica Plain. Et je serais arrivée bien plus tôt si je ne m'étais pas retrouvée dans les bouchons sur la 95. Mon GPS m'a dit que ça prendrait une heure et quarante-trois minutes, mais cet enfoiré m'a menti. Je veux être remboursée !

Marcus s'esclaffa.

— C'est peut-être le temps que ça mettrait au beau milieu de l'hiver, mais certainement pas en été, en plein week-end, avec tous les juillettistes qui veulent atteindre leur maison de vacances.

Il se sécha vivement, puis retourna dans sa chambre pour enfiler son jean et un tee-shirt.

Lorsqu'il rejoignit enfin sa sœur, l'odeur du café fraîchement infusé emplissait l'air. Jess, tout sourire, l'attendait assise au bar de la cuisine, deux assiettes devant elles, chacune arborant deux pâtisseries.

— Je les ai achetées sur la route. Je me suis dit que ça compenserait mon arrivée trop matinale.

C'était si *bon* de la voir.

Marcus ouvrit grand les bras.

— Viens là.

Jess sauta de son tabouret en un clin d'œil ; il la

serra contre son cœur, choqué de réaliser qu'il tremblait.

Elle mit fin au câlin et posa les mains sur ses biceps, reculant pour mieux l'observer.

— Qu'est-ce qu'il y a ? Qu'est-ce qui ne va pas ?

Il lui caressa la joue.

— Je crois que tu m'as manqué.

— Tant mieux, parce que toi aussi, tu m'as manqué, dit-elle les yeux brillants. Allez, sers le café.

Marcus approcha du placard dont il sortit deux tasses, qu'il emporta auprès de la cafetière.

— Tu le prends toujours avec beaucoup trop de crème ?

— J'ai commencé à le boire noir il y a un an. Tu t'es installé dans quelle chambre ?

Marcus lui décocha un grand sourire.

— Devine.

Elle rigola.

— C'est vrai que tu dois être un peu trop grand pour les lits du grenier, maintenant, du coup j'imagine que tu as investi la grande chambre, celle avec la porte qui donne sur la terrasse. Tu as toujours aimé cette pièce, même quand tu étais petit.

Elle l'étudia un moment.

— Tu as belle mine.

— Je me sens bien, confirma-t-il. Cet endroit a été un vrai cadeau du ciel.

Il emporta les deux tasses et se joignit à sa sœur sur le tabouret adjacent.

— Quand tu m'as demandé la semaine dernière si tu pouvais venir avant le 4 Juillet, je n'avais pas réalisé que tu parlais de *ce* week-end.

— J'ai essayé de convaincre Jake de m'accompagner, mais il avait des choses de prévues, selon lui. Ce qui n'est pas vraiment surprenant. Quel jeune adulte de vingt-deux ans voudrait passer tout un week-end avec sa mère et son oncle ?

Elle haussa les épaules.

— Il sera là dans quelques semaines, de toute façon.

— Deux, pour être exact. Je suppose qu'une fois que tout le monde aura débarqué, je serai de nouveau relégué à la chambre sous les combles. Tu veux bien me tenir compagnie ? demanda-t-il avec un grand sourire. Comme au bon vieux temps.

Elle éclata de rire.

— Pas *question* que je dorme dans la même chambre que mon frère. Je préfère encore crécher dans le jardin.

— En vrai, j'envisageais de déménager dans le pavillon.

Au moins aurait-il un endroit où se replier si le besoin s'en faisait sentir.

Pensées positives ! Tout va bien se passer.

Tout ce qu'il savait, c'était que le 4 Juillet lui semblait bien loin lorsqu'il avait posé ses valises dans la maison et qu'à présent l'échéance approchait.

Mais tu vas beaucoup mieux qu'à l'époque.

Il sirota son café.

— Aurais-je droit au plaisir de ta présence seulement pour la journée ou jusqu'à demain ?

— Ça t'embêterait ? Si je restais, j'entends. J'ai préparé un sac, au cas où. Il est dans la voiture.

Marcus fronça les sourcils.

— Tu sais que c'est aussi *ta* résidence familiale ? Tu peux rester autant que tu veux. Maman et papa ont toujours dit qu'on ne devait pas s'en priver.

— C'est juste que je ne savais pas ce que tu

comptais faire, si tu bosses ou…

Elle lui lança un regard en coin.

— Mais j'avoue que je m'inquiète.

— C'est pas la peine, dit-il en contemplant les pâtisseries. Elles ont l'air bonnes. Je crois même que j'ai pris deux kilos rien qu'en les regardant.

Jess rigola.

— Tu plaisantes ? T'as toujours pu manger tout ce que tu voulais. À une époque, je te *détestais* rien que pour ça.

Elle sourit.

— Mais pas vraiment, ajouta-t-elle avant de boire une gorgée de café. On pourrait aller faire une promenade après le petit déj' ? Il fait tellement beau. J'aimerais aller m'asseoir sur les quais et regarder l'océan. Ça m'a manqué.

Il arqua les sourcils.

— Est-ce que Boston s'est déplacé à l'intérieur des terres pendant que j'avais le dos tourné ?

Jess lui mit une tape sur le bras.

— Imbécile. C'est pas pareil. Alors oui, c'est le *même* océan, mais…

Les yeux de sa sœur s'illuminèrent.

— Je comprends, avoua-t-il.

Il éprouvait aussi cette nostalgie, ce pouvoir que la vue depuis la pointe de Cape Porpoise avait pour le renvoyer en enfance. Combien de fois s'était-il retrouvé là-bas au cours des mois précédents ?

— On peut y aller. Comme tu voudras.

Il avait arpenté cette même route au cours des quatre derniers jours, sans pouvoir s'en expliquer la raison. Brièvement, il s'était dit que son subconscient devait y avoir joué un rôle.

Espérais-je revoir Seb ?

— C'était une super idée, murmura Jess tandis qu'ils observaient la baie. J'avais oublié comme c'est beau. C'est marrant que la vie nous bouffe tout notre temps.

Elle soupira avant de reprendre :

— Je ne me souviens même pas de la dernière fois où je suis venue.

— Pareil pour moi. Je ne crois pas que ça a beaucoup changé.

Des bateaux mouillaient près des docks ; l'eau clapotait contre leurs coques, les cordes grinçaient en se tendant et se relâchant au gré de la houle. Une légère brise charriait le grondement d'un moteur qui démarrait quelque part ainsi que les voix de ceux qui s'interpellaient lorsqu'un navire en passait un autre. Les oiseaux qui tournaient en rond loin au-dessus d'eux brisaient la sérénité de la scène de leurs cris stridents.

Jess se laissa aller contre le banc, les bras posés sur le dossier.

— Tu veux bien me parler, maintenant ?

— De quoi ?

— De ce que tu essaies de me cacher. Comme la raison de ta venue ici. Pourquoi tu n'es pas à New York en train de bosser.

Elle scruta son visage.

— Tu as perdu ton job ?

— Non, la rassura-t-il. J'ai toujours mon boulot.

C'est juste que j'ai pris… disons qu'on peut appeler ça un congé sabbatique. Une pause pour ma santé mentale.

— D'ac…cord, dit-elle en prolongeant les deux syllabes. Te sens-tu apte à me confier ce qui t'a mené à ce *besoin* de prendre une pause ?

Bon Dieu, comment suis-je censé répondre à ça ?

Il contempla les reflets du soleil sur les eaux calmes.

— La manière la plus simple de le décrire, c'est que je m'étais enfoncé dans un cercle vicieux de comportement destructeur, avoua-t-il avant de soupirer. Et oui, je sais que ça ne t'avance pas plus, mais c'est très dur pour moi d'en parler.

Elle prit une de ses mains dans les siennes.

— Tu as été là pour moi quand j'ai connu mes moments les plus sombres. C'est vers toi que je me suis tournée quand j'ai appris que j'étais enceinte, pas mon autre frère. Et tu as été formidable.

— Je n'ai rien fait à part t'écouter, protesta-t-il. Et te donner quelques conseils pratiques, peut-être.

Il avait vingt et un ans et terminait sa dernière année de fac lorsque Jess, alors âgée de dix-sept ans, l'avait appelé en larmes. Ils avaient discuté au téléphone pendant deux heures, et c'était lui qui lui avait assuré que leurs parents ne péteraient pas les plombs.

— Exact, et c'est *mon* tour d'écouter. À moins que ce ne soit si terrible que tu ne puisses rien dire, pas même à moi ?

Il ne savait quoi répondre. « Je ne peux pas te le dire, parce que j'ai tellement peur que tu ne me regardes plus jamais de la même façon » n'était pas une option. La peur manquait de l'étouffer.

— J'avais une tonne de pression. Des délais à

respecter, des copies à terminer, d'autres délais, d'autres copies... J'ai développé mes propres façons de lâcher prise et, non, je n'ai *pas* envie d'entrer dans les détails.

Les lèvres de sa sœur tressautèrent.

— Pour l'amour du ciel, j'ai quarante balais. Si on peut pas parler de cul – parce que j'imagine que c'est la base du problème, vu ta réticence à en parler – alors toi et moi on est des causes perdues.

Elle pencha la tête de côté.

— Ça t'aiderait si je te disais que, *pas une microseconde*, je n'ai pensé que mon frère était encore puceau à son âge ? Putain quoi, tu vis à New York. T'es homo. T'es plutôt beau gosse. Et crois-le ou non, je sais ce qui se passe entre deux gays. J'en compte certains dans mes meilleurs amis et leurs histoires m'ont déjà laissée pantoise.

Il éclata de rire.

— Excuse-moi. J'oublie tout le temps. Dans ma tête, tu restes ma petite sœur, la gamine de cinq ans que je pourchassais entre les arbres derrière la maison en grondant que je te mangerais quand je t'aurais attrapée.

— Et pourtant, encore maintenant, tu n'arriverais pas à m'attraper, même si je partais en marchant, dit-elle en caressant du pouce le dos de la main de Marcus.

Ce dernier supposa qu'il pouvait se montrer honnête pour au moins une partie.

— D'accord, tu as raison. J'ai eu beaucoup de plans cul pour relâcher la pression. Ce n'était toutefois pas le problème. Non, c'est autre chose, qui est arrivé parce que je m'envoyais en l'air, et loin de m'aider, ça n'a fait qu'aggraver mon stress. Je sais que c'est vague comme réponse, mais je ne peux vraiment pas en parler.

— Tu me fais peur.

Les épaules de Jess étaient raides, sa lèvre tremblait.

— Tout ce que tu as besoin de savoir, c'est que je me suis tiré la tête du fion et que j'ai réalisé qu'il fallait que je me bouge. Et je l'ai fait. J'ai appelé maman et papa pour leur dire que je devais m'éloigner de New York un moment et décompresser. Papa avait peur pour ma situation financière, alors il m'a suggéré de demander un congé et il m'a fait un prêt. Rien de colossal, juste assez pour me tenir la tête hors de l'eau quelques mois, le temps que je me sente prêt à y retourner.

Une grande partie de ses angoisses s'étaient dissipées en cet instant précis.

— Et tu te sens prêt ? À y retourner ?

— Je ne sais pas trop. Il y a des jours où je me lève et où le monde me semble merveilleux, où j'ai l'impression de pouvoir accomplir n'importe quoi. Mais il y a aussi d'autres jours où je m'interroge sur ce qui va se passer après et ça me flanque une frousse phénoménale.

Il prit une profonde inspiration.

— Je me suis mis à écrire, principalement pour coucher sur le papier tout ce qui me passe par la tête. Enfin, sur papier virtuel. Sauf que ça n'a cessé de grandir, au point que j'ai su qu'il fallait que je finisse, parce qu'il y a d'autres gars là dehors qui vivent la même situation que celle que j'ai vécue. Qui sont gavés d'informations erronées et qui ont besoin de connaître la vérité.

Il en avait dit bien plus qu'il n'en avait eu l'intention.

— Tu en as déjà écrit beaucoup ?

— Suffisamment pour en faire un livre. Quand il sera terminé.

— Je peux le lire ?

Il retira sa main et s'écarta d'elle, le souffle court.

— Non.

Cette idée ne lui avait jamais traversé l'esprit. Peut-être devrait-il le publier sous un nom de plume.

Elle hocha la tête.

— Parce que si je le lisais, je saurais ce qui te fait si peur et que tu n'oses pas me dire. Bon Dieu, Marcus. Tu dois bien savoir que c'est en train de me faire imaginer tout un tas d'horreurs plus terribles les unes que les autres.

— Arrête. Je vais bien, je t'assure. Je suis dans un bien meilleur état.

Il lui sourit.

— Autant géographiquement que mentalement. Et au moins, maintenant tu sais pourquoi je ne pensais pas être le mieux loti pour discuter avec Jake. Chris est beaucoup moins paumé que moi.

Elle prit une profonde inspiration.

— Jake ne m'a rien dit et je n'ai pas insisté, mais j'ai comme l'impression que tu es la personne *idéale* en qui il pourrait se confier, dit-elle en croisant son regard.

Oh.

— Je vois.

— Ce n'est qu'une impression, continua-t-elle. Des petits détails que j'ai remarqués, des signes par-ci par-là… mais… quelque chose me dit qu'il y a une raison pour laquelle il ne veut pas dire à sa mère qu'il est gay ou bi ou que sais-je. On a toujours réussi à tout se dire, avant. Alors, quel que soit le problème, ça va au-delà de son orientation sexuelle. Mais je pourrais me tromper, bien sûr.

— Ça doit être ce fameux instinct maternel. Vous arrivez à capter des signaux. Maman savait déjà pour moi, après tout. Je crois que Chris était bien plus choqué qu'elle.

Jess rigola.

— Oh, mon Dieu. Je m'en souviens.

— Toi, tu avais quatorze ans et tu n'as même pas sourcillé. Lui en avait vingt et un et m'a dévisagé comme si une seconde tête m'avait poussé. Je crois que la première chose qu'il m'a dite, c'était « Mais tu ne peux pas être gay. Tu joues au foot ! »

Ils éclatèrent de rire.

Marcus reprit la main de sa sœur.

— Je suis désolé de ne pas pouvoir t'en dire plus. Je crois que la vérité, c'est que je ne veux pas que tu saches ce que j'étais devenu. J'ai peur que tu me regardes comme si j'étais un parfait inconnu.

Bon sang, il en tremblait !

Jess en resta coite.

— Marcus, si tu venais me dire que tu avais assassiné quelqu'un, ma première réaction serait d'aller chercher une pelle.

Ses lèvres tressautèrent et tous deux partirent d'un fou rire.

— Je t'aime, tu m'entends ? insista-telle.

— Je t'aime aussi.

Une lueur investit les yeux de Jess.

— Alors… il y a des beaux gosses en séjour à Cape Porpoise cet été ? Y aura-t-il la possibilité d'une amourette ensoleillée pour mon grand frère ?

— Aucune idée. Je n'ai pas cherché.

Ce n'était pas un mensonge. Il ne cherchait pas une conquête lorsque Seb avait démarré la conversation au supermarché. Même si le jeune homme tombait définitivement sous l'onglet « beau gosse ».

— Eh bien, tu devrais. Ce n'est pas parce que moi je fais ceinture que *tu* dois faire pareil. Au moins, comme ça, je pourrais vivre par procuration.

Elle lui décocha un grand sourire.

— Tu sais quoi ? Je vais inviter mon grand frère à déjeuner. Quelque part où on pourra regarder l'océan en mangeant.

— Ça me plaît.

Les yeux de Jess étaient emplis de chaleur.

— Merci. Tu aurais pu m'envoyer sur les roses, mais tu ne l'as pas fait. Et si je vois que les autres te posent trop de questions quand ils seront là, c'est *moi* qui m'occuperai de les envoyer balader. Je couvre tes arrières.

La première pensée qui lui traversa l'esprit en réponse se présenta sous la forme d'une question : *Ressentirait-elle la même chose si elle savait la vérité ?*

CHAPITRE SIX

Le 21 juin

Cela ne faisait que six jours, mais *bon Dieu*, qu'il était rincé. Seb fit le calcul : il restait dix semaines avant la rentrée des classes. *Putain.* Il n'avait fait qu'effleurer la surface. La remarque de Levi qu'il en ressortirait tout musclé rencontrait un inconvénient majeur à ses yeux : il finirait trop éreinté pour satisfaire le moindre gars parmi la file de ceux qui baveraient sur lui.

J'avoue, là, j'exagère un peu. Il ne pourrait *jamais* être trop épuisé pour ça, et toute une *file* de mecs ? Dans ses rêves, oui.

Il avait fêté l'arrivée des vacances d'été par une nuit au MaineStreet, mais s'il avait su que ce serait là sa dernière chance en presque trois mois de s'envoyer en l'air, Seb aurait zappé l'anniversaire de Mamie et aurait passé l'entièreté du week-end à essayer toutes les positions imaginables.

Et j'ai beaucoup d'imagination.

C'était peut-être pour ça qu'en ce dimanche matin, il était encore au lit à huit heures à savourer le plaisir de ne pas avoir à se lever. *Qu'est-ce qui pourrait bien valoir que je bouge ?* Toutes les corvées qu'il n'avait pas pu faire au cours de la semaine parce qu'il était trop vanné ? Non, il s'était préparé un café et était retourné dans la chambre où il s'était vautré sous la couette et dégustait son breuvage en scrollant sur son portable.

Seb sourit lorsque l'appareil se mit à vibrer et afficha le nom de Levi.

— Salut et bienvenue à mon seul jour de repos de la semaine.

— Tu es toujours parmi nous, à ce que je vois.

— Tu as cru quoi, que j'allais tomber par-dessus bord ? Me faire bouffer par un homard géant radioactif ?

Levi gloussa.

— Alors, c'était comment, cette première semaine ?

— Au bout de deux jours, Tim, le type qui bosse pour Gary, me dit qu'il est temps qu'on passe aux choses sérieuses. Quand je lui ai demandé ce qu'il entendait par là, il m'a répondu : « Eh bien, je t'ai laissé démarrer tard deux fois pour que tu prennes tes habitudes ». *Tard ?* J'étais sur le quai à quatre heures trente, bordel ! *Et là*, il me dit que Gary est déjà en pleine mer à quatre heures, d'habitude.

— Quatre heures du mat' ? répéta Levi, l'air horrifié.

— Ouaip. Du coup, ces quatre derniers jours, on est partis avant l'aube.

Il y avait toutefois un avantage à cela : Seb avait pu voir le soleil se lever sur l'océan et c'était un spectacle dont il ne se lasserait jamais.

— Et tout se passe bien ?

Seb s'étira sous les draps.

— Ce qui m'inquiète, c'est l'incertitude constante. On peut avoir une grosse prise un jour et pas assez pour rembourser l'essence le lendemain. Le truc, c'est que Tim fait ça depuis si longtemps qu'il connaît l'océan. Il sait où trouver les meilleurs points de pêche. Mais évidemment, c'est pareil pour tout le monde. On perd un temps fou à éviter les pièges des concurrents de Gary.

— Comment savez-vous que ce ne sont pas ceux

de Gary ? Tous les pièges ne se ressemblent pas ?

Seb ricana.

— Tu ne peux pas voir les pièges une fois qu'ils sont au fond de l'eau : tu ne vois que les balises qui y sont rattachées. Chaque pêcheur de homard a des balises personnalisées.

— Et tu te sens comment à devoir te lever de si bonne heure ?

Seb émit un rire nasal.

— Je suis pas fait pour ça. Les seules fois où je vois *cette* heure-là passer d'habitude, c'est que je suis resté debout toute la nuit.

Une pause s'ensuivit.

— Tu gardes un œil sur les événements de chez nous ?

Seb connaissait suffisamment Levi pour savoir que la question n'était pas innocente.

— Il s'est passé quoi ? J'ai raté quelque chose ?

— J'ai vu ça au journal hier soir. Les flics ont fait une descente. Une fête de jeunes, principalement. Une grande partie d'entre eux vont à ton école, d'après l'enquête.

— Une descente, en quel honneur ? Les voisins se sont plaints du bruit ?

— Nan, ils ont été arrêtés pour possession de shit. Une sacrée quantité, d'après ce que j'ai entendu. Sans parler du fait qu'ils avaient bu. Dans leur compte-rendu, la police disait avoir trouvé d'autres drogues. On dirait que rien ne change, hein ?

Il ne fallait pas être un génie pour comprendre que Levi pensait à sa mère.

— Les établissements scolaires *essaient* de faire bouger les choses, tu sais ? répondit Seb d'une voix douce. Il y a un programme dans le Maine pour éduquer les jeunes sur les drogues et un autre qui aident ceux qui ont déjà testé l'alcool, le shit et les autres cames.

L'entièreté du personnel de son école avait reçu une formation particulière.

— Je ne doute pas qu'il y ait tout un tas de programmes prévus, mais si leur propos se résume à « N'en prenez pas », clairement, ça ne fonctionne pas. Le message ne passe pas. Je le vois de plus en plus dans les articles que je poste pour le boulot. Les jeunes commencent avec les pétards, mais ils ne s'arrêtent pas là. Ils passent à des trucs plus durs. Puis, avant que qui que ce soit s'en rende compte, ils sont devenus accros. Et on sait tous comment la société traite les toxicos, j'ai tort ?

Seb eut un pincement au cœur en entendant l'amertume de sa voix.

— Tu en souffres encore. Je comprends.

— Excuse-moi, mais non, tu ne comprends pas. Toi, tu sais où la trouver, ta mère. Certes, tu n'en as peut-être pas *envie*, vu ses opinions, mais elle est toujours là. Moi, je ne sais même pas si la mienne est encore en vie ou pas, putain.

Un borborygme étranglé lui échappa.

— Désolé, je n'aurais pas dû parler de ça. Passons à autre chose.

S'il ne souhaitait pas épiloguer sur le sujet, Seb n'insisterait pas.

— Tu serais stupéfait de savoir l'heure à laquelle je me couche.

— Je t'en prie. Stupéfie-moi.

— Déjà, le premier jour, j'ai fait une sieste dès que j'ai eu fini de bosser. Sauf que j'ai vite réalisé que ça n'aidait en rien. Tout ce que ça m'a valu, c'est que je n'ai pas réussi à fermer l'œil de la nuit. Alors je me suis obligé à rester debout. On bosse de quatre heures à midi et quand j'arrive à la maison, je m'interdis de faire un somme. Du coup, à la seconde où ma tête touche l'oreiller, c'est rideau pour moi. Certains soirs, je suis au lit à vingt heures.

Levi éclata de rire et le son fit déferler une vague de soulagement en Seb.

— J'avoue, c'est stupéfiant. Tu as déjà croisé un membre de la populace locale ?

— À part Tim, qui n'a pas beaucoup de conversation en dehors des trucs de homard, j'ai causé à exactement un seul autre gars.

Mais quel gars !

Levi lâcha un rire ironique.

— Pourquoi ça ne me surprend pas qu'il s'agisse d'un mec ? Oserais-je demander… s'il s'agissait d'un mec *gaulé* ?

— T'as pas idée, putain. Sauf que le juré n'a pas encore statué sur le fait qu'il soit dans notre équipe ou pas. D'après mon instinct, c'est mort.

Même si Seb n'en était plus aussi certain depuis la remarque sur son tee-shirt.

Allez, avoue que tu te fais juste de faux espoirs parce que tu as envie qu'il soit gay, c'est tout.

— Que comptes-tu faire du reste de ton dimanche, du coup ?

Seb caqueta.

— J'ai plein de choses passionnantes de prévues. D'abord, la lessive. Ensuite, je vais avoir droit de faire les courses. Et *après ça*, je vais pouvoir faire le ménage.

— Ouah. Toute cette excitation en seulement quelques heures. Allez, avoue que certaines de ces choses pourraient attendre. Il fait super beau, aujourd'hui. Pourquoi tu n'irais pas dehors ?

— Je passe six jours sur sept en plein air. Sur les flots. Dans un bateau.

— Ce n'est pas ce que je voulais dire. Tout ce que tu as vu de Cape Porpoise, c'était depuis ce bateau. Va faire un tour. Tu vas passer deux mois là-bas et tu n'as qu'un jour de congé par semaine. Tes après-midi sont libres aussi, si j'ai bien compris. Va faire le tour du patelin. Prends des photos. Apprends à connaître les environs. Tu vas devenir dingue si tout ce que tu fais, c'est aller bosser avec Tim, faire tes courses, puis passer le reste du temps dans cette maison.

Levi marqua une pause, puis :

— Tu n'es pas fait pour vivre en solitaire. Tu as besoin de relationnel. Et tu ne risques pas de trouver des gens si tu restes cloîtré entre ces quatre murs. Alors, bouge-toi et va rencontrer du monde. *Parler* avec quelqu'un. Je t'ai vu charmer de petites vieilles en moins de cinq minutes.

Seb renâcla.

— Tu ne prêcherais pas la même si tu m'avais entendu au magasin, dimanche dernier.

— Qu'est-ce que ça veut dire ?

— J'ai lancé une conversation sur les bananes. Je n'arrivais pas à trouver autre chose.

— Ça a fonctionné ?

— Nan. Il a dû croire que j'étais un demeuré. Et bien entendu, la *seconde* fois que je l'ai vu, je portais mon uniforme en ciré. On est d'accord qu'il n'y a rien de plus sexy qu'une salopette jaune fluo, hein ? Heureusement que j'avais remis mes bottines.

— S'agirait-il du même gars dont tu parlais avant ?

— En personne.

Levi ricana.

— Alors tu ferais mieux de t'entraîner au cas où tu le recroises.

Ce serait un sacré coup de chance.

— Bah, ça fait une semaine et je ne l'ai pas revu depuis.

— Mais est-ce que tu l'as *cherché ?*

Seb poussa un rire nasal.

— Levi, tu me connais *trop* bien.

Ce dernier rigola.

— Je vais te laisser profiter du reste de ton dimanche. Ne te tue pas à la tâche, cette semaine.

— Si je ne me donne pas à fond, Gary va me botter le cul. À bientôt.

Seb raccrocha et lança son portable sur le lit. Il compatissait à la peine de son ami. *Ça doit lui faire tellement mal.* Seb aussi se demandait bien où était la mère de Levi. Il y avait bien sûr des chances qu'elle soit effectivement morte, mais Mamie n'aurait-elle pas été tenue informée de cette éventualité ? *Il a perdu sa mère, mais elle, elle a perdu sa fille.*

Dieu merci, ils étaient encore là l'un pour l'autre.

Seb jeta un œil à la fenêtre. Levi avait raison : c'était une magnifique journée. Beaucoup trop pour rester enfermé dedans à faire la lessive. *Je pourrais allier l'utile à l'agréable et me promener avant de faire les courses.*

Ce serait parfait... *après* s'être occupé de son érection matinale.

Seb récupéra son portable, se dirigea sur l'un de ses sites pornos préférés et attrapa le lubrifiant. Il ne lui fallut toutefois pas longtemps pour abandonner le téléphone et fermer les yeux afin de visualiser un tout autre individu.

Parce que Marcus était *bien* plus canon que les mecs sur son petit écran.

Seb avançait le long de Langsford Road, s'enivrant du décor et des senteurs. Des bateaux mouillaient de chaque côté du canal qui séparait les deux rives, leurs mâts comme autant de doigts tendus vers les cieux, leurs coques blanches reflétées dans les eaux ondulantes. La forte brise faisait cliqueter les chaînes et claqueter les pavillons. Le brouhaha de conversations lui parvenait quand les navires se croisaient en sortant ou en entrant dans la baie.

Seb devait bien admettre que Levi avait tapé dans le mille. Il faisait bien trop beau pour s'occuper de la lessive.

Son projet était de rejoindre la pointe de terre au bout de la rue, d'en faire le tour et de rebrousser chemin jusqu'au supermarché. Devant lui se tenait le Langsford's Lobster and Fish House. Il lui vint à l'esprit qu'une petite salade de homard serait sans doute un choix parfait pour son dîner dominical, même s'il ne comptait pas en acheter un vivant, non merci. Il avait suffisamment de souvenirs de l'odeur qui empestait la cuisine lorsqu'on en faisait bouillir. Mieux valait s'en prendre un précuit.

Soudainement, il repéra deux personnes plus loin, en face du poissonnier, et en eut le souffle coupé. *Marcus.*

Sauf que Marcus était accompagné d'une femme. Tous deux riaient à gorge déployée et la façon dont elle lui touchait le bras et le couvait des yeux en disait long.

Merde. Faut croire qu'il va devoir rester du domaine du rêve érotique, après tout.

Seb savait quand il fallait tourner la page. C'était bien dommage. Lui qui avait anticipé quelques échanges taquins si l'occasion se présentait, il n'avait pourtant aucune intention de flirter avec un hétéro. Il regarda la femme entrer dans la boutique.

Je continue de tracer ma route ? Ou je fais demi-tour et je repars avant qu'il me voie ? Qu'est-ce qui le rendait donc aussi nerveux face à cet homme ?

Quelle question stupide. Marcus était le summum de son idéal : un gars d'âge mûr, super gaulé, pas trop grand, poivre et sel…

On se calme, petit. Seb s'imaginait déjà passer les doigts dans la toison argentée sur le torse de Marcus avant de les faire glisser jusque dans ses poils pubiens. Il espérait tellement qu'il ne se rasait pas.

Et même s'il se rase, la belle affaire. Il est hétéro. Espérer qu'il soit bi était au-delà de ses forces.

Le Seigneur était en train de s'amuser beaucoup trop aux dépens de Seb.

Alors, Marcus l'aperçut et cela marqua la fin de son débat interne. Seb avança jusqu'à lui avec autant de nonchalance qu'il en trouva.

L'autre lui adressa son habituel sourire de politesse.

— Bien le bonjour. On ne pêche pas aujourd'hui ?

— J'ai au moins le droit à un jour de repos, dit-il en tournant les yeux vers le magasin. J'avais envie de homard pour le dîner. Ce qui pourrait paraître bizarre, quand on sait comment je passe la semaine.

— Je ne trouve pas ça bizarre, répondit Marcus avant d'indiquer les bardeaux de cèdre qui recouvraient le bâtiment et les balises suspendues en guise de décoration. J'aime beaucoup toutes ces couleurs différentes.

Seb désigna un flotteur aux rayures orange et jaunes.

— C'est celui de Gary. Mon oncle.

Marcus hocha la tête, puis avisa la pancarte à côté de la porte et demanda, l'air perplexe :

— Des clovisses ?

— Ce sont des palourdes, répondit Seb. C'est délicieux dans un bouillon avec du beurre, du vinaigre de cidre et quelques tranches de pain à l'ail.

Au même instant, la femme sortit de l'établissement, un sac en main. Marcus éclata de rire.

— Ça ne ressemble pas à un homard vivant, ça.

Elle ouvrit de grands yeux tout ronds.

— Il m'a montré l'aquarium avec les bébêtes et m'a demandé laquelle je voulais. J'ai pas pu.

— Et tu nous as pris quoi, du coup ? s'enquit Marcus.

Elle rayonna.

— Ils les vendent précuits. Regarde-moi ça.

Elle ouvrit le sac et Marcus jeta un œil à son contenu.

— C'est un sacré morceau. Il doit y avoir un paquet de chair dans ces pinces-là.

— Je peux voir ? demanda Seb.

La femme lui jeta un regard interloqué.

— Vous voulez que je vous montre mon homard ?

Marcus se bidonna.

— Je te présente Seb. Il pêche le homard. Elle, c'est Jess, ajouta-t-il en la lui indiquant.

Seb la salua d'un hochement de tête avant de

vérifier l'intérieur du sac.

— Oh mon Dieu.

— Quoi ? s'exclamèrent Marcus et Jess de concert.

— Je le connais, ce homard ! C'est moi qui l'ai chopé hier, ce mâle.

Marcus en resta bouche bée.

— Vous savez dire si c'est une de votre prise rien qu'en le regardant ?

Seb se fendit d'un grand sourire.

— Non, mais la tête que vous faites valait tout l'or du monde.

Marcus leva les yeux au ciel.

— Personnellement, j'étais plus impressionnée par le fait que vous sembliez savoir qu'il s'agissait d'un mâle, remarqua Jess. Vous vivez dans le coin ?

— Je suis de passage pour les deux prochains mois. Mon oncle est propriétaire d'un homardier, mais il n'a rien trouvé de mieux que de se fracturer le bassin donc je lui file un coup de main.

— Il s'avère que c'est le seul jour de congé de monsieur, affirma Marcus avant de retourner toute son attention vers Seb. Vous aviez envie de faire un tour ?

— Je voulais me dégourdir les jambes et en profiter pour faire les courses. Faut que je remplisse le garde-manger avant d'aller au lit.

— J'imagine qu'il faut se lever très tôt pour rejoindre le bateau. À quelle heure vous couchez-vous ? l'interrogea Marcus.

— Vingt et une heures si je veux fonctionner avec seulement six heures de sommeil. Pour mon bien, je devrais y aller à vingt heures.

— Vous aimez le homard ? demanda Jess de but en blanc.

— Pas ceux qui me pincent, non, répondit Seb avec un grand sourire.

Marcus rigola.

— Eh bien, nous allons préparer une salade de homard pour le dîner. Ça vous dirait de vous joindre à nous ?

À en juger par la façon dont Marcus tourna brusquement la tête vers elle, ce dernier était tout aussi surpris par l'invitation que ne l'était Seb.

— On ne se connaît pas.

Et Seb n'avait *aucune* envie de retourner le couteau dans la plaie en se retrouvant obligé de les regarder ensemble.

Jess sourit.

— Vous me semblez être la seule personne avec qui Marcus a parlé en dehors du facteur.

— Je ne voudrais pas m'imposer, protesta Seb.

— Tu vois ? intervint Marcus. Il n'en a pas envie.

Une lueur s'était allumée dans le regard de Jess qui avertit Seb qu'elle pouvait être très pénible si elle le voulait.

— Non ne sera pas une réponse acceptable. J'ai tellement envie de cuisiner pour mon grand frère avant de repartir. Je vous promets qu'on aura terminé de manger à temps pour que vous puissiez vous coucher aussi ridiculement tôt que nécessaire. En plus, j'ai repéré une bouteille de vin blanc vraiment sympa dans la cuisine ; je parie qu'elle se mariera à merveille avec le homard.

— C'est vrai que j'avais prévu de m'acheter du homard pour ce soir, confirma Seb.

Il avait retenu une information capitale de tout ce qu'elle venait de dire.

Son frère ? Eh bien, voyez-vous ça !

Jess rayonnait davantage.

— Vous voyez ? Comme ça, pas besoin de vous déranger. Je m'occupe de la salade pendant que *vous* papotez avec mon frère pour qu'il ne traîne pas dans mes pattes. La solution idéale.

Seb jeta un coup d'œil à Marcus.

— Elle obtient toujours gain de cause comme ça ?

Marcus poussa un soupir exagéré.

— Toujours. Toute résistance est inutile.

Seb avait l'impression que son hôte du soir n'était pas enthousiaste à cette perspective.

— Écoutez, c'est une merveilleuse invitation, mais…

— S'il te plaît, l'interrompit Jess en le regardant droit dans les yeux. Je le prendrais mal si tu refuses. Et tu n'as pas envie que je me vexe, quand même ?

Seb grimaça et se tourna vers Marcus.

— Ooh, elle est douée.

L'interpelé leva les yeux au ciel.

— Tu n'as *pas* idée.

La vérité, c'était que Seb n'avait pas envie de refuser maintenant qu'il avait conscience de leur lien familial.

— D'accord. Quelle heure, quelle adresse ?

Les yeux de Jess scintillaient de malice.

— Land's End Road, numéro 16, et disons pour dix-sept heures. Comme ça on peut laisser à Marcus le temps d'étudier le contenu du bar et voir quels merveilleux cocktails il pourra nous concocter.

Elle se mordit la lèvre.

— Tu peux venir à pied sans soucis ? Je ne voudrais pas que tu conduises après avoir bu.

Seb éclata de rire.

— Tu as vu la taille du patelin ? On peut aller

n'importe où à pied. Très bien. Dix-sept heures. Je promets de ne pas venir en ciré jaune, ajouta-t-il en s'adressant à Marcus.

— À tout à l'heure.

Marcus attrapa Jess par le bras et la traîna derrière lui. Seb les regarda s'éloigner et sourit sous cape en voyant leur conversation s'animer.

Il n'avait pas prévu de me dire que c'était sa sœur. Il devait savoir l'image que ça renvoyait. Et elle, elle a vendu la mèche. Son instinct lui disait que ça n'avait rien d'un accident ; Seb avait le sentiment que Jess et lui allaient s'apprécier.

Ce même sentiment lui prédisait qu'il allait kiffer son frère bien plus encore.

CHAPITRE SEPT

— Je n'arrive toujours pas à comprendre pourquoi tu l'as invité, bougonna Marcus en jetant un dernier regard au salon pour s'assurer qu'il n'avait rien oublié.

Jess lui avait fourré un plumeau dans la main et lui avait même ordonné de ne pas négliger les pales du plafonnier.

Celle-ci était occupée à battre l'un des coussins du canapé jusqu'à sa soumission.

— Il a l'air sympa. J'ai *adoré* quand il a fait semblant de reconnaître le homard. Il a un sens de l'humour génial. *Et* il est gay.

Marcus se retrouva à ciller.

— Tu ne peux *pas* être sûre de toi. Tu lui as parlé pendant moins de cinq minutes.

Aucune importance que Marcus en soit quasi certain lui aussi.

— Tu n'as pas remarqué son tee-shirt ?

— Je n'ai pas fait attention.

Il ne mentait pas : il avait fait tout son possible pour ne *pas* observer le torse de Seb ni plus bas encore, le cas échéant. Pour ne pas montrer le moindre signe qu'il lui prêtait un quelconque intérêt. Alors que c'était bien le cas.

— Si c'était celui qui dit « Oui, j'en suis, et non, tu ne peux pas mater », c'est du ressassé. C'est celui qu'il portait le jour où je l'ai rencontré.

Jess se fendit d'un grand sourire.

— Je l'ai déjà vu aussi, celui-là. *Celui-ci* disait « Je ne suis pas gay, mais mon petit ami si. » Comment tu as pu le rater ?

Il ne daigna pas lui répondre.

— Tu devrais voir certains des trucs que mes collègues mettent. Et voilà une autre raison pour laquelle je sais qu'il est gay : sur les cinq mecs avec qui je bosse, trois sont homos. Tu finis par développer un sixième sens, au bout d'un moment. Il suffit d'analyser les faits : il est mignon, il est drôle, il aime les mecs.

Son sourire se fit carnassier.

Eh merde.

— Oh, non. Tu peux t'ôter cette idée de la tête tout de suite.

Elle lui adressa un regard innocent, ses yeux bleus grands ouverts.

— Quelle idée ?

Mais bien sûr !

— Rends-toi utile et va vérifier ce qu'il y a dans le bar pendant que je m'occupe de Pincettes.

Il la dévisagea.

— Tu sais comment extraire la chair d'un homard ?

Jess haussa les épaules.

— Évidemment, c'est facile.

— Tu m'impressionnes.

Il se souvenait encore du jour où leurs parents les avaient emmenés au restaurant quand ils étaient ados. Ils avaient commandé des crevettes et l'assiette de Jess ressemblait à un cratère après une explosion lorsqu'elle avait tenté de les décortiquer elle-même.

— J'ai juste à prendre mon portable, taper « comment extraire la chair d'un homard » et regarder le tuto.

Il leva les yeux au plafond. Jess lui lança un regard plein de sous-entendus.

— Sinon, à propos de Seb... Il sait que tu es gay,

lui ?

— Non.

— As-tu l'intention de le lui dire ?

— Non.

Un éclat malicieux dans les yeux, elle insista :

— Ai-je au moins le droit de semer des indices ?

— Tu *as intérêt* à te tenir à carreau, ce soir, c'est bien compris ? rétorqua-t-il en plissant les yeux.

— Bien sûr. Sage comme un ange, répondit-elle avant de sourire comme une démente. Un ange déchu.

Marcus commençait à avoir un très mauvais pressentiment.

Quand la sonnette de l'entrée retentit, Jesse l'interpella depuis la cuisine :

— Tu veux bien aller ouvrir ? Je suis comme qui dirait un peu occupée, là.

— Qui va gagner, à ton avis ? Le homard ou toi ? rétorqua-t-il du même ton.

Il adressa un dernier regard à son reflet. Il avait choisi un tee-shirt gris foncé et un jean, aspirant à un look détendu et discret. Il se rendit alors compte que ses efforts étaient entièrement dédiés à Seb.

Arrête. Ne t'engage pas sur ce terrain-là.

— La porte, Marcus !

Il s'empressa d'aller ouvrir. Seb se tenait de l'autre côté, vêtu de tongs, d'un jean et d'une veste en denim par-dessus un tee-shirt, une large boîte blanche dans ses mains.

— Je n'arrive pas trop tôt, j'espère ?

— Pas d'inquiétude.

Il était à croquer.

— Je t'en prie, entre.

Seb passa devant lui pour entrer dans le salon et Marcus tâcha de ne pas mater ses fesses.

Ses *délicieuses* fesses visiblement très fermes.

— Ne t'approche pas de la cuisine, l'avertit-il.

Confronté au froncement de sourcils de Seb, Marcus lui fit un grand sourire.

— Jess est en train de se battre avec le homard. Je crois que c'est lui qui va l'emporter.

— J'ai entendu ! fulmina-t-elle. Salut, Seb. Marcus va s'occuper de ta boisson. J'arrive dans une minute avec l'apéro.

Marcus avisa la boîte que Seb transportait et celui-ci la lui présenta aussitôt.

— L'un de mes meilleurs amis a été élevé par sa grand-mère et j'ai passé beaucoup de temps chez eux en grandissant. Mamie m'a seriné qu'on ne vient jamais chez quelqu'un les mains vides.

Marcus jeta un œil à l'intérieur.

— C'est un cheesecake au chocolat ? demanda-t-il en salivant déjà.

— J'ai fait le bon choix ?

— Un *excellent* choix. Tu remercieras Mamie pour moi la prochaine fois que tu la vois. Je vais le mettre à la cuisine, dit Marcus avant de marquer une pause. Écoute, je sais que Jess t'a promis des cocktails, mais il y a de la bière aussi. J'ai fait exprès d'en prendre au supermarché.

Seb lui adressa un grand sourire.

— Tu me sauves la vie. Je n'ai rien contre un verre

de vin, mais je ne suis pas trop penché cocktails.

— Je vais nous apporter deux bouteilles.

Marcus s'empressa de rejoindre la cuisine et s'immobilisa brusquement en voyant le plan de travail propre.

— Ouah. Ça m'a l'air de s'être mieux passé que je ne croyais.

Jess, qui versait les pâtes cuites dans une passoire, levait les yeux vers lui.

— Tu t'attendais à quoi ?

Il caqueta.

— À un carnage.

Il déposa la boîte sur le comptoir.

— Seb a ramené le dessert. Cheesecake au chocolat.

Les yeux de sa sœur s'illuminèrent.

— Ooh, Seb nous plaît.

Marcus ouvrit le frigo, en sortit deux bières, puis il attrapa l'ouvre-bouteille et fit sauter les capsules.

— J'ai préparé un bol de chips. Prends-le avec.

Il suivit ses instructions et retourna auprès de leur invité. Seb s'était positionné à côté de la fenêtre, veste en main, et observait le jardin.

— C'est mon endroit préféré pour boire mon café du matin, lui apprit Marcus. De là, je peux regarder les cabrioles des écureuils.

Seb pivota les yeux vers lui par-dessus son épaule et sourit.

— C'est mignon, les écureuils.

Il se retourna complètement et Marcus ne put retenir un sourire.

— Tu as changé de tee-shirt.

Une lueur s'alluma dans le regard du jeune homme.

— Tu as remarqué.

— Tu ne fais jamais dans la subtilité, si je comprends bien ?

Le haut de Seb était noir avec « Laisse-moi être parfaitement QUEER » en imprimé en blanc à l'exception du mot « queer » qui était bien plus imposant que les autres et arborait toutes les couleurs de l'arc-en-ciel en version pailletée.

Seb accepta la bouteille que Marcus lui tendait.

— Mon Dieu, celui-ci, c'est rien comparé à certains de ceux que je mets quand je sors, dit-il avec un grand sourire. J'en ai toute une collection.

— Pourquoi ça ne me surprend pas ? Si celui-ci est light, je n'ose imaginer à quoi ressemblent les autres.

Seb remua les sourcils.

— Ils sont super pour briser la glace.

Il prit une gorgée de bière avant de sourire.

— Au fait, tu as bon goût.

Il tapota l'étiquette du bout du doigt.

— Cette microbrasserie produit de superbes bières. Je l'ai découverte tout récemment.

— Quels sont tes trois tee-shirts préférés ? l'interrogea Marcus, encore trop intrigué par la panoplie de Seb.

— C'est difficile.

Seb frotta sa mâchoire chichement barbue.

— OK, en troisième position, je dirais : « Les gays sont des lèche-cul, mais seulement pour ceux qui leur demandent gentiment ». En deux, ce serait : « Tu trouves que cette teub dans ma bouche me donne l'air gay ? »

Marcus s'étouffa presque de rire.

— Je ne suis pas sûr de vouloir connaître le

gagnant du podium.

Les yeux de Seb scintillaient.

— C'est juste un tee-shirt blanc uni avec quatre mots en noir.

Il fit une pause, puis :

— Il est écrit : « Viens labourer mon champs ».

Marcus tenta de ne pas renverser sa bière sur la moquette.

— Seigneur, je suis content que tu n'aies pas mis celui-là.

Comme Seb lui lançait un regard interrogateur, il expliqua :

— Ma sœur bosse avec trois gays. En moins de deux, elle leur en aurait déjà commandé un chacun pour Noël.

Il indiqua le canapé.

— Je t'en prie, assieds-toi.

Marcus posa le bol de chips sur la table adjacente. Seb prit place et observa les alentours.

— C'est une maison magnifique. J'adore tous ces arbres, dit-il en inclinant la tête vers le jardin.

Marcus s'installa à l'autre bout du divan.

— En allant assez loin, on finit par trouver une crique dans la forêt. Mes parents nous ont bassinés pour qu'on s'en tienne à l'écart quand on était gosses.

Marcus avisa à son tour le salon confortable.

— Cette maison est dans ma famille depuis des années. On y passait tous les étés. Elle regorge de bons souvenirs.

Il prit une gorgée de bière avant de demander :

— La pêche au homard… c'est pas trop difficile ? J'imagine que ce n'est pas de la tarte.

— Je ne m'y adonne que depuis une semaine.

Seb ponctua sa phrase d'un lourd soupir.

— Et j'en ai beaucoup plus qui m'attendent.

— Du coup, quand tu n'es pas occupé en mer, qu'est-ce que tu fais ?

Un autre de ces sourires espiègles apparut.

— Devine.

Marcus s'octroya une nouvelle goulée.

— Oh, non, c'est pas juste, ça.

— Pourquoi ?

— Parce que si je dis une bêtise, ça risque soit de te vexer, soit de me faire passer pour un enfoiré.

Les yeux de Seb s'illuminèrent.

— Je serai gentil. Tu as droit à trois essais.

Marcus décida de suivre son instinct.

— Tu es surfeur professionnel. Tu vas devenir l'un des grands noms du sport au niveau olympique.

Seb éclata de rire.

— Oh, l'idée me plaît. Mais non.

— Un musicien ? Tu joues dans un groupe ?

— Ça m'a l'air super, sauf que je ne sais jouer d'aucun instrument et que je suis incapable de tenir une note. Donc non. Dernière chance.

Seb prit une longue gorgée de sa bouteille.

Marcus était à court d'idées.

— Un artiste, répondit-il en sachant que c'était un coup d'épée dans l'eau.

Seb ricana.

— T'es loin du compte. Je suis prof au collège.

— Sans blague, rétorqua Marcus en cillant.

Les lèvres de Seb tressautèrent.

— J'avoue ne pas savoir si ta réaction doit m'amuser ou m'offenser.

— J'essaie juste de t'imaginer dans une salle de classe en costard...

— En costard ? Mon Dieu, non.

Seb souleva les pieds et jeta un regard à ses tongs.

— Si on me laissait faire, je porterais ça. Mais *non*, notre tenue doit être « professionnelle » ou du moins « appropriée », dit-il en insistant sur les guillemets avec les doigts. Je mets un pantalon de ville et une chemise. Ils adoreraient me voir en costume ou avec un blazer, mais ce n'est pas une obligation. Les jeans sont interdits, par contre.

Jess entra dans la pièce, un verre de vin à la main.

— Le dîner est prêt, alors je me suis dit que j'allais me joindre à vous un petit peu. Je n'interromps rien d'important, j'espère ? ajouta-t-elle avec un sourire.

Elle s'assit dans le fauteuil qui faisait face à la baie vitrée. Marcus lui adressa un regard entendu.

— Évidemment que non. On papotait, c'est tout.

Jess sirota son vin.

— Alors, Seb, d'après Marcus tu n'es que de passage à Cape Porpoise. D'où viens-tu ?

— De pas très loin : Ogunquit.

Le visage de celle-ci s'illumina.

— J'y suis déjà allé. Il y avait un magasin de bonbons génial…

— Harbor Candy, confirma Seb.

— Dans le mille ! Et je m'en souviens d'un autre, un peu plus loin sur la côte, je crois. Je restais plantée devant la vitrine à regarder la machine à caramel. J'aurais pu y passer des heures entières.

Seb hocha la tête avec un sourire.

— Ça, c'est Goldenrod, à York Beach.

— J'y ai emmené Jake – c'est mon fils – pour lui montrer, sauf que lui était bien plus intéressé par la machine à emballage dans la fenêtre d'angle.

— Si tu es passée par-là, tu as sûrement aussi visité le phare de Nubble.

Jess rayonnait.

— Oui ! J'ai emmené Jake là-bas aussi quand il était petit.

Elle fronça les sourcils.

— Allons bon, comment ça s'appelait encore, la boutique en bordure du parking de Nubble ? Ils vendaient les meilleures glaces.

Elle écarquilla les yeux comme la réponse lui revenait.

— Le Brown's ! C'est ça.

Seb hocha la tête.

— Ça s'appelle Dunne's, maintenant. Et la quantité de choix me donne *toujours* autant le vertige. Par contre, ils ne font plus le goût crème danoise comme le Brown's avant ! se plaignit-il en plissant les yeux.

— Dommage, répondit Jess avant de pencher la tête sur le côté. Au fait, tu es célibataire ?

Nom de Dieu ! Marcus se racla la gorge.

— Je crois que ça tombe dans la catégorie « Mêle-toi de tes oignons » ?

Seb balaya sa remarque d'une main nonchalante.

— C'est rien. Ça ne me dérange pas. Oui, je suis seul.

— Tu connais le Machine ou le Jacque's Cabaret, à Boston ?

Seb fronça les sourcils.

— Je n'ai jamais mis les pieds à Boston et ces noms ne me disent rien. Je devrais connaître ?

— Ce sont des bars gay.

Les lèvres de Seb tressaillaient de plus belle.

— Et selon toi, je garde une liste en tête de tous les bars gay du pays ? C'est presque aussi drôle que si tu m'avais demandé si je connais un de tes amis sur Boston juste parce qu'il est homo.

Jess devint écarlate.

— Je vois ce que tu veux dire.

Marcus faisait de gros efforts pour ne pas éclater de rire. *Un point pour Seb.*

— Tu travailles dans quoi là-bas ? l'interrogea ce dernier.

— Je bosse pour une entreprise de décoration d'intérieur. Je suis secrétaire, femme à tout faire, préparatrice de café, coursière quand le besoin s'en fait sentir… Ils m'ont surnommée leur « bras droit ».

Seb se tourna vers Marcus :

— Et toi, du coup ?

Avant que l'intéressé ait pu ouvrir la bouche, Jess s'interposa :

— Marcus est rédacteur publicitaire.

Seb se fendit d'un nouveau sourire.

— Donc c'est *ta* faute quand je vois une pub et que je me précipite pour aller acheter un truc donc je n'avais pas besoin.

Marcus gloussa.

— Sûrement, oui.

— Il est très doué.

Et la fierté de Jess était évidente dans sa voix.

— Je n'en doute pas. Et donc, où vis-tu quand tu ne te la coules pas douce par ici ?

— À New York.

— Oh, un citadin? La région doit te paraître vachement calme.

— Crois-moi, ça ne me dérange absolument pas.

De fait, Marcus n'était pas certain de vouloir retrouver le brouhaha et l'agitation.

— Marcus est en train d'écrire un livre, lâcha Jess

à brûle-pourpoint.

Le frère la fusilla du regard et la sœur le lui rendit bien.

— Quoi, c'est la vérité.

Seb écarquilla les yeux.

— Impressionnant. Fiction, argumentaire… ?

— Argumentaire. Je ne suis même pas encore certain de vouloir le publier quand il sera terminé. Et je t'en prie, ne me demande pas de te dire de quoi ça parle, tu finirais en train de ronfler en moins de dix secondes tellement c'est barbant.

Il ferait n'importe quoi pour changer de sujet.

— Vous vous êtes rencontrés comment, sinon ? les interrogea Jess.

Marcus lui adressa un autre regard sévère, mais elle l'ignora résolument.

— On a tissé des liens en parlant bananes, déclara Seb avec un visage neutre avant de s'esclaffer. Pas vraiment. J'ai la très mauvaise habitude de causer à de parfaits inconnus et Marcus s'est retrouvé dans mon champ de vision.

— Et il a remis le couvert une deuxième fois, sauf que là, c'était en parlant de magazines, ajouta Marcus.

— Je voulais te poser la question, d'ailleurs, mais tu t'es enfui sans m'en laisser l'occasion. Tu regardais un magazine de pêche, ce jour-là. C'est un domaine qui t'intéresse ?

Jess lâcha un rire nasal.

— Quand il avait dix ans, peut-être. Il accompagnait toujours notre frère et notre père sur son bateau ; ils passaient des journées entières dans la baie, Marcus avec sa petite canne toute mimi.

— Il vous arrivait d'attraper quelque chose ? demanda Seb, les yeux brillants.

— Une ou deux fois, je dirais. Je suis quasi certain qu'on a pêché quelques maquereaux, dit Marcus en souriant. J'avais dit à mon père que je voulais pêcher un homard.

— Tu devrais peut-être t'y remettre tant que tu es là, lui suggéra Seb.

Marcus le regarda fixement.

— C'est la réflexion que je me suis faite quand j'ai vu ce magazine. Je suis sûr que l'équipement de papa traîne encore quelque part dans le coin.

Il soupira.

— Le bateau, en revanche, a disparu depuis longtemps.

— Seb pourrait peut-être vous en trouver un et vous pourriez aller pêcher ensemble, proposa Jess d'un air innocent qui ne dupa pas Marcus une seule seconde.

— M'est avis que Seb est bien trop occupé pour aller pêcher par plaisir, rétorqua-t-il d'une voix ferme. Sans parler du fait qu'il passe tout son temps sur l'eau et qu'il n'a sans doute aucune envie d'y passer son temps libre en plus.

— Et pourtant, ça pourrait être tout à fait le cas, le contredit Seb avec un grand sourire. Je ne me souviens pas de la dernière fois. Ce serait un agréable changement que d'être sur un bateau *sans* devoir courir partout pour faire trois choses en même temps.

Il avala une gorgée de bière.

— Et je crois pouvoir nous trouver un bateau.

— C'est décidé, alors, annonça Jess avec un sourire suffisant.

— Rien n'est décidé du *tout*, contra Marcus avant de s'éclaircir la voix. C'est bientôt l'heure de manger ?

Il allait avoir des choses à dire à sa sœur, une fois Seb reparti.

— C'était délicieux, déclara Seb en souriant.

Jess se fendit d'un rire nasal.

— N'importe qui peut préparer une salade.

— Peut-être, mais je n'avais jamais mangé une salade de homard avec des pâtes.

— Et ça t'a plu ? demanda-t-elle, l'air quelque peu nerveuse.

— J'ai adoré. En plus, tu n'as pas hésité sur l'aïoli, alors à mes yeux, c'était un sans faute.

Elle rayonnait.

— Tu vois ? *Certains* aiment quand ça dégouline de sauce. Je vais chercher le dessert.

Seb comprit que c'était une attaque envers Marcus tandis que Jess se levait de table. Elle s'éloigna de la salle à manger et disparut dans la cuisine.

— Ne fais pas attention à elle, l'avertit aussitôt Marcus à voix basse.

Seb se mordit la lèvre.

— Répète un peu ce que tu avais dit à mon sujet au niveau de la subtilité ? Ta sœur pourrait ouvrir une école.

Il ne lui avait pas fallu longtemps pour comprendre que Jess essayait de jouer les entremetteuses. Lui-même aurait trouvé ça marrant si la réaction de Marcus n'avait pas été aussi clairement négative. Seb soupira.

— Même si elle n'a rien dit à ce sujet, c'est tout

comme.

— Quoi : le fait que je suis gay ? Qu'est-ce qui m'a
trahi ?

Seb ne put retenir un sourire.

— Je *crois* que c'est quand elle m'a suggéré d'aller
à New York en juin l'année prochaine pour participer
à la Pride avec toi.

Heureusement, Marcus sembla trouver ça drôle,
lui aussi, et il éclata de rire.

— Ouais. Elle est à peu près aussi subtile qu'un
coup de massue.

Seb haussa les épaules et dit :

— Elle veut bien faire. Je devrais être flatté, non ?

Il se figea et écarta les yeux dans une expression
d'horreur moqueuse.

— À moins qu'elle le fasse avec tous les mecs
qu'elle croise ?

Marcus secoua la tête.

— C'est la première fois, Dieux soit loué.

Seb s'en trouva perdu comme jamais tant les
signaux étaient contradictoires. C'était comme si
Marcus dissimulait deux entités en lui qui se faisaient la
guerre. Lui, qui savait se montrer charmant et drôle un
instant, devenait l'inverse en un rien de temps… Seb,
qui se félicitait de sa capacité à cerner les hommes,
devait bien s'avouer dérouté par l'énigme Marcus.

— Merci d'avoir réagi aussi poliment, finit par dire
ce dernier. Tu as raison, elle ne cherche pas à mal. Elle
n'arrive juste pas à s'imaginer que deux gays puissent
ne pas être attirés l'un par l'autre.

S'il captait bien, c'était la façon de Marcus de
fermer la porte sur la possibilité de passer au-delà de
simples connaissances. *Message reçu. Je m'arrête là.*

Sauf qu'il n'en avait pas envie. Il était déjà trop

accroc.

Jess revint de la cuisine avec deux énormes parts de cheesecake.

— J'ai vérifié. Il y a de la glace à la vanille dans le congélateur si vous en voulez en accompagnement. Je vais la chercher, ajouta-t-elle comme les deux hommes opinaient vivement.

Et de disparaître aussitôt.

— Glace et cheesecake, y a rien de mieux. Dommage qu'elle ne soit pas au chocolat, mais bon, y a rien de mal à la vanille.

Incapable de s'en empêcher, il croisa le regard de Marcus et insista :

— Tu aimes ça, la vanille ?

L'espace d'un instant, Seb eut le sentiment que Marcus ne répondrait pas, mais celui-ci finit par sourire.

— Je suis plutôt penché noisettes et chantilly.

Il s'humecta les lèvres avant de continuer :

— Je préfère quand ça a plus de consistance, quand c'est plus difficile à avaler.

La porte était peut-être un peu plus entrouverte que Seb ne l'avait cru.

Alors, Jess revint et, *bon sang*, Marcus se referma plus vite qu'une huître !

L'horloge afficha dix-neuf heures trente sans qu'il ait vu le temps passer. Seb remercia Jess pour le repas et ses deux hôtes pour leur compagnie.

— Tu veux que je te trouve un bateau pour aller pêcher, du coup ? demanda-t-il en enfilant sa veste.

Il pouvait bien faire ça.

Jess ouvrit la bouche pour s'immiscer et la referma prestement face au regard que lui jeta son frère. Ce dernier reporta ensuite son attention sur Seb.

— Oui, finit-il par dire. À une condition, par contre.

— Laquelle ?

Marcus le regarda droit dans les yeux.

— Tu dois venir avec. Je n'ai aucune envie de me retrouver seul sur l'eau. Si tu trouves un bateau, je m'occuperai du casse-croûte, des cannes, du fil et des appâts…

Seb sourit.

— Marché conclu. Je sacrifierai même mon prochain dimanche pour toi. Après ça, il y aura trop de monde dans les parages avec le 4 Juillet qui arrive.

— D'accord. Dimanche prochain, alors.

Seb souhaita la bonne nuit à Jess et Marcus le raccompagna dans l'entrée. Il lui tendit la main.

— Je sais que Jess t'a pris au dépourvu pour l'invitation, mais j'ai passé un bon moment. Merci.

— Pas de quoi, répondit Marcus en lui serrant la pince. J'espère que ta semaine sera fructueuse.

Marcus ouvrit la porte, mais avant que Seb ait pu franchir le perron, il lui lança :

— Je t'assure que je me contrefiche de ce que tu portes, mais… tu comptes mettre quel tee-shirt dimanche prochain ? Que je me prépare psychologiquement, ajouta-t-il avec un sourire.

Seb se frotta le menton.

— Peut-être mon tout nouveau ?

Marcus haussa les sourcils.

— Oserai-je demander ce qui est écrit dessus ?

Le jeune homme se fendit d'un grand sourire.

— « Les vilains gays te taillent. Les gentilles avalent. »

— Mon Dieu.

Seb rigola.

— Détends-toi. Je te faisais marcher. J'ai pas l'intention de porter l'un de mes précieux là où l'eau salée pourrait les abîmer. Tu ne risques rien.

Il marqua une pause, puis :

— Enfin, presque rien.

Il lui souhaita une bonne soirée et remonta l'allée de terre battue qui menait à la rue d'un pas nonchalant.

Je ne sais pas quoi penser de lui.

La seule chose dont Seb était certain, c'était qu'il avait très envie d'apprendre à connaître Marcus Gilbert bien plus intimement.

CHAPITRE HUIT

Seb avait un mal de chien. C'était la prise la plus importante qu'il ait vue jusque-là. *Il était temps qu'on fasse une journée décente !* Pendant que Tim faisait peser le fruit de leur labeur, lui attendait à proximité du *Liza Jane*. À en juger par le sourire du matelot, ce dernier était aux anges aussi.

— Deux cent quatre-vingt-quinze kilos, gamin, dit-il en revenant vers le navire. Voilà qui devrait dérider la face de ce vieux briscard !

Seb caqueta.

— Si Gary devait sourire, son visage s'effriterait.

Il retira ses bottes de travail et récupéra les tongs dans son sac. Le ciré, lui, était déjà rangé.

— On verra bien ce que demain nous réserve.

— Dis, tu sais où je pourrais trouver un bateau ? J'ai un ami qui voudrait aller pêcher dimanche.

« Ami » était peut-être une légère exagération. Dieu seul savait que Seb voulait se montrer très amical envers Marcus, de préférence une fois tous deux débarrassés de leurs vêtements, mais la probabilité que cela arrive semblait aussi faible que l'élection d'une femme au Saint-Siège.

Tim plissa les yeux.

— Pas question que tu prennes *celui-ci*, en tout cas.

Seb lui adressa un rire nasal.

— Je ne comptais pas le demander. D'abord, il est trop grand, et de deux, je ne peux pas le piloter sans permis. Je ne suis pas *si* débile que ça. Je me disais que Gary avait peut-être une autre embarcation qui traînait dans un coin. Suffisamment petite pour deux hommes voulant pêcher.

Tim pencha la tête de côté.

— Tu penses aller loin ? Parce que si tu restes à hauteur du rivage, il y a la *Petite Liza*. Elle est beaucoup moins large que le *Liza Jane* et ne consomme pas autant. Y a plein de zones où pêcher près des côtes, surtout si ton pote veut choper un bar rayé. Il a déjà son permis ?

— Il a besoin d'un permis ?

Ce n'était pas vraiment le genre de choses qu'il était censé savoir.

Tim opina du chef.

— Faut s'inscrire à la mairie. Ça coûte deux balles. Mais si c'est un rayé qu'il veut, il pourra en pêcher qu'un seul. Les maquereaux, par contre, vous pouvez vous faire plaisir. Si vous aimez ça. C'est pas au goût de tout le monde.

Les yeux du marin scintillaient.

— T'as décidé de lancer ta propre entreprise d'affrètement ?

— Mais bien sûr. J'avais prévu d'arrêter l'enseignement rien que pour ça.

Seb leva les yeux au ciel.

— Comme je te l'ai dit, c'est juste pour un ami. Ça fait des années qu'il n'a pas pêché et je lui ai promis de l'accompagner.

— C'est tout, rien d'autre ? Juste « un ami » ?

Seb ne savait trop comment l'interpréter. Gary n'avait aucun problème avec son homosexualité, mais le jeune homme ne connaissait pas les opinions de Tim. Ce n'était pas comme s'ils en avaient déjà fait un sujet de causette.

Tim balaya l'air de la main.

— T'inquiète. Tu crains rien. Je suis pas l'un de ces évangélistes qui veulent sauver ton âme. Un de mes cousins préfère les mecs.

Dans un haussement d'épaules, il ajouta :

— J'l'aime bien. Et c'est pas mes oignons, ce que tu fais de ton hameçon. Mais si t'avais l'intention de t'envoyer en l'air sur le bateau, assure-toi que personne vous voie. Gary nous fera la peau à tous les deux si tu te fais coffrer.

— Pourquoi il te ferait la peau à *toi* ?

— Pour t'avoir laissé prendre son bateau, tiens. Et oublie pas de nettoyer quand t'auras fini, ajouta-t-il avec un rictus narquois. J'ai pas envie de glisser sur je ne sais quoi quand j'y mettrai les pieds.

Seb faillit s'étrangler.

— Je ne crois pas que ça posera problème. C'est vraiment juste un ami.

— Mais bien *sûr*.

Tim lui adressa un sourire jubilatoire.

— En attendant, si mes yeux tombent sur le bateau et qu'il est en train de remuer, ça ne m'étonnera pas le moins du monde. Je te donnerai les meilleures zones à tester. Tout ce que je te demande, c'est de rapporter la *Petite Liza* en un seul morceau.

— Merci, Tim.

Il balaya de nouveau l'air d'une main.

— Pas de quoi. Allez, rentre chez toi et ramène tes fesses demain matin. On verra si on arrive à choper plus que deux cent quatre-vingt-quinze kilos.

Seb lui dit au revoir et prit la direction de Pier Road, las mais tout sourire.

Faire ça dans un bateau. Ça m'a l'air plutôt intéressant, songea-t-il avant de souffler de frustration. *Et ça n'arrivera jamais, alors arrête d'y penser. Garde ça pour tes*

Le 28 juin

Marcus n'arrivait pas à en croire ses yeux. Il fixait le bateau attaché au quai.

— Mon Dieu, je suis dans une faille temporelle.

Il passa les cannes à Seb, qui était déjà dans l'embarcation et rangea ces dernières près de la console en bois. Marcus fit de son mieux pour ne pas mater ses fesses comme le jeune homme se penchait en avant, mais *bon sang*, c'était vachement dur.

En parlant de ça… Marcus attrapa la glacière et la positionna devant son entrejambe.

Seb lui lança un regard interrogatif.

— Tu m'expliques ?

Marcus indiqua le Boston Whaler de 1969 dans lequel se tenait Seb.

— Mon père avait exactement le même. Seigneur, il est plus vieux que moi ! Et il fonctionne toujours ?

Le bateau faisait presque cinq mètres, le revêtement de l'intérieur bleu semblait avoir connu de meilleurs jours, mais la console, le banc sur la poupe et le siège au milieu avaient l'air en bon état. Un gros aquarium était posé sur la proue devant la console, fermé par une trappe.

— C'est pour quoi faire ?

— C'est pour les appâts, lui expliqua Seb. D'après

Tim, si on veut pêcher un rayé – un bar rayé pour les non-initiés –, le mieux c'est avec un maquereau vivant. Du coup, la première chose à faire, c'est de choper un maquereau. Qu'on gardera là-dedans.

— On va nourrir un poisson avec un autre ? Et on n'en gardera pas pour nous ?

Seb éclata de rire.

— Bah, s'il en reste d'ici la fin de la journée, tu auras aussi du maquereau. D'ailleurs, je prédis qu'il t'en restera beaucoup.

Il encaissa enfin les paroles de Seb.

— Je sais ce qu'est un rayé. As-tu la moindre idée du nombre d'étés que j'ai passé ici ?

Le jeune homme arqua les sourcils.

— Tu comptes rester planté là ou tu vas monter dans ce fichu rafiot ?

Il tendit la main pour lui prendre la glacière que Marcus lui passa.

— Le déjeuner est dedans, comme promis.

Il ordonna à son érection de disparaître. *Bon sang, c'est exactement pour ça que je me suis branlé ce matin. Ça m'a beaucoup avancé, tiens !* Un regard à Seb qui l'attendait sur le quai, svelte et grand, fessier à l'étroit dans son jean usé, et la libido de Marcus avait fait un retour fracassant sur scène.

Couché, vilaine !

Seb lui décocha un grand sourire.

— Y aurait-il des bières aussi ?

Il posa le sac isotherme entre les bancs.

— C'est possible qu'il y en ait quelques-unes, ainsi que de l'eau.

Il avait acheté les microbières que Seb appréciait tant.

— Plus quelques encas. Je ne savais pas combien

de temps on resterait en mer, alors je me suis préparé au mieux.

Il en vibrait presque.

— Je ne peux pas te dire à quand remonte la dernière fois que j'ai fait ça, se confia-t-il avant de jeter un œil au ciel, les doigts en visière. Et la journée s'annonce tellement belle.

Pas un nuage en vue ; s'il n'y avait pas eu cette forte brise en provenance de l'océan, il aurait même pu dire qu'il faisait chaud. La température atteindrait certainement les vingt degrés.

— Du coup, arrêtons de perdre du temps en papotages et mettons-nous en route.

Marcus monta sur le bateau et Seb lui indiqua le banc de poupe.

— Tu peux t'asseoir là, je prends la barre, dit ce dernier avec une lueur dans le regard. Même si tu dis ne pas avoir pratiqué depuis bien longtemps, tu dois avoir bien plus d'expérience que moi pour la pêche à la ligne que moi.

Marcus fit mine de polir ses ongles sur son tee-shirt.

— Je t'enseignerai tout ce que je sais, promit-il avant de décocher un grand sourire. Ce qui ne prendra qu'une minute, environ.

Il avisa le banc en bois.

— Sur le bateau de mon père, il y avait des coussins. Je crois que c'est ma mère qui les avait faits.

Seb s'esclaffa.

— Je ne pense pas que Gary sache ce qu'est un coussin d'assise.

Il alluma le moteur, puis détacha la corde d'amarrage.

Marcus ne s'attendait pas à ce que ça fasse un tel

vacarme.

— J'aurais mieux fait d'amener un casque antibruit, hurla-t-il.

Seb mit la main en coupe au niveau de son oreille et cria :

— T'as dit quelque chose ?

Il rigola et reprit :

— Je l'éteindrai dès qu'on aura repéré un bon endroit et qu'on aura jeté l'ancre.

Il avisa les cannes qu'il avait couchées près de la console.

— Ce sont celles de ton père ?

— Oui. J'ai même trouvé le vieux chapeau qu'il m'a donné la première fois qu'il m'a emmené.

Marcus récupéra dans son sac le couvre-chef vert à bords mous sur lesquels étaient accrochés des hameçons.

Seb écarquilla les yeux.

— Oh, mon Dieu. C'est trop mignon. Mets-le !

Marcus lui lança un semblant de regard noir.

— Mais bien sûr. Pour que tu sortes ton portable et que tu prennes une photo pendant que j'ai l'air d'un imbécile.

Le jeune homme caqueta.

— Et à qui je l'enverrais, au juste ? C'est pas comme si j'allais la mettre en ligne avec un message du genre, « Regardez donc ce mec que j'ai emmené pêcher ».

Marcus soupira ; Seb n'avait pas tort. Il enfila le chapeau.

— Voilà. Tu as vu.

Seb se mordit la lèvre.

— J'ai vu pire.

Il plongea la main dans son propre sac et en sortit

une casquette qu'il mit à son tour.

— Égalité. Par contre, t'as pas intérêt à te moquer quand je l'enlèverai. Les épis, c'est la galère.

Marcus aurait pu lui dire que ses cheveux demandaient à être étalés sur un oreiller ou attrapés par derrière…

Bon Dieu, faut vraiment que j'arrête de penser avec ma bite.

— C'est promis.

Il était de très bonne humeur et avait attendu ce moment toute la semaine. Marcus ne savait ce qui lui plaisait le plus : un instant de détente en mer ou un interlude avec Seb.

Qu'importe les efforts qu'il faisait pour ne pas penser à lui, le beau jeune homme svelte ne cessait de s'immiscer dans son esprit. À certains moments, même, l'idée de déshabiller Seb et le prendre si fort qu'ils en laisseraient une empreinte dans le matelas lui semblait être une démarche parfaitement raisonnable.

Une nuit, ça ne ferait de mal à personne, si ?

Sauf que Marcus avait comme l'impression qu'une seule nuit avec Seb ne lui suffirait pas.

Et de toute façon, il ne devait pas oublier qu'il était censé éviter les distractions.

La belle affaire. À ce rythme, tu n'auras pas fini ton fichu bouquin avant le Jugement dernier.

— Encore deux ! s'exclama Marcus qui hissait les maquereaux hors de l'eau.

Seb rigola.

— On en a déjà beaucoup trop. Relâche-les.

L'aquarium était plein.

— Ça te dit d'essayer de choper un rayé ? Tu les préfères entiers ou en filets ? demanda-t-il, tête penchée.

— Ma mère les cuisinait toujours entiers, répondit Marcus en lui jetant un regard. Tu sais comment préparer des filets de bar rayé, toi ? Parce que moi, non.

— Nan. J'en ai jamais fait.

— Après, on peut tenter la méthode Jess. Ça a l'air de fonctionner pour elle.

Face à l'air interrogateur de Seb, Marcus lui décocha un grand sourire.

— Elle regarde des tutos YouTube.

Seb éclata de rire.

— Prends une canne, on va utiliser un maquereau comme appât et on verra bien ce que ça donne.

Tim lui avait donné les grosses lignes le vendredi. Il accrocha un poisson à l'extrémité de la ligne, mit celle-ci à l'eau, puis il tendit la canne à Marcus.

— Laisse du mou au fil, qu'il puisse nager à sa guise.

Seb s'installa sur le banc près de la console et indiqua le siège à l'arrière.

— Assieds-toi. Ça pourrait prendre un moment, dit-il avec un grand sourire. C'est l'heure du jeu de l'appâtience.

Marcus poussa un grognement.

— C'était nul.

Il s'adossa au banc, mais se remit sur ses pieds en un rien de temps, déjà occupé à remonter la ligne.

— J'en ai un !

— Merde, c'était rapide !

Quelle que soit la bête à l'autre bout de la ligne, celle-ci ne se laissait pas faire et la canne était bien tendue. Marcus accéléra ses mouvements de rembobinage et des profondeurs jaillit la gigantesque masse frétillante d'un…

— Putain de serpent de mer meurtrier !

Marcus le jeta sur le plancher du bateau où le congre se mit à se tortiller violemment, son énorme gueule béante, ses yeux noirs vitreux.

— Je fais quoi ?

— Renvoie-le à l'eau, merde ! s'écria Seb.

Marcus essaya de ramasser l'animal.

— Il ne reste pas tranquille assez longtemps, j'ai aucune prise, protesta-t-il.

— Attends… toi, tu le maintiens en place, moi je vais le décrocher et le rejeter à l'eau.

À eux deux, ils réussirent à détacher le crochet de la bête, que Seb balança par-dessus bord.

Les yeux de Marcus scintillaient d'amusement.

— « Serpent de mer meurtrier » ?

Seb lui fit un sourire penaud.

— C'est comme ça que je les appelais quand j'étais gosse, expliqua-t-il en ouvrant l'aquarium. Laisse-moi te préparer un autre maquereau.

Il l'attacha au bout de la ligne, que Marcus fit descendre. Ils restèrent assis là un moment à contempler les eaux calmes et le reflet du soleil sur les ondulations.

— Du coup, tu as d'autres frères et sœurs en dehors de Jess ?

— J'ai un frère, Chris. Je suis entre les deux.

— Le deuxième né, hein ? dit Seb, tout sourire. Alors c'est vrai ce qu'on dit.

Comme Marcus haussait les sourcils, Seb élabora :

— Les hommes qui ont des frères plus âgés sont plus susceptibles de finir gay.

— Tu tiens ça de qui ?

Seb le regarda avec des yeux ronds.

— De la NBC. Ils ont fait tout un documentaire.

— Oh, alors c’est forcément vrai, rétorqua Marcus à renfort d’un roulement d’yeux.

— Et maintenant que j’y pense… moi, j’ai aucun frère, mais trois frangines.

— Ce qui semble bien plus plausible comme argument de ce qui peut rendre gay, répondit Marcus avec un sourire. Tu les vois souvent ?

L’estomac de Seb se noua.

— Nan. On peut changer de sujet, s’il te plaît ?

Le visage de Marcus se contracta.

— Je viens de toucher une corde sensible, je crois. Excuse-moi.

La gorge serrée, Seb sentit aussi ses joues chauffer.

— Tu n’as pas à t’excuser, tu m’entends ? Ce n’est pas *ta* faute si ce qui me sert de mère est une connasse homophobe et si mes sœurs sont apparemment sorties du même moule. Je suis bien mieux loti sans elles.

Ne voulant pas croiser le regard de Marcus, il étudia l’horizon et s’obligea à ne plus penser à elles.

Une main toute tendre lui serra l’épaule.

— Non, ce n’est pas ma faute, dit Marcus d’une voix douce, mais je peux quand même regretter d’avoir posé une question qui t’a fait du mal.

Seb tourna la tête. Les yeux de Marcus étaient emplis de chaleur. Le jeune homme poussa un soupir.

— Je parie que ton enfance a été bien différente de la mienne, rien qu’en me basant sur Jess.

— Je crois que tu as raison. J’ai eu plus de chance que toi. J’ai une famille merveilleuse qui me soutient.

Marcus se mordit la lèvre, puis :

— Ma tante Carole est la seule à avoir eu du mal lorsque j'ai fait mon coming out, mais elle a fini par se reprendre. Quand j'étais petit, on passait tous nos étés ici, à Cape Porpoise. Il n'y avait pas seulement ma famille directe, mais aussi mes cousins Lisa et Robert. Ils sont plus vieux que moi. J'aurais aimé que tu voies la maison, à cette époque. On était si nombreux que ça débordait de partout. Je me souviens d'un été, je crois que j'avais dix-sept ans, où on riait du soir au matin. Lisa avait déjà deux enfants : Ashley avait six ans et Matt quatre. Le fils de Robert, Josh, lui en avait neuf. Jess treize. Elle et moi avons passé tout cet été à jouer avec eux sur la plage de Kennebunkport et à aider notre père à réparer la cabane dans les arbres du jardin pour qu'ils puissent y grimper…

Seb avait une boule dans la gorge.

— Ta famille m'a l'air géniale.

Marcus lui lança un sourire sarcastique.

— Je ne suis pas sûr de les trouver géniaux d'ici le week-end prochain, quand ils débouleront tous pour le 4 Juillet. J'ai pris l'habitude d'avoir la maison pour moi tout seul et ça va être un vrai débarquement.

Il se raidit.

— Seb. Quelque chose a mordu à l'hameçon.

Le jeune homme alla récupérer le filet tandis que Marcus se remettait prestement debout.

— Accroche-toi bien et remonte la ligne doucement.

Une queue fouetta la surface de l'eau à quelques mètres de là.

— J'espère que c'est pas un autre congre.

Marcus continuait de rembobiner et Seb jeta un œil par-dessus bord.

— Oh, quelle beauté !

Il immergea le filet et lorsqu'il le remonta, un énorme bar rayé s'y tortillait.

Marcus rayonna.

— Le plus gros que j'ai jamais attrapé !

Seb posa le filet sur le pont et détacha le crochet de la gueule du poisson.

— Regarde-moi ça.

Le jeune homme adorait la note de fierté et de révérence dans la voix de Marcus. Pourtant, ce dernier fronça soudain les sourcils.

— Il est encore en vie.

— Et il pourrait le rester pendant des heures, alors je te propose qu'on abrège ses souffrances, d'accord ? Tu peux tourner la tête si tu ne veux pas regarder.

Tim l'avait préparé à cette éventualité. De son sac, il sortit les piques et le fil de fer que le marin lui avait donnés. En quelques secondes à peine, l'animal était en état de mort cérébrale, ce qui signifiait qu'il ne ressentait plus aucune douleur. Seb souleva ensuite quelques branchies pour y faire des incisions, puis au niveau de la queue afin que le poisson puisse se vider de son sang.

— Enlève le couvercle, demanda-t-il en indiquant un seau à l'avant du bateau.

Il l'avait rempli de glaçons récupérés dans le congélateur de Gary. Il posa le bar dans l'eau glacée et replaça le couvercle.

— Je suis impressionné, avoua Marcus dont le front se plissa à nouveau. C'est la partie que je détestais quand papa réussissait à en pêcher un. Ses méthodes étaient moins… humaines.

Seb grimaça.

— J'imagine bien, oui. J'ai demandé à Tim de me

montrer la meilleure façon d'en tuer un sans le faire souffrir. D'après lui, les poissons sont pareils que nous et ont eux aussi un système nerveux central.

Marcus l'observait d'un air songeur qui fit froncer les sourcils à Seb.

— Quoi ?

— Rien. C'est juste que… commença Marcus, qui finit par sourire. À chaque fois que je crois t'avoir cerné, tu fais ou dis quelque chose qui me montre qu'il me reste encore beaucoup à apprendre sur toi.

Cette remarque semblait sous-entendre qu'il *voulait* en apprendre davantage, ce qui intrigua Seb. *Qu'est-ce qui se passe, là ?* Il trouvait ça si *simple* d'être en compagnie de Marcus, si aisé, comme s'ils ne s'étaient pas rencontrés la semaine précédente.

Ses yeux tombèrent sur le fond du bateau.

— Berk. Je crois que la première chose que j'aurai à faire quand on sera rentrés au port, ce sera de récurer tout ça. Y a du sang et des boyaux partout…

— Je t'aiderai, assura promptement Marcus. Après tout, c'est ma prise qui a fichu toute cette crasse, non ?

Seb lui décocha un grand sourire.

— Je crois savoir ce que tu vas avoir au dîner, toi.

— Correction. Ce qu'*on* va avoir au dîner.

Le jeune homme se mit à cligner des yeux.

— Quoi ? Tu nous as trouvé un bateau, tu as attrapé la moitié des maquereaux dans cet aquarium, tu m'as sauvé du serpent de mer meurtrier…

Seb éclata de rire et Marcus avisa le seau qui détenait son futur repas.

— J'avoue que j'ai une arrière-pensée.

— Ah, vraiment ? lâcha Seb, qui mourait d'envie d'en connaître la nature.

— Eh bien… ça fait beaucoup de maquereaux, tout ça. On *pourrait* les remettre tous à l'eau, ou alors…

Marcus lui lança un sourire visiblement destiné à l'amadouer.

— Tu pourrais revenir à la maison avec moi et m'aider à les nettoyer et à les vider avant que je les mette au congélo. Et comme ça, je t'inviterais à dîner pour te remercier.

Seb inclina la tête de côté.

— Parce que tu *sais* comment on vide et on nettoie un maquereau ?

— Non, mais il doit bien y avoir…

— … un tuto sur YouTube pour te montrer, acheva Seb en rigolant.

L'idée de passer davantage de temps avec Marcus ne le dérangeait pas, même si éventrer des poissons n'était pas l'activité qu'il aurait choisie de prime abord.

— D'accord. En plus, j'adore le bar.

— J'ai des frites au congélo, lui confia Marcus.

Seb secoua la tête.

— Ils vendent la meilleure sauce à la palourde et au maïs chez Bradbury, je peux nous préparer une salade.

— Marché conclu, répondit Marcus dont les yeux brillaient. Et y aura de la bière pour faire descendre le tout, comme on n'en a bu aucune.

— Il te reste un peu du vin de l'autre fois ? Il se marierait bien avec le poisson.

Confronté au haussement de sourcils de Marcus, Seb fit mine de le foudroyer du regard.

— Oui, j'aimerais mieux du vin que de la bière, pas la peine de se montrer désagréable.

Sauf si c'est pour me mettre la fessée. Jusqu'à laisser des marques.

Il s'octroya un instant pour calmer sa libido ; les déviances sexuelles n'étaient *clairement pas* au menu.

— On peut y aller tout de suite ? Je sens plus mon arrière-train à force d'être assis sur ce banc.

Seb éclata de rire.

— Si tu veux.

Il frotta ses mains sur un vieux torchon qu'il avait emporté, remonta l'ancre, puis démarra le moteur. Tandis qu'il prenait la direction de l'embarcadère, une pensée dominait toutes les autres dans son esprit.

Moi aussi, j'ai envie d'apprendre à mieux te connaître, Marcus Gilbert.

CHAPITRE NEUF

Marcus contempla l'état de son tee-shirt et de son jean avec une grimace.

— Je suis bien content d'avoir mis mes plus vieux vêtements. Je dois avoir l'air encore pire de l'extérieur.

Seb se mordit la lèvre.

— Je n'irais pas jusque-là.

Le jeune homme renifla, puis :

— Merde, je schlingue la poiscaille. Je ferais mieux de rentrer. J'ai besoin d'une douche et de fringues propres pour m'asseoir à ta table.

— C'est pas la peine. Je peux lancer une machine avec tes vêtements, ils seront secs d'ici à ce que tu repartes ce soir et tu peux prendre ta douche ici. Je te trouverai un pantalon de jogging et un tee-shirt à ta taille. Crois-moi, je compte faire pareil, dit-il en indiquant sa propre tenue.

Seb avisa les maquereaux restant dans le seau à ses pieds. Le bar était déjà découpé en filets et attendait dans le frigo.

— J'ai qu'à finir ça pendant que tu prends ta douche ? Ça devrait aller assez vite.

— D'accord. Et pendant que *toi* tu seras dans la douche, j'irai chez Bradbury acheter la sauce. Palourde et maïs, si je me souviens bien ? Plus tout le reste des ingrédients que tu voulais mettre dans ta salade. Tu n'as qu'à y réfléchir le temps que je revienne.

Il se leva et quitta la cuisine en direction de la chambre. Une fois dans la salle de bains, il se mit complètement nu. Il avait l'impression que ses cheveux étaient maculés de sel. Abandonnant la pile de linge sale là où elle était tombée, Marcus entra dans l'espace de douche.

Pas question que je pense à Seb. Ça commençait à devenir une habitude, particulièrement aux petites heures du jour. Il repoussa délibérément toutes ces images délicieuses et ignora l'engorgement de son sexe pour se concentrer sur la tâche du nettoyage. Le temps qu'il se sèche les cheveux, enfile des vêtements propres et retourne d'un pas nonchalant dans la cuisine, Seb en avait terminé avec les maquereaux, qui étaient tous au congélateur.

Ce dernier lui lança un grand sourire.

— Ça fait une sacrée quantité de poisson. Tu sais déjà comment tu vas les préparer ? Mamie nous cuisinait souvent un plat divin. Je vais voir si je peux récupérer la recette.

— Passe-moi tes vêtements si tu es prêt à aller à la douche.

Seb retira aussitôt son tee-shirt. Marcus essaya tant bien que mal de ne pas le fixer, mais la bataille était perdue d'avance et l'avait toujours été. Il était évident que Seb prenait soin de son corps ; son ventre était plat et finement musclé, tout comme son torse et ses biceps. Les poils autour de ses pectoraux étaient châtains, il y en avait aussi une quantité non négligeable au niveau du pubis qui menait jusqu'à sous son jean… et alors que Marcus l'observait, Seb ouvrit sa braguette.

Doux Jésus.

— Oups. J'avais oublié que j'avais pas mis de caleçon.

La vue de cette touffe foncée attira Marcus tel un papillon à une flamme. Seb avait suffisamment baissé la fermeture Éclair pour révéler la base de son sexe et, à un juger par le renflement de son entrejambe, c'était un membre long et épais.

L'effort qu'il dut faire pour relever la tête…

Il regarda Seb droit dans les yeux.

— Je vais te chercher une serviette, dit-il avant de prendre ses jambes à son cou.

Il ne donne vraiment pas dans le subtil, lui alors !

Marcus retourna à la salle de bains et ouvrit le placard. La première serviette qu'il vit était un essuie-main et cela lui arracha un sourire narquois. *Je pourrais toujours lui donner ça. Il devrait le couvrir, tout juste.* Mais non, c'était sa libido qui l'incitait de la sorte. Marcus attrapa une serviette de bain et repartit à la cuisine.

— Tiens, dit-il en la lui tendant. Je vais mettre tes vêtements avec les miens dans la machine. Tu n'as qu'à me les balancer par la porte.

— Nan, tu peux les prendre tout de suite.

Avant que Marcus ait pu lui dire que ce n'était *vraiment* pas nécessaire, Seb prit la serviette, la posa sur le plan de travail, lui tourna le dos et dénuda ses fesses fermes et parfaitement nues.

Seigneur Dieu, regardez-moi un peu ça !

La queue de Marcus réagit, s'étirant contre sa braguette. Seb se pencha pour baisser le jean jusqu'à ses pieds et le visage de Marcus sembla prendre feu. Ses doigts le démangeaient de toucher, de caresser ses globes compacts couverts d'un léger duvet. Seb se redressa ensuite et Marcus retint son souffle.

Ne te retourne pas, je t'en supplie. Ne te retourne pas, je t'en supplie.

La force de sa volonté avait des limites.

Heureusement, Seb s'enroula dans la serviette, puis récupéra le jean et le tee-shirt par terre. Il les tendit à Marcus avant d'indiquer le comptoir d'un geste de la tête.

— Je t'ai préparé une liste de ce dont j'ai besoin.

— Hmm ?

Marcus était hypnotisé par le galbe de son entrecuisse.

Les yeux de Seb scintillaient.

— Pour la salade ? Tu m'as demandé de réfléchir à ce que je voulais.

— Ah. Oui.

La salade était bien la dernière chose à laquelle il voulait penser, sauf s'il y avait des aubergines.

Arrête ça tout de suite. Ne pense pas à ça !

— Marcus ?

L'interpellé cilla. Seb l'observait avec un amusement immanquable.

— Tu veux bien me montrer où est la douche ? J'empeste comme le *Liza Jane* après une longue journée.

— Bien sûr.

Marcus lui fit traverser la chambre jusqu'à la salle de bains et lui indiqua la paroi de verre.

— Il y a du shampooing et du gel douche, et je t'ai préparé un gant de toilette propre.

Il s'éclaircit la voix avant de reprendre :

— Tu as déjà la serviette. Si tu as besoin d'autre chose, dis-le-moi tout de suite parce que je vais aller au magasin.

Le regard de Seb s'intensifia.

— Tu ne voudrais pas rester et me frotter le dos ?

Avec un grand sourire, il ajouta :

— Ou n'importe quelle autre partie qui pourrait avoir besoin d'attention ?

Marcus plissa les yeux.

— Tu ne connais vraiment pas le sens du mot subtilité, hein ?

Seb rigola.

— Tu commences à retenir la leçon.

Il jeta un œil à la douche, puis :

— Je crois que j'ai tout ce qu'il faut.

Là, il prit son temps pour regarder Marcus de la tête aux pieds.

— Enfin… presque tout.

Marcus se tira de là aussi vite qu'il put. Il lança la machine à laver, récupéra la tablette sur le plan de travail de la cuisine et trouva une recette de bar simple. Il dressa une liste, attrapa l'un des sacs plastiques de sa mère et quitta la maison.

Tout le long du trajet en voiture, son esprit ne fit pas attention à la route.

Est-ce que ça aurait été aussi catastrophique que ça de le rejoindre ? Rien ne nous obligeait à baiser. J'aurais pu simplement lui laver le dos. Sauf que Marcus ne pouvait pas se bercer d'illusions. Un regard à ce fessier avait suffi pour qu'il n'ait aucune envie d'aider Seb à le nettoyer avec un gant, non : il aurait préféré le faire lui-même avec sa langue, et après ça, il n'aurait pas pu s'empêcher d'aller encore plus loin.

Marcus s'obligea à se concentrer.

« Que faisiez-vous au moment de l'accident, M. Gilbert ?

— Eh bien, monsieur l'agent, je m'imaginais en train de ramoner un beau gosse avec ma tige. »

La soirée risquait d'être très longue.

Seb prit les avocats, les tomates cerises et le concombre.

— Je m'occupe de ça d'abord. Tu vas faire quoi, toi ?

— Mélanger le zeste et le jus de citron, de l'huile d'olive, du thym, de l'origan, du poivre et du sel pour en arroser le poisson. La cuisson au four prendra moins de quinze minutes, répondit Marcus qui râpait l'agrume au-dessus d'un bol en verre.

Seb lui lança un grand sourire.

— Alors, je ferais mieux de mettre les bouchées doubles.

Il fendit la peau vert foncé de l'avocat.

— L'écriture de ton livre avance bien ?

— Ça va.

Le ton évasif lui fit comprendre que Marcus n'avait pas envie d'en discuter.

— Tu es rédacteur depuis combien de temps ? demanda Seb sur la base du fait que ce devait être un sujet moins épineux.

— Quinze ans.

— Et tu n'as pas changé de métier ? Tu dois être super doué.

Marcus haussa les épaules.

— C'est beaucoup de pression. Plus qu'avant, assurément. Le job devient de plus en plus difficile.

Seb toussota.

— Il y a bien des façons pour relâcher la pression.

Marcus arqua les sourcils.

— J'imagine très bien comment *toi*, tu la relâches.

— Hé, mes semaines peuvent s'avérer très stressantes aussi. Du coup, je survis jusqu'au week-end, quand je peux enfin aller à Ogunquit. Il y a deux bars là-bas où je traîne pas mal. Je danse jusqu'à me bousiller les pieds, j'embrasse autant de mecs que je peux et je me laisse aller.

Certes, il ne s'arrêtait pas à « embrasser », mais il essayait de modérer ses exploits. Sa dernière tentative de flirter avait fait fuir Marcus de la salle de bains tel un chat dont la queue aurait pris feu.

— Je parie que tu as une file de prétendants, commenta ce dernier en pressant le jus de citron dans le cul de poule.

— Je fais rarement ceinture, répondit Seb avant de lâcher un rire nasal. Sauf en ce moment, évidemment.

Les yeux de Marcus scintillèrent.

— Je comprends mieux la petite scène du « oh, zut alors, j'ai oublié de mettre un caleçon aujourd'hui ». Comptais-tu sur *moi* pour relâcher la pression de la pêche au homard ?

Seb ne put retenir un grand sourire.

— J'avoue m'être dit que c'était une possibilité.

OK, ma tentative n'a peut-être pas foiré. Il se mit à couper l'avocat en dés.

— Serais-tu en train de me dire que tu n'as jamais de plans cul quand tu es à la Grosse Pomme ?

— Les plans cul ne sont pas du goût de tout le monde.

Seb aurait eu tendance à le croire, s'il n'avait pas repéré un flacon familier contenant des pilules bleues encore *plus* familières dans l'armoire à pharmacie. Il n'aurait pas dû fureter, mais savoir que Marcus était lui aussi sous PrEP lui confirmait une chose : l'un comme l'autre étaient sexuellement actifs.

— Dis-moi donc qui est cette Mamie dont tu m'as déjà parlé plusieurs fois ?

Seb savait reconnaître une technique de dérobade quand il en croisait une.

— C'est une femme formidable. Elle a élevé Levi, son petit-fils, presque toute seule à la mort de son mari. Levi est l'un de mes amis les plus proches et j'ai passé énormément de temps avec lui quand on était plus jeunes. Pareil avec la plupart de nos potes. Pour certains d'entre nous, chez Levi, c'était comme un deuxième foyer. Pour moi, c'était ma famille.

Il caqueta et reprit :

— Il vaut mieux ne pas mettre Mamie en rogne. On lui donnerait le bon Dieu sans confession, comme ça, mais elle n'a pas sa langue dans sa poche et elle ne se laisse pas marcher sur les pieds.

— On dirait bien que ma tante Carol et elle s'entendraient comme cul et chemise, observa Marcus.

— Elle vient aussi, le week-end prochain ?

— Non, elle est dans un EHPAD à Boston, mais mes cousins seront là. De vraies victimes de la malédiction des Gilbert, du moins si on en croit Jess.

— C'est quoi cette histoire de malédiction ?

Marcus éclata de rire.

— Apparemment, nous sommes destinés à ne jamais rester longtemps avec la même personne, dit-il avec un rire nasal. Ce sont des conneries. Mon père et ma mère s'entendent parfaitement.

— Et *toi*, tu y as réchappé jusqu'ici ?

— Comme me l'a fait remarquer Jess il y a deux semaines, je ne compte pas. Il faut être en couple d'abord.

Seb reposa son couteau pour se frotter le menton.

— Qu'est-ce que ce mot que vous venez de prononcer : « couple » ?

Cela eut le mérite de faire rire Marcus.

— Tu n'as jamais été avec quelqu'un ? reprit Seb.

— Deux ou trois fois. Ma plus longue histoire a

duré deux ans et, non, ce n'était pas à cause de la malédiction. On s'est séparés en bons termes.

Marcus lui jeta un regard.

— Et toi, alors ?

Il étala les filets sur une plaque de cuisson et versa l'huile améliorée par-dessus.

Seb, occupé à couper les tomates cerises en deux, ne répondit pas tout de suite. Il avait conscience du regard de Marcus. Un soupir finit par lui échapper.

— Si tu m'avais posé la question il y a tout juste quelques semaines, j'aurais rigolé et demandé à quoi ça sert d'être en couple.

— Ce qui sous-entend que ce ne serait pas ta réponse à ce jour. Qu'est-ce qui a changé ?

— Je crois que j'ai décidé d'arrêter de me voiler la face, trancha Seb avant de marquer une pause. J'ai une certaine réputation au sein de mon groupe de copains. Quand j'étais gamin, j'en savais déjà un rayon sur le sexe avant même d'avoir eu la chance d'en faire l'expérience en live. J'imagine que c'était une forme de représailles. Ma mère n'arrêtait pas de me dire que j'étais un déviant, que je finirais tout droit en enfer, et j'ai fini par rétorquer : « Génial, tu me montres le chemin, parce que ça m'a l'air bien mieux qu'ici, l'enfer ». Mes années fac ont été *entièrement* dédiées au sexe.

— Elle a payé tes études ?

Seb émit un rire moqueur.

— Dans tes rêves. Non, mes grands-parents s'en sont chargé. Ils m'ont ouvert un fonds de placement pour payer mes études. Et crois-moi, j'ai appris toutes mes leçons.

Marcus enfourna la plaque.

— J'essaie de concilier ces deux images dans ma

tête : un enseignant et un obsédé sexuel.

Seb éclata de rire.

— Un obsédé ? Ouah. Je ne sais pas comment le prendre. Mais tu as raison. Ces deux étiquettes ne vont pas de pair. Je dois faire *très* attention. Pas de photos en ligne, pas de vidéos. Je n'ai même pas Grindr. Je n'ai pas envie qu'un ancien élève me trouve et aille le raconter au collège. Même s'il y a *peu* de chances qu'un ancien élève soit sur un tel site vu que je n'enseigne pas depuis *si* longtemps que ça. Et que je n'aurais aucune envie de me faire un ancien élève. D'abord, parce que ce serait trop bizarre, et deuxièmement, parce que je n'aime pas les plus jeunes que moi.

Marcus toussota.

— Je dois comprendre que tu préfères les hommes plus matures ?

Seb le regarda droit dans les yeux.

— Oh que oui. Faut que je te dise que jamais je n'aurais imaginé débarquer à Cape Porpoise et tomber sur un mec qui répond à *tous* mes critères.

Marcus s'appuya contre le frigo.

— C'est quelqu'un que je connais ?

— C'est possible.

Allez, Marcus, attrape la perche.

Ce dernier se racla la gorge.

— Tu aimes l'enseignement ? demanda-t-il à la place.

Il versa deux verres de vin et en fit glisser prudemment un vers Seb.

Merde alors. Il n'a pas envie de jouer. Seb haussa les épaules.

— Il y a des bons jours. Mais je commence à me lasser des gosses qui se croient tout permis. J'ai l'impression que leur nombre grandit chaque année.

— Tu as toujours eu envie de faire ça ?

Seb rigola.

— J'ai passé mes années fac sans la moindre idée de ce que j'allais bien pouvoir faire après. C'est là que j'ai vu de vieux films qui m'ont poussé à devenir prof. Oh, il est bon ! s'exclama Seb en ayant goûté le vin.

— Tu m'intrigues, là. Quels films ?

— *Le Cercle des poètes disparus*. Avec Robin Williams. Tu l'as déjà vu ?

Marcus faillit s'étrangler sur sa propre gorgée.

— Je croyais t'avoir entendu dire « vieux » ? Bon Dieu, j'avais treize ans quand il est sorti ! Je m'en souviens encore.

Seb remua les sourcils.

— CQFD.

Cela lui valut un regard faussement assassin.

— C'était quoi, l'autre film ? Même si j'ai peur de demander, maintenant.

— *The Ron Clark Story*. Je crois que je venais d'entrer dans l'adolescence la première fois que je l'ai vu. C'est trop mignon, ça parle d'un professeur qui abandonne la sécurité de son job pour aller enseigner à des enfants désabusés et en difficulté à New York. C'était basé sur une histoire vraie. Je ne suis pas certain que ce soit *aussi* simple d'aider un gamin à sortir de la misère et de retourner sur le droit chemin, mais un film qui arrive à donner une image amusante à l'enseignement ? Ça mérite tous les honneurs.

— Et ça l'est vraiment, amusant ?

— Parfois, même si je n'ai pas choisi cette voix pour les poilades. Une phrase de *La Ligne verte* est gravée dans ma mémoire. Le personnage de Tom Hanks explique que Brutal et lui ont demandé à être mutés dans une maison de correction. « Prendre le mal à la racine, c'est devenu ma devise. » Je me dis que si je fais un boulot convenable quand ils sont au collège, ils n'auront peut-être *pas* besoin d'être remis dans le droit chemin une fois arrivés au lycée… puisqu'ils seront déjà sur la bonne voie.

Seb secoua la tête.

— Il y a *beaucoup* trop de distractions pour les gosses, de nos jours.

Il versa tous les ingrédients dans le saladier, puis y mélangea de l'huile d'olive, du jus de citron et du cumin en guise de vinaigrette.

— Qu'est-ce qui te distrayait, *toi*, quand tu étais à l'école ?

Seb lui décocha un sourire taquin tout en récupérant son verre.

— Les garçons.

Le vin était frais et délicieux.

Marcus haussa les sourcils.

— Je suis certain que tu en as distrait plus d'un, toi aussi, dit-il avec un sourire. Dieu sait que tu me distrais, moi.

— Ah oui ?

Seb reposa le verre et fit un pas vers lui.

— Je ne suis pas complètement à côté de la plaque, alors.

Marcus plissa les yeux et recula d'un pas.

— Seb…

Seb avança d'un autre pas.

— Oui ?

Il était suffisamment près pour sentir la chaleur qui irradiait du corps de son hôte.

Pas assez près, toutefois, pour ce qu'il avait en tête.

— Tu veux quelque chose ? demanda Marcus.

Seb se mordit la lèvre.

— Je peux être franc ?

Parce que de toute évidence, la subtilité ne le menait nulle part.

— Le contraire me surprendrait.

Allons-y, alors.

— Toi, Marcus. C'est toi que je veux. De n'importe quelle façon.

Marcus se figea, à l'évidence, quelque peu abasourdi. Il prit une profonde inspiration.

— Dans ce cas, je vais être obligé de te décevoir. Tu constitues une distraction que je ne peux me permettre en ce moment.

Seb n'était pas vraiment surpris par cette révélation, même s'il s'était laissé espérer.

— Je suis venu ici pour me mettre dans l'état d'esprit nécessaire à l'écriture de mon livre. *Mais aussi* pour mettre de l'ordre dans ma vie. Je vais mieux qu'à une époque, mais je ne suis pas encore au top. Je dois faire attention à ce qui me passe par la tête, alors non, je ne vais pas m'impliquer dans quoi que ce soit qui pourrait risquer de me faire rechuter.

— Et chahuter dans le lit avec moi tombe dans cette catégorie ?

Comme s'il ne connaissait pas déjà la réponse.

Marcus posa sur un lui un regard chaleureux.

— Je t'apprécie, Seb. Je t'apprécie beaucoup. Et si on s'était rencontré il y a un an ou deux, on ne serait pas en train d'attendre le dîner, là ; je serais déjà en train de te défoncer sur la table de la cuisine, parce que je n'aurais pas la force de garder mes mains dans mes poches. Moi aussi, je peux être franc, ajouta-t-il, les lèvres tressautant.

— Sans rire, rétorqua Seb qui lança un regard

mélancolique à la table en question. Mon sens du timing est pourri, apparemment.

Marcus gloussa.

— Je n'ai pas dit « jamais », d'accord ? Je dis juste « pas maintenant ».

Seb poussa un soupir.

— Merci d'avoir été aussi honnête.

Malgré ce beau râteau, il préférait savoir.

— Je suis désolé. Si ça peut te consoler, tu es l'un des mecs les plus canons que j'aie jamais rencontrés. Et à n'importe quel autre moment de ma vie… Ce dont j'ai *vraiment* besoin actuellement, c'est d'un ami.

Quelque chose dans la voix de Marcus le toucha.

— C'est rien. Je te laisse tranquille. Je ne vais pas te rajouter de la gêne en plus. Et je peux être un très bon ami.

Marcus souffla et tressaillit à la fois.

— Merci.

— Pour ?

— Ta réaction. Tu es toujours là, pour commencer.

Seb lui décocha un grand sourire.

— Ça, c'est parce que tu vas me nourrir et que je sais ce qu'on mange.

Marcus éclata de rire puis leva son verre.

— Merci pour cette journée, aussi. J'ai adoré me retrouver au milieu de l'océan après autant de temps. Tu as rendu l'expérience appréciable.

Seb trinqua avec lui.

— Il n'y a pas de quoi… l'ami.

Il écoutait toujours son instinct, et ce dernier, en cet instant précis, lui disait qu'il se cachait en Marcus bien plus que ce qui lui sautait aux yeux. Peu importait que ses entrailles se contractent à l'idée qu'il ait pu être plaqué contre la table et labouré comme un champ.

Ça n'arrivera pas.

Enfin… pas dans la vie réelle, en tout cas. Marcus ne pouvait toutefois pas contrôler ce qui se passait dans la tête de Seb.

CHAPITRE DIX

Seb vérifia son portable ; vingt heures trente déjà. Il était resté chez Marcus bien plus longtemps qu'il ne l'avait anticipé et s'en aller avait été un véritable déchirement. Juste avant son départ, Seb lui racontait des anecdotes au sujet de Mamie, comme le jour où elle l'avait pris en train de choper des pommes dans le jardin de derrière et lui avait mis une correction à l'aide d'un balai. Ou la fois où il avait passé la nuit chez elle et où elle l'avait menacé de lui boucler le bec avec du chatterton parce que Levi et lui avaient papoté jusqu'au petit matin et qu'ils avaient fait beaucoup trop de bruit.

Marcus s'était presque roulé par terre, ils avaient bu quelques bières supplémentaires, Seb avait remis ses vêtements personnels et s'en était allé rempli de légèreté, malgré le rejet subi un peu plus tôt dans la soirée.

Oh, regardez-moi ça, je suis un adulte !

Des histoires, il aurait pu lui en raconter plein d'autres, mais Seb n'était pas d'humeur à les partager, celles-là. Marcus n'avait pas besoin de connaître le nombre de fois où Mamie l'avait pris dans ses bras sur le canapé, l'avait gavé de cookies et aidé à sécher ses larmes. Sa gorge se nouait encore quand il se souvenait de ses paroles :

« On ne choisit pas sa famille, c'est bien dommage. Tout ce que j'ai à dire, c'est que si cette abrutie qui te sert de mère est plus con qu'un balai et refuse de voir le merveilleux garçon qu'elle a mis au monde, c'est tant pis pour elle. Tu as toute la famille qu'il te faut sous ce toit, tu m'entends ? »

Il se souvint soudain de la raison pour laquelle il

s'était mis à parler de Mamie et appuya sur le numéro abrégé assigné à Levi.

— Pourquoi tu ne dors pas ? l'interrogea celui-ci d'un ton autoritaire. Tu n'es pas censé te lever au point du jour ?

Seb lâcha un rire nasal.

— Je suis déjà sur le pont quand le jour pointe le bout de son nez. J'ai un truc à te demander.

— Pas *question* que je fasse la route pour venir te masser, c'est compris ? T'as qu'à voir ça avec le beau gosse qui n'est peut-être pas du même bord que nous.

— Ah, bah, en parlant de lui…

Sa dernière conversation avec Levi remontait à une semaine et Seb avait donc des choses à lui dire à ce sujet.

Levi fit mit de s'étrangler à l'autre bout du fil.

— Putain. Il est gay, c'est ça ? J'te jure, même si tu te ramassais dans une fosse septique, t'arriverais à en sortir en sentant la rose. Comment c'est possible de tomber *comme ça* sur un daddy gaulé qui justement est homo aussi ? Je parie qu'il ne te laisse pas fermer l'œil de la nuit, hein ?

— Ouah, mollo, Usain Bolt. Ralentis un peu avec tes suppositions, tu veux ? Et si tu me permets… une fosse septique ? *Berk.* Oui, Marcus est gay. Mais… il n'est pas intéressé, compris ?

Un ange passa.

— Levi. T'es toujours là ?

— Je dois comprendre que Marcus se dirige avec une canne blanche ou un chien ? Parce que c'est la seule raison valable pour qu'il ne soit pas intéressé par *toi*, bordel !

Seb sourit.

— Tu fais du bien à mon ego, je te l'ai déjà dit ?

— Comment tu sais qu'il n'est pas intéressé ?

— Parce que j'ai tenté le coup et qu'il m'a remballé. Je ne sais pas ce qu'il cache, seulement qu'il me cache *carrément* quelque chose, mais pour l'instant, me réarranger l'intérieur n'est pas inscrit à son agenda.

— T'es sûr qu'il n'a pas juste besoin d'un peu plus de persuasion ?

Seb lâcha un soupir lourd de sens.

— Je laisse tomber, tu m'entends ? J'arrête de le draguer. Clairement, mes meilleures techniques ont loupé, je m'acharne pour rien. Bref… tu te souviens de la recette de maquereau de Mamie ?

Levi s'emmura dans le silence un moment.

— Tu m'as appelé pour une recette ? *Là*, tout prend son sens. Qui êtes-vous et qu'avez-vous fait de mon ami Seb ?

L'intéressé rigola.

— J'ai emmené Marcus pêché ce matin et on a choppé tout un tas de maquereaux. J'avais envie de lui donner la recette. J'ai toujours adoré ce plat quand Mamie le prépare.

— Je lui demanderai demain et je te l'enverrai par e-mail. Là, elle dort.

— Elle va bien ?

— Ça va, dit-il avant de marquer une nouvelle pause. Tu le kiffes, ce Marcus, alors ?

Seb n'avait jamais su lui cacher quoi que ce soit.

— Oui, assez. En dehors du fait qu'il soit vraiment sexy, c'est aussi un mec super gentil. Je regrette tellement qu'on en soit arrivé au point mort, parce que… *merde quoi*… mais il a plus besoin d'un ami qu'autre chose.

Et pas même un ami avec avantages en nature.

— Tu fais un excellent ami, répondit Levi d'une voix chaleureuse. Et pour ce que ça vaut, je sais à quel point c'est douloureux quand quelqu'un que tu désires véritablement n'a rien envie d'entendre. Du moins, pas de la façon que tu voudrais.

La gorge de Seb se noua ; il mourait d'envie de savoir pour qui Levi ressentait cela, mais il n'osait poser la question. Si son frère de cœur avait voulu le lui dire, il ne passerait pas par quatre chemins.

— Du coup… tu as prévu quoi pour le week-end prochain ? demanda celui-ci d'un ton jovial clairement forcé.

— *Ce* week-end-*ci* n'est même pas encore terminé. Même si je ne risque pas d'en voir les dernières heures s'écouler.

— Samedi prochain, c'est le 4 Juillet, neuneu. Tu ne bosses pas, j'espère ?

Seb lâcha un rire nasal.

— Tu plaisantes ? Les quais seront bondés de touristes.

— Tu pourrais venir. Tu sais que tu es toujours le bienvenu.

Seb le savait, oui.

— Merci pour l'invitation, mais pour être honnête ? Je crois que je vais plutôt végéter devant la télé. Deux jours à ne rien faire, ça m'a l'air divin, là.

— En parlant de ne rien faire… tu devrais être au lit, alors je vais te laisser. Fais de beaux rêves, mon pote.

— Merci, Levi.

Seb savait exactement ce qu'il lui fallait faire pour s'assurer de tomber endormi en quelques secondes et cela nécessitait du lubrifiant, une serviette… et des pensées tournées vers un mec canon aux tempes argentées et au regard sulfureux qui lui faisait fléchir les jambes.

À tout à l'heure dans mes rêves, Marcus.

Avec un peu de chance.

Marcus étudiait sa liste de courses. Il ne comptait pas acheter pour un régiment, mais voulait s'assurer qu'il avait le strict nécessaire pour l'arrivée de la horde. Ses parents débarqueraient le lendemain et les autres commenceraient à apparaître un à un entre jeudi et vendredi. Il avait passé une grande partie de la journée à nettoyer, non pas que la maison soit sale pour ainsi dire, mais il savait que sa définition de la propreté différenciait grandement de celle de sa mère.

Si elle ne pouvait pas manger sur une surface, c'est qu'elle n'était pas propre !

Il fit un tour par le rayon frais pour jeter un œil aux fruits. Si sa mémoire était bonne, sa mère préférait avoir une corbeille débordante de fruits plutôt qu'acheter des trucs à grignoter.

Va nous en falloir une sacrée quantité.

— C'est quoi l'histoire derrière ces bananes vertes ?

Faisant volte-face, il trouva Seb derrière lui, tout sourire.

— J'ai une étrange sensation de déjà-vu.

Aucun tee-shirt subjectif, cette fois, juste un blanc uni sous sa veste à carreaux. Marcus montra celle-ci du doigt.

— Ça fait très… Maine.

Mais comment il fait ? Seb pouvait porter une tenue aussi simple qu'un jean et un tee-shirt et avoir malgré tout l'air d'un modèle en couverture d'un magazine.

Un modèle dont tu n'as pas envie, je te rappelle ? À regarder la silhouette svelte de Seb, Marcus avait bien des difficultés à se souvenir des excuses pour lesquelles il l'avait remballé. Parce qu'*évidemment* qu'il avait envie de lui.

Le regard de Seb pétillait.

— La troupe a déjà commencé à débarquer ?

— Maman et papa arrivent demain en voiture. Je ne sais pas trop quand Jess a prévu d'arriver. Et les autres n'ont pas donné de nouvelles, donc ils arriveront quand ils arriveront.

— Ça fait combien en tout avec ces « autres » ?

Marcus roula des yeux.

— Si seulement je savais. On pourrait être jusqu'à treize adultes et deux enfants sous ce toit si tout le monde se ramène. C'est pour ça que la machine à laver et le sèche-linge ont tourné toute la journée. Tout le linge de lit que j'ai pu trouver y est passé.

Il poussa un profond soupir dramatique.

— Je suis lessivé. J'ai essayé de mettre un système en place pour savoir qui dormira où, mais j'ai abandonné. Tout le monde devra se coltiner un compagnon de couche, c'est la seule solution. Et je compte les laisser se disputer pour savoir qui veut partager le lit de qui.

Seb rigola.

— Vous ne pourrez jamais faire tenir quinze

personnes autour de la table de salle à manger.

— Ah, mais il y a une *autre* table dans le garage, ainsi que des chaises d'appoint. Les grandes réunions de famille ? dit-il en agitant la main d'un geste dédaigneux. On s'y connaît.

Sauf que plus l'heure du lever de rideau approchait, plus le trac le gagnait.

Qu'est-ce qui cloche chez moi, bordel ?

Cela faisait bien longtemps qu'il n'avait pas été entouré d'autant de membres de sa famille. Tous avaient un sens développé de l'intuition, aussi Marcus ne pourrait-il pas se permettre de baisser sa garde. Il savait que ses parents auraient des questions à lui poser et il n'était pas certain de pouvoir les supporter.

— Si ça devient trop compliqué, tu peux toujours te cacher chez moi, lui assura soudain Seb.

Face au cillement silencieux de Marcus, Seb leva la main.

— C'est juste une idée. Il y a un énorme canapé et il est confortable. La maison est petite, mais il fait calme. Si tu as besoin de t'échapper, tu n'as qu'à m'appeler. Ou m'envoyer un SOS par SMS et je t'appellerai pour leur faire croire que c'est une urgence si jamais tu as besoin d'une excuse.

Marcus pencha la tête d'un côté.

— J'ai l'air d'avoir besoin d'un plan de secours ?

Seb opina, les yeux brillants.

— Mon gars, ta panique suinte de tous tes pores. Je croyais que ta famille était sympa ?

— C'est le cas, protesta Marcus. Juste… pas en grand nombre.

Une vague de chaleur réconfortante déferla en lui.

— Merci pour ton offre. Si je n'arrive plus à gérer, je penserai à toi. Je ferais mieux d'y aller, dit-il après un soupir. Là, j'ai l'impression d'être Jésus quand il va nourrir la foule de cinq mille personnes.

L'éclat dans les yeux de Seb s'intensifia.

— Oh. J'ai la recette dont je t'avais parlé. Celle pour le maquereau.

Un grand sourire aux lèvres, il ajouta :

— Si tu dois jouer au Messie, autant le faire avec du poisson, hein ? Je te l'enverrai par texto. Elle est toute simple.

— Merci, Seb.

Ce qui impressionnait surtout Marcus, c'était l'absence totale de séduction, et ce même lorsque Seb lui avait offert un refuge. *Il a promis de me lâcher et il s'y tient.* Le respect était un trait de caractère très attirant.

— De rien.

Seb attrapa une grappe de bananes qu'il mit dans son chariot.

— Je te laisse retourner à tes courses. Et passe un bon 4 Juillet, si on ne se voit plus d'ici là. Le tien sera bien plus chargé que le mien.

Marcus lui serra l'épaule, incapable de résister au besoin de contact.

— Ça m'a fait plaisir de te voir.

Le regard de Seb se fit chaleureux.

— Pareil.

Puis il s'en alla en direction d'un autre rayon. Marcus se remplit la vue de ses longues jambes et de son fessier bien ferme.

Peut-être que je me plante complètement. Quel mal y aurait-il ? Ce serait juste du sexe, pas vrai ? Et il en a autant envie que moi. On passerait juste l'été ensemble, sans prise de tête.

Il repoussa violemment ces pensées. Il ne pouvait pas penser à s'envoyer en l'air avec Seb alors que ses parents et le reste du clan Gilbert descendraient sur lui d'un instant à l'autre.

L'offre du plan de secours lui semblait *tellement* tentante.

Le 1ᵉʳ juillet

Marcus alla ouvrir la porte d'entrée aussitôt qu'il entendit le ronronnement d'un moteur. Depuis le siège conducteur, sa mère lui fit signe de la main et le cadet des Gilbert en resta bouche bée.

— Il t'a laissée conduire ?

Son père ne laissait *jamais* sa mère prendre le volant. Lorsqu'il eut un aperçu de son père, toutefois, sa poitrine se comprima.

Ce dernier avait l'air *épuisé*.

Marcus se précipita de l'autre côté de la voiture pour lui ouvrir la portière.

— Hé. Tout va bien ?

Son père balaya l'air d'un geste désinvolte.

— Ah, commence pas. J'en ai déjà entendu assez de la part de ta mère. Je ne l'ai laissée conduire que pour la faire taire.

— Et ça a marché ?

Son paternel leva les yeux au ciel.

— À ton avis ?

Il inclina la tête vers sa femme.

— Elle me rabâche sans arrêt que je ne devrais plus me mettre derrière le volant. Bon sang, je n'ai que soixante-quinze ans !

Elle fit le tour de la voiture pour s'approcher d'eux.

— Il fait son têtu, comme d'habitude. Il a vu le médecin hier et le diagnostic c'est qu'il doit ralentir et apprendre à en faire un peu moins. Mais ce vieux mulet n'écoute rien ni personne.

Marcus ne pouvait manquer l'amour dans la voix de sa mère, malgré ses propos, et ce n'était pas peu dire après presque cinquante ans de mariage.

— Qu'est-ce qu'il a encore fait ?

Son père le fusilla du regard.

— Je suis juste là, quand même. Et je ne fais rien à part un peu de jardinage.

Sa mère renâcla.

— « Rien », qu'il dit. À part qu'il a décidé de réaménager tout le jardin, qui fait presque quarante ares. Je lui ai demandé d'appeler quelqu'un pour s'en occuper, mais est-ce qu'il m'a écoutée ?

Marcus leva les deux mains.

— OK, est-ce qu'on peut cesser les hostilités juste une minute ?

Il se tourna vers son père.

— *Toi*, tu ne bougeras pas le petit doigt pendant la durée de ton séjour, c'est compris ? Tu vas t'asseoir dans le jardin, lire, dormir, manger et, surtout, te reposer.

Il lança ensuite un regard entendu à sa mère.

— Et *toi*, tu vas faire exactement la même chose que *lui*. On est tous suffisamment grands et matures pour prendre soin de nous-mêmes *et* de vous par la même occasion.

Elle se mit à cligner des paupières ; elle ouvrit et referma la bouche, sans qu'un son n'en sorte.

Marcus lui adressa un sourire satisfait.

— Maintenant qu'on s'est mis d'accord, je vais m'occuper de vos affaires.

— J'ai ouvert le coffre, lui dit son père.

— Je suppose que vous ne savez pas qui va débarquer ? s'enquit Marcus en s'approchant de l'arrière du véhicule.

— Robert nous a appelés hier soir pour dire que Josh ne pourrait pas venir. Il est parti camper tout le week-end avec ses anciens amis de fac. Je crois que c'est une espèce de réunion. Et Robert ne viendra pas non plus.

— Oh, c'est dommage.

Marcus aimait bien son cousin Robert. Il avait de bons souvenirs de l'été où tous deux avaient fait du cerf-volant quand lui-même avait environ huit ans. Robert, lui, venait d'être diplômé de la fac, mais avait malgré tout trouvé le temps de jouer avec son jeune cousin.

— Matt a appelé pour dire qu'il ne pourrait pas venir non plus. Apparemment, il a une nouvelle copine et ses parents l'ont invité à se joindre à eux pour le week-end, expliqua sa mère dont les yeux scintillaient. J'ai dit « nouvelle », mais ils sont ensemble depuis presque un an maintenant, donc je crois que c'est du sérieux.

Elle lui jeta un regard en coin et Marcus se prépara à *La* Question : « Et toi alors, tu vois quelqu'un en ce moment ? » Comme elle ne rajoutait rien, il en profita pour attraper autant de sacs que possible et retourna à l'intérieur. Son père le suivit pendant que sa mère verrouillait la voiture.

À l'instant où elle passa le perron, elle renifla.

— Tu as fait du ménage. Ça sent la cire à la

lavande.

Son père se rendit au salon et ouvrit aussitôt la baie vitrée qui donnait sur le jardin.

Marcus posa les sacs et embrassa la joue de sa mère.

— Qu'en dit l'inspectrice ?

Sa mère arqua les sourcils.

— Combien de temps ça t'a pris ? Je m'imaginais déjà trois mois de cadavres et de je ne sais quoi d'autre.

Il ne l'écoutait pas ; dans sa tête, il prévoyait déjà toutes les permutations possibles des pièces.

— Papa et toi prendrez votre chambre habituelle. Tu as déjà une idée de là où tu veux mettre tout le monde ?

— On s'occupera de réfléchir à la situation quand je nous aurai préparé le thé.

Elle lui jeta un regard plein d'espoir.

— Il y en…

— Oui, il y en a. J'ai pris du Earl Grey, de la camomille, de la menthe poivrée et du thé vert. Oh, et il y a du breakfast tea aussi.

Elle lui caressa la joue.

— Merci.

Elle disparut à la cuisine et Marcus récupéra les sacs, qu'il porta jusque dans la chambre parentale. Il avait remis toutes ses affaires dans ses valises, qui attendaient d'être déménagées dans le pavillon. Bien que le nombre d'adultes ait déjà baissé à dix, il trouvait toujours plus raisonnable de dormir là-bas.

— Marcus ?

Sa mère apparut dans l'embrasure, les mains sur les hanches.

— Pourquoi mon congélateur est-il rempli de maquereaux ? demanda-t-elle, les lèvres tressautant.

— Ah. Ça. Eh bien… je suis allé pêcher.

Elle ouvrit grand les yeux.

— Vraiment ?

Il hocha la tête.

— Un ami m'a emmené et on a chopé un bar rayé. Ce que tu as trouvé, ce sont les appâts restants.

Sa mère haussa les sourcils et croisa les bras.

— Un ami ? Ici, à Cape Porpoise ?

— On s'est rencontrés il y a deux, trois semaines. Il est venu remplacer son oncle à la pêche au homard après son accident.

— Et cet ami aurait-il un nom ?

Marcus se mordit la lèvre.

— Tu as beau être à la retraite, tu n'as pas perdu ta voix d'enseignante, je vois. Il s'appelle Seb. Et lui aussi, il est enseignant, quand il n'est pas obligé de bosser sur un homardier.

— Il fait quelque chose le 4 Juillet ?

Marcus soupçonnait que Seb avait prévu de se détendre pour l'occasion.

— Pourquoi cette question ?

— Eh bien, je me disais que tu aimerais peut-être l'inviter pour le dîner de dimanche, dit-elle avec une nonchalance qui ne trompa pas Marcus.

— C'est juste un ami.

Elle écarquilla les yeux.

— Ai-je suggéré quoi que ce soit qui puisse supposer le contraire ?

Il ne daigna pas lui répondre.

— Il a sans doute déjà des projets, protesta-t-il à la place.

— Dans ce cas, pourquoi ne l'appelles-tu pas pour vérifier ? Ce n'est pas une bouche en plus qui va faire la moindre différence, insista-t-elle, un éclat dans le regard. J'ai décidé du menu pour samedi, grâce à toi, d'ailleurs.

Marcus avait la vague impression qu'il savait de quoi il retournerait.

— Ah ?

Elle sourit.

— Du maquereau, vu qu'il y en a assez pour nourrir une petite armée… ou du moins une ribambelle de Gilbert.

— Seb m'a envoyé une recette pour le maquereau.

— Excellent. Comme ça, s'il accepte de se joindre à nous, il pourra t'aider à la préparer.

Son sourire se fit doucereux.

— Après tout, c'est bien toi qui as dit que je ne devais pas lever le petit doigt du week-end, non ?

Eh ben, merde, alors, elle est redoutable !

— Très bien, je vais l'appeler.

— Fais-le tout de suite. Autant battre le fer tant qu'il est chaud.

Marcus secoua la tête.

— Et tu oses dire que *papa* est borné ?

Il sortit le portable de la poche de son jean et vérifia l'heure. Seb devait déjà avoir terminé sa journée. Il appuya sur « Appeler ». Sa mère n'avait pas bronché de la porte.

— Déjà besoin d'une échappatoire ? Ouah. C'est du rapide.

Marcus s'esclaffa.

— Salut. Ma mère voudrait t'inviter à dîner samedi, mais avant que tu prennes ta décision, sache qu'il y a un piège.

Sa mère fit mine de le fusiller du regard.

— Oh, oh.

— Tu te souviens de tous ces maquereaux qu'on

a pêchés, vidés et nettoyés ? Elle veut qu'on les cuisine.

Un silence.

— Seb ?

— Je crois que c'est l'invitation la plus étrange que j'aie jamais reçue. Enfin, presque, mais tu ne veux pas savoir. D'accord. Remercie ta mère et dis-lui que ce serait avec plaisir. Une chose par contre : on va devoir cuisiner pour combien de personnes, au juste ?

— En te comptant toi ? Treize, dont deux enfants.

— Heureusement que je ne suis pas superstitieux, alors. À quelle heure, samedi ?

Visiblement, sa voix portait bien, car :

— Dis-lui qu'il peut venir à l'heure qu'il veut, répondit sa mère. Du moins, s'il a besoin d'une *échappatoire*.

Les yeux scintillants, elle fit demi-tour et s'en alla.

Eh merde. À soixante-dix ans, l'ouïe de sa mère était aussi affûtée que jamais.

— Oups. Je t'ai mis dans de beaux draps ?

Marcus gloussa.

— À quarante-quatre ans, elle arrive encore à me donner l'impression que je ne suis qu'un gamin. Tu es sûr de vouloir t'impliquer là-dedans ?

— Oh, je n'ai rien de mieux à faire et ta mère m'a l'air très drôle.

Ce n'était pas le premier mot qui venait à l'esprit de Marcus.

— Dans ce cas, à samedi. Et si tu m'appelles pour dire qu'un homard mutant t'a bouffé le pied, sache que je n'en goberai pas un seul mot.

Seb rigola.

— Merde. Je ferais mieux de plancher sur d'autres excuses. À plus.

Il raccrocha.

Marcus sourit en rangeant son portable.
Devine qui vient dîner ?

CHAPITRE ONZE

Tout le monde arriva avant l'après-midi du vendredi. Marcus avait été serré si fort dans tant de bras qu'il avait failli suffoquer et il commençait d'ores et déjà à se lasser de devoir répondre à question après question quant aux raisons pour lesquelles il n'était pas à New York. Il savait que l'inquiétude était à la base de ces interrogations : Lisa lui avait plus d'une fois demandé s'il allait bien et son frère avait même débarqué dans le pavillon, soi-disant pour demander s'il avait un câble HDMI en trop, mais Marcus n'était pas dupe et savait que Chris voulait vérifier comment il allait.

Un câble HDMI, pour l'amour du ciel. Chris était le technicien de la famille. Jamais il ne se déplacerait sans un minimum de préparation.

Le calme revint une fois la logistique de l'assignement des couchettes validée. Sa cousine Lisa avait même droit au luxe d'une chambre à elle toute seule, tandis que sa nièce Sarah ne devait partager son canapé-lit avec personne. Non pas que les autres se soient plaint : tous étaient habitués aux rassemblements familiaux dans cette maison.

Sa mère leur avait annoncé la présence d'un invité le samedi, soulevant par la même occasion une nouvelle vague de questions quant à l'âge, au métier et au statut marital de Seb. Jess leur avait fourni des infos complémentaires, ce qui avait visiblement suscité de l'intérêt. *Mais d'où vient ce besoin maladif chez les Gilbert à jouer les entremetteurs ?* C'était peut-être à cause de son âge. Sa famille s'inquiétait sans doute qu'il n'ait personne sur qui compter lorsqu'il serait décrépit. Marcus gloussa sous cape. *J'ai déjà fait la moitié du chemin.* Jess était la seule, parmi tous les membres de leur génération, à ne pas encore afficher plus de sel que de poivre et Marcus la soupçonnait de rendre fréquemment visite à son coiffeur. Elle n'avait *aucune* intention de finir comme leur mère, qui grisonnait déjà quand Marcus avait montré le bout de son nez alors qu'elle n'avait que vingt-six printemps.

— Tonton Marcus ! s'écria Sophia qui traversait déjà le jardin en courant vers la cachette où il s'était trouvé un peu de tranquillité. Tu veux bien jouer à *Sorry!*[1] avec Alex et moi ? Tout le monde a refusé.

Il n'était pas son oncle, bien entendu – à strictement parler, ils étaient cousins éloignés au deuxième degré –, mais les enfants d'Ashley, aussi bien sa fille de neuf ans que son fils de onze, le considéraient comme tel. Ce qui leur facilitait grandement la vie. Sophia était une boule d'énergie qui épuisait tout le monde.

J'imagine que ce sera bientôt au tour de Mike, Sarah et Jake d'engeancer la nouvelle génération. Sauf qu'il était bien trop tôt pour penser à ça. Le plus âgé des trois avait à peine vingt-cinq ans et aucun d'eux n'était en couple. *Ça, au moins, je le sais.* Marcus n'était pas du genre à les tenir à l'œil, préférant se reposer sur sa mère ou ses adelphes pour lui donner des nouvelles.

Lisa et Ashley préparaient le dîner, Chris

---

1 Jeu de société sans équivalence francophone, édité aujourd'hui par Hasbro. Bien qu'à l'origine basé sur le Pachisi, le but ressemble plus communément à celui du Dada, exception faite qu'il se joue avec des cartes et non des dés.

trifouillait Dieu seul savait quoi sur la télé du salon et leur père faisait un somme dans le fauteuil du salon. Leur mère, elle, avait déclaré la guerre aux mauvaises herbes du jardin de devant et Sarah lui prêtait main-forte. Ses neveux, Jake et Mike, étaient parti courir le long des quais ; il soupçonnait Jess de s'être enfermée dans la chambre qu'elle partageait avec Ashley pour ne pas traîner dans les pattes des autres.

On dirait que j'ai perdu à la courte paille.

— Si tu veux. Et si Alex et toi veniez dans le pavillon ? On pourrait jouer là-bas.

— Je vais chercher la boîte ! s'exclama-t-elle en repartant aussi vite.

Cela ne le dérangeait pas vraiment de passer du temps avec les enfants. Eux, au moins, ne lui poseraient pas de questions gênantes. Il se ravisa aussitôt.

Ce sont des gosses. Les questions gênantes, c'est inévitable.

Pendant que Sarah et Ashley débarrassaient la table, Lisa partit s'occuper du café et son père s'adossa à sa chaise dans un soupir d'aise.

— Je pourrais facilement m'habituer à cette nouvelle activité de ne rien faire.

Il semblait bien plus détendu qu'à son arrivée. Il se redressa soudain.

— Bon. Ce soir, je veux voir tout le monde dans le salon à vingt heures tapantes. Y compris les petits.

Il se frotta les mains avec un sourire jubilatoire.

— Chris et moi avons une surprise pour vous.

Jess leva les yeux au plafond.

— Pas *question* que je rejoue aux mimes. Tu n'arrêtes pas de choisir des films dont je n'ai jamais entendu parler.

Leur père fit mine de la fusiller du regard.

— C'est parce que tu regardes des navets, rétorqua-t-il avant de s'adresser au reste de la tablée. J'ai donné nos vieux films de vacances à Chris et il les a convertis. Il va brancher son ordinateur à la télé pour qu'on puisse les regarder.

Marcus dévisagea son frère.

— Tu as converti ses cassettes Super 8 ? Ça t'a pris combien de temps ?

Chris soupira lourdement.

— Tu veux pas savoir. J'ai cru qu'il n'en avait que deux ou trois. Il s'est ramené avec une boîte entière !

— Il y a qui dessus ? demanda Mike à son grand-père.

— Ta grand-mère et moi, ton père, ta tante et ton oncle, ta grand-tante Carole, ses gamins…

— Ohé ! se récria Lisa depuis la cuisine. Elle a cinquante-cinq piges, la gamine !

Leur paternel balaya sa remarque de la main.

— La vie est trop courte pour gaspiller sa salive avec des termes du genre « cousins germains au premier degré », tu m'entends ? Surtout quand on a autant de mal à reprendre son souffle que moi. Si t'es plus jeune que moi, t'es un gamin ou une gamine.

— Donc, ces films ont été tournés dans les années 50, 60… ? dit Jake avec un sourire taquin.

Jess lui mit une claque à l'arrière du crâne.

— Je suis née en 1980, sale petit merdeux.

Elle grimaça sous le regard noir que lui lança leur mère avant d'incliner la tête en direction de la petite table où Sophia et Alex étaient assis.

— Il y a des enfants, l'avertit sa mère, un éclat dans les yeux.

Mike rit par le nez.

— J'avais sept ans la première fois que j'ai dit « merde ». Maman m'a tendu une savonnette et m'a fait le laïus habituel qu'il fallait que j'aille me laver la langue. Là, papa lui a dit : « Tu crois qu'il a entendu ça où ? Oh, ça doit être de ta bouche, la semaine dernière ! », raconta le jeune homme, tout sourire.

Chris toussota.

— Ce qui sort de ta bouche ces jours-ci ferait sortir les yeux de ta mère de leurs orbites. Heureusement qu'elle n'est pas là pour entendre ça, hein ?

Un moment de silence gêné s'ensuivit ; le mariage de Chris avait fait naufrage très récemment et père comme fils devaient encore être à fleur de peau.

Le patriarche se racla la gorge.

— Il y a assez de popcorn pour tout le monde ?

Marcus éclata de rire.

— Pas pour autant de monde, non. Il doit rester un ou deux sachets dans le placard, tout au plus.

— Dans ce cas, tu vas aller en chercher chez Bradbury, l'informa son père.

Marcus haussa les sourcils.

— Il est dix-huit heures quarante-cinq. Ça ferme à dix-neuf.

— Tu ferais mieux d'y aller en voiture, alors, rétorqua son père avec un sourire narquois. La tienne est bloquée, donc tu devras…

— On peut prendre la mienne, dit Jake en se

levant de table. Tu viens, oncle Marcus ? Je t'emmène.

Marcus le suivit dans le couloir, où il attendit que son neveu ait récupéré ses clés dans la veste suspendue au crochet. Ils se hâtèrent jusqu'au véhicule et Jake recula la voiture de l'allée.

— Tu pourrais me rappeler le chemin ? demanda le jeune homme avec un petit rire.

— Tourne à droite au coin de la rue, puis tu suis la suivante jusqu'au bout. Le Bradbury se trouve sur Main Street.

Jake appuya sur le champignon et, lorsqu'ils eurent atteint leur destination, Marcus sortit du véhicule et se précipita vers les portes. Il ne prit pas la peine de vérifier quels goûts il prenait, se contentant d'attraper autant de cartons qu'il pouvait en porter pour ensuite se hâter vers les caisses avant qu'ils ne ferment pour la journée.

La caissière sourit tandis qu'elle déposait ses achats dans un sac en papier kraft.

— Vous n'allez pas manger tout ça tout seul, j'espère ?

Marcus lui décocha un grand sourire pour toute réponse. Il retourna auprès de Jake, qui avait son portable à la main. Marcus rentra dans la voiture et se tordit pour déposer le sac sur la banquette arrière.

— J'ai pris des packs multi. Ça devrait tenir un moment. Et si quelqu'un voulait une saveur particulière, tant pis. C'est au beurre ou rien.

— C'est bon pour moi, murmura Jake, les yeux toujours rivés à son écran.

Marcus n'était pas pressé de retourner à la maison. C'était sa première occasion de passer un moment en tête à tête avec Jake, aussi comptait-il bien en profiter, soucieux de sa promesse à Jess.

— Tout va bien, mon grand ?

Jake lâcha un petit rire.

— Tu m'appelles encore comme ça. Ça va, répondit-il en glissant le smartphone dans sa poche.

Comme il ne faisait aucun geste pour rallumer le moteur, Marcus prit cela pour un signe.

— Désolé que vous ayez perdu à la courte paille, Mike et toi. C'est pas cool, le canapé-lit. Après, Sarah a eu droit à l'autre, donc bon.

Le jeune homme haussa les épaules.

— Pas de soucis.

Pourtant, Marcus avait l'impression qu'il y en avait bien un, de souci. Jess n'était peut-être pas à côté de ses pompes.

L'oncle étudia son neveu.

— Tu n'aurais pas envie de me parler de quelque chose, à tout hasard ?

Jake lui adressa un regard perplexe.

— Du genre ?

— Oh, je sais pas. Je me demandais si quelque chose ne te pesait pas sur le cœur. Quelque chose que tu ne pourrais pas dire à ta mère…

Il n'osait pas pousser le bouchon trop loin.

Jake cilla, puis déglutit d'une manière visiblement difficile.

— Non. Rien qui me vienne à l'esprit.

Marcus n'y croyait pas.

— Je sais que ça faisait un moment qu'on ne s'était pas vus, mais… j'ai l'impression que tout ne tourne pas rond. Tu viens de terminer la fac ; tu devrais être aux anges. À moins que ce soit justement parce que tu ne sais pas vers quoi te tourner ?

Jake s'affaissa sur son siège.

— J'ai postulé à plusieurs endroits. On verra bien

ce que ça donne. Et… j'ai beaucoup de pain sur la planche, voilà tout.

Marcus l'étudia de plus près. Les cernes noirs sous ses yeux l'inquiétèrent.

— Tu n'as pas bien dormi, la nuit dernière ? Ou c'est Mike qui t'a tenu la grappe parce qu'il voulait papoter ? Je parie que vous ne vous étiez pas revus depuis un moment.

Marcus se souvenait des étés où ses neveux étaient encore petits. Ces deux-là étaient presque inséparables à chaque fois qu'ils se retrouvaient.

— On n'a pas parlé tant que ça. On était crevés l'un comme l'autre.

— Au moins, ça te fait quelqu'un avec qui courir.

— Oncle Marcus… commença Jake qui avait détourné la tête pour fixer le supermarché.

— Marcus tout seul, tu veux ?

Les lèvres du jeune homme tressaillirent.

— Tu te sens vieux, sinon ?

Marcus gloussa.

— T'as tout compris.

Écoutant son instinct, il attendit. Jake resserra les mains sur le volant.

— Tu avais raison. Il y a *bien* quelque chose dont je voulais te parler, sauf que…

Il déglutit.

— Bon sang, c'est dur.

— Pourquoi c'est à moi en particulier que tu voulais parler ? C'est parce que tu savais que je comprendrais ?

Jake prit une grande inspiration.

— Parce que je pense que si quelqu'un ne me jugera pas, c'est toi.

— C'est vraiment pas mon genre, on est d'accord.

Comment m'appelle ta mère, encore ? « Le mouton arc-en-ciel de la famille » ?

Le rire de Jake l'emplit de soulagement.

— Alors… que se passe-t-il ?

Jake ne le regardait toujours pas.

— Je sais *pourquoi* c'est aussi difficile, putain, lâcha-t-il avant de se raidir.

— T'inquiète. Ta mère a déjà dit *bien* pire que ça, le rassura Marcus.

Un rire nasal échappa à son neveu.

— Ouais, je n'ai aucun mal à te croire, je me demande bien pourquoi ?

Le jeune homme frémit, puis :

— Je crois… que j'ai peur que tu ne me regardes plus pareil, quand je t'aurai dit la vérité.

Doux Jésus.

Marcus eut du mal à réprimer un frisson à son tour.

— Je sais exactement ce que tu ressens. Je n'en dirai pas plus pour l'instant, parce que je ne peux pas, mais fais-moi confiance, Jake… je sais *indubitablement* ce que ça fait.

Les yeux ronds, Jake tourna la tête pour croiser son regard.

— Tu ne mens pas. J'arrive… à le sentir, je crois.

Son souffle se saccada.

— Est-ce que tu as déjà été amoureux ?

Marcus soupira.

— J'ai *cru* l'être, une fois. Il s'est avéré que j'étais surtout attiré physiquement.

— C'est loin d'être mon cas, répondit Jake en se mordant la lèvre. Je suis encore p…

Il avala de nouveau sa salive.

— Hé, y a rien de mal à être encore puceau, tu

m'entends ? intervint Marcus, qui avait saisi l'allusion.
Et ne laisse personne te mettre la pression pour faire
des choses dont tu n'as pas envie. C'est *toi* qui choisis
le moment qui te conviendra, compris ?

Marcus pencha la tête de côté.

— Mais ce n'est pas le nœud du problème, si je ne
m'abuse ?

Jake secoua la tête.

— Je suis amoureux d… de quelqu'un et…
putain, ça ne marchera jamais entre nous et c'est ce qui
me bouffe.

— Ce quelqu'un t'aime ? le questionna Marcus en
faisant attention à ne pas employer de pronom.

— J'ose pas lui demander. J'ai trop la frousse.

Il se cala contre l'appui-tête et ferma les yeux.

— Et si… et si je lui dis ce que je ressens, mais
que…

La gorge de Marcus se serra. La douleur qui
rongeait son neveu allait bien au-delà d'une simple peur
de faire son coming out et Marcus se sentait
royalement *inutile*.

Il prit quelques inspirations profondes.

— Écoute… ce dont tu as peur de me parler, je ne
sais pas de quoi il s'agit, mais… si tu as besoin de vider
ton sac, appelle-moi.

Il extirpa son portefeuille de sa poche et tendit à
Jake l'une de ses cartes de visite.

— Mon numéro est dessus. Peu importe l'heure,
d'accord ? Et Jake ?

Il prit le menton de son neveu en coupe pour lui
maintenir la tête bien droite.

— Jamais je ne te jugerai. Il n'y a *rien* que tu puisses
dire qui diminuerait mon amour pour toi ni l'estime
que je te porte.

Les yeux de Jake étaient humides.

— Merci, murmura-t-il dans un nouveau frisson. On ferait mieux de rentrer, avant que papy nous envoie une équipe de recherche.

Marcus comprit le message : *fini de discuter.*

— Comme tu veux. Allons regarder ces films de ta mère, ton oncle Chris et moi quand on était gosses.

Jake ralluma le moteur.

— Il y aura des sous-titres ? Vu que c'était encore l'époque des films muets, non ? dit-il avec un sourire moqueur.

— Rien que pour ça, tu n'auras pas de popcorn. En encore *moins* une de mes bières.

— Han, geignit Jake en reprenant Main Street, direction la maison.

— Eh oui, c'est moi, cette vieille grincheuse de tata Marcus.

Il fallut un petit temps de réaction à Jake avant qu'il éclate de rire.

— Putain, c'est encore mieux que « mouton arc-en-ciel de la famille ».

Marcus s'enfonça dans un silence, les pensées tournées vers Jake.

J'aimerais tellement pouvoir l'aider. Qu'est-ce qui était si terrible qu'il ne croyait pas pouvoir en parler ? Ça ne pouvait pas être aussi atroce que ce qui pesait si lourdement sur le cœur de Marcus.

Seigneur, comme il espérait que non !

CHAPITRE DOUZE

Le 4 juillet

Un regard sur la maison suffit à Seb pour se féliciter d'avoir laissé la voiture chez Gary. L'allée était pleine à craquer, il ne restait pas un millimètre carré de visible. Il fut déconcerté de constater qu'il avait la bouche sèche et qu'une armée de papillons avait investi son estomac.

Quelle raison tu aurais d'être nerveux ? Tu vas juste rencontrer une maison remplie des membres de la famille de Marcus, c'est tout. Quelle importance ? Ces gens, il ne les reverrait jamais. Au moins connaissait-il déjà Jess, ce qui constituerait un visage familier. Il espérait que Marcus lui avait expliqué la situation, parce que si elle s'essayait à nouveau à ses talents de marieuse, les choses risquaient vite de tourner à la gêne.

Il s'avança vers la porte d'un pas assuré, mais alors qu'il allait toquer, celle-ci s'ouvrit. Derrière se tenait une femme aux cheveux gris bouclés, mais coupés court, et aux yeux bleus identiques à ceux de Marcus.

— Vous devez être Seb.

Sa blouse bleu pâle et les perles en verre autour de son cou accentuaient la couleur de ses prunelles.

— Madame Gilbert ?

— Appelez-moi Sandra.

Il lui tendit le sac robuste qu'il avait apporté ; elle jeta un œil aux deux bouteilles de vin.

— Oh, comme c'est gentil, dit-elle en acceptant l'offrande avec un sourire. Entrez.

À peine eut-il franchi le seuil qu'il fut assailli par les rires.

— Joyeux 4 Juillet ! dit-elle

— Joyeux 4 Juillet.

— Vous avez raté le déjeuner de peu, l'informa-t-elle en lui indiquant le salon. C'est une vraie maison de fous !

Elle leva les yeux au plafond.

— Mon arrière-petite-nièce et son frère ont trouvé le Twister dans une armoire et ont réussi, je ne sais comment, à nous persuader qu'y jouer serait une bonne idée.

Seb en resta coi.

— Ils vous ont convaincu *vous* de jouer à Twister.

Il n'arrivait pas à se l'imaginer. Sandra était *l'incarnation* de la dignité.

Cette dernière s'esclaffa.

— Non, seulement ceux d'entre nous qui sont encore souples. Parmi lesquels vous trouverez Marcus, même si je crains qu'il n'ait commencé à le regretter.

Seb devait absolument voir ça.

Il la suivit jusqu'au living-room et s'arrêta dans l'embrasure. Les canapés et autres sièges avaient été poussés contre les murs pour laisser la place au tapis de jeu étalé au centre de la pièce. Deux enfants assis par terre juste à côté tenaient la roue. Seb essaya de jauger le nombre d'adultes qui jouaient pour de bon dans cet entrelacs de jambes et de bras ; il semblait y en avoir cinq.

C'est alors qu'il repéra Marcus et sourit comme un dément.

— On s'amuse bien ?

L'intéressé paraissait s'être mis dans une situation assez précaire.

Il était également super sexy, ce qui n'était *pas* juste ! La chemise bleu foncé lui seyait de près, les manches courtes moulaient ses biceps tout autant que le jean noir gainait ses cuisses. Il avait les pieds nus et Seb ne comprenait tout bonnement pas pourquoi cette information aurait dû lui provoquer un tel frémissement de désir.

C'est vraiment trop pas juste !

Marcus roula des yeux.

— Tu as déjà vu *Les Folles aventures de Bill et Ted* ?

— Oui, quand j'étais gosse.

— Tu te souviens de la scène où ils mettent la Mort au défi de faire une partie de Twister ? Je vais finir pareil d'une seconde à l'autre.

Il avisa le reste des gens contorsionnés sur le tapis de jeu.

— Pour l'amour de Dieu, que personne ne pète, vous m'entendez !

Un éclat de rire tapageur lui répondit. L'un des joueurs lui jeta un regard mauvais.

— Ce n'est pas censé se jouer par équipes de deux ? commenta Seb. Il y a un corps en trop dans ce tas.

— Ah, bah, personne ne s'est foulé à lire les règles ? intervint un homme qui devait avoir environ le même âge que Seb en s'extrayant délicatement de la mêlée.

Une fois libéré, il se redressa et, mains tendues, s'éloigna à reculons.

— Je me sacrifie. J'aurais pas pu tenir encore bien longtemps, de toute façon.

— Tonton Marcus, à ton tour, dit la fillette avant de faire tourner la roue. Main droite sur le jaune.

Marcus baissa la tête pour observer les pois libres restants.

— Allez, tonton Marcus, tu peux le faire ! s'écria

Seb d'un ton encourageant.

Ce dernier releva brusquement la tête dans sa direction, yeux plissés. L'instant d'après, il s'effondrait dans un cri de surprise, entraînant tout le monde dans sa chute pour un résultat pour le moins dégradant sur le sol.

— Mais Marcus, lâcha un autre jeune homme, on aurait pu gagner !

Et l'oncle Marcus de montrer Seb du doigt.

— Prends-t'en à lui. Il m'a déconcentré.

Seb en resta bouche bée.

— Mais bien sûr. Tu l'as fait exprès.

— Y a plus qu'à tout recommencer, bougonna la petite d'une voix plaintive.

Sa remarque élicita un « Non ! » collectif qui fit éclater Seb de rire.

Marcus se releva et s'approcha de lui.

— Bonjour. Super timing, murmura-t-il en se penchant tout près.

Il se redressa aussitôt et déclara :

— Je vais faire les présentations. Tu devrais prendre des notes parce que ça se complique vite.

Entre-temps, les adultes avaient déjà migré vers les divers canapés, fauteuils et autres poufs.

— Tout le monde, je vous présente Seb.

Un chœur de « Salut, Seb » emplit l'air et l'intéressé leva la main.

— Tu as rencontré ma mère, dit Marcus avant de désigner l'homme aux cheveux blancs près de la fenêtre. Le monsieur distingué là-bas, c'est mon père.

Le patriarche lui adressa un signe de la main.

— Bonjour, Seb. Appelez-moi James. Merci de vous être joint à nous aujourd'hui.

— Merci de m'avoir invité.

— Le beau-gosse assis juste à côté, avec les lunettes ? C'est mon frère Chris. La ravissante demoiselle à ses pieds, c'est ma nièce Sarah et, à côté d'elle, mon neveu Mike.

Tous hochèrent un à un la tête. Marcus se tourna de l'autre côté de la pièce, vers une femme aux cheveux blancs rasés de près.

— Ma cousine germaine, Lisa ; près d'elle, tu as sa fille Ashley ; à côté d'Ashley, mon autre neveu Jake. Les deux petits diables de Tasmanie là, ce sont Sophia et Alex, les enfants d'Ashley.

Sophia gloussa.

— Et moi, tu me connais déjà, déclara une voix dans son dos.

Seb fit volte-face et sourit en découvrant Jess.

— Salut.

Il lui tendit la main, mais Jess l'ignora et le prit dans ses bras.

— J'ai fait du punch, annonça Sandra, proche de lui. Vous en voulez un verre ?

Seb jeta un coup d'œil à Marcus.

— Il est dangereux comment ? demanda-t-il dans un murmure théâtral qui lui valut les rires des adultes.

Marcus lui sourit de toutes ses dents.

— Pour bien résumer : après deux verres, j'ai accepté de jouer à Twister.

Seb se frotta les mains.

— Parfait. Je me lance à l'eau.

Sandra rigola et se dirigea vers la cuisine.

Alex tira sur la manche de sa veste.

— C'est vous le chasseur de homards ?

Trop mignon.

— Je crois bien.

Alex avait exactement les mêmes cheveux que Seb

à son âge : longs, bouclés, indomptables.

— Il est venu m'aider à préparer le repas de ce soir, lui expliqua Marcus. Puisque c'est lui qui m'a aidé à le pêcher.

— Mais vous resterez jusqu'au feu d'artifice, j'espère ? insista James.

— Mike en a ramené, lui indiqua Marcus. Ça doit être dans les gênes, la pyrotechnie, parce que son père avait l'habitude de faire pareil, il y a bien des années. C'est devenu une tradition familiale, en quelque sorte. Tu te joindras à nous ?

Son regard était empli de sincérité.

— Ce n'est pas comme si je devais me lever à l'aube demain, pas vrai ? Donc oui, j'aimerais bien. J'adore les feux d'artifice.

— Génial, dit Sandra en lui offrant un verre.

Seb en but une gorgée.

— Ouah !

Il s'empressa de jeter un regard à son hôtesse.

— C'est un « ouah » positif. Il y a tout quoi, là-dedans ?

D'après ses papilles, il y avait *énormément* d'alcool, en tout cas.

Marcus rigola.

— Elle ne répondra pas. C'est sa recette secrète.

— Et elle le restera ! confirma Sandra. Vous l'aurez quand je ne serai plus de ce monde… *si* je ne décide pas de l'emporter avec moi dans la tombe. Je ne suis pas certaine que le monde soit prêt à accueillir le Gilbert.

Marcus soupira.

— Eh oui, elle lui a donné un nom, en plus.

Il inclina la tête vers la cuisine.

— J'ai trouvé tous les ingrédients de la liste que tu

m'as envoyée. On est responsables du poisson, Ashley s'est portée volontaire pour s'occuper des légumes et, en dessert, ce sera de la glace.

— J'ai envie de rejouer à Twister, déclara Alex d'un ton sans équivoque et il se mit à tirer sur la chemise de Marcus. Tu veux bien jouer, tonton ?

— Seulement si Seb joue, répondit ce dernier avec un éclat dans le regard.

— Oh, oui, il a l'air vachement… souple, affirma Jess dont les yeux reflétaient une lueur tout aussi malicieuse.

Marcus lui décocha ce que Seb interpréta comme un avertissement, mais sa sœur découvrit les dents pour toute réponse.

— Rien ne t'oblige à jouer, trancha Sandra d'une voix ferme. Ne les laisse pas te rudoyer comme ça. C'est toi l'invité ici.

— Ça ne m'ennuie pas. Je n'y ai pas joué depuis des années.

Seb se défit de sa veste et retira ses chaussures du bout des orteils avant de s'approcher du tapis de jeu.

— Qui s'occupe de la roulette ?

— Moi ! claironna Sophia. Ah, et il y a un pari en cours aussi.

Il fronça les sourcils.

— Quel genre de pari ?

— J'ai entendu ma maman en parler, lui confia la petite. Elle a dit que tonton Marcus allait gagner le prix du plus grand nombre de gros mots.

Seb ne put retenir un sourire.

— C'est vrai, ça ?

La vérité sort de la bouche des enfants.

Voilà qui promettait une grande partie de plaisir.

Dix minutes plus tard, Marcus et lui étaient

entremêlés au-dessus du tapis et le jeune homme faisait de son mieux pour garder les pieds et les mains dans les cercles. Ils étaient tellement proches qu'il pouvait sentir le parfum de Marcus, identique à celui qu'il avait déjà repéré lors de sa précédente visite.

Celui-là même qui lui avait fichu la trique aussi, la dernière fois.

— Seb ?

Il releva brusquement la tête vers Sophia, qui tourna la roue.

— Main gauche sur le bleu.

Seb bougea la main… et se retrouva les bras dans le dos, les genoux pliés, les pieds écartés et les fesses en suspension au-dessus du tapis. Marcus avait un bras de chaque côté de sa taille : un mauvais geste et Seb finirait écrasé entre le sol et lui.

— Je crois que j'ai déjà vu cette scène dans la saison 2 de *Sex and the City*, commenta Jess, le regard pétillant.

Elle se mordit la lèvre et enchaîna :

— J'ai le droit de vous signaler que ce jeu n'est pas censé être interdit aux mineurs ?

Les lèvres de Marcus n'étaient qu'à quelques centimètres de celles de Seb.

— La dernière fois où j'ai été aussi près de quelqu'un ? murmura-t-il. Il n'y avait aucun vêtement entre nous.

— T'as pas le droit de dire des trucs comme ça, maugréa Seb, les dents serrées en essayant de garder un ton discret. Pas quand je porte mon jean le plus moulant.

Sans parler du fait que c'était parfaitement injuste. Marcus n'avait pas le droit de lui demander de lui foutre la paix pour lui faire du rentre-dedans la minute d'après.

— Tonton Marcus. Main droite sur le bleu.

L'intéressé contempla les pois.

— Je peux y arriver.

Seb n'en était pas aussi sûr.

— Seulement si tu es contorsionniste.

— Non, je t'assure, je peux le faire.

Il déplaça sa main ; la gravité reprit le dessus et il s'effondra sur Seb. Tous deux riaient aux éclats.

— Venez, les enfants, appela Ashley d'une voix joviale. On va jouer au ballon dans le jardin. Il fait trop beau pour rester cloîtré à l'intérieur.

— Mais on est *déjà* en train de jouer, chouina Sophia.

— Oui, eh bien, je crois que tout le monde en a assez de ce jeu-là, dit Ashley en lançant un regard à Seb, sourcils arqués.

Ce dernier, qui poussait Marcus pour se dégager, en resta bouche bée.

— Hé, c'est pas moi qu'il faut regarder !

Marcus se remit debout, lui offrit sa main et le hissa sur ses pieds.

— Dis-moi, Seb, intervint Chris, une lueur dans les yeux. Depuis *combien* de temps connais-tu mon frère ?

— Ça fera trois semaines demain, répondit promptement le jeune homme.

Comme Marcus écarquillait les yeux, il sourit à pleines dents.

— Que veux-tu ? Certaines rencontres sont mémorables.

Jess lui tendit un verre de punch, qu'il leva à la cantonade.

— Joyeux 4 Juillet à tous. Je ferai tout mon

possible pour ne pas vous empoisonner avec mes talents culinaires.

Cela lui valut un nouvel éclat de rires.

Jess se jeta littéralement à l'autre bout de la pièce sur le canapé qu'Ashley venait de quitter.

— Viens là, Seb, dit-elle en tapotant l'assise.

Seb se tourna vers Marcus et murmura d'une voix très audible :

— À l'aide.

Tout le monde s'esclaffa.

— Si Jake se bouge sur un pouf, Marcus pourra même se faire une petite place juste à côté de toi, Seb, ajouta-t-elle.

Jake s'empressa de s'exécuter, tout sourire.

Seb décocha un regard entendu à Jess.

— Arrête ça.

— Arrêter quoi ? demanda-t-elle, les yeux grands ouverts.

— Tu *sais* très bien quoi, répondit Marcus en s'insérant malgré tout dans l'espace confiné entre Seb et l'accoudoir du divan.

Lisa se leva et partit à la cuisine sans prendre la peine de dissimuler son sourire.

Sandra s'assit sur l'accoudoir du fauteuil de son mari.

— Marcus m'a dit que tu es enseignant, Seb ?

Celui-ci acquiesça.

— Au collège Wells Jr High, un peu plus bas en longeant la côte. J'y suis allé en tant qu'élève.

— Tu as grandi dans le Maine, alors ? s'enquit Chris.

À ses pieds, sa fille roula des yeux.

— Bah non, papa. Il a grandi dans le New Hampshire, il faisait juste la route en bus tous les jours.

Sandra se racla la gorge.

— Je te prie d'excuser ma petite-fille. Elle suit une maîtrise en sarcasme.

Seb adorait ce genre de badinage. Sa visite chez les Gilbert s'avérait porteuse d'une joie inattendue et il n'arrivait pas à imaginer une meilleure façon de fêter le Jour de l'Indépendance, si ce n'était en compagnie de ses amis. Il en vint à se demander ce qu'ils faisaient, justement, ce qui lui comprima la poitrine. À l'exception de Levi, il n'avait donné signe de vie à aucun d'entre eux depuis l'anniversaire de Mamie.

Pourquoi je les contacterais ? Pour leur parler de la quantité de homard que j'ai chopé ? Super, le sujet de conversation ! D'autant que les avoir au téléphone ne ferait que lui rappeler qu'ils ne pouvaient pas se réunir et ça ne servirait qu'à pourrir son humeur. Il avala une nouvelle gorgée de punch, savourant la chaleur qui se répandait en lui.

La cuisse de Marcus touchait la sienne, sans grande surprise au vu de leur proximité. Jess ne s'était pas poussée pour leur laisser plus de place, malgré le départ de Lisa, et Seb reconnaissait bien sa tactique. Marcus, toutefois, ne lui avait pas non plus fait la remarque de se décaler.

Qu'est-ce qui se passe ici, bordel ?

— Il y a encore du maquereau ? s'enquit son père, jambes tendues devant son siège inclinable. Je croise les doigts pour qu'il y ait des restes pour demain.

Le dîner était terminé ; tout le monde était retourné au salon pour attendre la tombée de la nuit qui laisserait place au spectacle. Mike et Jake, assis par terre, triaient le contenu d'une énorme boîte de feux d'artifice et discutaient desquels allumer en premier. Par la fenêtre ouverte leur parvenait la musique des festivités autour de Cape Porpoise.

Marcus souriait à pleines dents.

— Ça t'a plu.

Seb n'avait pas menti : c'était un repas simple mais délicieux.

Son paternel arqua les sourcils.

— *Ça m'a* plu *?* répéta-t-il avant de se tourner vers Seb. Voudrais-tu bien donner la recette à Sandra ? Je suis pas fan du maquereau, d'habitude, mais là, c'était succulent.

Seb rayonnait.

— Mamie a une autre façon de le cuire aussi, où elle plonge le poisson dans de la farine de maïs avant de le faire frire dans de la graisse de bacon.

En face d'eux, Chris poussa un grognement.

— Oh, mon Dieu, j'en veux pour le petit déj'. Il reste du maquereau pour demain matin ? Faut *absolument* qu'on teste ça.

Un éclat de rire envahit la pièce. Marcus se pencha vers Seb.

— Tu t'en sors pas mal.

Seb gloussa.

— *On* s'en sort pas mal. C'était un travail d'équipe.

Mike se leva.

— Jake et moi, on va aller tout préparer dehors. On vous appellera quand c'est prêt.

Tous deux disparurent ensuite par la baie vitrée.

— C'est difficile d'attraper un homard ? demanda Ashley, qui frémit aussitôt. Ces pinces me donnent la chair de poule.

Sarah se fendit d'un rire nasal.

— Je ne me souviens pas t'avoir entendu dire ça l'année dernière quand on en a mangé. D'ailleurs, c'est toi qui en as gobé le…

— C'est bon, pas la peine de me le rappeler. C'était pour me consoler, de toute façon. Rick venait tout juste de me quitter pour cette… cette…

Elle souffla, une petite exhalation frustrée.

— As-tu la moindre idée de ce qui t'attend, Seb, à fricoter avec un Gilbert ? On est maudits, sache-le.

Marcus se figea. *C'était quoi, ce bordel ?*

Seb s'éclaircit la voix.

— D'accord. Si tu parles de la malédiction des Gilbert, eh bien, oui, je suis au courant. Sauf que… Marcus et moi ne sommes pas vraiment ensemble.

— Mais il *aimerait* bien, susurra Jess à l'oreille de Marcus.

Seb tourna si brusquement la tête vers elle que Marcus n'aurait pas été surpris qu'il se soit fait un torticolis.

Le jeune homme se détendit aussi vite, toutefois.

— C'est un trait de famille, les tendances d'entremetteuses ? contra-t-il tandis que ses lèvres frémissaient.

Son père s'esclaffa.

— Je crois que tu as tapé dans le mille, Seb. On ne peut pas s'en empêcher. J'étais tout pareil quand ma sœur Carol a rencontré son mari, John. Elle avait dix-sept ans. La première fois qu'elle l'a amené à la maison, j'ai joué le rôle parfait du petit frère de douze ans qui leur demandait s'ils allaient se marier un jour. John ne savait plus où se mettre.

Jake passa la tête dans l'embrasure de la baie vitrée.

— Qui veut un feu d'artifice ?

Cela eut le chic de mettre fin à *cette* conversation.

Tout le monde se leva et sortit dans le jardin en file indienne. Marcus entendait déjà d'autres détonations à distance. Il ne fallut pas longtemps pour que les premières fusées s'envolent en sifflant dans la nuit, suivies d'explosions de couleur loin au-dessus de leurs têtes. Jake en alluma d'autres et bientôt l'air fut rempli de *boom*s et de *crac*s dans un spectacle bigarré et tapageur qui renvoya Marcus tout droit en enfance.

Seb se pencha pour murmurer tout près de son oreille :

— Tu as beaucoup de chance. Ta famille est géniale.

— Même quand ils se font des films ?

Il n'arrivait toujours pas à croire qu'Ashley avait osé dire une chose pareille.

Seb sourit.

— Ils t'aiment, c'est évident. Ils cherchent juste ton bonheur.

Il inclina la tête vers le ciel, les éruptions de couleur se reflétant sur son visage qu'elles illuminaient de rouge, de vert et d'or.

Marcus l'observa, retournant une idée dans tous les sens. Il savait que les occasions d'écrire seraient limitées le reste du mois. À moins qu'il prenne des mesures pour s'extraire physiquement de la propriété, travailler serait quasi impossible en raison des interruptions constantes.

Éviter les atermoiements, c'est râpé ! Et s'il prenait cela en compte… alors, merde, pourquoi s'inquiéter des distractions que *Seb* pourrait apporter ?

Je suis complètement à côté de la plaque, faut croire ?

Néanmoins, Marcus savait que son rejet de Seb n'était pas uniquement une question de concentration. Une grande peur le saisissait lorsqu'il contemplait le contraire ; or il n'était pas certain d'être prêt à l'affronter.

On peut simplement s'envoyer en l'air, non ? Pas de stress, juste deux mecs qui se font du bien.

L'heure était peut-être venue d'arrêter son célibat.

Il se ravisa aussitôt. *Tu fais une sacrée supposition, là, quand même. Tu as dit à Seb que tu n'étais pas intéressé. Tu lui as dit de te lâcher. Ce qu'il a fait. Alors comment va-t-il le prendre si tu retournes ta veste comme ça du jour au lendemain ?*

Une seule façon de le savoir.

Il allait devoir être honnête avec Seb… et se préparer à la douche froide.

— Marcus ?

Il cligna des paupières. Seb le fixait.

— Tu as dit quelque chose ?

Seb se fendit d'un grand sourire.

— Tu es parti où ? T'as loupé la fin du feu d'artifice.

Le reste de la famille était déjà en train de rentrer.

Eh bien, autant profiter de l'instant présent.

— Je pensais à toi, à vrai dire.

Seb arqua les sourcils.

— Ah ? Et tu pensais à quoi, au juste ?

— Je me demandais si j'allais te proposer de te raccompagner en voiture.

Seb sourit.

— C'est pas la peine. Je connais le chemin. Je suis un grand garçon.

Marcus déglutit.

— Et si je te dis que, justement, j'avais envie de

vérifier ça par moi-même ?

L'espace de quelques secondes, Seb se figea.

— Mais tu as dit…

— Que je n'avais pas dit « jamais », tu as oublié ?

— Et le fait que je risque de devenir une distraction ? Que tu avais besoin d'un ami ?

Marcus jeta un œil à la maison pour s'assurer qu'ils soient hors de portée d'oreilles indiscrètes.

— Es-tu *vraiment* en train de me dissuader de te tringler jusqu'au petit matin ?

Seb en eut le souffle coupé et ses pupilles se dilatèrent.

— Bon Dieu.

Marcus se rapprocha.

— Parce que pour que ça arrive, l'informa-t-il tout bas, tu n'as qu'à mot à dire.

— Ta famille…

— … ne s'inquiétera pas que je passe la nuit chez toi.

Tout sourire, il ajouta :

— Moi aussi, je suis un grand garçon.

Un éclat dans les yeux, Seb rétorqua :

— Prouve-le.

CHAPITRE TREIZE

— Tu as dit quoi à Jess ? s'enquit Seb en ouvrant la porte d'entrée. À part lui demander de l'aide pour bouger les trois voitures qui t'empêchaient de sortir la tienne. On aurait *pu* marcher, pour ta gouverne.

Marcus lui décocha un regard lourd de sens.

— Perdre du temps à marcher ou arriver plus vite : quelle option *te* semble la plus judicieuse ?

Seb se mordit la lèvre et appuya sur l'interrupteur.

— Je te l'accorde.

— Je lui ai dit de s'assurer que papa ne ferme pas le portail latéral pour que je puisse rentrer dans le pavillon où je dors. Oh, et aussi de ne pas m'attendre.

Il avait des projets pour le fessier de Seb dont l'aboutissement prendrait toute la nuit.

Seb s'immobilisa soudain.

— Hé, une petite minute ! Tu ne peux pas retourner dormir là-bas si tu as prévu de me tringler toute la nuit. Sauf si c'était juste une ruse pour te tirer de là.

Marcus était trop survolté pour gaspiller davantage de salive. Lorsque Seb eut verrouillé la porte, il lui fit faire un demi-tour et le plaqua contre le battant. Dents, lèvres et langues se heurtèrent comme Seb répondait à son baiser avec une intensité égale à la sienne. C'était une promesse brutale, presque primaire, de bien des choses à venir.

— Putain, il était temps, marmonna Seb.

Il attrapa la tête de Marcus et ouvrit la bouche pour l'accueillir, leurs langues entrant en jeu tandis que Seb se frottait contre le corps de l'autre.

Marcus mit fin au baiser.

— Hé, au moins j'ai attendu que tu aies fermé la porte.

— Comme s'il y avait qui que ce soit pour mater.

Seb lui caressait la nuque d'une main alors que l'autre malaxait son torse et ses doigts effleurèrent les tétons de Marcus à travers la fine couche de coton.

Oui, putain. Le besoin de Marcus s'embrasa, son excitation grimpant en flèche.

— Putain, ça fait trois semaines, murmura Seb entre deux bisous.

Cajolant le cou de Seb de son nez, Marcus adora les frissons qui le secouèrent.

— Ça compte comme une longue période d'abstinence, pour toi ?

Seigneur, qu'il sent bon.

— Carrément. Le plus que je tiens d'habitude, c'est une semaine.

Derechef, Marcus revendiqua la bouche de Seb dans un nouveau baiser carnassier.

— Essaie trois mois, alors.

Il posa les mains dans le dos de Seb, les fit glisser vers le bas, puis agrippa ce fessier bien ferme dont il avait tant rêvé.

— Ce soir, il est tout à moi.

Son souffle se coupa lorsque Seb insinua une main par l'arrière de son jean et poussa un doigt dans sa raie.

— La même règle s'applique-t-elle pour moi ?

Marcus ne pouvait pas avoir *autant* de chance, quand même ?

— Tu es versa ?

Comme Seb se contentait de sourire à pleines dents, Marcus leva les yeux au ciel.

— Hallelujah, bordel.

Les baisers reprirent aussitôt, à la différence près

que ses doigts partirent sous le tee-shirt de Seb, cette fois, à la rencontre de sa peau lisse et chaude, tandis que le jeune homme s'occupait à déboutonner la chemise de Marcus. Seb se pencha pour embrasser son torse nu ; lorsqu'il titilla de sa langue le téton de Marcus, cela lui provoqua un accès de sensation de trop.

— Fini de jouer, où est la chambre ?

— Tu ne voulais pas une visite guidée ? répliqua Seb en papillonnant innocemment des yeux.

— Le lit, insista Marcus, les dents serrées.

Il bandait si fort qu'il aurait pu découper du verre avec.

Seb le traîna de l'autre côté de la pièce, en direction d'une porte qu'il ouvrit à la volée. Marcus le propulsa vers le lit ; quand les jambes de Seb touchèrent l'encadrement, Marcus s'arrêta.

— OK. D'abord les choses sérieuses.

Son cœur battait la chamade et l'idée de déshabiller Seb complètement le consumait, mais c'était une discussion très importante.

Seb le regarda droit dans les yeux.

— Mon dernier test remonte à la veille de notre rencontre. RAS.

— Le mien à avril, avant de quitter New York. Pareil, RAS.

— Et je suis sous PrEP. Tout comme toi, commenta Seb.

— Comment sais-t…

— J'ai vu le flacon dans ton armoire à pharmacie.

En réponse au haussement de sourcils de Marcus, Seb imita le geste.

— Oh, fais pas genre. Tu n'as *jamais* fouillé dans la pharmacie quand tu t'es retrouvé seul chez quelqu'un ? Quand tu es dans la chambre d'un mec, tu n'es pas tenté de voir ce qu'il garde dans sa table de chevet ?

Marcus se figea.

— Tu devrais faire gaffe. Tu pourrais y trouver des choses auxquelles tu ne t'attends pas.

— Tu sais ce que *toi* tu vas trouver quand tu m'auras enlevé ce futal ? rétorqua Seb, les yeux pétillants. Mon cul, qui attend que tu le remplisses.

Marcus éclata de rire.

— C'est confirmé, tu ne fais pas dans le subtil *du tout*. Donc c'est moi l'actif ?

— Après trois mois, je dirais que tes besoins sont plus grands que les miens. Et ce n'est pas la subtilité qui va m'aider à me faire défoncer.

Son regard croisa de nouveau celui de Marcus.

— On y va sans capote ? Perso, je te fais confiance.

Marcus hocha la tête et le visage de Seb s'illumina.

— Alors, vas-y, baise-moi.

Marcus le poussa en arrière sur le matelas, puis le recouvrit de son propre corps en frottant son membre turgescent contre celui tout aussi raide de Seb tandis qu'ils s'embrassaient. Ils se roulaient dans les draps, essayant de concert de se déshabiller sans arrêter de se toucher, et ils auraient pu trouver ça drôle, sauf que ni l'un ni l'autre n'était d'humeur à rire. L'air était chargé d'un courant sexuel qui faisait se dresser les poils sur les bras de Marcus. L'échange de leur souffle saccadé ne faisait qu'en accentuer l'intensité, si bien que quand ils furent enfin nus tous les deux, Marcus n'avait jamais connu un besoin aussi puissant.

Seb se jeta sur la table de chevet, où un tube de gel attendait. Il l'attrapa, le laissa tomber sur l'édredon, puis s'assit à califourchon sur les cuisses de Marcus. *Putain, il est bouillant…* Marcus lui cajola les fesses ; Seb se pencha pour l'embrasser. Une main sur sa nuque, Marcus l'incita à approfondir la caresse de leurs lèvres tandis que le jeune homme s'astiquait contre lui, son érection glissant contre celle de Marcus, qui brisa leur échange.

— Tu n'as donc pas menti, murmura ce dernier.

— Hmm ?

Les mains de Seb parcouraient son cou et ses épaules d'une douce caresse.

Marcus enroula les doigts autour du membre de Seb et tira tranquillement dessus.

— C'est *vrai* que t'es un grand garçon.

Il était long, circoncis, plus épais à la base, avec un gland joliment effilé.

Seb s'esclaffa.

— Ouais, mais regarde un peu ce que *toi* tu as pour t'amuser.

Bras tendu derrière lui, il libéra le sexe de Marcus et le tapota contre son entrée. Il remua le bassin, laissant l'érection s'insinuer dans sa raie.

— Je ne sais pas si j'ai envie de te sucer ou de faire un combat d'épée.

Marcus en eut le souffle coupé.

— Suce-moi, bébé.

Cela faisait bien trop longtemps qu'il n'avait pas profité d'une bouche chaude et humide.

Seb se fendit d'un large sourire.

— Comme tu voudras.

Quoi que Marcus ait prévu de dire, sa réponse lui échappa lorsque Seb le traîna à la diagonale sur le lit, une jambe de chaque côté de l'un des coins, avant de se déplacer plus bas, ses doigts maintenant l'érection de

Marcus bien droite. Seb croisa son regard tandis qu'il la léchait de bas en haut.

Avec un grognement, Marcus laissa retomber sa tête sur le lit.

— Putain. Oh, ouais.

Des frissons le parcouraient de tout son long en réponse aux lents et sensuels va-et-vient de Seb sur son sexe. Non, ça ne lui convenait pas ; il fallait qu'il voie ! Il se redressa sur un coude et posa délicatement l'autre main sur la tête de Seb.

C'était, semble-t-il, tout ce que Seb attendait en guise d'encouragement. Il accéléra le rythme, s'arrêtant un instant pour sucer les testicules de Marcus et lui arracher par la même occasion un gémissement. Après quoi, il retourna son attention au chibre, sauf que, cette fois, il l'avala jusqu'à la garde.

— Oh, putain.

La main toujours contre la tête de Seb, Marcus donna un coup de bassin, s'empalant dans la bouche de ce dernier, ce qui provoqua d'autres remous de ses hanches. Seb ralentit, tira sur ses bourses et le regarda dans les yeux à chaque remontée de sa langue vers le gland de Marcus.

C'était tellement grisant que Marcus s'ébahit de ne pas avoir instantanément explosé.

Seb appuya les bras sur ses cuisses et entama une cadence plus poussée de balancement, la chaleur et la moiteur de sa bouche entraînant Marcus vers le précipice.

— Putain, t'es vachement doué.

Le jeune homme releva la tête juste le temps de lui décocher un grand sourire.

— C'était mon cours préféré à la fac.

Marcus le croyait volontiers.

— Ramène ta bite ici, croassa-t-il.

Seb quitta le sol en un clin d'œil ; ils se retrouvèrent sur leur flanc, chacun s'accrochant aux fesses de l'autre tandis qu'ils se suçaient et se léchaient mutuellement. Seb joua avec les testicules de Marcus en le prenant tout au fond de sa gorge et ce dernier poussa un grognement autour de l'épaisseur de son amant. Il chercha la bouteille de gel à tâtons, puis s'en enduisit deux doigts qu'il glissa dans l'étroit passage du jeune homme.

— Oh, ouais, vas-y, prends-moi.

— Comme tu voudras.

Marcus continua de sucer ce beau spécimen alors qu'il préparait son petit trou bouillant, savourant la façon dont le corps de Seb l'aspirait.

— J'ai tellement envie de te baiser.

Seb se tordait de plaisir, gémissant autour du membre de Marcus. Lorsque ce dernier ajouta un troisième doigt, son partenaire s'écarta de sa queue en frémissant.

— Je veux te sentir en moi.

Marcus ne pouvait plus se retenir, dès lors.

— Lève-toi.

Seb descendit du lit tant bien que mal et Marcus lui attrapa une cuisse.

— Un pied sur le coin, ordonna-t-il en se lubrifiant le sexe.

Une fois son amant en position, Marcus enserra la poitrine de ce dernier d'un bras tandis que de l'autre main il pointait son membre vers sa cible et y plongeait franco. Puis, s'ancrant des deux bras à Seb, il l'embrassa dans la nuque comme il s'enfonçait à fond sans aucun ménagement.

— Ouais, baise-moi, Daddy, geignit Seb.

À renforts de grands coups secs, le bassin de Marcus trouva un rythme régulier, chaque mouvement ponctué par le claquement de peau à peau pendant qu'il frottait du nez le cou de Seb.

— T'aime ça, te faire baiser par Daddy ?

Il n'était pas penché mises en scène « Daddy/boy » et son instinct lui disait que Seb non plus. Ce dernier, en revanche, en pinçait bel et bien pour les hommes plus âgés et, si ces échanges le titillaient, Marcus ne voyait pas le mal à jouer le jeu.

Le passage autour de son sexe se contracta, arrachant un sourire triomphant à Marcus.

— Oh, un peu que t'aimes ça.

Alors, Seb recommença et Marcus grogna.

— Bon Dieu, quand tu fais ça, j'arrive plus à réfléchir.

— Bah arrête de réfléchir et baise-moi.

C'est là que Marcus vit la lumière. Il avait en face de lui un homme magnifique avec un appétit sexuel similaire au sien qui voulait s'envoyer en l'air sans aucune retenue et Marcus comptait bien être celui qui assouvirait ses besoins.

Il se retira presque entièrement, puis se renfonça d'un coup sec.

— Comme ça ?

— Putain, ouais.

Marcus raffermit sa prise sur le torse de Seb et entama un véritable balancement du bassin, chaque remontée de ses hanches causant une ondulation sur les fesses du jeune homme. Lorsqu'il ralentit la cadence, Seb s'écria :

— Seigneur, ne t'arrête pas !

Il s'étendit vers l'arrière, glissa un bras autour de la nuque de Marcus, emmêla les doigts dans ses cheveux comme pour le maintenir en place, puis tourna la tête vers lui.

C'était un appel évident que Marcus ne pouvait ignorer.

Il l'embrassa tout en continuant d'agiter le bassin, son corps heurtant celui de Seb, une main sur sa gorge, l'autre sur sa nuque.

— C'est ça que tu aimes ?

— Putain, ouais.

Il ralentit, s'en remettant à des coups de reins plus longs et calmes, qui accentuèrent les gémissements du jeune homme. Puis il recommença le marteau-piqueur. Le miroir sur la porte de la penderie lui offrait la vue idéale sur la queue rigide de Seb tressautant à chacun de ses mouvements. Un frisson parcourut son amant et Marcus le projeta à quatre pattes sur le lit.

— Faut que j'aille plus profond.

La seule réponse de Seb fut un « oh, putain » marmonné tandis qu'il remontait davantage sa croupe.

Un genou sur le matelas, l'autre pied à plat, Marcus l'enjamba, inclina son sexe et s'enfonça le plus loin possible.

Toujours pas suffisant.

Il s'accroupit au-dessus du jeune homme, bras crispés, tout son poids sur ses mains, les deux pieds bien à plat sur le lit cette fois. En place, il plongea dans le tunnel détendu de Seb. Encore et encore, il le martela de longues foulées profondes, baissant de temps à autre la tête pour échanger des baisers lorsque Seb tournait son visage vers lui.

— T'arrête pas, l'implora ce dernier. C'est trop bon.

Marcus s'empara de sa bouche dans un baiser brutal.

— C'est le moment où tu vas bosser un peu.

Il se retira et s'allongea sur le dos.

— Tourne-toi de l'autre côté et chevauche-moi. J'ai envie de voir ton cul gober ma bite.

Seb s'exécuta, s'asseyant à califourchon au-dessus de lui avant de guider son sexe vers son trou. Il se l'enfonça jusqu'à la garde, puis laissa reposer son poids sur ses bras, pieds ancrés au matelas tandis qu'il rebondissait sur Marcus.

— Oh, ouais, vas-y, défonce-toi sur ma queue, gémit Marcus.

Son torse était déjà perlé de sueur et un fin voile en recouvrait également le dos de Seb. Les muscles des bras de celui-ci se contractaient comme il chevauchait Marcus de plus en plus vite, un petit cri perçant l'air à chaque fois qu'il s'empalait dessus. Le bruit de succion tandis que son sexe entrait et sortait en lui ne faisait qu'accentuer son excitation.

C'était fascinant de regarder son membre luisant pénétrer Seb, mais ce n'était pas encore parfait. Marcus réalisa alors ce qui lui manquait.

Il se retira de nouveau.

— Sur le dos, bébé, et tiens tes genoux.

Seb s'allongea sur le lit, genoux repliés vers son torse. Marcus s'accroupit devant lui et empala cet accueillant canal, puis il se pencha pour embrasser son amant tout en activant le bassin. Seb passa les bras autour de son cou et le tira plus près, chacun nourrissant l'autre de petits hoquets et de grognements tandis que Marcus le martelait sans aucune retenue.

Le jeune homme cala les pieds sur le torse de Marcus ; il ouvrit grand les yeux lorsque ce dernier aspira ses orteils.

— Putain, c'est trop bon.

Marcus accéléra la cadence, son pubis heurtant le fessier de Seb à chaque poussée. Ensuite, il se laissa tomber près de Seb, leva sa jambe bien haut et le lima de plus belle. Le bras qui ne coinçait pas Seb dans cette position glissa sous sa nuque cependant qu'il alternait entre de petits va-et-vient rapides et de longues foulées lentes alors qu'ils s'embrassaient.

— Putain, haleta Seb.

L'érection de Marcus sortit de lui.

— Remets-la.

Marcus se renfonça jusqu'à la garde et Seb cria :

— Ouais, baise-moi.

— Comme ça ? demanda Marcus en allant le plus loin possible.

— Oui !

Il se retira presque entièrement avant de se réavancer d'un geste brusque.

— Comme ça ?

— Oui !

Seb attrapa son propre sexe et se masturba.

Le serrant davantage dans ses bras, Marcus ralentit le rythme effréné au profit d'un plus sensuel. Leurs baisers se firent sereins, explorateurs, comme s'ils se découvraient seulement l'un l'autre. Seb ne semblait pas pressé d'atteindre la ligne d'arrivée, ce qui convenait parfaitement à Marcus. Il continua de se balancer en lui tout en le caressant çà et là.

Seb le regarda dans les yeux.

— On est passé de Doigtville à Martèlbourg, mais j'aime beaucoup cette escale.

Marcus s'inclina pour l'embrasser.

— Je crois que l'escale touche à sa fin. Prêt à redécoller ?

Les yeux de Seb scintillèrent.

— Comment tu me veux ?

— Tu recommences à me chevaucher ? Mais cette fois, tu me fais face, dit-il en prenant sa joue en coupe. J'aime voir ton visage pendant que je te lamine.

Seb se décala pour s'asseoir sur lui et Marcus orienta son sexe vers sa place légitime. Seb s'empala jusqu'à la garde, puis se pencha en arrière, retenu par ses bras, jambes pliées, et relança les hostilités. Son membre ballottait au tempo des mouvements de son bassin, tapotant son ventre de toute sa raideur.

— Y a autre chose que j'aime faire pendant que je te lamine, annonça Marcus.

— Quoi donc ?

— T'embrasser. Viens là.

Seb s'assit sur lui et s'inclina vers l'avant ; quand leurs lèvres se touchèrent, Marcus s'enfonça dans son tunnel chaleureux, les mains agrippées à ses fesses.

— L'est à moi, ce trou ?

— À toi, confirma Seb comme sa respiration se faisait plus saccadée en réponse aux claquements de leur corps.

— Tu me fais bander si dur, déclara Marcus en grondant.

Seb posa les bras autour de son visage pendant qu'ils s'embrassaient, un long et profond baiser qui déversa en lui un torrent ardent. Marcus recommença la fréquence du marteau-piqueur, sa langue explorant la bouche du jeune homme tandis que ses coups de boutoir le faisaient tressauter et que, mains sur sa croupe, il l'aidait à se balancer davantage avant de se ficher tout au fond de lui.

Seb riva les yeux aux siens tout du long et Marcus ne put détourner le regard.

— C'est tellement bon en toi, murmura-t-il. T'es

trop bandant quand tu gémis.

Il réclama un nouveau baiser tout en martelant Seb de plus en plus vite, leur arrachant un gémissement à tous deux.

— Je vais plus tarder, s'écria Seb.

Marcus libéra son sexe et poussa doucement son compagnon à se coucher une fois de plus sur le dos.

— Moi non plus.

Il attrapa les pieds de Seb et les posa sur sa poitrine.

— J'ai kiffé quand t'as fait ça.

Il s'enduisit d'une autre noisette de gel, saisit les genoux de Seb pour s'ancrer, puis investit de nouveau son fondement. Il attendit de s'être baissé et d'avoir embrassé Seb avant de reprendre ses coups de reins. La main de Seb était presque invisible sur sa queue ; Marcus accéléra la cadence, empalant son amant de petites pressions rapides, tout en faisant des mouvements circulaires du bassin pour les mener un peu plus près de leur objectif.

— Vais jouir, gémit-il.

Seb le fit prisonnier, l'enserra de ses jambes autour de sa taille et de ses bras autour de son cou.

— Viens en moi, viens en moi, murmura-t-il, les yeux ronds, le torse et le visage rougis.

Marcus plongea tout au fond de lui et éjacula violemment. Seb l'embrassait et le tenait tandis qu'il se répandait en lui, chaque éclair de plaisir se manifestant par un spasme. Lorsqu'il eut terminé, Seb referma les doigts sur sa propre érection et l'agita une, deux, trois fois avant de gicler sur son ventre. Marcus caressait tendrement ses pectoraux et, une fois Seb vidé, il se retira précautionneusement de son étau, puis se coucha sur le dos à ses côtés avec un soupir d'aise.

Seb roula sur le flanc et se dressa sur un coude.

— Je t'ai déjà cassé ?

Marcus éclata de rire.

— J'ai combien d'années de plus que toi ? Dix-huit ? Laisse-moi plus que trente secondes de récupération, s'il te plaît.

— Je crois que je ferais mieux de t'avertir, dit Seb en dessinant d'un doigt dans les poils trempés du torse de Marcus. Tu risques de finir à court de sperme avant que je finisse à court d'énergie.

— Alors c'est peut-être *moi* qui devrais t'avertir, rétorqua Marcus en prenant en coupe le menton barbu de Seb. Tu ne vas pas dormir beaucoup cette nuit. J'ai trois mois d'abstinence à rattraper.

Les pupilles de Seb scintillèrent.

— Je t'attends.

Un soupir satisfait lui échappa ensuite.

— Je crois que c'est mon meilleur 4 juillet. Deux feux d'artifice…

— Deux ?

Un sourire espiègle.

— Ouais. Celui que tes neveux ont préparé… et celui que *toi* tu m'as offert quand tu m'as tringlé. Ne parlons même pas des étoiles que j'ai vues quand j'ai giclé.

Seb titilla le téton de Marcus entre son pouce et son index.

— Tu crois que tu pourras le refaire ?

Vu la façon dont son sexe palpitait d'ores et déjà, il y avait de grandes chances.

CHAPITRE QUATORZE

Seb émergeait d'un profond sommeil, sous plusieurs couches chaudes et douillettes. La chambre était encore plongée dans une semi-obscurité. Il lui fallut un moment pour se rendre compte que quelque chose avait changé. Il prit soudain conscience du bras autour de sa taille, de la main posée contre sa poitrine et du souffle chaud qui lui chatouillait la nuque.

Je pourrais facilement m'y faire.

Marcus, la respiration profonde et régulière, était enveloppé autour de lui. Au cœur de ses bras musclés, Seb savourait cette délicieuse sensation de satiété qu'il éprouvait toujours après une excellente partie de jambes en l'air. Même si, d'ordinaire, il n'arrivait pas à l'apprécier bien longtemps. Ses plans cul étaient brefs et, s'il passait la nuit chez un mec, il se tirait de là aussi vite que possible le lendemain matin, parce que la plupart du temps, c'était ce que préférait le gars en question. Là, en revanche, c'était un pur bonheur. Aucune raison de se lever, pas même le boulot. Sans parler de la perspective de remettre le couvert.

Cette dernière pensée fit se contracter son fondement et raviva les souvenirs du nombre incalculable de fois que Marcus l'avait pris, jusqu'à ce qu'ils s'avouent enfin épuisés. Si bien que l'idée de réveiller son amant pour une chevauchée matinale le fit hésiter un moment.

Je devrais attendre un peu. Genre, une petite heure ?

Marcus remua, sa main caressant le ventre de Seb.

— Bonjour, murmura-t-il.

Ses doigts glissèrent plus bas et finirent par trouver le membre déjà rigide du jeune homme.

— Bon sang, il t'arrive de ne pas bander ?

Seb lâcha un rire léger.

— Que veux-tu que je te dise ? J'ai vingt-six piges. Mon pouvoir de récupération est phénoménal.

Il avait prévu de poser une question lorsqu'ils avaient franchi le seuil de la porte, mais Marcus l'avait perturbé avec son baiser.

— Je peux te demander un truc ?

— Tu as toute mon attention. Demande-moi. Ne t'attends pas à beaucoup de cohérence, par contre. Je n'ai pas encore eu mon café.

— Qu'est-ce qui t'a fait changer d'avis ?

— Hmm ?

— Tu as dit que j'étais une distraction.

Le soupir de Marcus lui ébouriffa les cheveux.

— As-tu la moindre idée de combien de temps ma famille va rester à Cape Porpoise ? Probablement jusqu'à la fin du mois. Pas *tous*, c'est sûr, mais suffisamment pour que je puisse dire adieu à ma tranquillité et donc à l'écriture. C'est peine perdue, même avec la meilleure volonté du monde. Du coup, ça m'a donné matière à réflexion. J'étais là, à te tenir à l'écart, alors que je n'en avais *vraiment* aucune envie…

Seb se tortilla pour se coller tout contre le corps ferme de son invité.

— Ça fait plaisir à entendre. Même si j'ai l'impression que mon cul a fait dix rounds de catch contre une batte de base-ball…

— T'as mal ?

Seb ne put manquer la note d'inquiétude dans la voix de son amant. Il couvrit la main de ce dernier avec la sienne.

— C'est entièrement ma faute, le rassura-t-il. On s'est embrassés, tu as recommencé à bander, ça m'a donné des idées… J'aurais pu dire non, mais c'était trop bon pour que j'aie envie de refuser.

C'était une bonne piqûre de rappel quant à pourquoi il préférait les hommes plus matures : ceux-ci savaient comment se servir pleinement de ce dont la nature les avait dotés. Marcus était maître en la matière, assurément. Ses grognements, borborygmes et autres gémissements appréciateurs donnaient l'image d'un individu qui adorait le sexe et en quantité peu négligeable.

Trois mois d'abstinence… Bon Dieu, j'aurais fini par grimper aux murs si ça m'était arrivé.

— Tu veux que je te fasse un bisou magique ? susurra Marcus dont le souffle chatouillait l'oreille de Seb.

Ce dernier retint sa respiration. *Putain, ouais.*

— Du moment que tu ne le fais pas avec ta bite.

— Couche-toi sur le ventre.

Seb obéit aux instructions et Marcus disparut sous les couvertures. L'instant suivant, les fesses de Seb étaient écartées par des doigts délicats et une langue toute chaude se posait sur son entrée.

— Oh, putain, lâcha-t-il dans un frisson. Tu peux me bouffer le cul toute la journée.

Marcus s'arrêta.

— Maintenant tu sais dans quoi, moi, j'ai fait mes études.

— J'ai l'impression que tu as décroché ta License haut la main.

Il attrapa un oreiller et le coinça sous son bassin pour surélever ses hanches.

— Putain, t'arrête pas.

Seb enfouit le visage dans son coussin, le drap serré dans ses poings tandis que Marcus le détendait avec insistance.

Une autre pause.

— J'arrêterai quand tu auras joui, qu'est-ce que tu en dis ?

Seb releva la tête de l'oreiller juste le temps de répondre :

— Parfait.

Une pensée le frappa soudain. Il tourna le visage sur le côté.

— Marcus… vu que ta famille va passer un certain dans les parages… et que je suis là, moi aussi…

Marcus gloussa.

— Je crois que juillet va devenir mon mois préféré, dit-il avant de replonger prestement à sa tentative de faire fondre le cerveau de Seb.

Seb s'éveilla à la lumière du jour qui se déversait par la fenêtre et à l'odeur de café fraîchement infusé. Un coup d'œil au vieux réveil de Gary sur la table de chevet lui apprit qu'il était huit heures trente et il sourit sous cape. *J'ai dû me rendormir quelques secondes après avoir joui.* Alors, Marcus entra dans la chambre complètement nu, deux tasses à la main. Seb s'assit, un énorme sourire aux lèvres.

— Je risque de m'y habituer vite.

Il se rendit soudain compte de l'état du drap sous

lui et grimaça.

— Faut que je change la literie.

Il n'y avait pas une mais deux taches humides et la faute revenait aussi bien à l'un qu'à l'autre.

Marcus arqua les sourcils.

— As-tu un besoin extrême de les changer là tout de suite ?

Il posa les tasses sur la table de chevet, puis se glissa dans le lit à côté de Seb en réarrangeant les oreillers dans son dos.

— Non. Ça peut attendre que j'aie fini mon café.

Un éclat scintillait dans les yeux de Marcus.

— Tant mieux, parce que je me disais qu'on pourrait en tirer profit encore un peu.

Un vague de chaleur traversa lentement Seb.

— Qu'avais-tu en tête ?

— Eh bien, ça dépend. De comment tu te sens, en bas ?

Seb lui décocha son plus grand sourire.

— Vide.

Marcus éclata de rire.

— Prêt pour un petit round paresseux, alors.

— Mon genre de matin préféré.

Seb se pencha par-dessus Marcus pour récupérer sa tasse et le musc de ce dernier envahit ses sens. Se réveiller enveloppé dans l'odeur de son amant, il trouvait ça *extrêmement* sexy. Il adressa un regard interrogateur à son invité.

— T'es prêt à me laisser te rendre la pareille ?

L'hésitation de Marcus en disait long.

— Ça te dérangerait d'attendre un jour ou deux ?

Seb cilla avant de répondre :

— Tu as quelque chose à me dire ?

Marcus but une gorgée de café.

— Ça fait un moment, d'accord ? La plupart des gars avec qui je couche préfèrent être passifs. J'ai fini par être coltiné au rôle d'actif.

— Alors, quand je t'ai dit que j'avais envie de te prendre…

Les yeux de Marcus brillèrent.

— Le meilleur 4 Juillet au monde. J'ai un plug à la maison. Faut juste que je m'entraîne un peu, voilà tout.

Il fit glisser sa main le long du ventre de Seb et l'enroula autour du membre turgescent qu'il trouva là.

— J'ai hâte de la sentir en moi.

Toutefois, il se raidit aussitôt.

— Oh, Seigneur.

Il relâcha l'érection de Seb et s'affaissa contre les oreillers.

— Qu'est-ce qu'il y a ?

Le front plissé, il expliqua :

— J'espère que les gamins n'iront pas s'aventurer dans le pavillon et encore moins fouiller dans mes affaires. Je viens de les imaginer en train de courir en secouant mon double gode noir brillant et en hurlant « Tonton Marcus a un serpent ! »

Seb s'immobilisa de tout son long.

— Un double gode ?

Marcus pencha la tête sur le côté.

— Tu en as déjà testé un ?

— Non, mais maintenant que tu en parles…

Il afficha l'expression la plus sérieuse possible et enchaîna :

— Je crois que tu ferais mieux d'apporter tes sex-toys ici, par prudence.

Les lèvres de Marcus tressautèrent.

— Ah, oui, tu crois ?

Il balaya la chambre du regard.

— Je ne suis pas certain que tu aies assez de place ici pour que je les ramène tous.

Seb en resta coi.

— Tu en as combien, au juste ?

Il remarqua soudain la lueur dans le regard de Marcus.

— Tu me fais marcher, c'est ça ?

Le sourire de son amant se fit jubilatoire.

— Ouaip. J'ai pris trois plugs de tailles différentes, un masseur de prostate, le double gode et un autre de taille normale.

Il serra doucement la queue de Seb.

— Sauf que je pense qu'il va falloir que je change mon tableau de mesure, parce qu'il m'a l'air bien petit comparé à toi.

— C'est pour ça que tu as besoin d'un plug ?

Marcus hocha la tête.

— Un regard à ton… anaconda a suffi à me faire comprendre qu'il ne fallait pas lésiner sur les préparatifs, dit-il avant de prendre une gorgée de café. Tu voudrais faire quoi en ce beau dimanche ? Enfin, si le cœur t'en dit de passer un peu plus de temps avec moi.

L'idée d'avoir Marcus à ses côtés pour le reste de la journée causa une explosion de chaleur dans la poitrine de Seb.

— Ça va dépendre de ce qu'on décide de faire.

Le portable de Marcus vibra sur la table de nuit.

— On reprendra cette discussion juste après.

Il posa sa tasse, récupéra l'appareil et en étudia l'écran. Lorsqu'un profond soupir lui échappa, Seb eut l'impression que les projets qu'il avait en tête venaient d'être contrariés.

— Un problème ?

Marcus laissa tomber le smartphone entre eux sur le lit.

— Apparemment, tu es invité au repas dominical.

— Ah oui ?

— Maman précise que je n'ai le droit d'accepter aucun refus et qu'elle nous attend pour midi tapant. Le déjeuner sera servi à treize heures.

Il fit une pause en observant Seb.

— Je lui réponds quoi ?

Seb aurait préféré avoir plus de temps seul à seul avec Marcus, mais il savait se montrer magnanime.

— Écoute, c'est un week-end particulier. Toute ta famille est là et ils ont envie de te voir. C'est la moindre des choses que tu passes autant de moments que possible avec eux. Quant à moi et à ma présence…

Il hésita ; Marcus caressa sa cuisse à travers le drap.

— Qu'est-ce que tu me caches ?

— C'est… ça me fait un peu bizarre, c'est tout.

— Dans quel sens ?

Seb baissa sa tasse et, se tournant vers lui, posa la tête sur sa main.

— Déjà, pour commencer, tout le monde va savoir ce qu'on a passé la nuit à faire.

— Et ça te dérange qu'ils sachent qu'on a baisé ? répondit Marcus sur un rire sarcastique. Je ne t'avais pas pris pour un pudique.

— Non, tu as raison, loin de là, mais je n'avais pas non plus prévu de les revoir un jour.

Seb pencha la tête.

— Tes parents ont-ils l'habitude que tu ramènes une conquête au repas dominical ? Ou que tu ramènes des gars à la maison tout court ?

Marcus se mordit la lèvre.

— Tu es le tout premier.

Seb opina.

— Et Ashley croit d'ores et déjà qu'on est ensemble…

Marcus écarquilla les yeux.

— Oh. Tu ne veux pas qu'ils se fassent des films.

Seb décida d'y aller franco :

— Les plans cul, j'en ai mon lot. Et je présume que c'est aussi ton cas.

Marcus le confirma et Seb sentit le calme revenir.

— OK. Donc, c'est juste un plan sympa ? Sauf que les parents ne comprennent généralement pas le concept. Les parents ont tendance à s'imaginer que baiser, c'est synonyme de beaucoup plus.

— Et tu as peur qu'ils pensent qu'il y a autre chose entre nous.

Seb acquiesça.

— J'apprécie ta famille. Je ne voudrais pas… qu'ils se sentent floués.

— Mais si je promets de leur répondre qu'on est juste amis à chaque fois que quelqu'un fait un commentaire dans le même genre qu'Ashley ?

Seb se plongea dans le regard intensément bleu de Marcus.

— Tu préférerais que je vienne, avoue ?

Marcus déglutit et posa le menton sur son torse.

— J'adore ma famille, vraiment. Toutefois, pour des raisons dont je n'ai pas envie de parler, j'avais très peur de les voir ce week-end. Ce sont des gens bien, mais ce sont aussi les individus les plus indiscrets et les plus tenaces au monde. Ils savent que j'ai emménagé temporairement dans la maison et j'ai perdu le compte du nombre de fois qu'ils m'ont demandé pourquoi je ne suis plus à New York au cours des deux derniers jours.

— Et ça fait partie des raisons dont tu n'as pas envie de parler, devina Seb.

— C'est bien ça.

— Et tu penses que ma présence servira à faire comme qui dirait… tampon ?

Marcus releva le menton.

— C'est égoïste de ma part, je sais, mais…

À l'expression sur le visage de Marcus, Seb sentit sa gorge se nouer.

— Hé, c'est rien, dit-il à voix basse. Je peux venir déjeuner. Quant à ce que tu as dit tout à l'heure… s'ils restent pour la majeure partie du mois de juillet, j'ai une proposition à te faire.

— Quel genre de proposition ?

Seb sourit.

— Tu te souviens, la dernière fois qu'on s'est croisés au supermarché ? Je t'ai dit de penser à moi si tu avais besoin d'une échappatoire. Je te propose qu'on peaufine le plan. Si tu veux te caler un jour pour écrire ou même juste pour t'isoler de ta famille…

Seb lui montra le salon du doigt en guise d'explication.

— Je te donnerai le double des clés. Tu as tout ce qu'il faut en électricité, en café, en casse-dalles et un canapé confortable… Je pars tous les jours de l'aube à midi, donc tu auras la maison rien que pour toi. Si tu trouves qu'il fait trop calme, il y a une vieille chaîne hifi qui lit les CD. Tu penseras à ramener les tiens, par contre, ajouta-t-il tout sourire. Je ne sais pas du tout ce qu'écoute mon oncle, mais franchement, je n'ai pas *envie* de le découvrir.

Le visage de Marcus s'illumina.

— J'adore l'idée. Si tu es sûr que je ne traînerai pas dans tes pattes…

Seb s'esclaffa.

— Tu veux rire ? Te trouver juste là, à m'attendre, une fois que je serai rentré et que j'aurais pris ma douche ?

Le sourire décadent de Marcus entraîna une étincelle d'excitation dans ses veines.

— Dis comme ça… Surtout quand on y ajoute ton autre super idée.

— Laquelle ?

— Ramener mes sex-toys ici.

L'étincelle se transforma en explosion qui lui mit la chair de poule.

— Clairement, c'est ma journée. Mais tu veux bien qu'on revienne à *ton* idée ?

Marcus fronça les sourcils.

— C'est-à-dire ?

Seb attrapa la main de ce dernier et la guida vers le chapiteau qui déformait le drap.

— Tu voulais dégueulasser la literie le plus possible avant que je lance la machine. Je crois me souvenir que tu as aussi parlé d'un petit round paresseux. On a encore quelques heures devant nous, il me semble ?

Il frissonna lorsque Marcus saisit son sexe et contracta les doigts. Sans se presser, Marcus retira ensuite le drap et la verge du jeune homme surgit de sous leur couvert. Le regard pétillant, il encercla la base de l'érection de sa main.

— Combien de temps tu crois pouvoir tenir avant que je te fasse jouir rien qu'avec la bouche ?

Seb écarta grand les cuisses.

— Ça te dit de le découvrir ?

CHAPITRE QUINZE

Marcus se tenait près de la fenêtre, par laquelle il observait Seb et son père en pleine discussion animée pendant que ce dernier retournait les burgers sur le grill. À en juger par les gestes de Seb, la conversation tournait autour de la pêche au homard et son père semblait totalement absorbé. Les petits jouaient à chat à l'orée des arbres, avec Ashley qui leur criait de temps à autre de ne pas aller trop loin ; les autres étaient installés sur les chaises de la terrasse ou sur les murets qui entouraient les parterres de fleurs surélevés de sa mère. Il y avait de la musique, venant d'il ne savait où, même si Marcus soupçonnait Mike ou Jake d'en être à l'origine. Sa mère et Lisa, à la cuisine, s'occupaient d'apporter les touches finales au déjeuner.

L'idée était que chacun se serve ce dont il ou elle avait envie et la table de dehors était par conséquent entièrement recouverte de plats : des guédilles, du coleslaw et la fameuse salade de pommes de terre de sa mère, un énorme saladier de chips et des petits pains pour les hamburgers et les saucisses. À côté de cela, d'innombrables bouteilles et bocaux de ketchup, moutarde, mayo et cornichons, ainsi qu'un autre assortiment de bols pour la laitue, les oignons rouges et les tomates. Marcus avait ouvert l'auvent pour protéger ce festin du soleil. Son père avait éparpillé des seaux remplis de glaçons et de sodas, élicitant l'observation suivante de la part de Jake :

— Pourquoi on aurait besoin de glaçons ? On est dans le Maine, pas en Floride.

Ce à quoi le patriarche avait rétorqué que ça n'avait pas empêché le jeune homme de finir avec une insolation l'année passée alors que la température avait dépassé les trente-deux degrés. Jake eut la grâce de rougir. Bien entendu, il était tout à fait possible que ce soient les prémisses d'un nouveau coup de soleil.

C'était une journée d'été parfaite avec un soleil tapant et un petit vent chaleureux ; cette scène idyllique ne fit qu'accentuer davantage l'effervescence de Marcus.

Je me demande bien pourquoi j'ai paniqué ?

La nuit – et le matin suivant – qu'il avait passée avec Seb dépassait de loin ses attentes. Les craintes de Marcus s'étaient avérées sans fondements, mais peut-être était-ce dû à l'absence de toute angoisse. Il s'était laissé aller, happé par le tsunami du plaisir qui les avait emportés tous deux sur son passage. L'appétit de Seb reflétait le sien et sans doute que cela y avait joué un rôle aussi. Marcus savait de quoi il avait eu le plus peur : que s'envoyer en l'air lui laisse un relent d'inassouvi. Il avait fini par se détendre en constatant que cette inquiétude ne s'était pas réalisée.

— Donc, c'est juste un ami, hmm ?

Marcus sursauta. Sa mère se tenait derrière lui, bras croisés, yeux rivés vers le jardin.

— Maman, tu pourrais m'avertir, la prochaine fois ! Et oui, juste un ami, affirma-t-il après avoir compris la teneur de ses propos.

— Il me plaît, dit-elle en fixant son père et Seb.

— Maman…

Elle tourna la tête dans sa direction, sourcils arqués.

— Ne me parle pas sur ce ton. Je disais juste que je l'apprécie.

Marcus ne répondit rien : il avait comme l'impression qu'elle ne comptait pas s'arrêter là.

— Évidemment, reprit-elle au bout de quelques secondes à peine, je n'ai personne à qui le comparer, pas vrai ?

C'était là une pique passive-agressive ou il ne s'y connaissait pas.

— Pardon ?

— Je sais que tu voyais quelqu'un, il y a un moment, à New York.

— Comment tu aurais pu le savoir ?

Il ne lui en avait pas pipé mot.

— Tes différentes méthodes de communication se sont essoufflées pendant un temps. Ton frère était pareil à chaque fois qu'il rencontrait une nouvelle fille. Comme tu ne parlais jamais de lui et que tu ne nous l'as pas présenté à Boston, je me suis dit que ce n'était pas du sérieux.

Elle l'étudia de plus près.

— Je me trompe ?

Il n'allait visiblement pas pouvoir échapper à cette conversation.

— Non, du tout. C'était sympa le temps que ça a duré, mais…

Il haussa les épaules. Il avait une raison bien précise de ne jamais aborder le sujet de ses histoires de cœur avec sa mère : c'était gênant au possible.

— Donc…

Il se prépara au pire.

— Est-ce qu'on va voir Seb plus souvent, te voir toi beaucoup moins, ou un mélange des deux ?

— C'est ta façon de me reprocher d'avoir découché la nuit dernière ? Parce que si c'est le cas, pour l'amour de Dieu, j'ai quarante-quatre ans, maman. Et même si je décide de rester chez lui ?

Il pointa du doigt les membres de sa famille

installés dans le jardin.

— Je ne vais pas leur manquer. Ce n'est pas pour *moi* qu'ils sont venus. Ils sont là pour oublier leurs vies de tous les jours et profiter du soleil et de la mer.

— Tout comme toi, commenta-t-elle.

Merde. Il lui avait tendu cette perche à deux mains.

— Ne peux-tu pas me dire ce qui s'est passé ? demanda-t-il de sa voix douce. Parce que *quelque chose* t'a fait fuir New York et te réfugier dans cette maison. Au départ, j'ai cru que c'était une rupture difficile, mais je n'en suis plus aussi certaine.

Elle posa une main sur son épaule.

— Marcus, j'ai beau avoir soixante-dix balais, je ne vis pas dans une bulle. Je ne crois pas que tu puisses me choquer, quoi que tu aies à me dire.

Marcus n'en était pas aussi sûr.

— Et ton boulot dans tout ça ?

— Comment ça ?

— Ton agence n'a-t-elle rien à redire de ce congé prolongé ?

— Je leur ai dit que j'avais besoin de prendre du recul pendant un moment, de m'octroyer quelques mois de repos, et ils ont accepté.

Même si, à ce stade, son patron devait se demander s'il comptait revenir un jour. Ces « quelques mois » étaient passés depuis bien longtemps : il venait de démarrer le deuxième trimestre et Marcus savait qu'il devait songer à l'avenir.

Je ne suis pas encore prêt à y retourner.

— Et ton appartement, alors ?

— Je l'ai sous-loué ; c'était prévu pour deux mois à la base, là on est partis sur une rallonge mensuelle.

Ceux qui le lui louaient y resteraient jusqu'à fin août, mais il lui faudrait bientôt affronter la réalité.

— Toutes tes affaires, où sont-elles ?

— Dans un garde-meubles.

Le plus important attendait dans des cartons qu'il avait stockés dans le pavillon. Il avait emporté tout ce qu'il pouvait dans sa voiture.

— Tu… tu n'as pas de gros ennuis, quand même ?

Marcus ne supportait pas d'entendre l'inquiétude dans sa voix. Il la prit dans ses bras.

— Non, du tout, je te le jure, la rassura-t-il du bout des lèvres. J'ai juste… besoin d'un break, de me poser, de réévaluer ma vie…

Il la relâcha.

— Par contre, si on ne les rejoint pas très vite, mes neveux, ma nièce et ces deux petits monstres auront englouti tous les burgers et les hot-dogs.

C'était une tactique absolument ridicule, mais si elle permettait de lui faire changer le sujet…

Elle lui tapa le bras.

— Ce ne sont *pas* des petits monstres ! Ce sont d'adorables choupinets.

Il se mordit la lèvre.

— Ce n'est pas ce que tu disais il y a trois jours quand ils ont caché une grenouille dans ta chaussure.

Les yeux de sa mère pétillaient.

— Ce n'est pas pire que ce que *toi* tu trafiquais quand tu avais leur âge.

— Moi ? rétorqua Marcus en s'affublant d'un air parfaitement innocent.

Sa mère éclata de rire.

— Ne fais pas cette tête. C'est bien *toi* qui as scotché un cafard en plastique dans l'abat-jour de ma lampe, non ? Et qui as réussi à piquer les biscuits préférés de ton père dans le placard pour les ouvrir et remplacer la crème au milieu par du dentifrice ?

Il sourit de toutes ses dents.

— Ouah. J'avais la classe.

Elle rigola.

— Tu étais incorrigible, oui. J'ai cru que le pire était passé quand tu es sorti de l'adolescence, mais c'est là que tu as fait le coup de la fausse convocation au contrôle fiscal à ton père. Son sang n'a fait qu'un tour !

Elle se pencha pour lui embrasser la joue.

— Mais tu as raison. On ferait mieux de sortir. Je dois te préparer une assiette au repas de ce soir ? demanda-t-il, un éclat dans les yeux.

Il lui rendit son baiser.

— On verra le moment venu.

Alors, il ouvrit la baie vitrée et ils sortirent dans le jardin ensoleillé. Seb lui décocha un regard qui le suppliait clairement de lui venir en aide et Marcus décida de le prendre en pitié.

— Viens, j'ai quelque chose qui pourrait t'intéresser dans le pavillon, l'interpella-t-il.

Ashley partit d'une quinte de toux et Jake ricana. Chris papillonna des yeux.

— C'est toujours mieux que « viens dans ma grotte regarder mes peintures murales », j'imagine, commenta ce dernier.

Seb se plaqua une main sur la bouche et Marcus leva les yeux au ciel. Le jeune homme le suivit en direction de sa résidence temporaire.

— Si tu baisses les stores, on saura pourquoi, lui siffla Jess en aparté lorsqu'ils passèrent devant elle.

— Pour jouer à cache-cache ? demanda Sophia d'une voix bien claire.

Un moment de silence s'ensuivit avant l'hilarité générale.

— La vérité sort toujours de la bouche des

enfants, murmura Jess. Je ne doute pas que tu meures *d'envie* de tremper le bisc…

— Maman ! s'exclama Jake, bouche bée.

Seb éclata de rire et il ne fallut pas longtemps aux autres pour se joindre à lui tandis que Sophia regardait sa famille avec la confusion la plus totale.

Marcus ouvrit la porte du petit bâtiment au toit à pignon et bardeaux de cèdre entouré de fenêtres des quatre côtés.

— C'est mon grand-père qui l'a construit, dans les années 40 ; ma tante Carol était toute petite et papa n'était pas encore né.

Il y avait un lit, une table et un fauteuil inclinable.

— C'est mignon, dit Seb qui sourit en posant les yeux sur le lit une place. Il est petit comparé à celui de la chambre parentale.

— Et il n'y a pas de douche, non plus.

Le regard de Seb pétillait.

— Je dois t'avouer que cette douche m'a donné des idées.

Il fit un pas vers Marcus et ajouta :

— Ce banc me suppliait carrément de…

— Couché, pépère, le coupa Marcus avec un geste vers les fenêtres. On a un public, je te rappelle ?

— Eh bien, si on n'est pas là pour que tu puisses…

Seb baissa la voix :

— … me sucer, pourquoi m'avoir fait venir là ?

Marcus lui désigna le carton au pied du lit.

— Tu pourrais emporter ça chez toi ?

Seb s'en approcha et souleva le coin de l'un des rabats en carton.

— Je peux zieuter ?

— Non. Garde la surprise pour plus tard.

Le jeune homme se redressa.

— Alors il y aura un « plus tard » ?

Marcus lui adressa un grand sourire.

— Seigneur, j'espère bien. Je ne resterai pas toute la nuit, par contre. Ce ne serait pas bien de ma part, je sais que tu dois te lever horriblement tôt.

Un éclat scintilla dans les yeux de Seb.

— C'est gentil.

Il fourra la main dans la poche arrière de son jean.

— Tiens, pour toi, avant que j'oublie.

Et de déposer une clé sur la paume de Marcus.

— Merci.

Marcus la glissa à son porte-clés.

— Je te promets de ne pas abuser de ton hospitalité.

— Non, tu viens quand tu veux, lui assura Seb qui jeta un regard mélancolique à la grande maison.

— Qu'est-ce qu'il y a ?

Seb se mordit la lèvre.

— Il n'y a aucun store. Merde.

Marcus éclata de rire.

— Serais-tu constamment en manque ? Attends, non, c'est pas la peine de me répondre. Je sais, tu as vingt-six ans. Ma question était stupide.

Il inclina la tête vers la terrasse.

— Je te propose d'aller manger, de rester un peu, et puis on retournera chez toi.

— Je peux te faire à manger ce soir.

Marcus rit.

— Crois-moi, il y aura plein de rabs qu'on pourra emporter.

— Nous revoilà avec ces histoires de Jésus qui nourrit la foule, dit Seb, l'air rayonnant. J'adore ta famille.

— C’est parce que tu ne les as vus que par petite dose, jusqu’ici.

Marcus avait comme l’impression qu’il irait se réfugier dans le sanctuaire promis par Seb bien plus tôt qu’il n’y pensait.

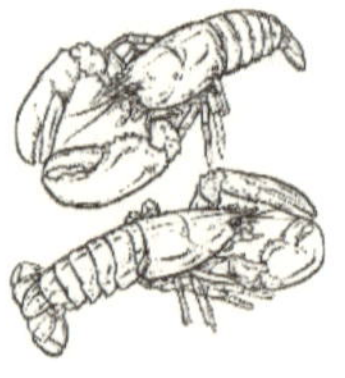

Seb enfonça les doigts dans le rebord du matelas, les yeux rivés au miroir. Marcus était étalé sur son dos, le martelant de toutes ses forces, le regard plongé dans celui du reflet de Seb.

— T’aime sentir ma queue ?

— Mon Dieu, oui.

Il ne pouvait pas bouger les hanches : Marcus le maintenait coincé face vers le bas, ses genoux bloquant les cuisses de Seb et son bras autour de son torse tandis qu’il le pilonnait.

— Seigneur, je suis à fond et c’est juste merveilleux.

Seb le fixait.

— Ça me fait tellement de bien, putain.

Alors, Marcus couvrit la bouche de Seb de sa main et il n’en fallut pas plus pour que la température monte d’un cran. *Putain, regarde-nous…* Les yeux du jeune homme étaient arrondis et assombris, pupilles dilatées.

Marcus entama un long mouvement de balancier, chaque impact faisant trembler le lit. Seb gémissait contre sa paume alors qu’il le menait sans relâche vers l’orgasme. Puis Marcus montra les dents, s’enfonçant en lui avec encore plus de puissance, et Seb jubila de le sentir palpiter en lui. Il poussa un cri que la main de Marcus assourdit comme ce dernier baissait la tête pour embrasser Seb dans le cou en même temps qu'il frissonnait de tout son corps.

Vint le moment pour Marcus de se retirer, suite à quoi il retourna Seb sur le dos.

— À ton tour. Plie les genoux contre tes épaules, bébé.

Seb se mit en position et Marcus glissa les bras sous ses mollets. Son sexe retrouva le chemin du tunnel de Seb pour des va-et-vient plus lents. Seb s'occupa de lui-même, son orgasme à portée de main.

— Tu m'embrasses ?

Les lèvres de Marcus fusionnèrent avec les siennes ; Seb se palucha avec plus d'entrain, les coups de boutoir de Marcus s'accélérèrent, sa queue martelant la prostate du jeune homme à répétition. Lorsqu'il jouit, Seb relâcha son membre pour enlacer Marcus, s'accrocher à lui, tandis que chaque nouvel électrochoc le faisait tressauter, et ce jusqu'à ce qu'il finisse complètement amorphe sous son amant.

Il caressa la joue de Marcus.

— Je t'avais juste proposé de rentrer prendre un petit coup, genre un verre, je pensais pas que tu l'interpréterais au sens littéral.

Non pas qu'il s'en plaigne. Les coups éclairs qui le prenaient par surprise n'étaient jamais une mauvaise chose.

Marcus gloussa.

— J'ai cru que c'était une invitation. C'est ta faute, de toute façon. T'es trop irrésistible.

— Je sais, répondit Seb, fier comme un paon. C'est mon super-pouvoir.

Il embrassa le front trempé de Marcus.

— Et je crois qu'on sait tous les deux quel est le tien.

Marcus se retira de nouveau et s'allongea sur le dos, sa demi-molle reposant contre le haut de sa cuisse.

— J'en avais besoin, putain.

Seb caressa son torse couvert de sueur.

— Oh, je *vois* ! Je suis ton jouet pour relâcher la pression.

Marcus releva la tête du lit.

— Ça te dérange ?

Il sourit et se pencha pour l'embrasser sur la bouche.

— Pas le moins du monde. Comment crois-tu que je me détende après une semaine à donner cours ?

Il s'était bien amusé au déjeuner dominical, mais il avait été ravi quand Marcus lui avait proposé de le ramener chez lui, particulièrement au vu du carton qu'il avait dans les mains.

Oh, pas un seul adulte de la famille Gilbert n'avait été dupe à ce propos.

Marcus le tira de sorte que Seb se retrouve sur lui et écarta les jambes pour lui faire de la place.

— C'est peut-être pour ça qu'on s'entend si bien.

— Parce qu'on est pareils ?

L'idée l'avait déjà effleuré.

— Mm-hmm, affirma Marcus en repoussant les cheveux qui tombaient devant les yeux de Seb. Même si je dois bien avouer que, quand tu es dans les parages, le reste du monde a tendance à disparaître.

— C'est une bonne chose ?

Le sourire de Marcus suffisait amplement.

— Tu sais dans quoi d'autre je suis super doué ? demanda le jeune homme malicieusement. Le lavage de dos.

— Serait-ce une invitation pour que je prenne ma douche avec toi ? J'accepte.

Seb se dégagea et lui tendit la main.

— Attends un peu de voir avec quoi je vais te laver la bite.

Il guida Marcus dans la petite salle de bains de Gary et dans la baignoire plus minuscule encore, plus énergisé que jamais.

Ce mois de juillet prenait une tournure pour le moins géniale.

CHAPITRE SEIZE

Le 9 juillet

Marcus était assis dans la salle à manger, focalisé sur l'écran de son ordinateur en tâchant d'ignorer la musique qui venait du salon. Jake et Mike s'y trouvaient, occupés avec leurs smartphones tout en papotant et en regardant la télé.

Ceux qui ont proclamé que les hommes ne savent pas faire plusieurs choses en même temps ne parlaient clairement pas de la nouvelle génération. C'est une toute nouvelle espèce.

Après avoir enduré cette cacophonie pendant encore un quart d'heure environ, Marcus s'avoua vaincu. Il quitta la table et alla à la cuisine.

Sa mère, assise au bar avec Lisa, discutait crochet et vérifiait les magasins de laine du coin sur la tablette. Elle lui lança un demi-sourire lorsqu'il passa à côté, mais il était évident qu'elle était concentrée sur sa conversation.

Il sortit dans le jardin par la porte de derrière, direction le pavillon. Au moins avait-il la garantie de trouver un peu de solitude, là. Alors qu'il traversait le terrain vers la structure protégée par l'ombre des grands arbres, il surprit des voix d'enfants qui l'avertirent d'une potentielle invasion imminente.

Vais-je avoir besoin d'une pancarte « Entrée interdite » ?

Une fois à l'intérieur, il s'assit à la table, rouvrit son ordinateur et reprit sa lecture. Cela faisait plusieurs jours qu'il n'avait pas posé les yeux sur son manuscrit, mais cette pause n'était pas une mauvaise chose. Elle lui permettait de repérer des coquilles et des paragraphes qu'il préférait interchanger ou supprimer tout simplement.

Dix minutes plus tard, sa bulle éclata comme des hurlements fendaient l'air. Il se tourna vers la fenêtre et vit Sophia et Alex en train de jouer. Il n'avait aucune idée de la teneur de leur jeu, seulement qu'il était bougrement bruyant.

Dommage que papy n'ait pas pensé à insonoriser la pièce quand il l'a construite. Marcus redoubla sa concentration sur l'écran du portable, comme si cela pouvait masquer les cris. *Ils ne vont pas rester là toute la matinée, quand même ? Il est neuf heures et demie, pour l'amour de Dieu.*

Il se raidit soudain ; Chris était en train de jeter un œil à l'intérieur.

Marcus rabattit le capot de l'ordinateur dans un soupir tandis que son frère passait la tête dans l'embrasure.

— Je peux entrer ?

Marcus le toisa d'un regard implacable.

— Si je dis non, ça te fera changer d'avis ?

Chris rigola et entra, repoussant la porte derrière lui.

— On peut causer ?

Il se rendit au fauteuil, prit place et remonta le repose-pied pour étendre ses jambes.

— Seigneur, c'est beaucoup mieux. La vieillesse, ça craint.

Marcus souffla, contrarié.

— Tu n'as que quarante-huit piges. T'es pas non plus décrépit. Et je dois comprendre que ta question était rhétorique, du coup ?

Il décala sa chaise pour faire face à Chris.

— Que puis-je faire pour toi ?

— Je m'inquiète pour toi, voilà tout. Tu n'as pas l'air dans ton état habituel. Ce n'est pas la première fois que tu te réfugies ici au cours de ces derniers jours. On pourrait croire que tu essaies de nous éviter.

Son frère était visiblement plus observateur que Marcus ne l'en aurait cru capable.

Il adressa un regard entendu à Chris.

— T'aurais pas plutôt envie d'aller baver sur un de tes sites de geek de l'informatique ?

Chris afficha un air légèrement surpris.

— Je me souviens d'une époque où on se disait pas mal de choses.

— Une époque qui remonte à bien longtemps. Je crois que plus on vieillit, plus on se rend compte qu'on est différents tous les deux.

Du moins, c'était son point de vue.

Chris, lui, fronça les sourcils.

— On est si différents que ça ?

— Maman ne cessait de dire que je m'attirais tous ces ennuis parce que je prenais des risques là où il ne fallait pas. Toi, en revanche, tu n'as jamais eu d'ennuis parce que tu ne prenais aucun risque. Alors, oui, un peu qu'on est différents. Mais non, je n'essaie pas de vous éviter.

Ton nez va s'allonger.

Chris entrelaça ses doigts.

— J'en suis peut-être en partie responsable. Je n'ai pas été très bavard depuis qu'on est arrivés.

Marcus l'avait remarqué aussi.

— Jess m'a dit que tu avais quelques soucis.

Il leva les mains et continua :

— Elle n'en a pas dit plus et j'ai pensé que ça ne devait pas être *si* grave puisque tu n'en parlais pas. Si c'était sérieux, je savais que tu m'aurais contacté.

Le chemin de leurs vies avait beau avoir divergé, ils n'en restaient pas moins des frères et Marcus ferait tout ce qui était en son pouvoir pour aider sa famille.

— Non, c'est juste Rachel, rien de nouveau. Elle a obtenu la maison, mais elle n'a pas l'air de vouloir s'en contenter.

Chris poussa un rire nasal et enchaîna :

— C'est *toi* qui avais raison.

— Hmm ?

— Rester célibataire.

Marcus haussa les sourcils.

— Ce n'est pas un choix délibéré. Je n'ai pas encore rencontré la personne qui me fera tourner la tête, c'est tout.

Inutile de préciser qu'il n'avait pas cherché à la trouver.

— Et Seb, alors ?

Marcus se figea.

— Eh bien, quoi ?

Seigneur Dieu, sa famille ne lâcherait donc jamais l'affaire, hein ?

— Ça m'a l'air d'un chic type, dit Chris, un éclat dans le regard. S'il arrive à te supporter, c'est que c'est le bon.

Marcus se hérissa.

— Ça va, oui ?

Cela lui valut un nouveau rire nasal moqueur.

— On ne peut pas dire que tu sois facile à vivre. Il suffit de regarder la semaine qui vient de passer depuis notre arrivée. Tu es une boule de nerf, d'humeur changeante, troublé…

Marcus en resta coi.

— Et ça te surprend ? Je suis venu là pour trouver la paix et le calme, et maintenant c'est le dawa !

— Me la fais pas à moi. Tu savais parfaitement qu'on allait débarquer. Et *rien* ne t'oblige à rester. Tu pourrais très bien aller retrouver la paix et le calme ailleurs.

— Tu sais quoi ? C'est la première parole sensée que tu as eue depuis que tu as mis les pieds ici. Je vais suivre ton conseil.

Il récupéra le sac de son ordinateur par terre près du lit et y fourra l'appareil ainsi que son bloc-notes, puis il attrapa sa veste posée sur le dossier de sa chaise.

— Oh, Marcus…

Celui-ci leva la main.

— Je suis dans un mauvais jour, c'est tout. Je reviendrai quand mon humeur sera moins orageuse.

Il traversa le jardin d'un pas décidé, évitant les enfants qui se couraient après en beuglant, et repassa par la maison principale. Sa mère posa les yeux sur son sac et il s'arrêta juste le temps de l'embrasser sur la joue.

— Je vais chez Seb. Je ne dormirai pas là-bas, mais je ne sais pas encore si je serai de retour pour le dîner.

Elle hocha la tête.

— Ce sera un ragoût de bœuf. Je t'en mettrai de côté, au cas où. Dis bonjour à Seb de ma part.

— D'accord.

Il quitta la cuisine, fit un arrêt dans le couloir pour trouver ses clés sur le guéridon et prit la porte. Tandis qu'il approchait de sa voiture, une idée lui vint. Un petit détour était peut-être de mise.

Seb s'étira. *Merde, on est seulement jeudi ?* Après la

semaine qu'ils avaient eue jusque-là, il était plus que prêt à profiter de son dimanche.

— T'as des nouvelles de Gary ? demanda Tim en fourrant dans sa poche le reçu pour les homards.

Seb se fendit d'un rire nasal.

— Pas une seule. Toi, si ?

— Je lui envoie un texto au quotidien avec les chiffres du jour. Je me dis qu'on s'en sort pas trop mal, vu qu'il m'a toujours pas appelé pour m'insulter.

Le jeune homme s'esclaffa.

— Ou alors il est trop occupé à subir sa frangine.

Tim lui jeta un regard interrogateur.

— T'as survécu à quatre semaines, ou presque, sans faire la moindre connerie. T'es sûr que t'as envie de retourner à l'école ?

Cela le fit rire encore plus.

— Putain, un peu que j'en suis sûr. Au moins, à l'école, je rentre pas chez moi tous les soirs avec une odeur si pourrie qu'elle arrive à décaper la peinture.

Un grand sourire aux lèvres, il ajouta :

— « Sans faire la moindre connerie », hein ? Ça m'a tout l'air d'un compliment, ça. Fais gaffe à toi, Tim. Tu te ramollis.

Le matelot balaya l'air de la main.

— À demain, gamin.

Seb lui rendit son salut et amorça la remontée journalière de Pier Road. Il était esquinté, mais ce n'était pas nouveau. Le soleil tapait et Seb était soulagé d'avoir sa casquette. C'était une magnifique journée, bien trop pour passer les heures restantes confiné. Sans autre détour, son esprit se tourna aussitôt vers Marcus.

C'était souvent les cas, ces derniers temps. Ils ne s'étaient pas revus depuis dimanche et, bien que cela ne pouvait augurer que du bon pour Marcus, Seb n'arrivait pas à contenir sa déception.

À quoi tu t'attendais ? Qu'il se pointe tous les jours et que vous baisiez comme des lapins ? Sauf que ce n'était pas qu'une question de sexe. Seb appréciait sa présence. Quelque chose chez Marcus le mettait à l'aise. Certes, il était gaulé comme un dieu, mais ça allait bien au-delà de son apparence. Un esprit vif brillait derrière son regard époustouflant, agrémenté d'un sens de l'humour acéré. Il n'était ni totalitaire, ni du genre à spéculer ou, plus important encore, à porter un jugement.

Aux yeux de Seb, ça comptait énormément.

Lorsqu'il s'engagea dans l'allée de chez Gary, il remarqua une voiture qu'il connaissait bien et son cœur s'emballa. *Il est là.* En dépit de sa fatigue, il accéléra le pas. Un fumet le fit saliver comme il ouvrait la porte d'entrée.

— C'est de la soupe au poulet ?

Marcus touillait le contenu d'un poêlon dans la cuisine.

— Et bonjour à toi aussi. J'ai apporté le déjeuner. Ce sera prêt d'ici à ce que tu aies fini ta douche.

Seb rigola.

— T'es en train de dire que je schlingue, là ?

Marcus sourit de toutes ses dents.

— Disons que je t'ai senti arriver avant même que tu atteignes le bout de l'allée.

Seb lui fit un doigt d'honneur et se dirigea vers la salle de bains. Il retira son jean et ses autres couches en se tortillant et laissa le tout tomber au sol, en attente du passage en machine. Alors qu'il grimpait dans la baignoire, il haussa la voix :

— T'as pas envie de me frotter le dos ?

Marcus s'esclaffa.

— J'ai comme un sentiment de déjà-vu.

Concentre-toi sur ce que tu as à faire et je ferai de même de mon côté.

— Rabat-joie.

Ayant enclenché la douche, Seb laissa l'eau chaude et le savon dissiper toute trace des sept dernières heures. Il porta une attention particulière aux coins et recoins parce que *nom d'un chien*, ça faisait *quatre jours*. Marcus n'était sûrement pas venu rien que pour lui servir le déjeuner... du moins, l'espérait-il. Et une certaine partie de son anatomie aussi à en juger par la réaction de son entrejambe.

Tandis qu'il se séchait, il envisagea de retourner au salon avec sa serviette en guise de tenue pour ensuite rejeter l'idée. *Arrête de ne penser qu'avec ta teub.* Seb enfila un pantalon propre, mais se posa plus longuement sur le choix du tee-shirt. Il en étala quatre ou cinq sur le lit avant d'en sélectionner enfin un. Le temps qu'il ressorte de la chambre, deux bols de soupe fumante attendaient sur la table basse, ainsi que deux assiettes de tranches de pain frais.

Un coup d'œil à son haut suffit pour faire éclater Marcus de rire.

— Tu ne trouves pas que c'est un peu trop subtil ?

Il était parti sur un tee-shirt noir avec pour légende, en lettres arc-en-ciel et pailletées : *PD comme un phoque.* Seb leva les yeux au plafond.

— Bah voilà, tu recommences à utiliser des mots qui ne font pas partie de mon vocabulaire.

Observant la table du déjeuner, il sourit et dit :

— Ça a l'air top.

— Je me suis dit que ça te ferait une belle surprise au retour.

— C'est réussi.

Seb s'installa contre les coussins du canapé, son

bol dans une main, cuillère dans l'autre. Marcus le rejoignit.

— Tu es là depuis longtemps ?

— Deux heures seulement.

Seb rigola.

— Ta matinée a été si terrible que ça ?

— Disons simplement que je ne voyais pas comment elle aurait pu s'améliorer.

La soupe était délicieuse.

— Merde, c'est trop bon. Tu as réussi à bosser un peu ? demanda-t-il en se tournant vers Marcus.

— C'était surtout une journée relecture.

Seb apprécia le silence dépourvu de gêne qui suivit tandis qu'ils mangeaient. Certains se sentaient obligés de causer non-stop, mais pas Marcus. Lorsqu'il eut terminé, il reposa son bol vide avec un soupir d'aise.

— C'était exactement ce dont j'avais besoin.

— Maintenant que tu es là et que tu es repu, je vais y aller.

Seb fronça les sourcils.

— T'es obligé ?

— Tu dois avoir des choses à faire, je n'ai pas envie d'être dans tes pattes.

Marcus, toutefois, ne fit aucun mouvement pour se lever du canapé.

Seb croisa les mains derrière sa tête.

— Je dois avouer que je m'attendais à te voir bien plus vite. Quand j'ai remarqué qu'on était jeudi et que je n'avais pas de nouvelles, je me suis dit que tout se passait bien à la maison.

Il pencha la tête sur le côté.

— À moins que tu ne sois resté à l'écart par peur de gêner.

Face au clignement de paupières, le jeune homme

sut qu'il avait vu juste.

— Je le pensais sincèrement quand j'ai dit que tu étais le bienvenu. Ne laisse pas ta crainte de me déranger te forcer à subir ce qui te rend dingue. La porte est grande ouverte. Et ce n'est pas parce qu'on a fini de déjeuner que tu dois forcément t'en aller.

D'autant qu'il n'avait aucune envie de le voir partir.

— Je ne suis plus d'humeur à écrire.

Seb se redressa.

— Eh bien, on peut trouver autre chose à faire.

— Du genre ?

Seb tourna la tête vers la fenêtre.

— Sur le trajet du retour, je me disais justement qu'il faisait super beau. Pourquoi on n'irait pas quelque part profiter du reste de l'après-midi… ensemble ? Ce n'est pas le genre de chose que j'ai l'occasion de faire souvent. On pourrait prendre le skiff et visiter l'une des îles. Ce n'est pas très loin, mais au moins on serait dehors, pas confinés entre quatre murs.

Marcus sourit.

— L'idée me plaît. Autant qu'elle me surprend, par contre.

— C'est-à-dire ?

Les yeux de l'apprenti écrivain scintillaient.

— J'étais persuadé qu'il y aurait une partie de jambes en l'air au menu.

Seb montra les dents.

— La journée n'est pas finie.

Il avait encore sept ou huit heures devant lui avant de devoir penser à aller se coucher et il voulait en passer autant que possible en compagnie de Marcus. Si une paire de ces heures se déroulaient sous les draps, encore mieux !

CHAPITRE DIX-SEPT

Le moteur haletait comme le bateau s'éloigner du quai et se dirigeait vers la baie. Marcus avait l'impression d'être un touriste entre le short, les lunettes de soleil et la paire de tongs jaune fluo qu'il avait empruntés à Seb.

— Pas certain que ce soit mon style, bougonna-t-il en avisant ses pieds.

Seb s'esclaffa.

— Tout le monde peut s'en tirer sans problème avec des tongs en été. Et le short de Gary te va bien mieux que si je t'avais filé un des miens, ajouta-t-il avec un regard sous la ceinture.

— Ils sont à ton oncle ?

Seb ricana.

— Détends-toi. J'ai fait toute sa lessive le jour où j'ai débarqué. Tu peux me faire confiance, je ne te l'aurais pas prêté sinon.

— Où comptes-tu m'emmener, au juste ?

Devant eux s'étalaient plusieurs îlots qu'il se souvenait avoir vus les fois où son père les avait amenés là en bateau.

— Sur Goat Island. Celle-là, là-bas, indiqua-t-il d'un doigt vers la gauche.

Marcus cilla.

— Ça a l'air… pittoresque.

Il étudia l'île de plus près et repéra une colonne blanche.

— Il y a un phare ?

— Ouaip. En gros, y a rien d'autre à voir. C'est juste un rocher à l'embouchure du port.

— Il est toujours en fonction ? Je crois avoir

entendu mon père dire qu'il avait été détruit par une tempête.

— Non, juste la passerelle entre la maison du gardien et la tour. Ils l'ont reconstruite en 2011. Apparemment, ça n'a pas bougé depuis les années 50. Et oui, il est encore actif. Il est même hanté.

— Sérieux ? Ça n'existe pas, les fantômes.

Seb remua les sourcils.

— Je n'en suis pas si sûr. Gary m'a raconté plein d'histoires quand j'étais gamin.

Il indiqua l'île sur la droite.

— Ça, c'est Bass Island. On ne va pas amarrer là, parce qu'il n'y a *rien* du tout à part le rocher.

Marcus contempla leur destination.

— Je n'ai pas l'impression qu'il y ait beaucoup plus sur Goat Island, de ce que j'en vois.

— On n'y va pas pour visiter, on y va pour se détendre. Je me suis dit qu'un endroit calme était de mise.

Ça lui convenait très bien.

Le skiff s'arrêta à quelques mètres de la plage de galets.

— On va jeter l'ancre ici et marcher jusque-là.

Seb baissa les yeux vers les pieds de Marcus.

— Enlève les tongs, par contre. Je ne voudrais pas qu'elles soient emportées par le courant. J'en ai perdu déjà beaucoup trop comme ça.

Marcus fronça les sourcils.

— On a *le droit* de mettre pied à terre, quand même ?

Seb lui décocha un grand sourire.

— Disons simplement que si tu vois le bateau des gardes-côtes, tu as intérêt à regagner le nôtre assez vite.

Ils sautèrent par-dessus bord et pataugèrent dans

l'eau qui lui arrivait aux cuisses. Le phare était visible sur leur droite, énorme cylindre opalin. Plus loin se tenait une maison blanche au toit rouge et Marcus devina qu'il s'agissait du domicile du gardien. Une passerelle couverte la reliait à la tour. Plus près du rivage se dressait une forme pyramidale revêtue de bardeaux de cèdre.

— Qu'est-ce que c'est ? demanda-t-il en la pointant du doigt.

— C'est le nouveau clocher. Ils ont remis l'original en 2011 quand ils se sont occupés des rénovations.

Ils s'approchèrent un peu du phare ; Marcus repéra un mât. La pelouse qui entourait la maison était luxuriante. Il avisa la passerelle.

— Quelqu'un habite encore là ?

— Plus maintenant. Enfin, je ne crois pas.

— Et c'était vrai, cette histoire de fantôme ?

Seb s'assit sur un rocher proche de là.

— Dick Curtis était chargé de l'entretien à la fin des années 90, d'après Gary… jusqu'au jour où il est apparemment tombé par-dessus bord et s'est noyé alors qu'il venait ici en bateau. Le gars qui l'a remplacé a déclaré que des choses bizarres ont commencé peu de temps après. Des objets qui disparaissaient, mais finissaient toujours par réapparaître sur la table de la cuisine. Puis il a raconté que par une journée glaciale, il s'était assis dans le fauteuil de Dick en disant « Dickie, donne-moi du chauffage » et, là, un vieux radiateur électrique qui ne marchait plus depuis des années s'est allumé. Après ça, il y a eu des problèmes avec la corne de brume. Elle se mettait en route fréquemment, même par temps dégagé. Les gardes-côtes ont installé de nouveaux capteurs, ont carrément tout débranché, mais ça n'a rien changé. C'est seulement quand ils ont remplacé toute l'installation que ça s'est arrêté.

Seb se figea lorsqu'il vit une silhouette sortir de la maison en leur faisant de grands gestes.

— Putain. Le gardien habite bien là. Faut qu'on se taille.

— À moins que ce ne soit le fantôme, répondit Marcus avec un sourire espiègle.

Ils retournèrent au bateau à toute allure, s'esclaffèrent tandis qu'ils traversaient les bas-fonds à grand renfort d'éclaboussures, Marcus agrippant les tongs qu'on lui avait prêtées. Une fois à l'abri, à bord, Seb remonta l'ancre et démarra le moteur ; le skiff amorça un arc de cercle majestueux alors qu'il s'écartait de la berge.

— Eh bah, la visite fut courte.

— On n'est pas obligés de rentrer tout de suite, lui répondit Seb. On a à boire, de quoi grignoter... on peut rester là, profiter de la tranquillité et se laisser bercer par l'eau.

Cela lui semblait parfait.

Seb leur fit faire le tour d'une autre île.

— Voir l'océan comme ça, c'est bien mieux que quand je dois bosser dessus. J'oublie sans arrêt à quel point c'est un endroit magnifique, confia-t-il en contemplant le littoral.

— C'est pas comparable à New York, ça, c'est sûr.

— Tu habites à Manhattan ?

— Oui.

Marcus ne pouvait pas changer le sujet, pas alors que c'était lui qui l'avait initié.

— Et ça te *plaît* de vivre là-bas ? Je n'ai jamais compris l'attrait, personnellement.

— Qu'est-ce qui se rapproche d'une grande ville, dans le Maine ?

Face au regard perplexe que Seb lui lançait, Marcus soupira et développa :

— Je viens à Cape Porpoise depuis que je suis gosse. On partait parfois faire des excursions d'une journée à York Beach ou à Kennebunkport, mais pas grand-chose d'autre. On restait à l'écart des zones plus fortement habitées.

Il se fendit d'un rire nasal.

— Sauf que je me souviens que York Beach était vachement bondée, arrivé l'été.

— Je dirais que la plus grande, c'est Portland. Je ne vais pas souvent au-delà. Même si j'avoue que j'ai plusieurs fois poussé jusqu'à Acadia avec mes potes.

Le parc national d'Acadia figurait sur la liste de Marcus.

— J'ai toujours voulu y aller. Ça a l'air sublime.

— L'un de mes copains, Aaron, y est garde-forestier. Il habite à Bar Harbor.

Marcus gloussa et Seb lui décocha un autre regard perplexe.

— J'ai dit quelque chose de drôle ?

— Non, juste la façon dont tu l'as dit. T'avais l'air d'un gars typique du Maine.

Seb roula des yeux.

— Encore heureux. Tu devrais entendre Mamie, la grand-mère de Levi. Certaines des expressions qui sortent de sa bouche arrivent encore à me laisser dubitatif. Des trucs qu'on entend plus de nos jours, à part chez les vieux de la vieille.

Il ricana.

— Et chez les pêcheurs peut-être.

Il désigna le sac isotherme.

— Tu veux bien me passer de l'eau ?

Marcus plongea la main dans la glacière et en retira

deux bouteilles en plastique. Il en tendit une à Seb, qui s'abreuva tel un soiffard.

— S'il y a une chose que je t'envie vis-à-vis de ta vie à New York, c'est les bars gay. Il n'y en a pas des masses dans la région.

— Tu as parlé d'Ogunquit, je crois ?

Seb acquiesça.

— Mon point de chute, c'est le MaineStreet, même s'il m'arrive de passer au Front Porch. C'est un piano-bar-restaurant et tout le personnel y est gay. Enfin, *principalement* gay. C'est chouette comme endroit. Il y en a quelques autres sur Portland, mais je ne les trouve pas aussi bien. Le Blackstones est minuscule et assez vieux jeu, et ne parlons pas du Bubba's Silky Lounge. Le Flash Lounge se *vante* d'être un bar gay, mais à mon avis, ils devraient revoir leur définition du mot.

Marcus rigola.

— C'est vrai qu'il y en a quelques-uns à New York.

Et il les avait probablement tous fréquentés.

— Tu n'as pas répondu à ma question. Ça te plaît de vivre là-bas ?

Le ventre de Marcus se contracta. *À une époque, oui.* Il n'en était plus aussi sûr.

— Je ne sais pas si c'est le bon verbe. Je travaille là-bas. Et je m'y suis habitué. La plus grande partie de la ville est énorme, bruyante, *beaucoup* trop surpeuplée. Mais les endroits calmes existent quand même. Tout en précisant par contre que la circulation n'est jamais bien loin.

— Tu travailles à Manhattan ?

— Oui.

On pourrait changer de sujet ?

Seb avala encore un peu d'eau avant de se frotter

les lèvres.

— Donc, en gros, ton job c'est de trouver le moyen de convaincre les gens de se libérer de leur argent en les incitant à acheter un truc dont ils n'avaient même pas envie jusque-là.

Marcus l'observa.

— Ça ne t'est jamais arrivé d'acheter quelque chose *juste* à cause d'une pub ?

— Non, jamais… Enfin… Je *dis* ça, mais…

— Allez, on se confesse.

— J'imagine que quand j'ai vu la pub pour le Slap Chop… Tu sais le hachoir manuel ? Je n'ai pas pu m'en empêcher, répondit Seb, tout sourire. Surtout quand le type qui en faisait la démonstration a ajouté « Vous allez adorer mes noix ». Je crois que j'ai craché tout ce que j'avais en bouche, sur le moment. Impossible qu'un hétéro ait écrit le script.

Marcus lui rendit un sourire tout aussi large.

— Tu as tout à fait raison.

Seb écarquilla les yeux.

— J'y. Crois. Pas !

Marcus hocha la tête.

— C'est l'une des miennes.

— Sérieux ?

— Non, répondit Marcus, un éclat taquin dans le regard. Mais avoue que je t'ai bien fait marcher pendant une seconde ?

Seb le toisa.

— Je vois. On se croit drôle, hein ?

Ses yeux pétillaient. *Putain, il est comme une bouffée d'air frais !*

Marcus avait eu son lot de mecs calculateurs, qui lui disaient blanc en face et noir quand il avait le dos tourné, ou de types qui suivaient le mouvement plutôt que de nager à contre-courant.

Je crois que je mélange les métaphores, là.

Il était peut-être un peu blasé par son existence à New York, mais sa vie était devenue une longue liste de gars qu'il regrettait d'avoir connu.

Il y avait d'autres regrets, aussi, dont certains pouvaient avoir des conséquences très importantes. C'était ridicule de remettre la faute sur sa localité, il le savait, mais il ne pouvait pas pour autant s'empêcher de se demander si les mêmes événements seraient survenus à un tout autre endroit.

Probablement. Le vice qui l'avait pris dans ses filets ne connaissait aucune limite.

Seb n'était en rien comparable aux hommes qu'il avait fréquentés jusque-là. Il était l'épitome du naturel, sans faux-semblants, et Marcus adorait ça. Il n'y avait aucune duplicité chez son apprenti matelot.

— Hé, t'es passé où ?

Marcus se raccrocha à l'instant présent.

— Désolé. Je rêvassais, je crois.

Seb soutint son regard en répondant :

— J'ai comme l'impression que ça tenait plus du cauchemar.

Il garda une main sur la barre tandis qu'il les dirigeait vers les docks.

— Tu ne sais pas ce que c'est, toi, les regrets, hein ?

Ces mots lui avaient échappé avant qu'il ait pu les arrêter. Voyant que Seb fronçait les sourcils, Marcus élabora :

— Parce que *moi*, j'ai comme l'impression que « regret » ne fait pas partie de ton vocabulaire non plus.

Seb se mordit la lèvre.

— Ton impression est mauvaise. Même si je ne peux pas t'en vouloir, tu ne me connais pas, c'est tout. Pour être honnête, je crois que c'est pareil pour la plupart de mes amis. Alors, oui, ils connaissent le gamin avec qui ils sont allés à l'école, l'ado au fort caractère. Je n'avais pas le droit d'être moi-même à la maison, alors, pas question d'être quelqu'un d'autre quand j'étais dehors.

— Qu'est-ce que tu regrettes ?

— D'avoir choisi la vie que je mène maintenant. Ne te méprends pas. Je bosse dur et, quand le week-end arrive, je me défoule tout autant. Comme je te l'ai dit il y a un moment, jusqu'à récemment, je ne voyais pas l'intérêt de me mettre en couple, mais…

Il prit une grande inspiration.

— Cette conversation me paraît étrange pour une promenade en bateau sur l'océan.

— Peut-être parce qu'ici, il n'y a aucune distraction. C'est plus simple de se concentrer.

Marcus savait qu'il voyait la vie différemment depuis son arrivée. *Et n'est-ce pas justement la raison de ma venue ?*

— Je devrais peut-être en profiter pour repenser mes choix de vie, alors, songea Seb à voix haute. Parce que je me mens depuis un moment. Je me convaincs sans arrêt que c'est exactement ce que je veux, ces histoires sans attaches, sans prises de tête, mais tu sais quoi ? Je réalise à peine que vivre ainsi ne m'a jamais rendu heureux, alors à quoi bon, putain ?

Le jeune homme déglutit.

Marcus retint son souffle. En cet instant très précis, il vit le *vrai* Seb, avec toutes les peurs et les incertitudes qu'il dissimulait si bien.

— Je te connais peut-être mieux que tu ne le crois.

Seb expira.

— Bon, bien, dans ce cas, à quoi je pense, là tout de suite ?

Marcus fit en sorte de maintenir le contact visuel.

— Tu penses que tu as envie de nous ramener au port, de me traîner jusque chez toi et de t'isoler du reste du monde pendant quelques heures. Qu'importe si on a envie de baiser ou pas, ce n'est pas le plus primordial. Tu veux juste être avec quelqu'un qui te *comprend*, qui n'a rien à te demander ; qui t'accepte tel que tu es, de la tête aux pieds.

Seb tressaillit, les yeux ronds comme des soucoupes.

— Tain, souffla-t-il.

Un frisson grimpa le long des bras de Marcus, sans qu'elle ait quoi que ce soit à voir avec la brise en provenance du large.

— Alors ? Qu'est-ce que tu en dis ?

Le bateau prit de la vitesse et les docks se profilèrent dans son champ de vision.

Marcus avait sa réponse.

Ils avaient à peine franchi la porte que Seb se jetait dans les bras de Marcus, leurs lèvres fusionnant en un long baiser tranquille qui diffusa une agréable chaleur dans tout son corps. Il glissa les mains sous le tee-shirt de Seb et les remonta jusqu'à effleurer ses tétons des pouces, arrachant un frémissement au jeune homme.

— Trop de fringues, murmura Seb entre deux galoches.

Marcus savait comment résoudre ce problème.

Debout près du canapé, il prit son temps pour déshabiller Seb, s'assurant d'embrasser chaque nouvelle parcelle de peau dévoilée, jusqu'à ce qu'enfin l'instituteur soit nu, les bras couverts de chair de poule, le souffle court. Son membre, long et raide, pointait. Marcus s'attaqua à ses propres vêtements ; son short tomba par terre et il se contenta de sortir du cercle de tissu. Il prit le menton de Seb en coupe, ignorant l'érection qui frottait contre la sienne.

— Alors ? Qu'est-ce que tu veux ?

Seb enroula les doigts autour du chibre de Marcus.

— Je veux ça en moi. Rien de brutal, pas de chevauchée sauvage, je veux juste que tu me la mettes doucement et que tu tiennes le plus longtemps possible.

Marcus l'attira plus près, sans lâcher son menton, de sorte que leurs lèvres se touchent presque.

— Ça m'a l'air parfait.

Alors, il franchit la distance qui les séparait et l'embrassa, une caresse prolongée qui raffermit les volutes de chaleur déjà présentes en lui. Seb mit fin au baiser, lui attrapa la main et le mena vers la chambre.

Marcus laissa ses soucis et ses regrets dans le salon, à côté de ses habits.

Ils n'avaient pas leur place dans le lit de Seb.

CHAPITRE DIX-HUIT

Le 12 juillet

— Marcus.

— Hmm ?

— Mec, il est huit heures trente, annonça Seb, même s'il n'avait aucune envie de le voir partir.

Le souffle de Marcus ébouriffa ses cheveux.

— Je me suis endormi. T'étais si douillet que tu m'as aspiré dans un somme.

Seb gloussa.

— Tu as conscience que ta teub est toujours en moi ?

— Elle était heureuse. Je ne voulais pas la déranger.

Seb éclata de rire ; Marcus lâcha un hoquet de surprise.

— Recommence. Je l'ai senti jusque dans ma queue.

— Et tu oses dire que c'est *moi* la distraction ?

Avec une réticence gargantuesque, Seb se déplaça vers l'avant, libérant le membre de Marcus. Il se tourna de l'autre côté pour se plonger dans les yeux bleu glacé de son amant. D'un doigt, il traça la mâchoire du New-Yorkais.

— Elle a bien poussé, murmura-t-il en caressant la barbe grisonnante.

Lorsqu'ils s'étaient rencontrés, c'était à peine un duvet de quelques jours.

— Tu veux que je me rase ? demanda Marcus, les yeux pétillants.

— T'as pas intérêt, contra Seb avant de soupirer.

Ne le prends pas mal, mais j'espère que ta famille te tapera sur le système, cette semaine.

— T'inquiète pas. Je te garantis que tu me trouveras sur ton canapé bien assez souvent en revenant du boulot. Peut-être même que je te préparerai de nouveau à déjeuner.

Seb sourit.

— C'était vraiment super mignon, pour ta gouverne. Je pourrais tellement m'habituer à ça.

Il passa la main dans son dos pour la laisser glisser jusqu'à la courbe ferme des fesses de Marcus.

— J'ai pas encore eu droit à ça.

— Je t'ai dit que j'y travaillais, non ?

— Oui, mais ça remonte à une semaine.

Marcus s'esclaffa.

— Quel gamin impatient.

Il roula sur le dos, entraînant Seb avec lui, puis repoussa les cheveux du jeune homme.

— Laisse-moi voir tes jolies prunelles.

— J'ai de jolies prunelles ?

Seb se mit à battre des paupières, puis, dans un mouvement lent et délibéré, il glissa son bassin contre le membre de Marcus qui commençait à raidir.

— Putain, souffla-t-il. Une dernière fois, pour la chance ?

Marcus éclata à nouveau de rire.

— Vu la cadence qu'on a déjà, je te garantis qu'on est les deux mecs les plus chanceux de tout l'état du Maine.

Il embrassa Seb sur le bout du nez ; l'intimité de ce geste contracta les organes ventraux du jeune homme.

— OK. Si je te *promets* de me servir du plug pour que tu puisses assouvir tous tes désirs pervers concernant mon arrière-train, me laisseras-tu partir pour que tu puisses au moins dormir quelques heures ? Je n'ai pas envie que tu sois dans le gaz et que tu bascules par-dessus bord, demain.

— Marché conclu.

L'ayant libéré, Seb s'agenouilla sur le lit tandis que son amant se levait pour se vêtir.

Marcus jeta un œil aux draps plissés.

— Je pense que je vais oublier le canapé et venir bosser ici.

— Sérieux ? Ce canapé est super confortable.

Marcus enfila son tee-shirt avant de se pencher vers lui.

— Ce n'est pas mon confort que j'avais en tête ; je m'imaginais déjà enveloppé dans une literie imbibée de ton odeur.

Oh, merde.

— Tu oses me dire des trucs pareils alors que tu t'apprêtes à partir ?

Seb se jeta sur lui et se laissa retomber sur le matelas en l'entraînant dans sa chute. Marcus pouffa ; soudainement, Seb se retrouva à la merci de ses doigts qui le taquinaient et le chatouillaient, au point qu'il s'étouffa de rire.

— A-arrête !

Marcus céda, descendit une fois de plus du lit.

— Alors, laisse-moi m'habiller. Déjà que ma mère ne manquera pas de geindre qu'elle ne m'a presque pas vu du week-end.

— Tu t'attires des ennuis à cause de moi ?

Seb n'avait aucune envie de créer des dissensions entre Marcus et sa famille. Il les appréciait sincèrement.

Marcus émit un petit rire ironique.

— Il y a tellement de gens dans cette maison que

je ne dois pas lui manquer.

— Les signes indiquent-ils qu'ils comptent s'en aller bientôt ?

— Chris rentre chez lui le week-end prochain et je crois que c'est pareil pour Jess et Lisa, confirma Marcus après un hochement de tête. Du coup, si tu voulais leur dire au revoir, tu ferais mieux de venir dîner samedi.

Avec un sourire, il enchaîna :

— Je préviendrai maman que je t'ai invité. Ce n'est pas une bouche en plus qui va la déranger.

Seb se remit debout.

— Si ça ne t'ennuie pas. Comment savais-tu que je suis chatouilleux ? demanda-t-il en se rapprochant.

Un éclat s'illumina dans les yeux de Marcus.

— Je fais attention aux détails quand on s'envoie en l'air.

Il attira Seb tout près et l'embrassa ; les mains sur ses fesses, il contracta doucement les doigts.

— Pour *ta* gouverne, Seb Williams, tu es addictif.

Seb sourit.

— Il y a des addictions bien pires que ça, non ? Au moins, cette drogue-ci ne peut pas te tuer.

Marcus se braqua un moment.

— Sauf si je meurs d'épuisement.

Un autre baiser, sur le front de Seb, celui-là, précéda la sortie de Marcus de la chambre.

Seb se tortilla pour enfiler son short et le suivit ; il le trouva en train de chercher ses clés de voiture.

— Elles sont dans le bol, sur la table basse.

Marcus les récupéra, puis se dirigea vers la porte.

— Va te coucher. On se revoit très vite.

Sur quoi, il s'en alla.

Seb fronça les sourcils. Le départ de Marcus lui sembla quelque peu abrupt. Toutes ses préoccupations à ce sujet disparurent toutefois lorsque son portable vibra sur la table. Il le prit et sourit en voyant le SMS de Levi.

Ça fait deux semaines. Je voulais m'assurer que tu es toujours parmi nous.

Gloussant, il appuya sur la touche d'appel.

— T'es sérieux, mon pote ? Le temps file à une vitesse quand on se tue à la tâche.

— Tes oreilles n'ont pas sifflé, tout à l'heure ?

— Pourquoi, j'ai été l'objet d'une conversation ?

— J'ai vu Ben, Dylan, Finn et Joel, et on est allés faire une rando à Camden.

— Merde, c'était aujourd'hui ?

Il avait reçu le message de Levi la semaine précédente à propos de la réunion, mais il n'aurait pas pu s'y rendre, de toute manière.

— Comment ça s'est passé ?

— La rando était super et on s'est tous retrouvés chez Ben pour jouer au Monopoly.

Seb ricana.

— La compétition a-t-elle été aussi féroce qu'à l'époque ?

— Pire. Je crois que le cas de Dylan s'est aggravé.

Ils s'esclaffèrent en chœur.

— Finn et Joel filent toujours le parfait amour ?

Le soupir d'aise qui échappa à Levi lui en dit bien plus que n'importe quels mots. *Tant mieux pour Finn.*

— Je suis content pour eux.

— Ils m'ont demandé comment tu allais. Ben te fait des bisous.

— Oooh. Comment va-t-il ? J'ai vu son texto pour son nouveau boulot… et le patron qui va avec. La poisse.

Levi souffla.

— Il a… du mal à gérer. Je crois qu'il va dire ses quatre vérités à Wade. Il en a besoin. Il ne va pas pouvoir continuer comme ça.

Une pause, puis :

— Il s'inquiétait pour toi, parce qu'il n'a pas eu de nouvelles. Aucun d'entre eux, d'ailleurs.

La poitrine de Seb se serra.

— Oui, je sais. C'est dur pour moi de rester en contact, ces derniers temps.

— Je t'ai trouvé des excuses. Je leur ai dit que tu bossais tout le temps, que c'était difficile… Je ne leur ai pas dit que tu avais rencontré quelqu'un. Je ne voyais pas à quoi ça servait de leur raconter que tu en pinçais pour un mec qui n'est pas intéressé.

— Oh, oui… à ce sujet.

Un ange passa.

— Je jurerais qu'à chaque fois que je t'appelle, la ligne d'arrivée a été reculée. Allez, crache le morceau, donne-moi les derniers potins. Non, attends… je sais déjà tout, c'est ça ?

— Il dit que je suis addictif.

Levi rigola.

— Je dois comprendre que tu es plus heureux que lors de notre dernière conversation ?

— Oui, mais tu veux bien ne rien dire aux autres, hein ?

— Pourquoi ça ? Ça leur ferait plaisir de savoir que tu ne te morfonds pas sur un homardier, que tu passes du bon temps pendant ton isolement là-bas.

Un autre silence.

— Seb ? Où est le mal à leur dire que tu t'occupes de tes besoins ?

Parce que ça va bien au-delà de ça, je crois.

— J'ai peut-être décidé que ma vie sexuelle n'était

pas destinée au grand public. J'ai peut-être décidé de garder mes exploits pour moi-même.

Il les aimait comme des frères, mais… il n'arrivait pas à exprimer son ressenti, pas même à Levi.

— À croire que j'ai fait mouche, dit Levi tout bas. Tu me caches quelque chose ? C'est pas du sérieux, si ?

Non, Seb ne le croyait pas, sauf que l'intimité des derniers instants qu'il avait partagés avec Marcus lui avait paru… toute particulière.

— C'est juste une amourette d'été, d'accord ? répondit-il d'une voix légère. Une fois juillet terminé, je retourne à Ogunquit et lui sera ici ou à New York ou je ne sais où.

Alors pourquoi ai-je l'impression qu'on pourrait construire tellement plus que ça ?

— D'accord. Bon, je ferais sans doute mieux de te laisser dormir. Tu dois déjà être au lit à l'heure qu'il est, commenta-t-il avant de faire une pause. Seb, tu sais que je suis là pour toi si tu as besoin de parler, hein ?

— Ouais, je sais. Je t'aime, mon pote. Fais un bisou à Mamie pour moi.

Ils se souhaitèrent la bonne nuit et Seb raccrocha. Il alla fermer la porte d'entrée à clé, s'assura que tout ce qui devait l'être était éteint, puis retourna se coucher.

Lorsqu'il se glissait sous les draps et posait la tête sur l'oreiller, l'odeur de Marcus l'enveloppa, aussi puissante que s'il était encore là. C'était une fragrance réconfortante et Seb tira les couvertures jusque sous son menton pour l'inhaler plus facilement.

Il imagina les bras de Marcus autour de lui, la chaleur de son corps contre son dos, son souffle ébouriffant ses cheveux.

J'aimerais qu'il soit là.

Une fois rentré, Marcus se dirigea vers la cuisine pour se servir un verre d'eau. Des éclats de rires et de voix s'élevaient du salon. *C'est soirée ciné, apparemment.* Il n'était pas d'humeur. La porte s'ouvrit, lui arrachant un juron interne, puis un soupir de soulagement lorsqu'il constata que c'était Jake qui arrivait.

— Je me disais bien que je t'avais entendu.

Jake s'appuya contre le plan de travail.

— Salut. C'est quoi tout ce boucan ?

— Oh, ils matent un vieux film que papy a dit *surkiffer*.

Marcus arqua un sourcil.

— Je peux connaître ta définition de « vieux » ?

Jake lui adressa un grand sourire.

— Ça date d'avant ma naissance.

Marcus s'esclaffa ; Jake se mordit la lèvre.

— Si tu n'avais pas l'intention d'aller regarder… on pourrait se poser quelque part et discuter ?

— Bien sûr. Allons dans ma bulle.

Il prit les devants, Jake sur ses talons. Son père avait allumé les lumières du jardin, celles-ci illuminaient le sentier menant au pavillon. À l'intérieur, Marcus attendit que Jake se soit installé sur le relax, puis tira sa chaise jusqu'à son neveu et s'assit en face de lui, légèrement incliné, les coudes sur les genoux, mains jointes.

— Je t'écoute. Qu'y a-t-il ?

— J'ai un… dilemme.

— Ça m'a tout l'air d'un problème.

— Justement, ça ne *devrait pas*, protesta Jake. J'ai reçu deux propositions d'entretien d'embauche au cours des deux derniers jours.

— C'est génial. Où est le dilemme, du coup ?

— L'un se trouve à Boston, mais l'autre est… à San Diego.

Marcus en resta pantois.

— C'est ça l'idée que tu te fais d'un dilemme ? Si c'était moi, je n'hésiterais pas une seconde. Californie, me voilà !

Jake hocha la tête.

— C'est pour ça que j'avais postulé là-bas en premier. Sauf que ça, c'était il y a des mois. Quand la date butoir est passée sans que j'aie eu la moindre réponse, alors je me suis dit que c'était peine perdue. Puis… puis certaines choses ont eu lieu et…

Il prit une profonde inspiration.

— Le boulot sur San Diego est parfait… pareil pour celui à Boston… mais…

Il regarda Marcus droit dans les yeux.

— *Lui* n'est pas à San Diego ; il est à Boston.

Marcus avala sa salive.

— Merci pour la confiance que tu me portes. Je ne vais pas prétendre que c'est une grande surprise, surtout après notre dernière conversation.

Il pencha la tête de côté.

— Et lui n'a toujours aucune idée de ce que tu ressens ?

Jake confirma.

— Donc, soit tu pars à San Diego et tu l'oublies complètement, soit tu restes à Boston dans l'espoir que quelque chose *puisse* se passer entre vous ?

— Ce qui n'arrivera *pas*, déclara Jake. Je sais que tu

ne vas pas comprendre ce que je raconte, mais je peux rien dire de plus. Mais au moins, si j'accepte le job à Boston, en partant du principe que je l'obtienne, je serais bien plus près de lui que si je déménageais sur la côte Ouest.

Il se recroquevilla, visage dans les mains.

— Dis-moi que ça finit par s'arranger.

Marcus soupira.

— Je *pourrais* te le dire, oui, mais ce serait mentir. Gérer les déceptions devient plus facile avec l'âge, j'imagine, mais seulement après en avoir eu ton lot, répondit-il avant de marquer une pause. J'ai quelques suppositions quant à la *raison* pour laquelle rien ne peut se passer entre vous, et la première, c'est qu'il est marié.

— Il n'est pas marié, non, il est juste… inaccessible.

Jake releva le menton et plongea les yeux dans ceux de son oncle.

— Ne me demande pas pourquoi, s'il te plaît.

— Parce que tu as peur que ça change l'opinion que j'ai de toi ?

Marcus quitta sa chaise pour s'accroupir devant son neveu et prendre ses mains dans les siennes.

— Écoute-moi bien. Quand je te dis que je comprends parfaitement ce que tu ressens, ce ne sont pas juste des propos en l'air. Si j'expliquais à la famille *pourquoi* j'ai dû venir à Cape Porpoise, je te garantis qu'ils me regarderaient d'une manière différente, tous, sans exception. Toi compris. Et je te fais la même requête : ne me demande pas la raison. Sache seulement que je suis là pour toi, d'accord ?

— Tu vas bien, quand même ? s'inquiéta Jake, le front plissé et le regard triste.

— Ça va. En vrai, ça faisait très longtemps que je

n'avais pas été aussi bien.

Une légère lueur envahit les pupilles de Jake.

— Ça n'aurait pas un petit peu à voir avec un certain instit' qui joue au pêcheur ?

Il éclata de rire.

— C'est bien possible qu'il y ait participé. Mais revenons-en à toi. Tu devrais peut-être dire à cet homme ce que tu ressens pour lui ?

Jake en resta bouche bée.

— Pourquoi ?

— Parce qu'une fois que tu lui auras dit, tu seras libéré du poids de ce secret et tu pourras tourner la page. À toi de décider avec quoi tu préfères vivre : le regret d'avoir tenté quelque chose qui n'a pas abouti ou le regret de n'avoir *rien* fait. Tu lui avoues tout et hop, c'est fini. Tu passes l'entretien d'embauche pour le job que tu désires le plus. Que peut-il arriver dans le pire des cas ? Qu'il te réponde qu'il ne ressent rien pour toi ?

Jake secoua la tête.

— Non, qu'il me dise le contraire. Ça rendrait les choses infiniment plus compliquées.

Marcus fronça les sourcils.

— Je ne ferai pas semblant d'avoir compris, mais j'accepte le fait que tu ne puisses pas m'en dire plus.

Il prit la joue de Jake en coupe.

— Tout ce que je veux, c'est ton bonheur, mon grand.

Jake sourit.

— T'es le seul que j'autorise à m'appeler comme ça. Merci de m'avoir écouté et d'avoir essayé de m'aider.

— Y a pas de quoi. T'es prêt à retourner voir ce très, très vieux film ?

— Je préférerais rester ici.

Marcus eut une idée.

— Le Wi-Fi est pas trop mauvais ici. Et si je mettais Netflix sur mon ordi portable et que je te laissais choisir un film ? Tu peux garder le relax, je m'allongerai sur le lit.

Les yeux de Jake s'illuminèrent.

— Il reste du popcorn de la semaine dernière.

— Impossible. Ils ont dû tout gober ce soir, à l'heure qu'il est.

— Non, pas la boîte que j'ai chapardée et cachée dans mon sac. Ou, comme je l'appelle, ma trousse de secours.

Marcus éclata de rire.

— Faufile-toi dans la cuisine et fais péter le popcorn ! Je m'occupe de sonder les méandres de Neftlix.

Jake jaillit de son siège et franchit la porte en quelques secondes à peine.

Marcus secoua la tête. *Que t'arrive-t-il, Jake ?*

CHAPITRE DIX-NEUF

Le 15 juillet

Marcus fourra l'ordinateur portable dans son sac, puis y joignit le câble et son carnet de notes. Il n'aurait besoin de rien d'autre. Il se souvint toutefois de son chargeur de téléphone, qu'il ajouta à ses affaires.

— Tu vas quelque part ?

Marcus faillit bien rendre l'âme sur-le-champ en entendant la voix de Jess.

— Bon Dieu, si tu avais frappé avant d'entrer, ça m'aurait évité la crise cardiaque que je suis en train de faire.

Il lui jeta un coup d'œil.

— Qu'est-ce que tu fais debout aussi tôt ?

— Je me suis dit que j'allais passer la journée dehors, histoire d'absorber un peu plus du panorama local avant de repartir dimanche.

Les yeux de sa sœur scintillaient lorsqu'elle ajouta :

— Tu vas encore chez Seb ? Pourquoi ? À cette heure-ci, il doit déjà être au beau milieu de l'océan.

Marcus gloussa.

— Ça fait même sûrement quatre heures qu'il y est, oui.

— D'où ma question : pourquoi ?

— Je vais là-bas pour bosser, répondit-il avant de tapoter le sac pour ordinateur. Tu vois ? Bosser.

— Tu pourrais bosser ici.

Cela lui arracha un rire nasal.

— Carrément... jusqu'à ce que tout le monde se réveille, que les gosses commencent à courir partout, que Jake ou Mike mette la musique... Là-bas, j'aurais la paix pendant quelques heures, puis je préparerai le déjeuner pour qu'il soit prêt quand Seb rentrera.

Jess se mordit la lèvre.

— Le déjeuner ? Eh bien, quelle… vie de famille.

Il plissa les yeux, mais cela n'eut visiblement aucun effet.

— Combien de fois c'est arrivé ?

Marcus haussa les épaules.

— Deux ou trois.

En vérité, ce serait la troisième fois cette semaine. L'expression sur le visage de Seb quand il passait le pas de sa porte et trouvait Marcus en train de découper les sandwiches ou de réchauffer la soupe en valait clairement la chandelle. Ce n'était pas comme si ça lui demandait beaucoup d'efforts de mettre de la soupe sur le feu ou de passer au magasin chercher quelque chose qui ferait sourire Seb.

Jess croisa les bras et s'adossa au chambranle.

— On ne l'a pas vu beaucoup depuis le week-end du 4 Juillet, Seb. Je parie qu'il ne voit pas grand-chose à part son bateau et les quatre murs de sa chambre, ajouta-t-elle dans un tressautement de lèvres.

Marcus ne put se retenir :

— On le fait sur le canapé, aussi.

Les sourcils de sa sœur atteignirent presque le plafond.

— Trop d'infos, là, cher frangin.

Un rire franc lui échappa.

— C'est possible d'en dire trop quand ça te concerne ?

— Hé ! fit-elle avant de revenir sérieuse. Tu as parlé à Jake, je suppose ?

Marcus hocha la tête ; elle soupira.

— Il semble… je sais pas… différent. Il a des

entretiens d'embauche à passer et, quoi qu'il ait sur le cœur, je ne voudrais pas que ça le déstabilise.

— Il a mon numéro. Il sait qu'il peut m'appeler n'importe quand.

Le visage de Jess s'illumina.

— Merci.

— Quant à l'absence remarquée de Seb, il va venir dîner samedi.

Les yeux de sa sœur pétillaient.

— Génial.

Marcus la fusilla du regard.

— Jess…

Ses prunelles étincelantes s'arrondirent.

— Quoi ?

— Ne le mets pas dans l'embarras.

Jess ricana.

— Je n'ai peut-être pas passé autant de temps que toi en sa compagnie, mais même *moi* je sais que très peu de choses ont le pouvoir de le mettre dans l'embarras.

Elle n'avait pas tort.

— Allez, file écrire et nourrir ton jules.

Voyant son frère ciller, Jess sourit.

— À l'heure actuelle, c'est le seul homme dans ta vie, donc je peux me permettre de le dire en toute impunité.

Marcus quitta le pavillon et Jess l'accompagna jusqu'à la grille latérale. Comme il ne sortait pas tout de suite, elle le surprit en l'enlaçant.

— C'était quoi, ça ?

Elle lui caressa la joue.

— J'ai le droit de couvrir mon frère d'amour, surtout quand il a l'air vachement plus heureux qu'il y a de cela quelques semaines.

Toutes dents dehors, elle ajouta :

— Et je crois qu'on sait tous les deux pourquoi, sans avoir à s'embourber dans les détails. Pour ta gouverne, je suis verte de jalousie.

Elle lui embrassa la joue, cette fois, ouvrit le portail, puis le poussa pour le faire sortir et refermer derrière lui.

Marcus souriait encore lorsqu'il se gara devant chez Seb.

Le 17 juillet

Le bateau haletait vers les quais, sur lesquels Seb était content de poser les yeux. Ç'avait été une matinée lamentable, agrémentée d'une prise décevante. *C'est soit la famine, soit le festin, ce métier.* Il avait connu d'autres journées comme celle-là, mais heureusement qu'il y en avait dont ils ressortaient le sourire aux lèvres.

— C'est qui, lui? demanda Tim d'une voix autoritaire. Tu le connais ?

— Hein ? lâcha Seb alors qu'il retirait son ciré.

— Y a un gars qui attend sur le pont en nous fixant.

Seb releva la tête et ses lèvres s'étirèrent en repérant la silhouette familière.

— Oh. C'est Marcus.

— C'est lui que t'as emmené pêcher ?

Il acquiesça.

— C'est aussi lui qui m'a préparé le déjeuner tous

les jours de cette semaine.

Et maintenant, il poireaute là, à m'attendre. Une chaleur se déversa en lui lentement.

Tim arqua ses sourcils broussailleux.

— Allons bon ?

Seb lui jeta un regard inquisiteur.

— Tu as quelque chose à redire à ça ?

— Rien du tout. Il sait cuisiner ou il est plutôt du genre à ouvrir une boîte de conserve et à la réchauffer ?

Seb éclata de rire.

— Il sait faire un super croque-monsieur.

Le sourire de Tim se fit carnassier.

— Ooh. Faut le garder, alors.

Il approcha le bateau plus près du quai, puis salua Marcus d'un hochement de menton avant de tapoter Seb sur l'épaule.

— Vas-y. J'm'occupe d'la cargaison.

— T'es sûr ?

Le loup de mer opina.

— Ouais. Le vieux Donald me filera un coup de main. Il bosse chez Langsford's.

Ses yeux brillaient lorsqu'il ajouta :

— À demain et tâche de pas être en retard. Ton week-end ne commence pas avant samedi midi, j'te rappelle.

Seb descendit du homardier et vit Marcus s'approcher davantage. Il sourit de toutes ses dents.

— T'étais pas obligé de venir me chercher.

Marcus haussa les épaules.

— J'en avais envie. Le déjeuner est prêt.

Ils remontèrent Langsford Road sous le concert des grincements de cordes, des cris des mouettes et du clapotis de l'eau contre les coques.

— Oh ? Qu'est-ce qu'on mange ?

— Eh bien… j'ai testé une nouveauté. Maman a acheté une tonne de palourdes hier, alors je lui ai demandé de me montrer comment elle préparait sa chaudrée.

Un rire nasal lui échappa.

— Elle ne m'a rien montré du tout : elle est restée plantée là à me donner des ordres pendant que je faisais tout tout seul.

Seb s'immobilisa soudain.

— Tu l'as *faite ?* Toi-même ?

— Hé, c'était pas si difficile que ça. J'ai même appris des trucs. Maintenant, je sais comment on fait un roux.

Seb rigola tandis qu'ils reprenaient leur route.

— Je ne saurais pas te dire ce que c'est même si j'en voyais un. Tu m'impressionnes.

— Comme je disais, c'était pas bien difficile.

Seb lui décocha un sourire chaleureux.

— C'est pas tant la difficulté qui m'impressionne que le fait que tu aies pris sur ton temps pour apprendre. Le croque-monsieur avait déjà mis la barre très haut.

— T'as intérêt à aimer la chaudrée, parce qu'on en remangera demain soir, répondit Marcus sur un ricanement. Disons juste que j'en ai fait pour un régiment.

— Ah, je vois, maintenant. Histoire de renvoyer les gens de ta famille chez eux avec une intoxication alimentaire. Bien vu.

Marcus lui frappa le bras.

— Hé !

Ils s'esclaffèrent tous les deux.

Seb était toujours aussi épaté par le fait que Marcus ait décidé de venir le chercher sur le quai.

Personne ne m'a jamais attendu où que ce soit. C'était mignon. D'un autre côté, qui pouvait prétendre lui avoir préparé à déjeuner ? Tim avait peut-être raison : Marcus était une perle rare.

Que je ne peux pas garder, pourtant, pas vrai ? Une fois l'été écoulé, il en serait de même pour cette histoire qui naissait entre eux. Ils n'étaient certes pas un couple, mais ça allait bien au-delà du sexe. Seb était passé d'un désir incommensurable de se tirer de Cape Porpoise à regretter de ne pas pouvoir ralentir le temps.

Alors que je ne le connais que depuis cinq semaines et que je ne l'ai dans mon lit que depuis moins de deux seulement. D'ici à ce que le moment soit venu pour lui de refaire ses valises, Seb serait dans de sales draps.

Seb racla jusqu'à la dernière trace de chaudrée dans son bol avant de laisser tinter sa cuillère contre le rebord. Il posa le récipient sur la table basse avec un soupir d'aise.

— Ouah, c'était super. T'es vraiment doué aux fourneaux.

Il battit des cils.

— Tu veux bien m'épouser ?

Marcus s'esclaffa.

— Tu es facile à satisfaire. C'est la recette de ma mère ; je n'ai fait que suivre ses instructions.

Seb se fendit d'un reniflement dérisoire.

— Ma mère ne saurait pas ouvrir un livre de

cuisine, même si sa vie en dépendait. Du coup, on survivait grâce aux plats surgelés. Alors, pas la peine d'être aussi modeste.

— Tu cuisines beaucoup, toi ?

Il ravala un sourire.

— Mon placard déborde de rāmen, mais sinon oui, je me débrouille avec les trucs de base. Mon omelette est une tuerie et je sais faire griller tout ce qu'on me met sous la main. En temps normal, une fois les cours finis en juin, j'allume le barbecue et ça suffit à m'assurer un super été.

— Sans compter que tu fais de superbes salades composées et un bon maquereau au four, ajouta Marcus. Oh, et ce bar rayé était génial.

Seb se ponça les ongles sur son tee-shirt, arrachant un rire à Marcus.

— Demain soir, et à la demande générale, c'est pain de viande spécial maman, après la chaudrée. Avec un peu de chance, elle ne demandera pas à Jess de s'occuper de la purée.

Seb cligna des yeux.

— Tu me caches quelque chose ?

Les yeux de Marcus pétillaient.

— Elle est très forte pour laisser des grumeaux de la taille de balles de golf.

Ils rigolèrent. Marcus jeta un coup d'œil à son téléphone et la poitrine de Seb se comprima.

— Tu peux rester encore un peu ?

À la seconde où les mots jaillirent, il les regretta. *Bravo, t'as remporté le ticket gagnant du pot de colle, abruti.*

Le sourire de Marcus soulagea l'étau autour de son cœur.

— J'avais pas l'intention de partir tout de suite. Pourquoi, tu as quelque chose en tête ?

Cette lueur familière dans ses prunelles était de retour.

— Ça te dirait d'aller faire un tour ?

— Avant le débarquement de la famille, je me promenais très souvent dans le village. Beaucoup moins depuis. Au bout de Land's End Road, il y a Porpoise Cove. On pourrait se balader le long de la côte et voir jusqu'où on arrive à aller.

Cette idée plaisait bien à Seb. Ce qui lui plaisait d'autant plus, c'était que Marcus n'avait *pas* sourcillé à sa proposition de ne pas rester à la maison pour s'envoyer en l'air.

Ouais. C'était bien plus que du sexe.

— Ça m'avait manqué, commenta Marcus alors que, debout sur le promontoire rocheux, une brise chaleureuse caressait son visage et que le soleil scintillait sur l'eau étendue devant eux.

— Je vois ça tous les jours, mais sous un angle différent.

Seb lui montra un rocher à proximité.

— Tu veux t'asseoir un moment et admirer la vue ?

Marcus n'avait aucune objection à ça.

Appuyé contre la pierre chaude, il observa les bateaux flottants çà et là ; certains avaient des voiles blanches, d'autres semblaient élégants, rapides et chers. Du doigt, il désigna le plus gros d'entre eux.

— Et voilà. Le mode de vie des riches et des sans-gêne.

Seb ricana.

— Ça m'a l'air super. J'en veux deux.

Il ferma les yeux et prit une grande inspiration.

— Cet air si pur... Les jours comme celui-ci, l'école me paraît si loin, murmura-t-il. Je me souviens, quand j'étais gamin, les grandes vacances me semblaient durer une éternité. Mais maintenant ? J'ai l'impression qu'elles se terminent avant même que j'aie pu en profiter.

— Je me souviens de ce que tu as dit sur les enfants d'aujourd'hui, qu'ils se croient de plus en plus tout permis, mais il doit sûrement y avoir de bons moments aussi, non, qui te rappellent pourquoi tu as choisi cette voie ?

Seb sourit.

— Il y a des moments *absolument* géniaux.

Soudain, son visage se décomposa.

— Malheureusement, il y en a énormément de merdiques. Parfois, j'ai l'impression qu'on nous demande de divertir les étudiants, plutôt que de leur enseigner quoi que ce soit, mais c'est difficile de retenir leur attention quand elle est déjà tournée vers un tas de distractions. Beaucoup trop de distractions.

— Comme ?

— Le sexe, pour commencer, répondit Seb dans un soupir. Où est passée la notion d'enfance ? Ils en savent bien plus sur le sujet que nous, à leur âge. Mais est-ce si étonnant pour autant ? Ils peuvent mettre la main sur du porno si facilement, de nos jours. Je rigole pas : une à deux fois par an, je surprends des garçons en train de se palucher dans ma classe.

Marcus le regarda fixement.

— Tu vas me dire que tu ne l'as jamais fait, toi ?

— D'accord, il se *pourrait* que je l'aie fait une fois, pour un pari.

Marcus pouffa.

— Mais un peu plus tôt cette année, j'ai entendu par hasard une conversation entre deux gamines de quinze ans, qui étaient assises au fond de ma classe. Elles n'avaient même pas pris la peine de baisser la voix : elles se foutaient pas mal de savoir qui les écoutait.

— De quoi parlaient-elles ?

— L'une racontait à l'autre comment elle s'était fait embrocher par les deux bouts la nuit d'avant.

Seb se tourna vers l'océan.

— Ça me donne comme une envie de repenser ma vie.

— Qu'est-ce que tu veux dire ?

— Personne n'est au courant pour mon homosexualité, au boulot, mais tu sais quoi ? Peut-être que je devrais leur dire. Peut-être que ce n'est pas un problème. Parce qu'une partie de moi me laisse à penser que ces gosses s'en contreficheraient. Ils ont grandi dans un monde différent du mien. Merde quoi, quand j'avais leur âge – et ça ne remonte qu'à 2009, hein – le mariage homosexuel était encore une rareté. Regarde le monde d'aujourd'hui : il y a des arcs-en-ciel et des licornes partout où tu poses les yeux.

Marcus rigola.

— Je n'irais pas aussi loin.

— Ouais, bon, peut-être bien que j'exagère. Mais ce n'est pas que le sexe qui occupe leurs esprits susceptibles de jour comme de nuit. Il y a d'autres distractions. Le vapotage, par exemple. On en surprend trois ou quatre toutes les semaines en train de fumer dans les toilettes. Et puis, bien sûr, n'oublions pas la drogue.

Il secoua la tête.

— Il y a quelques semaines à peine, plusieurs de mes élèves ont été surpris en train de consommer de la beuh pendant une fête. Or, on a tous conscience de la pente glissante que ça peut engendrer. Ce qui commence par une simple envie de tester…

Marcus resta silencieux un moment.

— Tu n'as jamais expérimenté, toi ?

— Avec la drogue ? Jamais de la vie.

— Eh ben, ça avait le mérite d'être catégorique.

Seb se fendit d'un autre soupir.

— Mon groupe d'amis a une bonne raison de n'avoir jamais expérimenté ça. Quand l'un de tes meilleurs amis est abandonné sur le perron de chez sa grand-mère par sa toxico de mère, c'est pas quelque chose qui te fait franchement envie. La drogue, ça détruit des vies.

Le cœur de Marcus s'était emballé, les poils dressés sur sa nuque. Sa gorge se contracta, si bien qu'il n'aurait pas pu sortir un traître mot quand bien même il l'aurait souhaité. Seb ne sembla pas remarquer qu'il s'était muré dans le silence. Ni l'un ni l'autre ne parla pendant plusieurs minutes, jusqu'à ce que Seb se lève.

— Tu veux continuer la balade *ouuu* on retourne chez moi ? demanda-t-il, une lueur avide dans le regard.

Marcus détestait le fond de sa pensée, mais en cet instant précis, s'envoyer en l'air était de loin préférable au papotage. Il ne pouvait faire confiance à sa propre langue, craignant de lâcher quelque chose qu'il risquerait de regretter.

Il s'éclaircit la voix.

— Le « ou ». Je vote pour le « ou ».

Le regard lubrique de Seb métamorphosa son sourire.

— Et après ça, tu me laisseras cuisiner pour toi ? Je promets que ce ne sera pas des rāmen.

Le souffle de Marcus redevint un peu plus normal.

— Si ça te dit. Tu peux cuisiner ce que tu veux.

Seb inclina sa tête de côté.

— Tu vas bien ?

— Pourquoi cette question ?

— Je sais pas trop, juste une impression.

Seb balaya les alentours d'un regard avant de se rapprocher.

— Tu m'embrasses ?

La requête prit Marcus au dépourvu.

— Maintenant ?

C'était un terrain beaucoup moins stable.

Seb hocha la tête.

— Ne me demande pas pourquoi. J'ai juste ressenti ce besoin de t'embrasser.

Marcus déglutit.

— Dans ce cas, qui suis-je pour te dire de ne pas assouvir tes pulsions ?

Il écarta grand les bras en signe d'invitation et Seb s'y engagea, enroulant les siens autour du cou de Marcus, l'attirant à lui jusqu'à ce que leurs corps soient reliés de la poitrine à l'entrejambe. Le jeune homme inclina la tête ; Marcus effleura ses lèvres dans un tendre et lent baiser.

Seb s'en éloigna le premier.

— Rentrons à la maison, dit-il doucement.

Acquiesçant, Marcus le suivit en sens inverse le long du chemin qu'ils venaient d'emprunter.

Ce n'est pas notre maison, ni à toi ni à moi. Cependant, la perspective de dénuder Seb et de passer une heure ou deux perdus l'un dans l'autre valait tellement mieux que parler.

« La drogue, ça détruit des vies. » *Une accusation prononcée avec toute la conviction et l'assurance propres à la jeunesse.* Marcus ne comptait absolument pas le contredire.

Cette voie ne mènerait qu'au désastre.

CHAPITRE VINGT

Le 18 juillet

— Tu n'étais pas obligé de me conduire encore une fois, commenta Seb alors qu'ils descendaient de la voiture de Marcus.

— Peut-être que j'en avais envie ?

— C'est super mignon, mais tu vas te faire chambrer quand tu rentreras cette nuit, dit-il dans un grognement moqueur. Tu crois que ta famille ne sait pas pourquoi tu avais aussi hâte de me raccompagner ?

Seb déverrouilla la porte et tous deux entrèrent.

— Je ne t'ai pas entendu protester, à ce que je sache, pas plus que tu n'as insisté pour rester et jouer aux charades.

S'approchant de Seb par derrière, Marcus glissa les bras autour de sa taille et recouvrit d'une main l'érection qui pointait déjà tandis que l'autre se dirigeait vers son téton, qu'il titilla.

— Garde ces trois choses à l'esprit, susurra-t-il en serrant le sexe de Seb. Petit un ; j'envisage *bien* grimper aux rideaux, deux ou trois fois pour bien faire. Petit deux ; qui a dit que je rentrerais ce soir ? Et de trois, j'espérais qu'on pourrait inverser les rôles.

Le souffle de Seb se transforma en râle.

— Tu t'es servi du plug ?

— Mauvais temps.

Les dents de Marcus effleurèrent son lobe et le jeune homme frissonna.

— Je m'en sers toujours, là. Je m'en suis servi pendant tout le dîner. À ton avis, pourquoi je n'arrêtais pas de remuer ? D'ailleurs, je n'ai pas non plus fait tomber ma serviette sur mes genoux par accident. C'était délibéré.

Il saisit Seb par les hanches, plaqua son bassin contre ses fesses.

— Tu la sens ?

— Putain, ouais.

Marcus n'était pas le seul à vouloir s'amuser.

— Ouais, ben, comme tu vois, je bande dur à l'idée que tu me défonces. Alors que dirais-tu d'arrêter de causer et de passer aux choses sérieuses ?

Son cœur s'emballa à l'idée de se glisser entre les fesses duveteuses de Marcus. Se retournant, Seb glissa les bras autour de sa nuque.

— T'as un cockring dans la boîte à cochonneries que tu m'as demandé de planquer ici ?

Marcus fronça les sourcils.

— C'est possible. Pourquoi ? Tu crois que tu vas en avoir besoin ?

Seb se mordit la lèvre.

— Je ne pensais pas à moi. Vu que tu jouis toujours en premier, je me disais que ça pourrait aider à retarder l'inévitable.

Il se prépara à l'explosion.

Comme de juste, Marcus en resta coi.

— Non mais pardon ?

— Bah quoi, c'est vrai, insista Seb. C'est toujours toi qui atteins la ligne d'arrivée en premier.

Et d'ajouter, tout sourire :

— C'est une question d'âge ou c'est mon cul qui est si délicieux que ça ?

Un éclat s'empara des yeux de Marcus.

— Je parie que je peux tenir plus longtemps que toi.

Oh, Seb était carrément prêt à relever ce défi.

— Comme tu voudras, mon chéri. À celui qui se retiendra le plus longtemps ?

Il se pencha pour embrasser Marcus sur la bouche avec langueur.

— Tu as perdu d'avance, conclut-il.

— Où est la boîte ? demanda Marcus.

— Dans la chambre.

Ce dernier lui claqua les fesses.

— Toi, tu restes là pendant que je vais chercher ce dont j'ai besoin. Prépare-nous de l'eau.

Seb tira légèrement sur ses cheveux.

— À vos ordres.

Cela lui valut une nouvelle fessée, suite à laquelle Marcus disparut dans la chambre. Seb se rendit au frigo en souriant. La soirée s'annonçait de plus en plus sympathique.

Bouteilles d'eau en main, il s'approcha de la porte et toqua.

— Prêt ?

— Quel morveux impatient. Non, attends.

— Qui tu traites de morveux ? rétorqua Seb avant de ricaner. Même si tu n'as pas tort. C'est comme ça que Mamie m'appelait quand j'étais ado. Je dois dire qu'elle avait visé juste.

Alors, la porte se rouvrit et Marcus réapparut, les yeux scintillants.

— *Maintenant*, je suis prêt.

Le regard de Seb le survola pour se poser sur le lit, où il remarqua que le lubrifiant les attendait déjà. Le souffle lui manqua lorsqu'il repéra ensuite les godes.

— Oh ouah. J'approuve.

L'un était rose et épais, aux veines saillantes, avec deux bourses bien dodues qui faisaient également office de ventouse. L'autre lui arracha un sourire carnassier.

— Le serpent entre en jeu !

Le double gode était brillant et noir, tel que Marcus l'avait décrit ; les veines formaient une série de stries à l'exception de la partie lisse qui en marquait le centre.

— Mon Dieu, qu'il est long.

Son fondement se contracta en les imaginant tous deux se tortiller à chaque extrémité.

— Ça m'excite grave.

Avisant la table de nuit, il ne put retenir un sourire narquois.

— Pas de cockring, je vois. On se sent confiant, hein ?

Il laissa les bouteilles d'eau tomber sur le lit.

— Oh que oui.

Marcus prit la joue de Seb en coupe.

— J'ai quelque chose à te dire.

— Ça va me choquer ? s'enquit le jeune homme.

Marcus sourit.

— On va voir ça.

Il déposa un baiser dans son cou, puis murmura :

— Pendant tout le temps qu'a pris le dîner, ce soir, la seule chose dont j'avais envie, c'était de t'embrasser.

Seb ravala un gémissement, adorant la sensation des lèvres de Marcus sur sa gorge. La main de son amant, dans son dos, le caressait en un langoureux mouvement de haut en bas.

— Ça aurait peut-être choqué tous les autres à table, répondit-il du même temps, mais pas moi. *Ashley* aurait piqué une crise, par contre. Pas devant les enfants, tu te souviens ?

— Elle n'a pas tort. Ils n'ont que neuf et onze ans.

— On parle d'un bisou, pas de s'envoyer en l'air

sur la table de la salle à manger.

Seb frissonna lorsque Marcus glissa les mains sous son tee-shirt.

— Enlève-le, susurra-t-il en levant les bras.

Marcus le lui retira avant de le jeter par terre.

— À mon tour, enchaîna le jeune homme.

Un peu gourds, ses doigts déboutonnèrent la chemise de Marcus.

— Tu sais ce qui est super pour les chemises de nos jours ? Le velcro.

Marcus s'esclaffa.

— Les meilleures choses sont celles qui se font attendre.

Sauf qu'il semblait bien qu'aucun d'eux ne soit en mesure attendre plus longtemps. Le temps qu'il se retrouvent tous deux en slip, le besoin de Seb le faisait presque vibrer.

Il ne manqua pas la tache humide sur le slip blanc de Marcus, qu'il frotta de son pouce.

— Tu mouilles déjà. Tu ne vas pas pouvoir te retenir une fois que je ferai glisser ma teub sur ton point G à répétition.

Marcus sourit.

— Tu sais ce qu'on développe avec l'âge ? L'endurance.

Il poussa alors Seb en arrière, qui atterrit sur le matelas avec un rebond.

— Hé, casse pas le lit. J'ai aucune envie de devoir expliquer à Gary la raison des dégâts.

Marcus plongea sur lui avant qu'il ait pu prononcer un autre mot et Seb remonta instantanément les jambes pour le maintenir contre lui. Un frisson le parcourut tandis que Marcus enfouissait son visage dans son cou pour l'embrasser.

— C'est de la triche. Tu sais que c'est un point sensible.

Il glissa la main sous le caleçon de Marcus, où le bout de ses doigts rencontra une surface en plastique lisse. Seb la tapota, arrachant un gémissement à son compagnon.

— C'est qui le tricheur, là ?

Marcus frissonna lorsque Seb saisit la base du plug et le remua en lui, un éclat avide dans le regard.

— Bientôt, ce sera moi là-dedans.

Marcus ne pensait plus à rien d'autre depuis qu'il avait lubrifié le jouet et se l'était soigneusement inséré. Chaque mouvement sur sa chaise au cours du dîner avait provoqué une réaction, aussi n'était-il pas surpris de constater qu'il avait déjà commencé à perler. Au vu de ce qu'il avait ressenti, il s'était attendu à en trouver bien plus.

— Sur le dos, bébé.

Seb le poussa à s'allonger ; Marcus obtempéra, parcouru de chair de poule tandis que le jeune homme se penchait au-dessus de lui, dos voûté, afin de lui embrasser le cou, les mamelons, puis tout le long de son corps, de ses clavicules à l'élastique de son caleçon. Seb enfouit le nez dans le coton moite et inspira profondément.

— Tu l'aimes, mon odeur ?

Seb releva la tête, tout sourire.

— Carrément, putain.

Il baissa le slip de Marcus, révélant son sexe turgescent, sur lequel il fondit pour lécher la mouille. Le désir que Seb engouffre son gland le rongeait, mais au lieu de ça, son jeune amant le dévêtit complètement avec un soin presque pudique avant de lécher la tige de tout son long. Il frotta ensuite son nez dans le pli entre la cuisse et le bassin. Après quoi, il se déplaça plus bas sur le lit et Marcus comprit ce qui allait se passer. Il saisit une jambe, qu'il remonta vers sa poitrine, révélant son entrée à Seb.

Le sourire de ce dernier s'élargit.

— Ce trou est à moi.

Il attrapa la base du plug et le libéra précautionneusement avant de le jeter par terre. Un petit hoquet s'échappa de ses lèvres.

— Mais regarde-toi, putain. Tout ouvert, prêt à m'accueillir.

Seb fit le tour de l'anneau avec la langue, provoquant chez Marcus un paroxysme de frissons. Lorsqu'il tourna ensuite son menton barbu d'un côté à l'autre directement sur son alvéole, la sensation lui fut exquise.

— Ooh, putain.

Marcus attrapa Seb par la tête, le maintenant en place. Ce dernier gloussa contre son entrée, puis le pénétra avec sa langue.

— Mon Dieu, bébé.

Les frissons de Marcus se multiplièrent tandis que son amant recommençait à frotter son visage contre son anus, ses bourses et entre les deux avant de reprendre les va-et-vient de langue.

— Continue comme ça et tu vas me faire jouir, l'avertit Marcus de sa position. Sauf que c'est tout le but, hein ?

Seb sourit de toutes ses dents. Il fit glisser son caleçon jusqu'à ses cuisses, se balançant en équilibre pour l'enlever. Il remonta ensuite le long du corps de Marcus afin de l'embrasser tout en remuant les hanches de sorte que leur sexe frotte l'un contre l'autre. Les yeux brillants, il éloigna son visage à quelques centimètres de celui de Marcus et demanda :

— Tu bouffes le mien ?

Marcus en eut le souffle coupé.

— Retourne-toi.

S'exécutant, Seb s'accroupit au-dessus de lui, offrant à Marcus une vue parfaite sur son petit trou serré. Puis Seb redressa les jambes de Marcus et fondit de nouveau sur sa cible, lui arrachant un gémissement. Il écarta les fesses de son jeune amant et lui rendit coup de langue pour coup de langue... jusqu'à ce qu'il aperçoive leur reflet dans le miroir, ce qui faillit bien faire flancher son cœur.

Putain, regardez-nous. Les jambes de Marcus, croisées au niveau des chevilles, étaient enroulées autour de Seb, avec ce dernier courbé par-dessus, leurs deux corps formant un cercle de chair, une forme infinie, tandis qu'ils se titillaient l'un l'autre de leur langue et de leurs doigts.

— Marcus.

C'était une supplication. Celui-ci continua de lécher, encore et encore, assaillant l'anneau de muscle étroit, remarquant la tige dure comme la pierre qui saillait du corps de Seb. Des bruits de succion emplissaient l'air, accroissant l'excitation de Marcus, jusqu'au moment où il ne put en supporter davantage.

— Je te veux en moi. Maintenant, ordonna-t-il.

Seb s'empressa de se dégager.

— Agenouille-toi sur le lit.

Marcus suivit les instructions de Seb, qui s'agenouilla derrière lui, son chibre brûlant et raide contre son échine. Ce dernier lui montra le miroir du doigt.

— Regarde-toi, putain. Dur comme la pierre, déclara le jeune homme.

La queue de Marcus pointait droit vers le haut ; Seb passa un bras autour de lui afin de la cajoler lentement.

— T'es prêt ?

Marcus lâcha un rire nasal.

— Ça fait des heures que je suis prêt.

Seb attrapa le lubrifiant, puis le fit se mettre à quatre pattes en le poussant doucement.

— File-moi ton téléphone, demanda-t-il en tendant la main. Faut que te montre la vue d'enfer que tu m'offres.

Marcus le lui donna et attendit en frissonnant. Il sentit ensuite une chaleur au niveau de son entrée tandis que Seb gémissait.

— Sers-toi de tes mains pour écarter le passage.

Marcus enfouit la tête dans le matelas et sépara ses fesses.

— Attention, j'y vais.

Marcus avait l'impression qu'il était à deux doigts de jouir, aussi inspira-t-il profondément dans l'attente de la pénétration initiale. Il grogna lorsque Seb s'enfonça tout entier en un seul mouvement.

— Oh putain. C'est incroyable.

— Le visuel l'est tout autant. Regarder ma teub glisser en toi…

Marcus ne put rester immobile quand Seb commença les va-et-vient, il poussa sur son bassin, désireux de plus encore.

— Tu veux que j'y aille mollo ? demanda Seb.

Marcus se contorsionna pour lui jeter un regard noir.

— Mais tu vas me baiser, oui ?!

— Je vais prendre ça pour un non, répondit le jeune homme avec un sourire.

Il laissa tomber le portable sur les draps, agrippa les épaules de Marcus, puis se mit à le pilonner sans vergogne, leurs corps se heurtant encore et encore.

— Remonte ton cul, ordonna-t-il.

Marcus inclina le bassin ; Seb s'enfonça jusqu'à la garde.

— Oh, ouais, comme ça. T'arrête pas.

C'était *parfait*, putain.

— Je m'arrêterai quand je t'aurai fait jouir en premier, haleta Seb.

Marcus se fendit d'un rire ravi.

— Dans tes rêves.

Tête baissée, il se soumit aux coups de boutoir, une abondance de secousses interminable, tandis que Seb le possédait avec abandon. Il n'entendait plus rien en dehors de leurs râles et des bruits de succion érotique émis par la pénétration. C'en était presque trop parfait, si bien qu'il s'approchait dangereusement du précipice.

Seb s'arrêta afin de se libérer de lui, puis l'effleura d'une volée de baisers le long de son dos dans sa descente vers sa fente. Il écarta ses fesses et taquina l'orifice de sa langue. D'une main, Marcus attrapa la tête de Seb pour l'y faire plonger plus profondément ; Seb rigola doucement avant de s'enfoncer dans le corps de Marcus. Tout aussi soudainement, ce divin plaisir disparut et Marcus dut retenir un gémissement de frustration.

— Sur le dos.

La voix de Seb trahissait un soupçon d'essoufflement qui signala à Marcus qu'il n'était pas le seul sur le point de toucher au but.

Se laissant tomber sur le matelas, Marcus se retourna. Seb s'agenouilla entre ses jambes, en souleva une sur son épaule et inclina son membre dans le bon angle avant de reprendre sa place, supportant tout son poids de ses bras tandis qu'il labourait Marcus, leurs regards plongés l'un dans l'autre.

— Putain de beau gosse, murmura Seb.

Il recula presque complètement pour ensuite se renfoncer brusquement jusqu'à la garde.

— Tu kiffes ?

— Oui, chuchota Marcus.

Enroulant le bras derrière son genou, il saisit de son autre main la nuque de Seb alors que celui-ci le pilonnait à un tempo régulier. Seb accéléra la cadence, cognant le bassin contre lui dans un claquement de peaux.

— Seigneur, oui, juste comme ça.

Seb lui attrapa les genoux et les coinça contre son torse, pliant Marcus en deux tandis qu'il lui assenait de petits coups de reins rapides. Il ralentit ensuite et joignit leurs lèvres en une série de baisers enivrants, alanguis en continuant des va-et-vient tout aussi dépourvus de hâte. Marcus l'étreignait, une main à l'arrière de son crâne, l'autre sur son échine, leurs langues se rencontrant au rythme des explorations de Seb.

Rompant le baiser, ce dernier regarda Marcus dans les yeux.

— Tu te rapproches ?

— Dans tes rêves. D'ailleurs, épiçons un peu les

choses.

Marcus s'étira sur le lit et attrapa le godemiché à deux extrémités.

— Voyons voir jusqu'où tu arrives à encaisser *ça*.

Seb s'extirpa de lui en un clin d'œil. Il se jeta sur le dos et saisit ses jambes, qu'il ramena contre sa poitrine.

Marcus éclata de rire.

— À ce point ?

Il enduisit l'une des extrémités avant de positionner le gode luisant de lubrifiant à son entrée. L'anneau de muscle l'aspira aussitôt d'environ un quart de sa longueur.

— Allez, tu peux faire mieux que ça.

Avec une poigne ferme au niveau de la bande centrale, il le fit pénétrer en Seb tout en observant les centimètres disparaître un à un.

Seb tressaillit.

— Putain. C'est loin.

— Tiens-le une seconde.

Seb s'en empara et le tint en place tandis que Marcus se rallongeait sur le dos.

— Pose tes jambes au-dessus des miennes.

Une fois que leurs derrières se touchèrent presque, Marcus amena l'autre bout du gode à son anus et le glissa à l'intérieur.

— Maintenant, chevauche-le.

Seb roula des hanches et Marcus imita le mouvement, son bassin tressautant à mesure que le jouet s'enfonçait. Ils étaient couchés suffisamment près l'un de l'autre pour se masturber mutuellement.

— Pourquoi j'ai jamais fait ça avant ? gémit Seb. C'est trop bon, putain.

Un spasme le fit taire.

— Putain, juste là.

— Tu veux essayer quelque chose de différent ?

Seb éclata de rire.

— Je croyais que c'était déjà ce qu'on faisait là.

— Tiens-le encore.

Quand Seb l'eut bien en main, Marcus s'en dégagea.

— Les genoux sur la poitrine.

Seb suivit son ordre, levant la croupe du matelas. Marcus poussa le gode un peu plus loin en lui, puis s'accroupit par-dessus son bassin comme pour le monter. Il guida l'autre extrémité dans son propre orifice, puis reprit le contrôle de la poignée, qu'il tint fermement tandis qu'il s'empalait, le faisant entrer et ressortir à un rythme régulier. Seb oscillait des reins, le prenant plus profondément ; il gémit lorsque Marcus le secoua en lui, les yeux écarquillés. Marcus lui décocha un grand sourire.

— Vengeance, bébé, pour le plug.

Il jeta un coup d'œil au miroir, le souffle coupé à la vue des quelques centimètres visibles du gode noir luisant qui les unissait l'un à l'autre.

Ils changèrent de nouveau de position, cette fois tous deux à quatre pattes. Seb tint le jouet en place pendant que Marcus reculait le bassin. Leurs fesses se frôlaient au rythme de leur cavalcade, les reins de l'un comme l'autre en mouvement constant.

— Marcus.

Seb se contorsionna pour le regarder.

— Pitié, baise-moi.

Il n'aurait pu ignorer la supplication dans sa voix. Marcus retira le gode et le jeta de côté.

— Reste comme ça.

Il lubrifia son sexe et s'enfonça au plus profond de Seb ; les gémissements de ce dernier s'intensifièrent sous ses coups de boutoir. Marcus récupéra son portable et le tint droit pour filmer le trou de Seb qui avalait sa tige étincelante. Il se souvint alors de l'autre gode. Se dégageant de Seb, il laissa tomber le téléphone et attrapa la queue en silicone rose. Un coup de gel sur sa surface veineuse, puis il la poussa ardemment dans le tunnel de son amant.

— Mon Dieu, c'est énorme.

Seb s'empala dessus, ses hanches remuant en cadence avec ses va-et-vient.

Marcus y ajouta ensuite un doigt et le gémissement de Seb sembla rebondir sur les murs de la chambre. Il reprit derechef son téléphone.

— Écarte les fesses pour moi.

Seb enfouit la tête dans un oreiller, ses doigts s'enfonçant dans la chair ferme de sa croupe. Marcus recommença à filmer, mais cette fois, il ajouta deux doigts en plus du gode. Un tremblement saisit Seb de tout son long.

— Putain de merde.

— Tu veux essayer avec trois ?

— Doux Jésus. Tu vas me tuer, putain.

Quand Marcus plongea un troisième doigt en lui, à côté du gode, Seb tourna la tête sur le côté, les yeux ronds.

Marcus retira ses doigts et s'étira sur le dos de Seb.

— La double sodo, tu as déjà fait ?

Les frémissements de Seb s'intensifièrent.

— Deux ou trois fois, oui.

Sur un autre tremblement, il ajouta :

— Vas-y.

Marcus posa le téléphone, fit pivoter le gode jusqu'à ce que les bourses en silicones soient dirigées vers la droite, puis guida son gland vers l'entrée de Seb, juste sous le jouet.

— Maintenant, bébé.

Là, il enfouit sa queue dans ce paradis d'étroitesse.

— Nom de Dieu de putain de merde.

Seb ne s'était jamais senti aussi rempli.

— T'aimes ça ?

— Laisse-moi le temps de reprendre mon souffle et je te dirai ça.

Marcus s'immobilisa. Seb prit le temps d'inspirer plusieurs grandes goulées d'air pour s'inciter à se détendre, les doigts de son amant doux contre ses reins.

— Putain, je peux à peine refermer ma main autour des deux.

— Je peux le croire. Tu devrais le sentir de *mon* côté, répondit Seb avant de frissonner.

Marcus lui caressa le dos.

— C'est trop ?

Quelques inspirations plus tard, Seb se trouva prêt à davantage.

— *Maintenant,* tu peux bouger.

Marcus glissa sa verge plus profondément en lui.

— Oh putain, tu devrais voir ça.

Seb pouvait déjà *l'entendre*, la succion moite qui ne pouvait venir d'autre part que des frottements du sexe de Marcus sur les veines du gode.

— La base s'enfonce dans mon pubis, on dirait que je porte un gode-ceinture. Du coup, si je fais *ça…*

Il poussa, glissant les deux en Seb, qui lâcha un cri sous l'assaut du plaisir charnel à l'état pur.

— Encore, supplia-t-il.

Quand Marcus se mit à l'ouvrage avec un rythme mesuré, Seb dut lutter pour rester à l'écart du précipice qui l'appelait soudain. Un autre coup de boutoir, qui cibla directement sa prostate cette fois, et c'en était fait de lui.

— Oh, mon Dieu. Je jouis.

Marcus accéléra la cadence et la profondeur ; Seb éjacula plus puissamment que jamais. Les jets de sperme semblaient n'en plus finir, chaque giclée sur sa poitrine et son ventre lui arrachant un nouveau spasme. Marcus s'arrêta, le gode comme son sexe toujours en son amant, et l'embrassa alors qu'il était étendu, là, secoué de tremblements.

— Oh, Marcus.

Quelle souffrance exquise, alors que sa poitrine se contractait et qu'une vague de chaleur l'envahissait ! Au bout d'un moment, ses membres se calmèrent et il put serrer les bras autour du cou de Marcus.

— Maintenant, c'est mon tour, dit ce dernier.

Lentement, précautionneusement, il retira le gode, qu'il posa sur le lit. Il recouvrit Seb de son corps, les bras sous ses aisselles le tenant tout près de lui alors qu'il commençait un léger mouvement de balancier.

— J'vais pas tenir plus longtemps, avoua-t-il avant de revendiquer la bouche de Seb dans un baiser qui sembla s'étendre à l'infini.

Seb s'accrochait à lui ; ses mains glissèrent plus bas pour lui attraper les fesses, qui se creusaient à chaque fois qu'il entrait en lui.

— Alors, vas-y, lâche, l'invita Seb. Je veux sentir ton jus en moi.

Marcus acquiesça, ses hanches redoublant d'efforts, son souffle saccadé. Seb soupira lorsque le sexe de Marcus palpita en lui ; il entrava le corps en sueur de son amant avec ses jambes, laissant ce dernier les bercer tous les deux au tempo de sa jouissance. Le petit cri de Marcus emplit ses oreilles et son cœur s'envola. Quand Marcus cessa de bouger au-dessus de lui, Seb toucha sa nuque pour l'attirer dans un long et chaste baiser.

— Je crois n'avoir jamais été aussi heureux de perdre un pari.

Marcus ne broncha pas, à part pour embrasser son cou, son front.

— C'était…

Seb posa un doigt sur ses lèvres.

— N'essaie même pas. Il n'y a pas de mots, lui confia-t-il en regardant Marcus dans les yeux. Tu restes toute la nuit, j'espère ?

Marcus hocha la tête, lui arrachant un soupir de joie.

— Tant mieux. Même si tu ne risques pas de t'approcher une nouvelle fois de mon cul pour le reste de la nuit, mais…

Il sourit.

— Je kiffe dormir avec toi.

— Moi aussi.

Se retirant de lui, Marcus écarquilla les yeux lorsqu'il vit Seb grimacer.

— Je t'ai fait mal ?

Le jeune homme sourit.

— Du mal qui fait du bien. Allez, allonge-toi là et enlace-moi. Je suis pas prêt à perdre cette satisfaction tout de suite.

Marcus se lova autour de lui, son torse moite

contre le dos de Seb. Un silence s'installa sur leurs corps étendus ; c'était parfait. La main de Marcus était posée sur son cœur, celle de Seb au-dessus de la sienne.

Je pourrais m'y habituer.

Quand cette pensée le traversa, Seb ne put la garder pour lui.

— Tu crois que tu en auras marre un jour, des plans cul ?

Marcus sembla se figer.

— Pourquoi cette question tout à coup ?

— C'est à cause d'un truc qui est arrivé récemment. Un ami s'est mis en couple et on dirait que c'est du sérieux.

Il se rappelait la photo de Finn et Joel au lit, le bonheur rayonnant de son ami, d'une beauté aussi évidente que déchirante.

— C'est-à-dire ?

— Tu sais… l'amour. Par opposition au désir charnel. Je les ai vus ensemble et ça m'a fait réfléchir.

— Réfléchir à quoi, exactement ?

Tais-toi. Ne dis rien. Il ne pouvait plus se retenir, toutefois.

— Que je rate peut-être quelque chose. Qu'il pourrait y avoir bien plus dans la vie qu'une effusion de sexe.

Il se retourna pour aviser Marcus, puis tous deux se fendirent d'un grand sourire en lâchant en chœur :

— Nan.

Marcus lui caressa le bras.

— Je pense que je ne me suis jamais vraiment ouvert à qui que ce soit.

Seb s'obligea à rester parfaitement immobile. C'était un moment si fragile, lui semblait-il, comme si un seul faux mouvement pourrait le briser.

— Tu sais pourquoi ?

Il aurait pu faire exactement le même aveu, lui aussi.

— Peut-être que j'ai trop peur qu'ils n'aiment pas ce qu'ils verraient en moi.

Seb en eut le souffle coupé.

— C'est plus sûr, tu ne trouves pas ? Les tenir à distance, ne pas les laisser voir ce qui te fait tiquer… ce qui te rend vulnérable. Parce que ça leur donne du pouvoir sur toi.

Marcus embrassa son épaule.

— C'est peut-être ça, l'amour — trouver quelqu'un avec qui tu te sens assez en sécurité pour lui donner ce pouvoir.

Sa respiration se régularisait, se faisait plus profonde ; Seb savait qu'il ne mettrait plus longtemps à s'endormir.

Allongé ainsi dans les bras de Marcus, il était entouré et rempli de chaleur.

Je pense qu'à toi, je pourrais le donner, ce pouvoir.

CHAPITRE VINGT ET UN

Le 19 juillet

Marcus n'aurait su dire l'heure qu'il était, mais il était bel et bien réveillé. Seb, lui, dormait encore, et il n'avait aucune intention de le déranger : avec un emploi du temps comme le sien, Seb avait besoin de tout le repos qu'il pouvait trouver. Leur dernière conversation lui traversa l'esprit.

« C'est peut-être ça, l'amour – trouver quelqu'un avec qui on se sent suffisamment en sécurité pour lui donner ce pouvoir. »

Il se sentait en sécurité avec Seb, jusqu'à un certain point. Quelques-unes de leurs conversations, toutefois, attisaient sa méfiance. Les paroles de Nick lui revinrent à l'esprit et, même si Marcus ne connaissait Seb que depuis peu de temps, il ne le pensait pas être dans le camp des « On s'en tape » ni dans celui des « Tant mieux pour lui ». Non, l'instinct de Marcus lui soufflait déjà de garder son passé loin, très loin des oreilles de Seb.

Parce que, oui, *c'est du passé. C'est fini.* Il n'avait aucune intention de remettre ça.

Seb s'agita dans ses bras.

— Il est quelle heure ?

Il se tortilla en bâillant.

Bon Dieu, qu'il était mignon au réveil !

Marcus avisa le réveil antique.

— Sept heures.

Seb roula sur le côté et se blottit contre sa poitrine.

— Seigneur, tu sens bon, marmonna-t-il alors que son bras glissait dans le dos de Marcus. Si j'arrivais à mettre cette odeur en bouteille, je ferais fortune. *L'air de Marcus.* Ça sonne pas mal.

Marcus ne put résister à l'envie d'embrasser le sommet de sa tête hirsute.

— Bonjour.

Seb étendit la nuque, le regard déjà bien plus alerte.

— Ce ne sera un bon jour qu'en fonction de ce qu'on en fera.

La poitrine de Marcus se comprima.

— Eh bien, je ne sais pas ce que, *toi*, tu comptes faire de ton dimanche, mais, *moi*, je dois aller dire au revoir à certains membres de ma famille.

Trois d'entre eux s'en allaient et, Marcus le savait, ses parents s'attendaient à ce qu'il soit présent pour leur départ.

Seb laissa échapper un lourd soupir.

— Tu dois partir là tout de suite ?

Marcus le fit rouler sur le dos, les bras entourant sa tête.

— Pas tout de suite, non.

Il se pencha pour l'embrasser sur le front.

— Je dirais qu'on a une heure devant nous avant que je doive y aller.

Il ne voyait personne partir avant d'avoir terminé l'énorme petit déjeuner que sa mère leur préparerait.

Seb remonta les jambes autour de la taille de Marcus et il n'en fallut pas plus pour que ce dernier se retrouve prisonnier.

— C'est un message ?

Seb sourit.

— Peut-être ?

Il s'étendit vers la table de nuit, où il attrapa le lubrifiant.

— Et qui fait quoi ? À moins que tu ne sois pas

encore arrivé à ce stade du raisonnement ?

Les yeux de Seb scintillèrent.

— Je propose qu'on se montre versatiles ?

— Ça me va parfaitement.

Ce le fut aussi, parfait. Seb avait fait remarquer à plusieurs reprises qu'il pourrait s'habituer à ces liens qui se tissaient entre eux, mais ses propos ne firent vraiment mouche qu'en cet instant.

Sans crier gare, c'était désormais pareil pour Marcus.

Les voitures chargées, ce fut l'heure de se dire au revoir. Ses parents enlacèrent Lisa, Chris puis Jess, les invitant à aller déjeuner un dimanche lorsqu'ils seraient de retour à Boston. Jake, Sarah et Mike prolongeaient leur séjour d'une semaine ; quant à Ashley ainsi que ses enfants, ils resteraient sans doute jusqu'à la mi-août.

Chris étreignit Marcus d'une poigne ferme.

— Prends soin de toi. Donne des nouvelles.

Marcus s'en retrouva à cligner des yeux quand ce dernier le relâcha.

— Sérieusement ? On se comporte comme des frères maintenant ?

— Il est peut-être temps, murmura Chris. La cinquantaine n'est plus loin ; je n'ai pas envie d'y arriver et de découvrir que quelque part, en chemin, on s'est éloignés.

Il croisa le regard de Marcus.

— Alors, oui, j'ai du mal à prendre des nouvelles. Je peux l'admettre. Mais toi aussi.

La gorge de Marcus se noua.

— Je ferai un effort à partir de maintenant, je te le promets.

Il avait juste besoin de se ressaisir et de décider ce qu'il allait faire de sa vie. Car un retour à New York lui semblait de moins en moins probable.

Je n'en ai pas envie. Il avait laissé une part de lui-même là-bas, une part qu'il ne voulait pas revoir, si bien qu'il avait l'impression que retourner là-bas serait comme un bond en arrière.

Chris le serra de nouveau dans ses bras.

— Je l'espère, murmura-t-il.

Il prit ensuite un moment pour faire un dernier câlin à leurs parents avant de monter dans sa voiture.

Lisa l'étreignit.

— Prends soin de toi, cousin. Ça m'a fait du bien de te voir. Ce gentil jeune homme aussi, d'ailleurs.

Ses yeux pétillèrent.

— On s'est trouvé un jeune étalon, hein ?

Voyant Marcus bouche bée, elle secoua la tête.

— Je crois que je passe trop de temps avec la jeune génération.

— C'est quoi encore, le dicton ? s'immisça Jess, toutes dents dehors. « Un homme est aussi jeune que l'homme qu'il tripote »[2] ? Selon moi, tu as tiré le ticket gagnant, frangin.

Il leva les yeux au ciel.

— Allez, ouste, avant que je t'en mette une.

---

2 NdT. La citation originale, « A man's only as old as the woman he feels », (Un homme est aussi jeune que la femme qu'il aime), est attribuée à Groucho Marx.

Elle ouvrit grand les paupières dans une expression innocente.

— Quoi ? Je le trouve génial. Jette-toi à l'eau.

Elle lui embrassa la joue avant d'aller prendre Jake dans ses bras.

Lorsque les voitures se furent éloignées, tout le monde retourna à l'intérieur. Jake et Mike déclarèrent qu'ils comptaient se changer pour aller courir, tandis que Sarah se portait volontaire pour défaire les lits et s'occuper de la lessive. Le patriarche se retira dans sa pièce ; la fumée de son cigare se répandit par la porte ouverte. L'odeur ramena Marcus à l'enfance.

Cet endroit a toujours été mon petit coin de paradis.

Ashley annonça qu'elle emmenait les enfants au Nubble, puis se rendit à la cuisine rassembler de l'eau et des collations pendant que Sophia et Alex couraient avec excitation dans toute la maison en hurlant parce qu'ils allaient voir un phare.

Une tasse de café à la main, Marcus se dirigea vers le jardin. Il s'assit sur la terrasse, profitant de la chaleur du soleil sur ses membres dénudés. Il faisait trop chaud pour porter autre chose qu'un short et un tee-shirt.

Lorsque la porte-fenêtre s'ouvrit derrière lui, il se fortifia mentalement à l'assaut bruyant des enfants, mais il ne s'agissait que de sa mère. Elle s'installa à la table, balayant le terrain du regard.

— C'est superbe, lui dit Marcus.

— Manquerait plus que ça. J'ai trimé assez dessus ces deux dernières semaines.

Elle se tourna vers lui.

— N'aurais-tu pas quelque chose à me dire ?

— À propos de ?

— Seb.

Marcus en été arrivé au point où il ne pouvait plus

nier ses sentiments, tout du moins pas à elle.

— Il me plaît. Plus que n'importe qui d'autre depuis un sacré bout de temps.

— C'est une bonne chose, non ?

Marcus soupira.

— Tu te souviens quand Lisa s'extasiait devant ce film, *Grease* ?

Elle gloussa.

— Je me souviens des commentaires élogieux sur le charme de John Travolta.

Il hocha la tête.

— Et comment il commence, le film ? C'est juste un flirt d'été, non ? Après ça, c'est fini. Jusqu'à ce qu'ils se retrouvent *par hasard* dans le même lycée.

Il prit une gorgée de café.

— Seb a une vie ici et le reste à Ogunquit. Moi, j'ai la mienne.

Sa mère lui lança un regard ferme.

— Tu veux dire que lorsque l'été touchera à sa fin, tout ce que vous avez commencé à construire disparaîtra aussi ?

Il acquiesça.

— On n'est pas un téléfilm à l'eau de rose, maman. Seb ne va pas demander sa mutation et déménager à New York juste pour être avec moi. La vie, ça ne fonctionne pas comme ça, pas même si c'est ce qu'on souhaite.

— Ça peut, si tu en as envie, s'empressa-t-elle de répondre. Si c'est quelque chose que tu souhaites réellement.

Son portable choisit ce moment-là pour vibrer et il fronça les sourcils en lisant le message de Paul Douglas.

Je sais que c'est dimanche, mais peut-on se parler ?

Son patron n'avait pas donné signe de vie depuis…

Depuis que je l'ai vu en avril pour lui dire que j'avais besoin de prendre du recul pendant quelques mois. Il ne fallait pas beaucoup d'imagination pour deviner les raisons de cette prise de contact.

Il quitta son siège, emportant sa tasse avec lui.

— Excuse-moi, je dois prendre un appel.

Marcus se dirigea vers le pavillon et, une fois à l'intérieur, prit une grande inspiration avant d'appuyer sur le bouton d'appel.

— Allô, Paul ?

— Marcus. Ravi de vous entendre. Comment allez-vous ?

— Je vais… mieux.

Dit comme ça, c'était vrai.

— Écoutez, je suis désolé de vous appeler pendant le week-end, mais… nous n'avons aucune nouvelle et j'ai eu comme un mauvais pressentiment.

— J'ai dit que je reviendrais vers vous, il me semble ?

— Oui, mais je m'attendais à avoir de vos nouvelles bien plus tôt. On arrive bientôt au mois d'août, pour l'amour de Dieu.

Là, Paul marqua une pause.

— Du coup, j'ai commencé à me demander… si tout ça ne cachait pas autre chose qu'un besoin de repos ? Si, peut-être… vous aviez été approché par une autre boîte, que vous vous étiez laissé tenter d'aller voir si l'herbe est vraiment plus verte ailleurs et que vous aviez eu trop peur de me le dire.

Eh merde.

— Vous êtes avec nous depuis dix ans, ce n'est pas un mensonge de dire que vous êtes mon meilleur élément. Je pense d'ailleurs que c'est pour ça que j'ai attendu si longtemps avant de reprendre contact. Je ne veux pas vous perdre.

Qu'est-ce que je vais bien pouvoir lui répondre, bordel ? « Non, Paul, j'adore mon boulot, mais la pression était trop forte, les derniers temps » ? « J'ai beaucoup trop de délais à respecter » ? « Essayer de tout contrôler m'a fait emprunter un chemin auquel je ne m'attendais vraiment pas » ? « Je n'arrête pas de me dire que si je retourne à New York, dans six mois je serai de retour à la case départ » ?

C'était cette dernière idée qui l'effrayait le plus, car il savait au fond de lui que c'était une véritable possibilité.

— Votre silence me fout les jetons, Marcus.

Celui-ci se racla la gorge.

— Vous n'allez pas me perdre, mais…

— Mais ? Crachez le morceau.

Il inspira profondément.

— Mais on aura peut-être besoin de faire quelques changements. Ne me demandez pas de *quel* genre pour l'instant, parce que je suis toujours en train de ressasser tout ça dans ma tête.

Il avait bel et bien réfléchi aux options, sans mentir, mais il ne pensait pas Paul prêt à lui accorder un temps partiel ni même du télétravail. Bon sang, il avait envisagé de se lancer en tant qu'indépendant, mais pas tout de suite.

Tout ce qu'il savait, c'était que le moment viendrait où il lui faudrait retourner au bureau et discuter de la situation ; or c'était cette conversation qu'il redoutait.

Un silence s'étira à l'autre bout de la ligne.

— Vous voulez une augmentation ? C'est ça ?

— Non, ce n'est pas une question d'argent, lui assura Marcus.

— Alors de quoi s'agit-il ? J'étais inquiet pour vous, Marcus, pour être honnête. Vous aviez l'air… tendu. C'est pour ça que j'ai accepté votre demande de congés. J'aurais tellement aimé que vous me disiez ce qui n'allait pas.

Aucune chance que Marcus ait pu le faire, surtout à l'époque.

— De combien de temps pensez-vous avoir encore besoin ?

Marcus ne voulait pas aliéner Paul plus qu'il ne l'avait déjà fait, toutefois il ne pouvait pas lui faire face présentement.

— Quelques semaines de plus ?

Un autre silence. Paul finit par soupirer.

— D'accord. Mais après ça, il faudra qu'on parle.

Marcus opina.

— Je vous recontacterai.

Une fois qu'ils eurent raccroché, Marcus fut décontenancé de voir qu'il tremblait.

Je suis vraiment pas prêt à y retourner. Pas plus qu'il n'était prêt à perdre ce qu'il avait construit avec Seb.

Marcus tapa un texto. *Envie de compagnie ?*

La réponse de Seb fut quasi instantanée. *Avec plaisir. J'allais m'allonger sur le canap. J'ai la flemme de faire quoi que ce soit de physique. Tu me rejoins ?*

Voilà qui semblait correspondre exactement à ce dont Marcus avait besoin. *J'arrive.* Une dose de Seb serait le baume parfait pour apaiser son esprit troublé. De fait, s'il n'en tenait qu'à Marcus, il s'envelopperait dans Seb et l'emporterait partout, tel un doudou chaud et sexy rien qu'à lui.

Sauf que comme je l'ai dit à maman, la vie, ça ne fonctionne pas comme ça. Il se souvint de sa réponse ; comment il aurait aimé que ce soit possible.

« Ça peut, si tu en as envie. Si c'est quelque chose que tu souhaites réellement. »

En cet instant précis, Marcus le souhaitant tant que c'en était douloureux.

Tandis que le générique défilait sur l'écran, Marcus ne put retenir un sourire. Il était allongé derrière Seb sur le canapé et ce dernier s'était endormi dans ses bras. Non pas qu'ils aient commencé dans cette position. Non : Seb était dans un coin, Marcus dans l'autre, mais au fur et à mesure que le film avançait, Seb s'était rapproché de plus en plus, jusqu'au moment où Marcus lui avait fait remarquer, pince-sans-rire, que s'il continuait comme ça, il finirait sur ses genoux. Il avait tendu le bras et fixé Seb avec un regard franc.

— Si tu veux un câlin, alors, viens là. Je ne vais pas t'en empêcher.

Seb avait hésité environ deux secondes avant de franchir l'espace qui les séparait et de poser sa tête sur l'épaule de Marcus. Une demi-heure plus tard, ils étaient allongés l'un devant l'autre, les bras de Marcus autour de son compagnon, le dos de Seb chaud et ferme contre sa poitrine. Marcus n'aurait su dire quelle quantité du film Seb avait vue, mais il n'avait pas eu la force de le réveiller.

Sauf qu'il était à présent 20 h 30, or Seb devrait se

lever très tôt le lendemain matin.

Marcus se pencha et l'embrassa doucement sur la joue.

— Coucou, mon Bel au bois dormant.

Seb ouvrit les paupières.

— Hmm ?

— Réveille-toi, Bel au bois dormant. C'est l'heure d'aller au lit.

Seb roula sur le dos, les yeux rivés sur Marcus.

— J'ai pas envie que tu t'en ailles, avoua-t-il tout bas.

Il ne fallut qu'un battement de cœur à Marcus pour prendre sa décision.

— Alors, je reste.

Il posa sur la bouche de Seb un baiser tranquille. Les lèvres du jeune homme étaient chaudes, douces ; le léger frottement de sa barbe contre celle de Marcus lui procura un frisson de plaisir.

— Au lit, déclara Seb lorsqu'ils se séparèrent.

Se levant du canapé, il tendit la main à Marcus.

— On ne va pas s'endormir tout de suite, si j'ai bien compris ? demanda Marcus en le suivant.

Une lueur chaleureuse s'empara des yeux de Seb.

— Voilà, tu as tout compris. Je veux m'endormir avec toi en moi.

Marcus n'y voyait aucun inconvénient.

Le 26 juillet

Seb sortait le linge de la machine à laver lorsque la sonnerie de son téléphone retentit. Il quitta la salle de bains à toute vitesse pour le récupérer dans la cuisine. Un sourire lui échappa en voyant le nom de son oncle.

— Ah, tu es toujours parmi nous, alors.

Le rire nasal de Gary résonna à ses oreilles.

— Elle m'a pas tué avec sa bouffe et je l'ai pas enterrée dans le jardin… enfin, pas encore.

Seb rigola.

— Raconte-moi, comment tu vas ?

— J'ai vu le toubib hier. Il dit que c'est en bonne voie. Du coup, j'espère être retour chez moi d'ici deux semaines. Tu seras enfin tiré d'affaire.

La poitrine de Seb se comprima.

— Oh. D'accord.

— Ça n'a pas l'air de trop te réjouir, gamin. Tu veux pas retourner à ta vie pépère ?

— Si.

Un ange passa pendant un moment.

— Comment qu'il s'appelle ?

La première réaction de Seb fut de croire que Tim avait ouvert sa bouche.

— Pardon ?

Gary émit un petit rire ironique.

— T'as pas l'air très enthousiaste à l'idée de repartir. Comme je te vois mal décider, même pour une seconde, que la vie de pêcheur est faite pour toi, ça me dit qu'il est question d'un gars. Qui a réchauffé mon pieu pour toi ? J'espère qu'il est toujours en un seul morceau ?

— Oui, il tient toujours et je changerai les draps avant que tu arrives.

— Tant mieux. J'ai aucune envie de choper vos

morpions gay.

Il gloussa, puis mit un temps avant de reprendre :

— Merci, petit. Tim m'a dit que tu as été super. Je vais devoir y aller mollo au début, mais Tim et moi, on va s'en sortir. Tu dois penser à ton boulot.

— Mais tu vas lâcher ce téléphone et finir ton petit déj', oui ? s'écria Annie à l'autre bout de la ligne.

— Où elle est, cette pelle ? marmonna Gary.

Seb s'esclaffa.

— Encore un peu de patience. C'est bientôt fini. Fais-moi savoir quand tu reviens et je ferai en sorte que la maison soit prête pour toi. Je m'occuperai des courses aussi.

— Merci, Seb. T'es un brave garçon.

Et Gary de raccrocher.

Seb reposa le portable sur le plan de travail, l'esprit en ébullition. *J'ai l'impression que le sol se dérobe sous mes pieds.* Marcus était rentré chez lui pour dire au revoir à Jake, Sarah et Mike. D'après Marcus, Jake avait un entretien d'embauche prévu à Boston. Après *quoi*, il avait ajouté qu'il avait parlé avec son patron à New York.

L'échéance approche tellement vite et il n'y a rien que je puisse faire pour l'arrêter.

Le problème étant que Seb ne voulait *pas* que ça se termine.

Son téléphone vibra derechef. Cette fois, il s'agissait d'un texto de Marcus ; à sa vue, le cœur de Seb se mit à danser.

Ils sont partis. Je suis sur le chemin du retour.

Seb prit une profonde inspiration. *C'est pas encore fini.* Il avait l'intention de profiter du temps qu'il lui restait en le passant avec Marcus autant que possible.

Si on m'avait dit avant cet été qu'un type pourrait me voler le cœur en six semaines, je me serais roulé par terre. Et pourtant, il était exactement dans cette situation.

Quand Marcus retournerait à New York, un morceau du cœur de Seb l'accompagnerait.

CHAPITRE VINGT-DEUX

Le 1ᵉʳ août

— T'as quelque chose de prévu ce week-end ? demanda Tim alors que Seb et lui sortaient de chez Langsford.

Un rire nasal lui échappa aussitôt.

— Non, oublie ça. J'ai déjà ma petite idée.

— Marcus va venir un peu plus tard.

Il avait reçu une invitation de se joindre au reste de la famille Gilbert pour le dîner, mais Seb était d'humeur gourmande.

Il voulait Marcus pour lui tout seul.

— T'en as plus pour longtemps, gamin, déclara Tim avec un ricanement. Je pense qu'il te faudra un moment avant de remettre les pieds sur un bateau.

Il lui mit ensuite une tape dans le dos.

— À lundi.

Seb hocha la tête.

— Ne fais rien que je ne ferais pas.

Il entendit le rire rauque de Tim alors qu'il s'éloignait.

— Ça me laisse pas beaucoup d'options, rétorqua le vieux matelot.

Seb emprunta Langsford Road, fatigué, mais heureux. *Marcus arrivera vite.* Cela devait faire au moins huit ou neuf heures qu'ils ne s'étaient pas vus. Seb en était à se demander ce que Sandra et James pensaient de la nouvelle routine de leur fils : la semaine précédente, Marcus n'avait dormi qu'une seule fois dans son propre lit.

Son téléphone vrombit dans la poche de son jean,

Seb l'en retira, s'attendant à voir le nom de Marcus. Il sourit de toutes ses dents lorsqu'il vit que c'était Pete Michaud.

— Salut, Pete. Si tu appelles pour m'inviter aux Duels de Divas de ce mois-ci, je vais devoir refuser.

— Où t'étais passé ? Ça fait des semaines que je t'ai pas vu au MaineStreet. Tu vas bien ?

— Ouais, je vais bien.

Seb lui fit le récit des événements qui l'avaient amené à Cape Porpoise.

— La poisse. Même si je suis un peu soulagé d'entendre que tu vas bien.

— Ooh, comme c'est mignon. Tu te faisais du souci.

Seb gloussa et renchérit :

— C'est une habitude chez toi d'appeler la clientèle que tu n'as pas vue depuis un moment ?

Le silence au bout de la ligne s'éternisa.

— Tu n'es pas au courant, c'est ça ?

Les poils de Seb se hérissèrent.

— De quoi ?

— Pour Justin.

Seb s'immobilisa au beau milieu du trottoir.

— Bon Dieu, qu'est-ce qu'il a encore fichu ?

Comme aucune réponse ne venait, une vague de froid l'envahit malgré la chaleur du soleil.

— Pete ? Qu'est-ce qu'il y a ?

— Il est mort, Seb.

Le froid se transforma en étau glacial autour de son cœur.

— Quand ça ? Il s'est passé quoi ?

— Mark Pelletier m'a appelé ce matin. Il a dit qu'il y avait eu une fête hier soir et que Justin y était avec six ou sept potes. Ils s'amusaient tous, vêtements optionnels, puis Justin est allé se poser dans une chambre. Trois heures plus tard, quelqu'un a décidé d'aller prendre de ses nouvelles. Mark a dit qu'il ronflait lorsqu'il était déjà allé le voir une fois avant. Seulement, là, quand ils ont essayé de le réveiller, ils n'ont pas réussi. Mark s'en veut tellement. On lui a tous dit que ce n'était pas sa faute, pourtant.

Oh, Justin. Seb était effondré.

— Il avait pris quoi ?

Connaissant les habitudes de Justin, c'était la seule question logique.

— Ils pensent qu'il a mélangé du vita-G à l'alcool.

— Roh, putain. Et personne n'a remarqué qu'il le faisait ? Personne n'a rien dit ?

— C'est qu'ils avaient tous la tête ailleurs, tu vois. Et en plus, rappelle-toi ce que j'ai dit, mec : ils croyaient qu'il pionçait !

Seb pouvait entendre la douleur dans la voix de Pete. Il comprenait : tout le monde appréciait Justin, lui y compris.

Il soupira.

— Merci de me l'avoir fait savoir. Même si ce n'est pas exactement une surprise, pas vrai ? On sait tous comment il était. Ce n'était qu'une question de temps.

Pour Seb, toute personne qui se droguait cherchait les ennuis, bien que certains des gars avec qui il avait couché n'auraient pas été du même avis.

— Il n'y a pas encore de date pour les funérailles. Je te préviendrai si j'apprends quelque chose.

— Merci, Pete.

Après avoir raccroché, il empocha son téléphone, le cœur lourd. Il se sentait mal d'être là, sous le soleil, à entendre des voix joyeuses s'élever autour de lui pendant que les touristes vaquaient à leurs occupations, alors que Justin gisait sous un drap ou dans une housse mortuaire. *Quel âge avait-il ? Trente-cinq ans ?* Bon sang, il avait à peine vécu. Seb reprit sa route, les pieds aussi pesants que son âme.

Quand il atteignit la maison, la voiture de Marcus était garée devant ; cette vision lui remonta le moral. Seb entra et trouva Marcus en train de préparer des sandwiches dans la cuisine.

Ce dernier jeta un coup d'œil à Seb, son visage soudain illuminé.

— Coucou, super timing. Le déjeuner est prêt. Et avant que tu ne poses la question, non, je n'ai pas passé la matinée ici. Je suis rentré il y a une demi-heure.

Marcus désigna les assiettes.

— Sandwiches salade de poulet. Oui, j'ai ajouté de la mayonnaise à l'ail, rien que pour toi...

Il se figea, les sourcils froncés, puis s'enquit :

— Hé. Tu vas bien ? Tu n'as pas belle mine.

Seb était soudainement épuisé.

— Je me sens mal, oui. Je viens d'avoir un coup de fil du serveur de mon bar habituel. Un gars qu'on connaissait est mort.

— Je suis vraiment désolé.

Marcus fut à ses côtés en un rien de temps, ses mains sur les biceps de Seb.

— Vous étiez proches ?

— Il venait toujours au MaineStreet à Ogunquit. On a batifolé, il y a pas mal d'années, puis on est restés amis.

Les bras de Marcus l'enveloppèrent ; Seb s'appuya sur lui, dépourvu d'énergie. Il voyait encore Justin, ses muscles, son beau visage, son sourire...

— Désolé, bébé, chuchota Marcus, sa joue pressée contre la sienne.

Il le guida vers le canapé et s'assit, tapotant le coussin à côté de lui. Seb l'y rejoignit avec l'impression d'être vidé, épuisé.

— Je crois que c'est le premier décès dans mon entourage, murmura-t-il.

— Ça ne s'améliore jamais, tu peux me croire, répondit Marcus en lui caressant les cheveux. Comment est-il mort ?

— En mélangeant du vita-G à de l'alcool, apparemment.

Seb s'affaissa contre le coussin du dossier.

— Je suppose que tu sais ce qu'est le vita-G. Le GHB, en fait ? Encore que, de nos jours, il faudrait vivre dans une grotte pour ne pas en avoir entendu parler.

Oh merde. Encore un.

Marcus se raidit.

— Ouais, je sais ce que c'est. Je sais aussi qu'il ne faut jamais mélanger les deux.

Seb souffla par le nez.

— De toute façon, si ça n'avait pas été ce mélange-là, le speed aurait fini par l'achever à un moment donné. D'ailleurs, s'il n'avait pas pris de speed, il aurait probablement survécu au mélange. Parce que je serais prêt à parier qu'il en a pris assez pour se rendre vulnérable au vita-G.

Tais-toi. Tais-*toi.*

Sauf que Marcus avait fait bien trop de chemin pour garder le silence.

— Comment tu sais qu'il prenait du speed ?

Seb avait fermé les yeux.

— Parce qu'il m'en a proposé, quand on a couché ensemble. Je lui ai dit que je n'étais pas intéressé. Fin de la conversation.

Un soupir s'échappa de ses lèvres.

— Il en connaissait d'autres qui étaient intéressés, eux, en revanche. Grand bien leur fasse.

La bouche de Marcus s'était asséchée.

— Quelle quantité d'alcool a-t-il bue en plus du vita-G ?

— J'en sais rien.

— Quelle quantité de vita-G a-t-il prise ?

Seb rouvrit les paupières.

— J'en sais rien non plus. On joue à question-réponse ou quoi ? Tu as l'intention d'écrire sa nécrologie, peut-être ?

Son visage se crispa.

— Excuse-moi. J'aurais pas dû dire ça. C'est encore un peu trop frais.

Marcus aurait pu en rester là, mais son gène du « c'est irresponsable de ne pas informer la population » s'était manifesté.

— Donc tu n'as aucune idée des quantités impliquées, mais tu vas quand même mettre ça sur le dos du speed.

Ce n'était pas la première fois que Marcus entendait cette théorie.

Seb le dévisageait, bouche bée.

— Oh, allez, *quoi*. On connaît tous la méthamphétamine, non ? Tu vas dans le même genre de boîtes que moi, alors tu sais comment ça se passe.

Marcus prit une profonde inspiration.

— Laisse-moi deviner ce que *toi*, tu sais. Selon toi, un type goûte à la méthamphétamine pour la première fois et c'en est fini pour lui, il est déjà accro. Il va voler pour financer son addiction. Il va même vendre son corps. Ça va non seulement gâcher sa vie, mais aussi celle des membres de sa famille ou de ses amis qui ne le renieront pas assez vite. Il ne dormira plus. Il deviendra obsédé par le sexe. Il sera paranoïaque…

Il arqua ses sourcils.

— Est-ce que ça couvre à peu près tout ?

— Je pense que tu as à peu près tout dit, oui. D'après toi, pourquoi la drogue est un si gros problème, bordel ? Parce que ça *gâche des vies*, voilà pourquoi. C'est *pour ça* que les écoles ont des programmes afin d'éduquer les enfants, pour qu'ils n'empruntent pas cette pente glissante et ne deviennent pas accros. Pourtant, c'est une bataille perdue d'avance.

Marcus hocha lentement la tête.

— D'accord, Monsieur le Professeur, tu veux parler d'éducation ? Le cours de base sur le speed vient de commencer. Tout ce que tu *penses* savoir ? C'est un tissu de conneries. Pas pour certains de ses effets, je te l'accorde, mais que *tout le monde* devient instantanément accro ? N'importe quoi. On peut *très bien* en consommer et garder l'usage complet de ses fonctions, aussi. Je suis d'accord que, pour certains, la première fois *peut* causer leur perte. Malheureusement, le seul moyen de savoir dans quel camp on se trouve, c'est d'essayer.

Il leva les mains en signe de paix.

— Ne te méprends pas, je ne préconise pas que

tout le monde se précipite pour tester. Je te fais simplement remarquer que ce que tu *crois* savoir ? Ce n'est sans doute pas toute l'histoire. Et que si tu veux en savoir plus, alors tu devrais faire des recherches. Je ne parle pas de Dr Google. Renseigne-toi sur Carl Hart, par exemple. Il est plus sensé que la plupart de ce que tu trouveras en ligne.

Doux Jésus. Il était dans tous états.

Seb leva le menton, les yeux plissés de confusion.

Marcus s'adossa au canapé, les bras croisés.

— Vas-y, demande. Il y a une question juste là sur le bout de ta langue que tu meurs d'envie de poser, alors pose-la.

Son cœur battait la chamade, sa respiration s'accélérait.

Seb déglutit.

— Tu en as déjà pris, toi, du speed ?

Moment décisif.

— Oui.

Merde, Seb était presque immobile.

— Plus d'une fois ?

Marcus prit une grande inspiration, puis :

— Oui.

— En as-tu pris depuis ton arrivée à Cape Porpoise ?

La prudence avait laquelle il avait formulé sa question déchira le cœur de Marcus.

— Non.

Marcus inclina sa tête sur le côté.

— Sauf que maintenant, tu n'es pas sûr de pouvoir me croire. J'ai raison ?

La pomme d'Adam de Seb remua.

— Tu me demandes d'aller à l'encontre de quelque chose dont je suis sûr à cent pour cent. Je… Je ne sais pas quoi te dire.

— Il n'y a rien à en dire, pas si tu t'es déjà fait ton opinion. Si tu veux persévérer avec ton argument du « Tous les usagers de speed sont des toxicos qui vendraient leurs propres grands-mères pour financer leurs habitudes », alors nous n'avons vraiment rien d'autre à nous dire.

Il se leva.

— Du coup... pour nous épargner les silences gênants, je vais y aller.

Marcus soupira.

— Je sais pourquoi tu penses de cette façon. Si la mère de *mon* meilleur ami avait succombé à la drogue, je suppose que je ressentirais la même chose. Mais tu te limites à ta vision d'une expérience latérale. Moi, d'un autre côté, je sais de quoi je parle.

Il récupéra ses clés de voiture sur la table.

— Si tu décides que tu veux pas te contenter de ce que tu as entendu de la part de personnes qui n'en ont jamais pris, n'en prendront *probablement* jamais et qui, pourtant, savent tout ce qu'il y a à savoir sur le sujet, alors tu sais où me trouver.

— Tu... tu t'en vas ?

Marcus dénicha la force de hausser les épaules.

— J'en ai assez dit. Ça ne sert à rien de vouloir imposer sa vision des choses à quelqu'un contre son gré, ça ne le fera pas changer d'avis. Tu as mon numéro. Si tu m'appelles, super. Dans le cas contraire ?

Il déglutit.

— Je comprendrai. Ça ne me plaira pas, mais je comprendrai. C'est difficile de nager à contre-courant de l'opinion publique.

Marcus se dirigea vers la porte.

— Marcus...

Ce dernier s'arrêta, se retourna. Le visage de Seb était d'une pâleur inhabituelle.

— Bon sang, Marcus, et c'est tout ? Tu vas juste t'en aller comme ça ?

Il se mordit la lèvre.

— Le plus drôle, c'est que… si on avait eu cette discussion il y a quelques semaines, je serais parti sans rien dire du tout. Mais ce n'est plus le cas.

Seb fronça les sourcils.

— Pourquoi ? Qu'est-ce qui a changé ?

Marcus le fixa d'un regard transperçant.

— Dis-moi que tu ne ressens pas qui se passe entre nous.

Le jeune homme déglutit.

— Je… je ne peux pas dire ça, non.

Marcus hocha la tête.

— Donc, ce n'est pas que dans ma tête. Ce qui me donne doublement plus de mal à m'en aller. Parce qu'il y a toujours la possibilité que ce soit pour la dernière fois et Dieu sait que je n'ai vraiment pas à cœur de te perdre.

Marcus le regarda droit dans les yeux.

— Mais si tu ne peux pas me faire confiance, si tu ne me crois pas quand je te dis quelque chose… alors, nous n'aurons aucun avenir, de toute façon.

Sur ce, il sortit – non, *se précipita* – vers sa voiture, son cœur battant la chamade, son estomac dur comme la pierre alors qu'il luttait contre l'envie de vomir sur ce qui passait pour un jardin.

Putain, qu'est-ce que j'ai fait ?

C'était comme si le temps avait ralenti.

Seb fixait la porte, une vague de froid se répandant dans son corps alors que la tête lui tournait.

C'est quoi ce délire ?

Faiblard, il s'affaissa contre les coussins en se remémorant les paroles de Marcus encore et encore.

J'arriverai pas à faire face à ça. Pas tout seul.

Il attrapa son portable et appuya sur la touche d'accès rapide au numéro de Levi. Dès l'instant où la ligne se connecta, Seb se lança :

— Dis, tu aurais une minute ? J'ai vraiment besoin de parler.

— Donne-moi une seconde, je viens de préparer le déjeuner de Mamie. Laisse-moi le lui apporter, après, je serai tout à toi.

Seb se força à prendre de grandes inspirations pendant qu'il attendait, l'estomac en vrac.

— Voilà. Qu'est-ce qu'il y a ?

Par où je commence, putain ?

— Je viens de découvrir quelque chose au sujet de Marcus et... j'ai du mal à me faire à l'idée.

C'est l'euphémisme du siècle, *bordel.*

— Ça peut pas être *si* grave que ça.

— Ah ouais ? Écoute un peu pour voir. Il a déjà pris du speed. D'après ce qu'il en dit, il n'en prend plus, mais comment je peux le croire, putain ?

Le silence soudain lui donna la chair de poule.

— D'accord, je ne vais le dire qu'une fois.

Bon Dieu, la voix de Levi était tellement calme.

— Ne t'éloigne pas de cet homme : fuis-le. Aussi vite que tu peux.

C'était bien là que résidait le problème. Seb n'en avait *aucune* envie.

— Écoute, je sais pourquoi tu dis ça, mais…

— Mais *rien*. Combien d'autres histoires as-tu besoin d'entendre sur un énième gay qui est mort d'une overdose ? Pas plus tard que cette année-ci : un pauvre gars sur une croisière gay.

Il y eut une pause.

— Il ne t'en a pas proposé, j'espère ?

— Non, du tout, et c'est la première fois qu'il m'en parle, d'accord ? Je croyais le connaître, mais maintenant ? Je ne sais plus quoi penser.

Une autre pause.

— Mon Dieu… Tu… t'es amoureux de lui.

— Ouais. Et j'ai un scoop pour toi. Lui aussi est amoureux de moi… je crois. Non pas que l'un de nous l'ait dit ouvertement à l'autre, mais oui…

— Qu'est-ce que tu comptes faire, alors ?

— Là, toute de suite, j'en ai aucune idée, à part essayer de survivre à ça sans avoir le cœur brisé. Même si ça semble plutôt inévitable, putain.

— Écoute, tu sais ce que j'en pense. Je suis là si tu as besoin de parler, d'accord ? Et oui, je sais que mon point de vue est biaisé, mais il n'y a pas de zone grise quand il s'agit de la drogue. Fais tes recherches. Tu verras que j'ai raison.

Un nouvel ange passa.

— Mais je suis désolé pour toi, Seb.

— Tout autant que moi.

Seb raccrocha, jeta son téléphone sur le canapé à côté de lui, puis ferma les yeux.

J'ai loupé des indices ?

Il se creusa les méninges, se rappelant les types qui, à sa connaissance, prenaient de la méthamphétamine. Parfois, ils semblaient ne pas avoir dormi pendant trois ou quatre jours, puis le sexe devenait une obsession. Seb était allé à une fête où quelques gars en avaient consommé et il avait vu l'action de la drogue en direct : la rougeur révélatrice sur leur peau, leur rythme cardiaque qui s'emballait quasiment sous ses yeux, avant qu'ils ne commencent à enlever leurs vêtements et à se tourner vers tout ce qui pouvait servir à leur appétit sexuel. Il avait même connu d'autres soirées où des mecs sous emprise s'étaient assis en cercle, chacun sur son téléphone à parcourir les applications de rencontres à la recherche d'autres hommes qui seraient, eux, capables de bander et pourraient branler leurs érections non existantes pendant des *heures*.

Il n'y avait rien de sexy *du tout* là-dedans aux yeux de Seb ; il n'avait rien vu de tout ça chez Marcus. Alors, certes, il était super chaud la plupart du temps, mais c'était tout aussi vrai de Seb. C'était pour ça qu'ils étaient idéals l'un pour l'autre.

Peut-être que Levi a vu juste. Il devait y avoir un tas d'informations sur le sujet, non ? Quelque chose de plus pertinent que « Ne touchez pas à ça ». Même s'il était presque sûr que c'était le message que Levi voulait lui faire passer.

Marcus a dit que je ne connais pas toute l'histoire. Alors, je ferais peut-être mieux de chercher des réponses. C'était une bien meilleure perspective que de rester assis là à s'apitoyer sur son sort. Ses pensées se tournèrent vers Marcus et, malgré ses appréhensions, Seb était de tout cœur avec lui.

J'espère qu'il va bien.

CHAPITRE VINGT-TROIS

Marcus pénétra dans l'intérieur frais et calme de la maison. Ashley avait emmené les enfants pour la journée, puisque c'était l'anniversaire d'Alex. Il en était reconnaissant : le brouhaha était la dernière chose dont il avait besoin en ce moment.

Quel beau merdier. Il ne pensait pourtant pas qu'il aurait pu gérer ça d'une autre manière.

— Marcus ?

Sa mère sortit de la cuisine en s'essuyant les mains sur une serviette.

— Je croyais qu'on ne te reverrait plus jusqu'à demain.

— Changement de plan.

Il déposa ses clés sur le guéridon de l'entrée et se dirigea vers le salon. Son père était assis dans le grand fauteuil, un livre ouvert sur les genoux. Lorsqu'il vit Marcus, il fronça les sourcils.

— Qu'est-ce que tu fais là ?

Marcus arqua les sourcils.

— Je logeais ici, la dernière fois que j'ai vérifié.

Il se montrait volontairement borné, en toute connaissance de cause, car il n'avait aucune envie de parler de Seb. Il s'approcha de la réserve d'alcools, y prit la bouteille de Wild Turkey de son paternel ainsi qu'un verre, puis la referma. Son ascendant se racla la gorge, Marcus réalisa alors que pour quelqu'un qui ne voulait pas parler, prendre une bouteille de whiskey revenait à afficher un panneau au-dessus de sa tête qui disait « Non, ça va pas, commencez l'interrogatoire ».

J'aurais dû attendre qu'il soit parti. Ah, le recul, quel sacré bougre.

— Il est un peu tôt pour ça, non ? commenta son père, pince-sans-rire.

— Non, pas vraiment.

Sans lui laisser le temps de réponse, il sortit dans la cour par la baie vitrée. Le temps qu'il atteigne le havre de paix qu'était le pavillon, ses tremblements avaient repris. Ses doigts eurent bien du mal à dévisser le bouchon.

— Que s'est-il passé, gamin ?

Sa mère se tenait dans l'encadrement de la porte, visiblement inquiète.

Marcus se servit un verre.

— Je ne peux pas te répondre.

Comme elle fronçait les sourcils, il soupira.

— Que veux-tu que je te dise ? La décision n'est pas entre mes mains ? Attendons de voir ?

Il s'enfonça dans le rocking-chair, son verre à la main.

— Ce que tu dis n'a aucun sens, lui fit-elle remarquer en penchant la tête de côté. Seb et toi vous êtes disputés, c'est ça ? Et ne viens pas me raconter que vous êtes juste amis, parce que je ne suis pas née de la dernière pluie.

Il fit tournoyer le liquide ambré, inhalant son agréable parfum.

— Ce n'était pas une dispute, pas exactement. Nous…

Sa gorge se noua. *Je n'y arriverai pas.*

— Tu as besoin d'aller lui parler ?

Marcus prit une gorgée pour dégager ses voies respiratoires.

— Nan. La balle est dans son camp maintenant.

Elle s'approcha de son siège et essaya de récupérer doucement le verre de sa main, toutefois il s'y accrocha.

— Mon chéri, ce n'est jamais une bonne idée, surtout quand il n'est même pas encore une heure de l'après-midi. Que dirais-tu si je prenais la bouteille et que je la remettais à sa place ?

Il rit par le nez.

— Tu utilises ta voix d'institutrice sur moi. Ce n'est pas loyal.

— Je me fiche pas mal que ça le soit ou pas, du moment que ça marche.

Elle se dirigea vers la table pour récupérer la bouteille.

— Je fais un gâteau d'anniversaire pour Alex. Tu pourrais venir m'aider ?

— Et lécher la spatule, comme quand j'étais petit ? rétorqua Marcus avant de soupirer. Ça avait beau guérir tous mes maux à l'époque, crois-moi, ça n'aidera pas cette fois-ci.

— Comment peux-tu le savoir sans avoir essayé ? Seigneur, il l'aimait tellement.

— Je le sais, c'est tout.

— Alors qu'est-ce qui *pourrait* t'aider ?

Il y avait songé sur le chemin en partant de chez Seb.

— Si tu pouvais remonter le temps de quelques années ?

— Sauf que dans ce cas, tu ne le rencontrerais pas, répondit-elle simplement.

— Si, bien sûr, répliqua-t-il, y croyant dur comme fer. Je serais venu passer l'été ici, lui aussi…

Sans aucun des passifs qui gâchaient toutes leurs chances d'être heureux, d'être ensemble.

Ça, tu n'en sais rien. Il pourrait très bien suivre tes conseils et faire ses propres recherches.

Mais bien sûr.

Sa mère s'éclaircit la voix.

— Ouais, j'appelle ça des conneries.

Il en resta coi.

— Non mais pardon ?

Elle lui jeta un regard franc.

— Tu m'as bien entendue. Qui peut dire que vous vous seriez rencontrés ? Si tu étais aussi doué pour la voyance, tu aurais déjà gagné des millions en bourse et pris ta retraite avant d'avoir trente ans.

Son expression se radoucit.

— Au cas où personne ne te l'aurait dit avant, jouer au jeu du « et si » est couru d'avance. Tu es sûr que lui parler ne t'aiderait pas ?

Non, je ne suis pas sûr. C'est juste une supposition. Marcus avisa le whiskey qu'il ne voulait désormais plus avaler.

— Je dois le laisser faire son propre bonhomme de chemin. J'ai dit tout ce que je pouvais. C'est vraiment à lui de décider maintenant.

— Ça m'aiderait peut-être mieux à comprendre si j'avais une idée de ce qui s'est passé.

Marcus secoua la tête.

— Tu n'as pas besoin de savoir.

Il avait des nœuds dans l'estomac et il voulait arrêter de penser à Seb, parce que cela ne faisait qu'en ajouter davantage.

— Tiens. J'en veux plus, dit-il en lui tendant son verre.

Elle le lui prit des mains.

— Alors, viens au moins dans la cuisine pour papoter pendant que je m'occupe du gâteau.

Son regard balaya l'intérieur du pavillon.

— D'ailleurs, tu n'es plus obligé de dormir ici, maintenant que presque tout le monde est reparti. Je n'aime pas du tout l'idée de te savoir ici tout seul, avec tes pensées pour seule compagnie.

— Maman, ne t'inquiète pas pour moi.

Elle lui adressa un sourire triste.

— Ça, c'est aussi efficace que de demander à la pluie de ne pas tomber ou au vent de ne pas souffler. Les mères se font du souci et ce qu'importe l'âge qu'ont leurs enfants.

Il quitta son fauteuil à bascule.

— Alors, allons vérifier si lécher la spatule peut vraiment aider. Du moment qu'on parle bien d'un gâteau au chocolat.

Elle gloussa.

— Comme si j'oserais en faire un autre.

Il sortit du pavillon derrière elle et la suivit le long du chemin qui menait à la cuisine, l'esprit non pas tourné vers le gâteau, mais vers Seb. La tentation de l'appeler ou de lui envoyer un SMS était énorme, pourtant il savait que ce n'était pas bien. Il devait lui laisser le temps.

Tu lui as dit que tu comprendrais s'il ne te rappelait pas.

Et il était sincère, d'ailleurs, même s'il espérait le contraire de tout son cœur et de tout son être.

Seb était tombé dans le terrier du lapin.

Il était assis sur le canapé, son ordinateur portable en équilibre sur son genou et une bouteille d'eau sur la table basse. La tête lui tournait.

Bon Dieu, il y en a tellement.

Les premiers liens qu'il avait trouvés étaient pour la plupart des articles sponsorisés par des centres de désintoxication, ce qui le rendit d'autant plus certain que Marcus avait tort – du moins jusqu'à ce qu'il se souvienne de ce qu'un professeur leur avait dit à l'université. Ce dernier leur avait conseillé de regarder l'organisation ou l'individu qui avait financé une étude ou une recherche, de vérifier s'il ou elle avait un intérêt particulier vis-à-vis du résultat, de potentielles intentions cachées. Tous ces centres de désintoxication payaient d'énormes sommes d'argent pour que leurs articles soient publiés en premier, ce n'était pour eux qu'une question de profit.

Trouve autre chose. Il doit bien *y avoir autre chose.*

Il tomba ensuite sur l'article d'un certain Alexander Cheves, qui soutenait que la culture queer était favorable à la drogue. *Ça, c'est pas peu dire.* Une partie de ses arguments avait beaucoup de sens et un paragraphe en particulier attira l'attention de Seb.

Les drogues, autant que le sexe, sont aussi bien glorifiées que condamnées. Pour certains, les drogues sont comme le fruit défendu – elles sont forcément *merveilleuses. Pour d'autres, elles sont l'œuvre du diable, les corruptrices de la jeunesse, une marchandise pour les voyous de la société – elles sont* forcément *terribles. Les gens ont ces mêmes points de vue polarisés sur le sexe et, comme le sexe, les drogues sont à la fois ces deux points de vue et aucun d'entre eux ; elles ne sont pas aussi géniales ni aussi terribles qu'on le pense.*

La poitrine de Seb se resserra en lisant ces lignes. La deuxième perspective en question aurait tout aussi bien pu être les mots qu'il avait dits à Marcus. Ce dernier n'avait toutefois pas prétendu que les drogues étaient merveilleuses. Au contraire, il avait essayé d'avancer un point de vue équilibré.

Il voulait que je pense par moi-même.

Seb ne se souvint des sandwiches que Marcus avait préparés que bien des heures plus tard, alors que leurs rebords étaient déjà tout recroquevillés. Il les jeta à la poubelle et mit de la soupe à chauffer, puis retourna sur le canapé pour continuer ses recherches en ligne.

Il était si facile de s'embourber dans un site qui devenait beaucoup *trop* technique. Seb ne voulait pas savoir *comment* les effets des drogues fonctionnaient – il cherchait seulement une confirmation. Il ne cherchait plus à prouver que tous les consommateurs de drogues étaient une cause perdue ou irrécupérables.

Il voulait que Marcus ait raison, parce qu'il n'avait pas la force de songer à l'alternative.

Je veux le croire, lui faire confiance à nouveau.

Lorsque vingt heures arrivèrent, Seb était épuisé. Ses recherches avaient bifurqué à plusieurs reprises et ce n'est qu'au prix d'un effort intense qu'il s'était remis sur les rails. Il semblait que chacun avait sa propre opinion sur les « méfaits » des drogues. Un site en particulier l'avait arrêté dans son élan. La mention de Carl Hart par Marcus l'avait intrigué, mais ce qu'il trouva sur le site de l'homme en question le stupéfia. Le Dr Hart avait écrit un livre sur la consommation de drogues par les adultes, mais ce n'était pas cela qui lui donnait matière à réflexion… non, c'étaient les quelques lignes de l'introduction du bouquin :

Après avoir lu cet ouvrage, j'espère que vous serez moins enclins à vilipender autrui simplement parce qu'il ou elle consomme des drogues. Cette façon de penser a conduit à un nombre incalculable de décès et à une énorme quantité de souffrance.

Seb relut ces lignes de multiples fois. Il ne pouvait nier que sa propre perception de Justin avait été teintée par la consommation coutumière de drogues de ce dernier. *Je prétends vouloir guider les enfants dans la bonne direction et les éloigner des distractions, mais lorsqu'ils succombent à ces mêmes distractions, comment je réagis ?*

Il ferma les yeux. *Je suis éreinté, putain.* Il décida d'en rester là pour ce soir et de reposer sa tête endolorie, du moins jusqu'à ce qu'une accroche le fasse tiquer.

La guerre contre la drogue est terminée… et la drogue a gagné.

Ce qui *retint* son attention sur l'article au-delà de son titre fut le nom de son auteur : Marcus Gilbert.

Je rêve.

Il le relut trois fois et, à chaque nouveau passage, une autre partie le captiva.

La guerre contre la drogue, déclarée par Nixon et institutionnalisée par Reagan, est terminée. Et la drogue a gagné. En diabolisant ces produits chimiques, nous avons facilité la flagellation de l'usager et du toxicomane. Il est probable que la plupart de ceux qui essaient une drogue récréative le font initialement par curiosité ou sous la pression de leurs pairs, mais les recherches montrent de plus en plus que la dépendance durable est le symptôme d'un problème plus profond, d'ordre social, sociétal ou émotionnel. Comme nous le reconnaissons aisément en cause de l'alcoolisme, l'abus d'une drogue le plus souvent est un moyen d'automédication ; il est devenu pour le toxicomane un moyen de soulager sa douleur, son chagrin ou ses angoisses. Lorsque la société ajoute la honte de la dépendance à ce dont le toxicomane souffre déjà, cela lui fait beaucoup plus de mal que de bien et l'enfonce le plus souvent davantage dans la dépendance. Par conséquent, si, dans nos efforts pour aider ceux qui veulent se libérer de la drogue, nous ne nous préoccupons que de la consommation de drogue, nous courons tous à l'échec. Si ces problèmes plus profonds ne sont pas identifiés et traités, tout toxicomane qui essaiera de se rétablir ne trouvera rien de mieux dans sa vie ou son environnement et sera assurément tenté de revenir à l'automédication. Nous devons cesser de choisir la voie de la paresse en suggérant que le problème est celui de quelqu'un d'autre, c'est-à-dire du toxicomane. Les difficultés auxquelles ils sont confrontés sont sociétales, trop importantes pour que le toxicomane puisse les régler seul. Par conséquent, si nous voulons espérer un quelconque tournant vers la victoire, nous devons cesser d'en faire une « guerre contre la drogue » ou par franche extension une « guerre contre les toxicomanes ». C'est nous, en tant que société, qui sommes à l'origine de ce malaise ; nous seuls, en travaillant ensemble, pouvons y remédier.

Ce fut son attitude *humaine* face à la dépendance qui frappa Seb le plus.

Il sait de quoi il parle. Seb secoua la tête. *Bien sûr qu'il sait. Il est passé par là ou du moins il connaît d'autres personnes qui sont passées par là.* L'article était perspicace et clair ; Seb regrettait l'intolérance ainsi que la réticence à plier dont il avait fait preuve à l'égard de Marcus. Plus il y pensait, plus le jeune homme réalisait que son image préconçue des usagers de méthamphétamine était sérieusement défectueuse. Pas une seule fois il n'avait vu l'habitude de Justin comme autre chose qu'un désir de se défoncer. Il ne lui était jamais venu à l'esprit de se demander ce qui avait pu pousser Justin sur cette voie en premier lieu. *Pareil pour mes étudiants. Est-ce que je me suis jamais demandé pourquoi ils avaient commencé à en prendre ? J'ai mis ça sur le compte de l'expérimentation et je m'en suis contenté.*

Ce qui le ramenait à Marcus et à toutes ces questions qui resteraient sans réponse... à moins que...

Seb jeta un coup d'œil à l'écran de l'ordinateur portable. Il était déjà vingt et une heures. Beaucoup trop tard pour appeler Marcus. Seb voulait être bien réveillé et alerte pour *cette* conversation.

Ça peut attendre demain.

Lorsqu'il se mit au lit, il eut l'impression que quelqu'un avait actionné un interrupteur : toute trace de fatigue s'était envolée, remplacée par le tourbillon de ses pensées. Sa dispute avec Marcus repassait en boucle, à tel point que Seb envisageait sérieusement de faire une razzia dans la pharmacie de Gary pour y trouver de quoi s'assommer.

Quand enfin le sommeil le frappa, il s'y enfonça, aspirant à l'oubli.

CHAPITRE VINGT-QUATRE

Le 2 août

Marcus pensait avoir dormi environ deux heures sur toute la nuit, ce qui n'était pas surprenant au vu des circonstances. Son tourment intérieur ne faisait que réaffirmer ce qu'il savait déjà. Si Seb ne comptait pas pour lui, s'il ne lui était pas important, Marcus ne se serait pas retrouvé dans un tel état. Il aurait simplement tourné la page.

Mais je ne peux pas. Plus maintenant.

Les rayons du soleil se déversaient par les fenêtres, accompagnés du chant des oiseaux. Il était trop tôt pour que les enfants soient réveillés, aussi Marcus resta-t-il allongé dans son petit lit, profitant de la paix… et souhaitant que Seb soit dans ses bras.

Ashley ne serait pas heureuse de voir ça. Les enfants poseraient trop de questions.

Lorsque son téléphone vibra, Marcus le récupéra du sol à côté du lit et regarda l'écran.

C'était Seb. *On peut discuter ?*

Putain. Ces trois mots suffirent à accélérer aussi bien son rythme cardiaque que sa respiration. Il cliqua sur la touche d'appel.

— Salut. Tu es debout tôt pour un dimanche.

— Ouais, eh ben… je n'arrivais pas à dormir, alors…

Marcus pouvait entendre la fatigue dans la voix de Seb.

— Je m'en doute. Pareil pour moi, répondit-il avant de marquer une pause. Je ne m'attendais pas à avoir de tes nouvelles si vite.

Sois honnête. Tu n'étais pas sûr d'avoir de ses nouvelles tout court.

— J'ai lu ton article, lança Seb à brûle-pourpoint.

Bon, ça non plus, il ne l'avait pas anticipé, mais peut-être qu'il aurait dû, si Seb avait creusé la question comme il le lui avait suggéré.

— Marcus ?

— Je suis toujours là. Tu m'as pris par surprise.

Alors ? Qu'est-ce que tu en as pensé ?

— Je veux en savoir plus.

Et le cœur de Marcus de s'emballer de plus belle.

— OK, dit-il d'un ton prudent.

— Dans l'article, tu parles des raisons pour lesquelles les gens prennent de la drogue. Eh bien… je veux connaître *tes* raisons. Savoir comment tu t'es retrouvé sur cette voie. Tu dis que tu as arrêté maintenant ; je veux savoir pourquoi.

Ce n'était pas la première fois que Marcus se voyait confronté à une telle demande et il avait appris sa leçon.

— Quand je serai habillé et que j'aurai bu au moins une tasse de café, je te rejoindrai. Je ne vais pas rester, ajouta-t-il rapidement, mais je vais t'apporter quelque chose qui, je l'espère, répondra à toutes tes questions.

— Tu ne peux pas le faire en personne ?

— Tu vas devoir me faire confiance sur ce point. Je suis déjà passé par là et c'est vraiment la meilleure solution.

La dernière fois qu'il avait essayé d'avoir cette conversation, il avait été confronté à un barrage d'interruptions qui avait entraîné confusion et frustration.

— Si tu as encore des questions après l'avoir lu,

alors oui, j'y répondrai sans souci.

Même s'il espérait qu'il n'en aurait pas besoin.

Un silence s'installa.

— Seb ? Si… si ça ne te convient pas, je…

— C'est bon. J'attendrai que tu arrives.

Le jeune homme redevint silencieux ; le cœur de Marcus battait la chamade. Seb poussa alors un soupir.

— Tu m'as donné matière à réflexion, c'est pas peu dire, concernant des choses que je n'avais pas envisagées. Et tu avais raison, par ailleurs.

— À quel propos ?

— Je pensais tout savoir sur la question. Il s'avère que ce n'est pas le cas. Le site du Dr Hart m'a ouvert les yeux.

L'étau qui enserrait la poitrine de Marcus se relâcha un peu. Un soupir saccadé lui échappa.

— Merci.

— Pour quoi ?

— Pour avoir suivi mon conseil. Rien ne t'obligeait à le faire.

— Au contraire. Vu que tu avais raison sur autre chose aussi.

Une nouvelle pause.

— Toi et moi… on pourrait avoir un avenir. Je ne suis pas sûr de ce que donnerait cet avenir, de la logistique pour le mettre en place, mais oui, il y a bien un potentiel… et je n'ai pas envie de lui tourner le dos.

Marcus remercia silencieusement le Ciel.

— Moi non plus. Allez, laisse-moi aller chercher un peu de café, histoire que je puisse mettre mon cerveau en route.

Seb gloussa.

— Va te caféiner. Je t'attends, dit-il avant de raccrocher.

Marcus se précipita sur la table où étaient posés son ordinateur portable et son sac. Il y plongea la main à la recherche d'une clé USB. Quand il en eut trouvé une, il alluma l'ordinateur et commença à y télécharger le document.

Aucune importance que le livre ne soit pas terminé ni corrigé. Son contenu révélerait à Seb tout ce qu'il avait besoin de savoir.

Ensuite, nous pourrons parler.

Seb alla ouvrir la porte aussitôt qu'il entendit la voiture crisser dans l'allée. Un seul regard sur le visage de Marcus suffit à lui en dire long.

On dirait qu'on a tous deux passé une nuit pourrie.

Marcus s'approcha de lui avec beaucoup plus de prudence que Seb ne s'y était attendu.

— Coucou.

Le jeune homme hocha la tête.

— Tu veux entrer prendre un café ? Je viens d'en faire.

— Tu sais quoi ? Je préfère pas.

Marcus farfouilla dans la poche de son jean et en retira un petit objet, qu'il tendit à Seb.

— Tiens. Tu peux brancher ça sur ton ordinateur portable. Il n'y a qu'un seul fichier dessus.

Seb croyait déjà avoir deviné ce qu'il voulait lui montrer.

— C'est ton livre, je suppose ?

Marcus hocha la tête.

— Il y a beaucoup de choses qui vont t'ennuyer à mourir, des choses que tu as probablement déjà lues sur le site de Carl Hart. Les passages que *toi* tu dois lire sont les parties autobiographiques. Je les ai surlignées dans la table des matières.

Lorsqu'il déposa la clé USB dans la main tendue de Seb, ses doigts effleurèrent la paume du jeune homme.

— Tu peux tout lire, ou tout ce que tu auras envie de lire – quand tu penseras en avoir assez lu, appelle-moi et, là, on pourra parler.

Seb acquiesça.

— D'accord.

Il pencha sa tête sur le côté.

— Tu vas bien ?

Le rire de Marcus avait une saveur amère.

— Pas vraiment. J'ai passé les quatre derniers mois à me remettre sur pied, physiquement comme mentalement, et j'ai l'impression que les dix-huit dernières heures m'ont renvoyé à la case départ.

Il leva les mains.

— Je sais que j'exagère, mais c'est ce que je ressens en ce moment.

Marcus indiqua la clé USB.

— Bonne lecture.

— Merci.

Seb eut envie de le prendre dans ses bras, toutefois la distance que Marcus maintenait entre eux étouffa cette impulsion.

Après un hochement de tête, Marcus retourna à sa voiture.

— Hé, Marcus, l'interpella Seb alors qu'il ouvrait la portière.

Il attendit que ce dernier regarde dans sa direction pour sourire.

— Ça m'a fait du bien de te voir.

— À moi aussi.

Le sourire las de Marcus serra le cœur de Seb.

— Oh. Tu te souviens quand tu m'as demandé si j'avais déjà jeté un coup d'œil dans le tiroir de la table de nuit d'une conquête et je t'ai dit de faire attention, parce que tu pourrais trouver quelque chose d'inattendu ?

Seb hocha la tête ; Marcus sourit.

— Eh bien, c'est comme ça que tout a commencé pour moi : par un tiroir.

Sur ce, il grimpa dans sa voiture et s'éloigna de la maison.

De retour à l'intérieur, Seb referma la porte. Il se servit une tasse de café, s'installa confortablement sur le canapé et, la bouche sèche, un picotement dans la poitrine, alluma l'ordinateur portable.

Voyons ce que nous avons là.

La préface était franche.

Rien ne vous oblige à prendre tout ce que j'écris ici comme parole d'évangile.

Vous avez le droit de croire ce qui vous chante.

Mais…

Si vous comptez engager une conversation avec moi sur certaines des choses que j'ai écrites ici, assurez-vous d'avoir la preuve de ce que vous avancerez.

Il y avait six ou sept chapitres surlignés ; Seb se rendit au premier.

Je sais que ça semble bizarre. Comment un homo peut-il

atteindre l'âge de quarante-trois ans sans jamais avoir pris de drogues ? Et par drogues, je parle de celles qui sont répandues dans la culture gay – coke, kétamine, ecsta, vita-G et speed. (Ces trois dernières sont l'ecstasy, le GHB et la méthamphétamine, si vous voulez être vraiment technique.)

Je connais beaucoup d'hommes qui s'y adonnent, évidemment, mais ce n'était pas mon cas.

Jusqu'à cette nuit où j'ai rencontré Drake.

Je suis allé dans un club dans le but de lâcher la pression. Mon travail avait été pénible et j'étais tendu à souhait. Un plan cul guérirait mes maux. À l'instant où j'ai posé les yeux sur Drake, j'ai su que nous finirions par nous envoyer en l'air. Il était plus jeune que moi, doté d'un corps qui aurait fait baver n'importe quel homme. Quand il a laissé entendre dans la conversation que ses colocataires étaient absents pour le week-end, l'affaire était réglée.

Une fois dans sa chambre, nous avons rapidement établi que nous étions tous deux sous PrEP et que notre dernier test remontait à quelques semaines à peine. Là, les vêtements ont volé, puis il m'a indiqué le tiroir de sa table de nuit pour y récupérer le lubrifiant. Sauf que lorsque je l'ai ouvert, il y avait autre chose dedans. Ma curiosité a pris le dessus.

— C'est quoi, ça ?

Il y avait une petite bouteille en plastique bleue contenant un liquide incolore ainsi qu'un sachet tout aussi petit rempli d'une substance granuleuse blanchâtre.

Drake m'a souri.

— Tu ne prends pas de vita-G ni de speed ?

— Non. J'en ai entendu parler, par contre.

Comme tout le monde, non ? Les avoir sous les yeux me suffisait amplement ; je n'étais pas prêt à aller plus loin. À ce stade, j'étais trop nerveux pour ne serait-ce qu'envisager d'y toucher.

Drake a penché la tête.

— Ça te dérange si j'en prends ?

— Pourquoi tu en consommes ? Quel est l'intérêt ?

J'étais curieux depuis un moment.

— Le vita-G diminue les inhibitions, a-t-il répondu avec un grand sourire. Ça te rend super excité. Mais bon, le speed aussi. Je les prends ensemble.

— Pourquoi, si les deux produisent le même effet ?

— L'un neutralise les effets secondaires moins désirables de l'autre. Le vita-G est un dépresseur, la méthamphétamine est un stimulant qui agit contre lui.

J'ai saisi la bouteille.

— Je me posais plein de questions à ce sujet.

Je l'ai regardé.

— On peut ?

Drake a levé les deux mains.

— Oh, j'ai pas envie d'être celui qui t'incites là-dedans. On n'en a pas besoin. On peut juste baiser.

Sauf que j'envisageais sérieusement d'essayer, désormais.

— Ou on pourrait baiser en prenant du vita-G, ai-je suggéré.

Drake a soupiré.

— Écoute, tu me plais, OK ? T'es là, on est à poil… J'ai pas envie d'en faire trop, tu vois ?

— T'as peur que ça fasse tout foirer ?

Drake s'est assis sur le lit et m'a tiré à ses côtés.

— Voilà justement ce que tu dois comprendre. C'est ton attitude envers la drogue qui fait tout. Si tu penses que ça va tout faire foirer ? Bah, devine quoi ? Ça va tout faire foirer. Si tu penses que ça va te faire passer un bon temps et accroître l'expérience ? Alors, ce sera le cas.

J'ai su à ce moment-là que j'allais essayer. Ce que Drake m'offrait, c'était l'opportunité d'expérimenter dans un environnement sûr et contrôlé.

— *C'est parti.*

Seb ne s'attendait pas à ce que le premier pas soit si… simple. Il appréciait le fait que Drake n'ait pas voulu tenter Marcus : au contraire, il avait été plutôt réticent à l'idée de le laisser faire ses premiers pas.

Il parcourut le reste du premier chapitre en diagonale, jusqu'à ce qu'une ligne attire son attention ; il s'arrêta pour lire la suite.

Je n'ai jamais acheté de vita-G ni de speed. Je n'ai jamais cherché à en obtenir consciemment.

Pourtant…

Quand je me tapais un gars qui en avait, j'en prenais. D'un coup, c'était comme si de plus en plus de gars avec qui je m'envoyais en l'air étaient justement des consommateurs.

Je n'ai jamais tenté les injections. Ce n'était pas mon truc. Je m'attendais d'ailleurs à ressentir le manque et, comme ce n'était pas le cas, je l'admets, ça m'a perturbé.

Malgré l'assurance de Drake que mon attitude influencerait mon expérience, je m'y étais mis avec une certaine appréhension. Je savais que la méthamphétamine avait la réputation de créer une dépendance, après tout. Et au fil du temps, j'ai appris beaucoup de choses sur ces deux drogues.

Pour faire bref…

On a beau entendre sans cesse que quelqu'un est mort d'une overdose de méthamphétamine, ce n'est presque jamais le cas ; la quantité qu'il faudrait consommer… eh bien, l'usager tomberait salement malade bien avant d'en arriver à ce stade.

Je vais le répéter.

Personne ne meurt d'une overdose de méthamphétamine.

Le GHB, par contre, auquel nous autres gays côtoyons en permanence, est le vrai tueur. La méthamphétamine gâche des vies, mais elle ne tue pas vraiment. J'ai vu des hommes qui avaient été des consommateurs occasionnels fonctionnels pendant un certain temps être, pour une raison ou une autre, soudainement entraînés sur la pente glissante de l'abus total. Alors certes, entre le manque de sommeil, l'obsession sexuelle qu'elle peut provoquer, la paranoïa potentielle, la psychose possible, la négligence de son corps et de son hygiène qui peut en résulter… comme vous pouvez l'imaginer, oui, cette drogue peut bousiller la vie d'une personne de façon monstrueuse.

Qu'ai-je donc appris, dans ce cas ?

Il est difficile de catégoriser le vita-G, car c'est une substance qui se trouve de toute façon déjà dans notre organisme, liée à la production de neurotransmetteurs et de dopamine. Il produit un sentiment d'euphorie et un relâchement des inhibitions. Il exalte les sens, donne un sens plus profond à la musique ou au contact physique, renforce la sensation d'excitation sexuelle.

Lorsque vous en prenez, la notion du temps est altérée et vous devez faire très attention à ne pas en avoir trop dans votre corps. Le chronométrage des doses successives est vital. J'ai connu des sauteries où des minuteurs de cuisson étaient réglés sur quatre-vingt-dix minutes et où, lorsque la sonnerait retentissait, quelqu'un s'exclamait « C'est l'heure du vita-G ! » pour que la dose suivante soit préparée. Dans ces fêtes où quelqu'un était particulièrement attentif, tout le monde prenait sa dose en même temps afin que personne ne soit paumé. Cependant, sous emprise et sans alarme programmée, il est facile d'imaginer que l'euphorie de la dose précédente a fait son temps et que vous êtes prêt pour une autre dose beaucoup trop tôt.

Le vita-G est une drogue profondément dangereuse à plusieurs niveaux. D'abord, elle est très volatile : la même dose du même paquet, sur deux jours distincts, peut avoir des effets très différents. Un jour, il vous fait planer et le lendemain, ça ne vous fait rien.

NE MÉLANGEZ PAS LE VITA-G ET L'ALCOOL.

L'usage de poppers sous vita-G doit également être découragé. Le vita-G en lui-même peut abaisser un peu la tension artérielle ; c'est pourquoi trop de vita-G dans le système provoque une syncope : la personne se ramollit et s'endort, en gros. Si cela se produit en boîte, il faut l'obliger à bouger, à maintenir sa circulation sanguine. Il faut l'hydrater et ne pas la laisser se reposer. Le plus souvent, elle s'en sortira, mais si les membres de la sécurité la voient, ils lui demanderont probablement de partir, ainsi qu'à toute personne l'accompagnant, et insisteront peut-être pour appeler une aide médicale. Néanmoins, surtout en combinaison avec l'alcool, cette chute de tension peut s'avérer fatale.

Nom de Dieu.

En un paragraphe, Marcus avait montré du doigt les circonstances de la mort de Justin. *Ses potes savaient-ils quoi faire en cas de syncope ?* Car selon sa nouvelle façon de penser, un usage responsable de drogue impliquait de savoir comment faire face aux conséquences. Il réalisa dès lors tout le chemin parcouru, puisque, jusque-là, il ne savait même pas qu'il était possible d'être un consommateur responsable.

Lisant quelques lignes plus bas, il se figea.

Le vita-G est hautement addictif et, bien qu'il faille en prendre des quantités assez importantes pendant un certain temps pour en arriver là, celui-ci peut avoir des symptômes de sevrage ignobles et profondément désagréables.

Quant à la méthamphétamine...

Beaucoup des gars qui en prennent connaissent des sensations euphoriques, mais pour d'autres, son usage leur permet simplement de meilleures concentration et lucidité. Je faisais partie de ce dernier groupe. Intrigué par cette différence, j'ai effectué quelques recherches.

Il est instructif de penser que la méthamphétamine est la cousine de l'amphétamine, qui n'est autre que l'Adderall employé par certains de mes amis atteints de TDAH. Il s'agit essentiellement de la même substance.

Toutefois…

Il y a un aspect de la méthamphétamine qui affecte la chimie du cerveau spécifiquement liée à la façon dont les souvenirs sont formés et conservés ; en provoquant ou en facilitant la récurrence d'un même souvenir encore et encore, ainsi qu'en relâchant les contraintes qui empêchent les souvenirs de changer avec le temps, la méthamphétamine permet à un gros consommateur de retravailler ses souvenirs et ses pensées de sorte à se détacher de la réalité. Dans les cas où cela se produit, la plupart du temps, la personne est simplement désorientée lorsque le souvenir et la réalité ne correspondent plus par la suite. Fréquemment, la récurrence du souvenir erroné s'amplifie ; le fait d'apercevoir du coin de l'œil ce qui ressemble à des yeux qui vous observent par la fenêtre peut, quelques jours plus tard, créer une certitude absolue que les voisins ou la CIA vous espionnent. Le fait que la fenêtre soit située au troisième étage est sans importance…

Je ne suis jamais devenu un gros consommateur, mais je me suis tapé quelques gars qui l'étaient ; à chaque fois, j'ai pu faire l'expérience de leur paranoïa de mes propres yeux.

Ce qui m'a le plus surpris, c'est que la méthamphétamine n'a pas vraiment de propriété chimique addictive. Pourquoi, dans ce cas, est-il si difficile pour tant de gens de s'en passer ?

Quelques recherches supplémentaires m'ont fourni la réponse.

La méthamphétamine pousse l'utilisateur à reprogrammer ses propres pensées au point qu'il en vient à croire dur comme fer qu'il a besoin de cette drogue : c'est la dépendance psychologique de la méthamphétamine qui gâche autant de vies. Ajoutez à cela que cette drogue a une ampleur sexuelle énorme pour la plupart des gens — le besoin charnel peut être *presque impossible à gérer, alors même que le niveau de stimulant empêche leur gaule d'avoir ne serait-ce qu'une chance de se former chez la plupart des gars — et cette drogue est devenue associée au sexe au point que beaucoup d'hommes sont persuadés d'être incapables d'avoir des rapports sexuels sans elle.*

C'est dans ce piège que je suis tombé.

Le cœur de Seb tambourinait. *Oh, Marcus.*

Je me suis retrouvé prisonnier d'un cycle sans fin. Au fur et à mesure que mon niveau de stress augmentait au travail, j'ai cherché à me soulager en multipliant les rencontres sexuelles, avec de plus en plus de partenaires adeptes des produits chimiques pour améliorer leur expérience — partenaires qui partageaient ces substances avec moi.

Avec le temps, cela a fini par affecter mon travail, ce qui a aggravé mon stress, ce qui m'a poussé à chercher la délivrance dans le sexe… Et ainsi de suite. De temps à autre, je rencontrais un gars qui ne consommait pas ; alors, même si le sexe me soulageait, il n'était pas aussi… enrichi, ce qui me plongeait dans la dépression. Pour pallier ça, j'ai recommencé à me taper des mecs qui se droguaient. J'en étais arrivé au point où j'avais du mal à conceptualiser le sexe sans la drogue.

J'ai essayé d'arrêter, mais me convaincre que je n'en prendrais plus tout en restant dans le même environnement était voué à l'échec. Le cercle devait être brisé.

Seb plaça l'ordinateur portable sur la table basse, puis s'affaissa contre les coussins.

Eh bien, maintenant je sais pourquoi il a quitté New York.

Cela le laissait avec quelques questions en suspens, néanmoins… ainsi que beaucoup de remords.

Il attrapa son téléphone et composa un court

texto.

Tu peux revenir. Faut qu'on discute. Et aussi que je m'excuse.

CHAPITRE VINGT-CINQ

Marcus sortit de voiture, conscient d'un sentiment de vide au creux de son estomac. Le « Il faut qu'on discute » de Seb n'avait pas révélé grand-chose, mais sa promesse de s'excuser donnait au moins un indice sur la façon dont les choses pouvaient se dérouler. Son pouls s'accéléra alors que la porte s'ouvrait.

Cheveux ébouriffés, pieds nus, Seb apparut sur le perron, dans son sweat et son tee-shirt.

— Coucou. Le café arrive.

— Ô douce mélodie.

Marcus s'approcha. Il n'avait jamais eu autant envie d'enlacer Seb qu'en cet instant, toutefois il refoula violemment cette pulsion : c'était au jeune homme de faire le premier pas.

Ce dernier s'écarta pour le laisser entrer, puis referma la porte avant de se diriger vers la cafetière.

— Au fait, tu avais tort. Je n'ai rien trouvé d'ennuyeux. Au contraire, j'ai l'impression d'avoir reçu une sacrée leçon.

Marcus s'installa sur le canapé. L'ordinateur portable de Seb était sur la table basse.

— Je sais que c'est un peu technique par endroits. Et je sais aussi que certains le liront et penseront que je donne trop de détails. Ceux-là peuvent aller se faire voir. Trop de gens ont des idées étranges et potentiellement dangereuses sur les drogues. Je me suis dit qu'il était important de remettre tout ça dans le bon contexte.

Deux tasses en main, Seb le rejoignit ; il en tendit une à Marcus avant de prendre place en posant les pieds sur la table.

— Tu as quitté New York pour briser le cercle, c'est bien ça ?

Marcus hocha la tête.

— Et pour m'éloigner de mes soi-disant amis.

Seb fronça les sourcils.

— Qu'est-ce que ça veut dire ?

— La rumeur a fait son œuvre. « Marcus est accro au speed. »

— Mais tu ne l'es pas. Quiconque te parle pendant plus de cinq minutes le sait.

Marcus le regarda fixement.

— Tu dis ça *maintenant*, mais est-ce que tu le pensais hier ?

Seb eut la décence de rougir.

— Je t'en prie, ne me le rappelle pas.

— Mais qu'est-ce qui a vraiment changé depuis hier ? Moi, je suis toujours le même homme. Tout ce qui s'est passé, c'est que tes idées préconçues ont été remises en question et que tu as appris autre chose.

— J'imagine que tu n'as pas eu autant de succès auprès de tes amis. Leur as-tu dit que tu n'es pas un addict ?

Marcus confirma.

— Ça n'a rien changé. Quand je niais, j'avais droit à la réaction habituelle : « Évidemment que tu nies, c'est ce que font tous les toxicos. Du coup, tu es *forcément* dépendant. » J'aurais fini par manquer d'air à force de leur répéter que je n'avais pas ce problème. Pour eux, c'était obligé que je mente puisque les toxicos mentent toujours sur ça, tu vois ?

Il se renfrogna.

— Ce qui m'a le plus frappé, c'est l'hypocrisie de tout ça.

— L'hypocrisie ?

— Bien sûr. Ils n'ont aucun problème à prendre de l'ecsta quand ils vont en boîte. Je parie que tu connais beaucoup de mecs qui prennent de l'ecstasy, non ?

Seb hocha la tête.

— Eh bien, l'ecsta, c'est de la MDMA. À quoi pensent-ils que ce MA fait référence ? À la méthamphétamine. Et je connais un gars dont le petit ami est sous Adderall. Lui n'a pas de TDAH, pourtant ça ne l'empêche pas de choper les médicaments de son mec et d'en bouffer comme des bonbons avant de sortir danser, parce que ça l'aide à rester éveillé. Mais non, ce n'est pas du speed, hein ?

Marcus s'affaissa contre les coussins.

— Il y a tellement de préjugés rattachés à la méthamphétamine. C'est comme je te l'ai dit hier. Les gens entendent « amphètes » ou « speed » et…

Son regard croisa celui de Seb.

— Tu croyais à ce que les gens t'ont raconté, n'est-ce pas ?

Seb acquiesça.

— Parce que je n'y connaissais rien.

Le jeune homme inclina la tête.

— Tu avais réellement peur de ne pas réussir à coucher sans ?

— Oui, vraiment. Je dois bien avouer que cette peur est passée par la fenêtre après ma première nuit avec toi.

Tout sourire, Seb bomba le torse.

— Merde alors, je suis doué.

Le cœur de Marcus s'emballa en voyant une ombre du Seb qu'il avait connu jusqu'alors. Il se pencha vers lui pour lui donner une tape sur le bras.

— Ton cul ne m'a pas guéri, compris ? Même si c'est génial d'y fourrer ma queue, ça n'en fait pas pour autant un réceptacle magique.

Seb arqua les sourcils.

— Bah quoi, ça pourrait. On devrait peut-être réessayer, juste pour être sûrs.

Marcus plissa les yeux.

— Subtil, Seb. Très subtil.

Un soupir lui échappa avant de reprendre :

— Je n'étais plus au même stade. Pas de travail, pas de stress… Peut-être que ça a aidé. Peut-être que ces quelques mois ont agi comme un… redémarrage en quelque sorte.

Il sourit.

— J'ai retrouvé mes réglages d'usine. En revanche, là où cette crainte s'est avérée sans fondement, une autre attendait de prendre sa place.

— C'est-à-dire ?

Marcus le regarda droit dans les yeux.

— Que tu puisses être comme tous les autres.

— Et pendant un moment, je l'ai été, remarqua Seb avant de déglutir. Je ne suis pas fier de la façon dont j'ai réagi.

Marcus se glissa plus près.

— Tu ne savais pas. Tu as été nourri avec le même petit lait que la plupart des autres homos.

Il attrapa le menton de Seb.

— Tu sais ce qui est répertorié comme l'une des drogues les plus dangereuses ? L'alcool. Pourtant, avouer qu'on boit ne suscite pas la même réaction que quand on dit qu'on prend du speed.

Il s'arrêta.

— Mais non, tu es différent. *Toi*, tu as écouté.

— Parce que tu me l'as demandé.

La voix de Seb était si basse, son souffle saccadé.

Marcus saisit son courage à deux mains :

— Et si je te demandais de m'embrasser ?

Seb leva les yeux au plafond.

— J'ai cru que tu n'y viendrais jamais.

Ses bras se retrouvèrent soudain autour du cou de Marcus. Quand leurs lèvres se rencontrèrent, il soupira dans ce baiser qu'il avait cru ne plus jamais connaître. Seb le poussa sur le dos, puis s'allongea sur lui, son corps chaud et ferme dans les bras de Marcus.

— Je suis désolé, dit le jeune homme, la tête posée sur son épaule.

Les doigts sous son menton, Marcus lui fit incliner la tête.

— Tu t'es déjà excusé.

— Ouais, ben, je le fais encore. J'aurais dû te faire confiance.

Marcus effleura la courbe de sa mâchoire du bout des doigts.

— Dans le grand ordre des choses, tu me connais depuis quoi, cinq minutes ? Des mecs qui me connaissent depuis plus de dix ans ont sauté sur le train en marche en un clin d'œil. Et *pas l'un* d'entre eux n'est venu me voir pour me dire qu'il avait compris son erreur.

Il resserra son étreinte autour de Seb, le tenant si près qu'il pouvait sentir les battements de son cœur.

Puis Seb bougea, se décalant plus haut pour l'embrasser, un baiser lent et tendre qui fut comme un baume sur l'âme meurtrie de Marcus.

— Tu me fais du bien, murmura Seb contre ses lèvres.

— Tu m'en fais encore plus, rétorqua Marcus.

Il fit courir ses doigts dans les cheveux ébouriffés

de son compagnon, les repoussant de son visage pour qu'il puisse voir ces yeux bleus qu'il aim…

Sauf que ce n'est pas seulement pour ses yeux, hein ?

Il se figea sous Seb, le cœur battant la chamade.

— Tu sais ce qui te rend différent aussi ?

— Quoi ? demanda Seb en redressant le menton.

— Tous mes amis ? Je pourrais ne jamais les revoir que ça ne m'empêcherait pas de dormir la nuit. Enfin, pour la plupart.

Peut-être pas Nick. Il caressa la joue de Seb.

— Toi, je ne pouvais pas supporter l'idée de te perdre. Et m'éloigner de toi, ça va me déchirer, mais je n'ai pas le choix.

Seb se dégagea en un tournemain.

— Tu t'en vas ?

— Pas dans la seconde, mais oui. Et *toi aussi*, tu vas partir. Je n'ai aucune idée de ce que ça présage pour nous.

Il se redressa.

— Tu ne vas quand même pas retourner à New York, j'espère ? s'enquit Seb, les yeux ronds et le visage blême. Tu peux pas. Tu l'as dit toi-même. Tu ne peux pas retourner dans cet environnement.

— Pourtant, il le faut, répondit Marcus d'une voix douce. Je dois voir mon patron et décider de la suite de ma carrière.

Il serra la cuisse de Seb.

— Quand Gary reviendra-t-il ?

— Dans deux semaines, d'après lui.

Marcus hocha la tête.

— Et il me reste encore une semaine, deux au maximum, avant de devoir repartir. Je l'ai fait poireauter assez longtemps comme ça.

Le visage de Seb se crispa.

— Alors on va profiter à fond du temps qu'il nous reste.

Il ne fallait pas être un génie pour comprendre ce qui se passait dans la tête de son compagnon.

— Tu penses que je vais m'en aller et que ce sera tout. Chacun retourne à sa propre vie.

Seb haussa les épaules.

— Tu as ta carrière, j'ai la mienne.

Sa nonchalance forcée ne trompa pas Marcus une seule seconde.

— Les week-ends, ça existe. Tu en as déjà entendu parler ? Les congés ? Les jours fériés ?

Un grand sourire aux lèvres, il ajouta :

— Tu crois que tu vas te débarrasser de moi *aussi* facilement ?

— Tu dis ça *maintenant*, rétorqua Seb, mais ce ne sont que des suppositions.

Sa poitrine se soulevait rapidement.

— Tu sais, celui qui a dit « mieux vaut avoir aimé et perdu » n'était qu'un con.

Le cœur de Marcus s'emballa à ses mots, puis il se força à se rappeler que ce n'était qu'un dicton. *Ça ne veut rien dire.*

Mais bon sang, comme il *voulait* que Seb le pense.

Ce dernier lui caressa la joue.

— T'as l'air aussi fatigué que je le suis.

— C'est pas vraiment surprenant. Je doute que tu aies mieux dormi que moi la nuit dernière.

Seb se leva du canapé.

— Allez, viens. Une sieste nous fera du bien.

Marcus haussa les sourcils.

— Une sieste ? Pour de vrai ?

— Eh bien, on *pourrait* faire une sieste… confirma Seb, une lueur dans le regard. *Après.*

Marcus n'avait pas besoin de demander après quoi.

— Et si on allait jusqu'à mon lit, qu'on voyait où ça nous mène ?

Après les angoisses et l'agitation des dernières vingt-quatre heures, le sourire de Seb lui mit du baume au cœur. Ce dernier saisit Marcus par la main et le conduisit à la chambre. Lorsqu'ils eurent atteint le lit, le jeune homme posa les bras autour de son cou.

— Je ne pouvais pas supporter l'idée de te perdre non plus, murmura-t-il.

Ses doigts caressèrent doucement la nuque de Marcus.

— Toi et moi ? On s'entend parfaitement. Et je ne parle pas seulement niveau sexe, même si c'est une part super importante pour tous les deux, je pense.

Marcus embrassa tendrement ses lèvres.

— Ça aussi, ça a changé, pour moi en tout cas.

Les yeux de Seb scintillèrent.

— Donc, je ne suis plus juste un bon moyen d'évacuer les tensions ?

Son estomac se contracta.

— Je vais être honnête. Tu te souviens quand on s'est promenés et qu'on a fini par parler de tes élèves ? On a abordé le sujet des drogues…

— Et tu as paniqué.

Seb écarquilla les yeux.

— C'est aussi ce jour-là qu'on est revenus ici et que tu m'as fait voir des étoiles.

Marcus hocha la tête.

— C'était une échappatoire. Si on baisait, pas besoin d'avoir une conversation qui me retournait de l'intérieur. Mais c'était la seule fois.

— Tu veux savoir pourquoi on s'entend si bien au

lit ? demanda Seb, alors même que le sujet lui coupait le souffle. Parce que nos appétits correspondent. Même quand ça fait à peine une heure qu'on a joui tous les deux, j'ai de nouveau envie de toi. Et là, je me rends compte que tu me désires tout autant.

Marcus glissa les mains sous le jogging de Seb, s'emparant de ses deux fesses nues, qu'il comprima.

— Comment je pourrais ne pas vouloir de ça ?

Il insinua un doigt dans la fente et l'anneau de muscles étroits.

— De ce trou ?

Là, il baissa le pantalon de Seb sous ses hanches. Le jeune homme tenta de l'accompagner, mais Marcus l'en empêcha. Il aida Seb à s'allonger sur le dos, puis lui releva les jambes, qu'il repoussa vers sa poitrine tout en soulevant son derrière dénudé du matelas.

— OK, ça devient un peu pervers. Tu ne veux pas me laisser l'enlever ?

— Pas encore.

Marcus s'inclina pour l'embrasser, les mollets de Seb se posant sur ses épaules tandis qu'il frottait son sexe désormais rigide entre les fesses de son compagnon. Il attrapa ensuite le lubrifiant sur la table de nuit, en enduisit deux doigts qu'il glissa en Seb, cherchant sa prostate pendant qu'il passait l'autre main sous le doux tissu du jogging pour y tâter son érection.

— Oh, c'est bon, ça, dit Seb avec un soupir.

Il enroula les bras autour de ses genoux et les tint contre sa poitrine, son corps se resserrant autour des doigts de Marcus qui le pénétraient.

— Un de plus, supplia-t-il.

Marcus versa une nouvelle noix de lubrifiant sur sa main avant d'en ajouter un troisième, savourant le faible gémissement qui s'échappa des lèvres de Seb alors que son tunnel s'étirait pour les accueillir, s'accrochant à eux alors lorsqu'il les ressortait doucement. Quand il fit une pause pour libérer sa propre tige, Seb leva les yeux au plafond.

— Enfin.

Marcus enleva son tee-shirt, baissa son jean sur ses cuisses. Il se lubrifia et tapa son gland contre l'entrée de Seb.

— T'es prêt ?

Seb feignit de le fusiller du regard.

— Si tu ne fourres pas ta bite dans mon cul très vite, je risque de devoir te tuer.

Il lâcha un long « Oh » de plaisir lorsque Marcus positionna son sexe et pénétra en lui. Ce dernier attrapa les pieds levés de Seb, auxquels il se raccrocha tandis qu'il se balançait d'avant en arrière à un rythme pondéré.

— Ton cul est génial, commenta-t-il avec un gémissement.

Marcus se retira de lui et jeta brusquement son jean par terre avant de le repousser d'un coup de pied impatient.

— Retourne-toi.

Une fois que Seb eut obtempéré, Marcus fut confronté à la vue de son dos auquel son tee-shirt collait, de son jogging autour de ses cuisses et de son derrière nu incliné vers le haut.

Seigneur, comme il voulait y replonger !

Marcus grimpa sur le lit, se mit à califourchon sur Seb et pointa son sexe entre les fesses de Seb. Il s'enfonça dans la chaleur de son amant avec un soupir.

— Putain, ouais, lâcha celui-ci alors qu'il poussait sur son bassin pour faire contrecoup.

Le lit tremblait sous leurs corps s'entrechoquant

à un rythme qui monta crescendo en un rien de temps.

À un moment incertain, Seb se débarrassa de ses vêtements et Marcus lâcha prise, plongeant sa bite dans le tunnel de Seb, dont les gémissements ponctuaient ses va-et-vient. Puis il tira sur les hanches de son compagnon, le forçant à se mettre à quatre pattes, avant de le ramener sur son manche à répétition.

— Putain, juste là, geignit Seb.

Marcus s'assura donc de bien viser l'endroit.

— Marcus… vais plus durer longtemps…

Marcus fut hors de lui en un clin d'œil. Il retourna Seb sur le dos et, les chevilles de ce dernier sur ses épaules, s'enfouit une fois de plus dans son passage chaleureux. Ses bras enveloppèrent les épaules et la tête de Seb, torse contre torse, tandis qu'ils s'embrassaient et que sa queue le labourait, les rapprochant tous deux de leur but.

— Fais-moi savoir quand tu seras proche, demanda Marcus, le bassin en mouvement.

Seb pantelait alors qu'ils se balançaient en chœur, les mains serrées autour de ses genoux.

— Bébé… J'y suis déjà.

Il tressaillit et le chibre de Marcus se retrouva coincé dans un étau.

— Oh mon Dieu, haleta-t-il en se vidant profondément en Seb au moment où un liquide chaud se répandait sur son ventre de la queue que personne n'avait touchée.

Marcus laissa échapper un unique cri, leurs corps imbriqués l'un dans l'autre ; Seb jeta les bras autour de son cou et s'accrocha à lui. Marcus revendiqua sa bouche dans un baiser passionné, son sexe enfoui au fond de Seb.

— Pu-putain de m-merde.

Seb tremblait dans ses bras, un spasme plus puissant le prenant de temps à autre, leurs baisers devenant un doux frôlement de lèvres alors qu'ils se tenaient l'un l'autre.

Marcus repoussa les cheveux de Seb de son front humide.

— Il faut croire qu'on a franchi la ligne d'arrivée ensemble, cette fois-ci.

Seb poussa un grand soupir.

— Dis-moi que ce n'était pas un cas exceptionnel. Dis-moi que tu peux le refaire. Parce que tu viens de bouleverser tout mon monde.

Marcus lui embrassa le front.

— Tant mieux. Parce que tu as bouleversé le mien.

CHAPITRE VINGT-SX

Le 7 août

Seb se tenait parmi la foule en deuil, la main jointe avec celle de Marcus à ses côtés. Alors que le cercueil était descendu sous terre, il serra davantage ses doigts, transi de froid malgré la chaleur du soleil. La plupart des gens autour de la tombe cet après-midi-là étaient des hommes gay et il en reconnut une partie. La mère de Justin n'arrivait pas à se lever, aussi sanglotait-elle assise sur une chaise, le bras de son mari autour d'elle.

Un à un, les proches déposèrent une rose sur le cercueil ; quand vint le tour de Seb, Marcus l'accompagna. Il jeta sa rose rouge dans la fosse.

— Au revoir, petit cœur.

Comme sa gorge se nouait, Marcus mit un bras autour de ses épaules. Seb se tourna vers lui, incapable de retenir les larmes qui avaient empli ses yeux.

— Il est dans un monde meilleur.

— Tu le crois vraiment, hein ? murmura Marcus.

Lorsque Seb hocha la tête, Marcus lui embrassa la joue.

— Veux-tu aller au MaineStreet avec les autres ou préfères-tu rentrer à Cape Porpoise ?

— Je veux retourner à la maison avec toi.

Marcus caressa son visage.

— Alors, c'est ce qu'on va faire. Tu dois être fatigué. Tim a dit que tu pouvais prendre ta journée.

Seb secoua la tête.

— J'avais besoin de m'occuper. Mais oui, tu as raison. Maintenant, je me sens épuisé.

— Dans ce cas, quand on sera rentrés, on ira se

blottir dans le lit et on fera une sieste.

— Ça me convient, dit Seb en souriant.

Ils s'éloignèrent de la tombe ensemble, leurs doigts entrelacés.

— Je repensais à ce que tu as écrit, murmura Seb tandis qu'ils avançaient d'un pas tranquille.

— Hmm ?

— Que c'est le GHB, le véritable tueur. Si Justin avait connu les risques, peut-être qu'il serait encore en vie.

— On n'en sera jamais sûrs.

Seb resserra sa main.

— Finis ton livre, Marcus. Fais en sorte qu'il soit publié. Pour qu'il n'y ait pas d'autres Justin.

— Je ne crois pas que mon bouquin puisse accomplir un tel exploit.

— Mais s'il sauve ne serait-ce qu'une vie ? insista Seb avec un tressaillement.

Marcus l'embrassa sur la joue.

— Je vais le terminer.

Seb poussa un soupir saccadé.

— Merci. Même si ça ne sauve qu'une étoile de mer à la fois, ce sera déjà ça. Parce que ça comptera pour celui qui sera sauvé.

Marcus fronça les sourcils.

— Une étoile de mer ?

— Tu n'as jamais lu ça ? L'histoire du vieux monsieur qui se promène sur une plage couverte de milliers d'étoiles de mer échouées ? Il croise un garçon qui les rejette dans l'océan, une par une. Il explique au vieillard qu'il le fait parce que lorsque le soleil se lèvera, elles seront grillées. Le bonhomme lui répond qu'étant donné la quantité, le petit n'y changera pas grand-chose.

Seb sourit avant de reprendre :

— Le gamin ramasse une autre étoile de mer et la jette aussi loin qu'il peut dans l'océan, puis il rétorque : « Pour celle-là, ça a tout changé ».

Les yeux de Marcus scintillaient.

— Dans ce cas. Oui, on en sauvera autant qu'on pourra.

Le 15 août

Quelqu'un, quelque part, devait avoir appuyé sur un interrupteur, car le temps semblait s'être accéléré. C'était du moins ainsi que Seb s'expliquait comment la semaine écoulée lui avait paru durer à peine deux jours. Ses matinées traînaient en longueur, mais il s'assurait de rester concentré sur son travail : Tim avait besoin qu'il soit au top. Toutefois, dès qu'il apercevait le quai, son esprit retournait auprès de Marcus, qui, il le savait, l'attendait.

Ses après-midi étaient remplis de promenades, de virées ainsi que de nombreuses heures au lit. Ou sur le canapé. La cuisine et la salle de bains aussi avaient eu droit à quelques incartades. Ses soirées se déroulaient auprès de Marcus seul, le plus souvent, bien qu'à deux ou trois reprises, ils aient dîné avec Sandra et James.

Ses nuits, elles, se passaient dans les bras de Marcus.

Gary avait appelé pour confirmer qu'il serait de

retour le 16, ce qui incita Seb à consacrer son dernier samedi au nettoyage du fort jusqu'à ce qu'il rutile. Gentil comme tout, Marcus s'était porté volontaire pour lui prêter main-forte et ils se divisèrent les tâches.

La maison était impeccable lorsque l'heure du déjeuner se profila. Le sèche-linge vrombissait dans la salle de bains, aucun désordre n'était visible sur les surfaces et ça sentait sacrément meilleur que le jour où Seb était arrivé.

Mais pour combien de temps ? Connaissant Gary, à peine cinq minutes.

Le téléphone de Marcus vibra ; il le récupéra pour vérifier l'écran.

— C'est maman. Elle doit vouloir nous inviter à déjeuner.

Il s'allongea sur le canapé avant de décrocher.

— Salut, m'man. Ouais, tout se passe bien.

Le petit démon sur l'épaule droite de Seb choisit cet instant pour lui susurrer à l'oreille. Le jeune homme monta sur le canapé en écartant les jambes de Marcus. Ce dernier lui adressa un froncement de sourcils perplexe… jusqu'à ce que Seb abaisse lentement la fermeture Éclair de son jean.

Non. Non, articula-t-il sans bruit, les yeux écarquillés.

Se contentant d'un grand sourire, Seb extirpa l'engin de Marcus qui s'engorgea dès les premiers contacts.

— Pardon, tu disais quoi ? Oh, d'accord. Pour déjeuner. Ça nous ferait plaisir, oui.

Les yeux de Marcus étaient rivés au jeune homme, sa bouche ouverte alors que Seb lui caressait le manche d'une seule main. La respiration de Marcus s'emballa.

— Quoi ? Oh. On est… encore en train

d'astiquer. Ouais. Il reste une manne de linge.

— Tu as dit « astiquer », chuchota Seb, souriant de toutes ses dents.

Il se pencha alors sur l'entrejambe de Marcus et prit son gland en bouche.

— Merde ! s'exclama Marcus dans un frisson. Désolé, maman. Une… une énorme araignée vient de me passer sur le pied.

Seb releva la tête et Marcus le fusilla du regard. Comme si cela lui ferait le moindre effet. Il retourna à ses occupations buccales, savourant le passage du sexe de Marcus qui lui remplissait la bouche à intervalles réguliers.

— Tu disais quoi ? Je ne sais pas, je vais demander. Seb, maman veut savoir si tu aimes le ragoût de thon.

Seb relâcha son chibre.

— Dis-lui que j'adore ça.

Avant de se remettre à l'ouvrage avec davantage de vigueur cette fois, néanmoins, dans un balancement franc de la tête. Marcus remua les hanches, s'arc-boutant légèrement au-dessus du canapé, une main sur la tête de Seb pour le forcer à le gober encore plus profondément.

— Tu l'as entendu ? Super, dit Marcus d'une voix tendue. D'accord, on sera là pour 13 heures. On aura fini d'ici là, oui. À toute.

Seb gloussa autour du chibre avant de s'en dégager.

— Mais *toi*, tu auras fini d'une seconde à l'autre.

Et de se remettre à le sucer. Il connaissait bien les signes : Marcus était sur le point d'éjaculer.

Ce dernier jeta le téléphone de côté afin d'appliquer ses deux mains sur la tête de Seb.

— Et *toi*, tu vas avaler jusqu'à… la dernière…

goutte.

Il termina sur un gémissement en se cambrant au-dessus du canapé ; Seb tira sur ses bourses, maintenant sa queue en place pendant que Marcus se vidait violemment. Il encaissa le tout et, quand ce fut fini, lécha les traces restantes sur le manche. Comme il adorait les spasmes qui secouaient Marcus lorsqu'il titillait de sa langue le petit amas de nerfs sous la couronne !

Marcus l'attrapa et le souleva brusquement de sorte que Seb se retrouve allongé sur lui.

— Tu es diabolique, tu le sais, ça ?

— Je n'ai pas pu résister, se défendit Seb, tout sourire. Ne me dis pas que tu n'as pas kiffé.

— Oh, je ne vais pas le nier. Sauf que ma mère était morte de rire à la fin. Je parie qu'elle savait exactement ce qu'on était en train de faire.

— Ça risque de pimenter le déjeuner.

Face au visage de Marcus qui se décomposait, Seb devinait sans difficulté ce qui venait de lui passer par la tête.

— Je sais, bébé. Le dernier déjeuner.

Le lendemain, Seb serait de retour à Ogunquit et Marcus serait en route pour New York.

— Tu as une idée de l'heure à laquelle Gary arrivera, demain ?

— Sans doute vers midi. Il faut quatre heures de chez Annie à ici, l'informa-t-il avant de pencher la tête. Pourquoi ?

— Parce que je veux passer une dernière nuit avec toi, sauf que je voudrais éviter que Gary nous prenne en flag.

Seb laissa échapper un soupir.

— J'allais te demander de rester, mais je ne voulais

pas insister.

Marcus enfouit les doigts dans ses cheveux et attira son visage plus près. Ses lèvres effleurèrent la joue de Seb avant qu'il ne revendique un baiser paisible.

— On a combien de temps avant de devoir bouger d'ici ? murmura Seb contre sa bouche.

— Une heure, je dirais ?

Seb se redressa, retira son tee-shirt, puis déboutonna son jean.

— Parfait.

Pas question de perdre du temps en se déplaçant vers le lit.

Marcus contempla une dernière fois le pavillon.

— Je pense que j'ai tout.

Il avait remballé toutes ses affaires, les cartons et les valises attendaient près de la porte.

— Si je retrouve quelque chose, je te préviendrai, lui assura sa mère depuis le fauteuil à bascule.

Marcus lui jeta un regard perplexe.

— Où est Seb ?

— Dans le salon avec ton père. Leur discussion porte sur les trains, cette fois-ci. Apparemment, Seb a un ami qui a construit une ville entière au-dessus du garage de ses parents.

Il s'esclaffa.

— Fais gaffe, maman. Papa risque de se faire des idées pour le grenier.

— Tant que ça reste des *idées*, ça ne me dérangera pas. C'est s'il décide qu'il veut les mettre en pratique que je devrai y mettre mon veto, déclara-t-elle avec un éclat dans les yeux. Il a déjà beaucoup trop de bêtises entassées là-haut. Pas *question* qu'il y ajoute un chemin de fer miniature.

Elle pencha la tête de côté.

— Si tu as oublié quelque chose et que je tombe dessus, je pourrai toujours demander à Seb de venir le chercher en voiture. Ogunquit n'est pas si loin d'ici et il te reverra probablement bien avant nous.

Marcus secoua la tête.

— Et moi qui pensais que c'était *Seb* le roi de la subtilité.

— C'est un réflexe maternel. Je voudrais que tu sois heureux. Je veux que *tous* mes enfants soient heureux, insista-t-elle en croisant son regard. Et m'est avis que Seb te rend heureux.

Marcus soupira.

— C'est une certitude, oui.

— Alors qu'avez-vous prévu de faire, tous les deux ? Vous avez des projets ? Vous avez…

Il leva la main et elle se tut.

— Aucun projet, non. J'ai encore beaucoup trop de choses à régler avant de pouvoir envisager l'avenir.

— Je ne sais pas quelles circonstances t'ont amené ici, dit-elle avec une lueur douce dans les yeux, et il est évident après tout ce temps que tu ne m'en parleras pas. Toutefois, j'espère que ton séjour ici t'a aidé.

— Plus que tu ne le sauras jamais.

— Ton père et moi avons discuté.

Elle indiqua la maison principale.

— Une fois qu'on sera partis, cet endroit sera vide

jusqu'à la fête du Travail[3], et après ça, jusqu'à Dieu seul sait quand. Donc… si tu as besoin d'une pause… d'un temps mort… ou peu importe comment tu veux appeler ça… viens ici. Ne perds pas de temps à nous demander notre accord d'abord. Viens, tout simplement. On s'assurera que tu as une clé avant que tu ne partes. Et… si tu veux amener Seb avec toi ? C'est bon pour nous.

Marcus se mordit la lèvre.

— J'ai l'impression que vous êtes en train de me donner votre bénédiction.

— J'estime que vous allez bien ensemble, répondit-elle en haussant les épaules. Et comme je te l'ai dit… je veux te savoir heureux.

— Je suppose que ça devrait me soulager.

Elle cligna des yeux.

— Que veux-tu dire ?

— Eh bien, je me souviens très bien de tes réactions lorsque tu as rencontré certaines des copines de Chris. Elles n'ont pas eu droit à une approbation aussi enthousiaste.

Elle rougit.

— Oh, mazette. J'étais transparente à ce point ?

Marcus éclata de rire.

— Seulement pour nous.

Il s'approcha du fauteuil, se pencha et l'embrassa sur la joue.

— Si quelque chose devait changer entre moi et Seb, je te le ferai savoir. J'apprécie sincèrement votre offre d'utiliser la maison. C'est mon endroit de prédilection.

---

3 NdT. La fête du Travail (Labor Day), aux États-Unis, a lieu le premier lundi de septembre.

— Je suis contente.

Elle se leva, le prit dans ses bras.

— C'est moi qui vous nourris ce soir ou vas-tu retourner chez Seb ?

Ses lèvres tressautant, elle se répondit à elle-même :

— Question stupide.

— Je vais tout charger dans la voiture. Comme ça, je pourrai partir demain matin de chez lui, déclara Marcus avec un sourire. Je vais aller demander à Seb de m'aider. Il a probablement besoin d'être secouru à ce stade, de toute manière.

Quel plaisir que ses parents aient adopté Seb. Il aurait voulu dire à sa mère que Seb et lui resteraient ensemble, toutefois, il n'était pas prêt à faire des promesses qu'il ne pourrait peut-être pas tenir.

Voyons d'abord ce que New York me réserve.

Au son de sa respiration, Seb savait que Marcus ne dormait pas.

— Qu'est-ce qui te tracasse ?

— Comment as-tu su ?

Le jeune homme rit doucement.

— Combien de nuits as-tu passées dans ce lit, déjà ?

Le bras de Marcus se resserra autour de lui.

— J'adorais venir à Cape Porpoise quand j'étais gosse.

Seb ricana.

— J'aimerais pouvoir en dire autant, mais mes étés ici étaient très différents. De l'esclavagisme infantile, voilà ce que c'était. J'ai dû t'en parler une ou deux fois.

Marcus s'esclaffa.

— Ouais, j'ai cru comprendre. Ce que *j'essaie* de dire, c'est que… Cet endroit a toujours été un havre de bonheur pour moi, pourtant je pense que cet été a été le plus joyeux de tous… et c'est entièrement grâce à toi. D'ailleurs, j'irai encore plus loin.

Il blottit son visage dans le cou de Seb, son souffle chaud caressant sa peau.

— C'est *toi* mon havre de bonheur, Seb Williams.

Une vague de chaleur déferla en lui.

— Et toi, tu as changé la vision que j'avais de Cape Porpoise, ce qui n'était pas un mince exploit.

Portant la main de Marcus à ses lèvres, il embrassa ses doigts.

— À partir de maintenant, ce sera toujours « l'endroit où je… ».

Seb déglutit. Il ne pouvait se résoudre à prononcer les mots « où je suis tombé amoureux pour la première fois ». Il aurait trop l'impression de tenter le destin.

— Où tu quoi ? insista Marcus qui lui embrassa le cou, lui arrachant un frisson.

— Tu te bats encore à la déloyale.

Seb posa la main à l'endroit où la jambe de Marcus était enroulée autour à la sienne et lui caressa la cuisse.

— Ce que j'allais dire, c'est « l'endroit où j'ai rencontré le plus incroyable des hommes ».

Le mensonge franchit aisément ses lèvres.

— Tu vas me manquer.

La gorge nouée, Seb se retourna dans les bras de Marcus.

— Toi aussi, dit-il.

Il n'arrivait pas à dissiper la peur accablante que ce qu'ils avaient partagé était sur le point de se terminer. Leurs vies allaient diverger et ni l'un ni l'autre ne pouvait savoir si leurs chemins se recroiseraient un jour.

Je sais de quoi j'ai envie, *mais le vouloir n'en fera pas une vérité.*

Comme s'il avait lu dans ses pensées, Marcus approcha les lèvres de l'oreille de Seb et dit doucement :

— Ce n'est pas une amourette d'été. Je crois qu'on en a tous les deux conscience. Et il n'y a aucune raison pour que ça se termine si ni toi ni moi n'en avons envie.

Il l'embrassa sur les lèvres.

— Donc, demain, on se dira au revoir. Moi, je retournerai à New York et, toi, tu retourneras à Ogunquit. Mais ne va pas croire que tu peux te débarrasser de moi, compris ?

Seb le prit dans ses bras.

— J'adore ton optimisme.

C'était la formulation la plus proche qu'il pouvait trouver pour exprimer les mots qu'il avait sur le cœur.

— J'ai pas le choix, répondit Marcus en l'attirant encore plus près. C'est la seule chose qui me fait tenir le coup en ce moment.

Une pause, puis :

— Tu as sommeil ?

— Pas du tout.

Marcus le retourna tendrement sur le dos.

— Alors, faisons l'amour jusqu'à ce que nous nous endormions.

Seb ne pouvait imaginer une manière plus parfaite de passer leur dernière nuit ensemble.

Le 16 août

Marcus jeta un coup d'œil à son portable et réalisa qu'il ne pouvait repousser l'échéance plus longtemps.

— C'est l'heure, murmura-t-il dans les cheveux de Seb.

Le corps de ce dernier reposait chaudement contre le sien, pelotonnés qu'ils étaient sur le canapé. Marcus gloussa.

— Qu'est-ce qui est si drôle ?

Il embrassa le jeune homme sur la tête.

— Tu m'as transformé en adepte du câlin. Comment as-tu réussi à faire ça ?

— Si ça se trouve, tu l'as toujours été. Tu avais juste besoin de me rencontrer pour que ça ressorte.

Seb se redressa avec un soupir.

— Mais oui, tu as raison. Gary ne devrait plus tarder.

— Tu as changé la literie ?

Seb s'esclaffa.

— Je m'en suis occupé pendant que tu prenais ta douche. Les draps sont dans le lave-linge.

Se levant, Marcus lui tendit une main.

— Tu m'accompagnes jusqu'à ma voiture ?

— Pourquoi ? Tu as peur de te perdre en chemin ?

Il s'empara des doigts de Seb.

— Non, mais comme ça, je passerai un tout petit peu plus de temps avec toi.

Seb le conduisit donc vers son véhicule.

— T'es sûr de n'avoir rien oublié ?

— Il me manque une chose, oui, malheureusement tu ne rentres pas dans ma valise.

Quand il ouvrit grand les bras, Seb se blottit en leur sein. Marcus s'imprégna de son odeur, de la fermeté de son corps contre lui, les gravant dans ses sens.

— Tu as mon numéro, murmura Seb.

— Ton numéro, ton e-mail, ton adresse postale… confirma-t-il avant de l'embrasser. Et tu as les miens.

Il l'étreignit avec force dans un dernier baiser, puis s'écarta, le cœur lourd.

— Prends soin de toi. Je t'appelle, d'accord ?

Comme il ouvrait la portière, Seb se précipita vers lui.

— Marcus !

L'intéressé s'immobilisa et Seb lui attrapa la main.

— Écoute… si tu te sens stressé, sous pression, anxieux… appelle-moi ?

Marcus entendit les mots que Seb n'avait pas prononcés.

— T'en fais pas. Je ne laisserai pas les choses aller aussi loin. Mais si ça devait arriver, tu seras le premier à le savoir.

Seb relâcha sa main.

— Vas-y mollo. Ne laisse pas ton patron te forcer à prendre plus de boulot que ce que tu es capable de gérer, insista-t-il avant de reculer d'un pas. Voilà, *maintenant* tu peux y aller.

Marcus s'installa au volant et alluma le moteur. Il

baissa la vitre, salua Seb de la main. Tandis qu'il s'éloignait de la maison, une voiture s'engagea dans l'allée de gravier ; Marcus aperçut une tête grisonnante sur le siège passager.

Ça doit être Gary.

Il alla jusqu'au bout de Pier Road, puis tourna à droite.

New York était à presque cinq cents kilomètres de là et chacun d'eux l'éloignerait de l'endroit où il rêvait d'être.

CHAPITRE VINGT-SEPT

Les livres de Seb attendaient sur la table, ainsi que ses notes, pourtant la préparation du nouveau semestre était la dernière chose à laquelle il pensait. Le cœur n'y était pas. Aaron lui avait envoyé un texto une semaine plus tôt pour les inviter, lui et tous les autres, à un barbecue le week-end suivant, puis il avait envoyé un *second* texto ce matin-là pour savoir si Seb avait reçu le premier.

Il n'avait pas répondu parce qu'il ne savait pas quoi dire.

Je n'aurais jamais pensé qu'on puisse en arriver là, que je n'aie aucune envie de passer un week-end avec les copains.

Il était rentré chez lui depuis une semaine et ses contacts avec Marcus avaient été tout au mieux sporadiques. Ils avaient échangé des SMS, certes, et un appel en direct, toutefois même là, Marcus avait eu l'air distrait.

J'avais sans doute raison de ne pas me faire de faux espoirs. Tous les signes prédisaient que ça ne les mènerait nulle part, pourtant, malgré ces craintes, Seb ne pouvait s'empêcher d'être inquiet pour Marcus. *J'espère qu'il va bien.*

Lorsque son téléphone se mit à sonner, il l'attrapa, bien que son cœur s'alourdisse en voyant que ce n'était pas Marcus mais Levi. Il grimaça. *J'ai vraiment été un ami merdique ces derniers temps.* Il cliqua sur le bouton pour décrocher et la voix guillerette de Levi emplit son oreille.

— Coucou. Vu que Mahomet ne vient pas à la

montagne… On s'est pas parlé depuis *trois semaines*, mec. Je commençais à m'inquiéter.

— Je sais. Excuse-moi. Je ne suis revenu chez moi que depuis une semaine.

Un ange passa.

— T'es à Ogunquit ? Et t'es pas venu me voir ?

Seb perçut la peine dans la voix de Levi, ce qui ne fit que remuer un peu plus le couteau dans la plaie.

— Je n'aurais pas été de bonne compagnie.

Il hésita, cependant cela pesait si lourdement sur son cœur qu'il devait partager sa douleur.

— Il me manque.

— Oh, Seb, dit Levi d'une voix radoucie. Je sais. Mais c'était couru d'avance, depuis le tout début. Tu as fait le bon choix en lui tournant le dos.

Merde.

La bouche de Seb s'assécha soudainement tandis même qu'un nœud se formait dans sa gorge.

— Levi, ce… ça ne s'est pas passé comme ça.

— C'est-à-dire ? C'est *lui* qui t'a largué ?

C'est de pire en pire.

— Écoute, personne n'a largué personne, d'accord ? Après notre conversation, à toi et moi, j'ai suivi ton conseil : j'ai fait des recherches et… j'ai obtenu des résultats surprenants.

— Si ça t'a surpris, c'est que tu as dû chercher au mauvais endroit.

Une pointe d'amertume s'était glissée dans le ton de Levi.

Seb ne pouvait passer par quatre chemins.

— Levi, tu sais que je t'aime, hein ? dit-il de la voix la plus douce qu'il puisse employer. On a la même vision sur tellement de sujets. Pourtant… sur ce point, je vais devoir diverger. Ce… Ce n'est pas une question aussi manichéenne que tu le penses. Je comprends ce que tu ressens et, crois-moi, si j'étais à ta place, je le verrais probablement de la même façon, mais…

— Il n'y a *pas* de mais, pas à ce sujet.

La voix de Levi s'était durcie davantage.

— Si, il y en a un, insista Seb. Je ne veux pas qu'on se dispute à cause de ça, mais… je pensais la même chose que toi, tu vois ?

Une nouvelle pause.

— Ça sous-entend que tu ne le penses plus maintenant.

— Non, en effet. Quant à Marcus… Ce n'est pas un toxico, d'accord ? Oui, il a pris du speed, mais c'est fini et je ne sais pas s'il en reprendra un jour. Même si c'est le cas, il sait comment le faire de façon responsable. Et avant que tu n'exploses, je vais t'envoyer un lien. Une fois que tu l'auras lu – et j'entends par là lu en entier et digéré –, si tu penses toujours que je me plante, alors d'accord. Je devrai apprendre à vivre avec.

Bon sang, que c'était difficile.

— J'espère qu'on arrivera à surmonter cette épreuve, par contre.

Seb ne voulait pas perdre son frère.

— Mais… tu as dit qu'il te manquait.

— Ouais, mec, parce qu'il est à New York. Avant de partir, il a dit que ce n'était pas fini entre nous. Je trouve ça un peu plus dur de m'y accrocher à présent, mais…

— Tu vas m'envoyer un lien ? Laisse-moi deviner, c'est un site rempli d'opinions de gens qui se sont bercés de l'illusion qu'ils arrivent à gérer leur addiction.

Seb se doutait bien que ce ne serait pas facile.

— C'est une source réputée, pas juste quelque

chose que j'ai trouvé sur Google, d'accord ? Tu t'en rendras compte dès que tu y jetteras un œil.

Lorsque la pensée lui vint à l'esprit, il envisagea de l'ignorer, puis se ravisa :

— Levi… tu as dit l'autre jour qu'on sait tous comment la société traite les toxicomanes. Tu ne *sais* même pas si Marcus en est un, pourtant tu l'as déjà jugé. Alors en quoi es-tu différent du reste de la « société » ?

On entendit les mouches voler.

— Je sais que ça peut paraître mesquin, mais il fallait que je le dise.

Seb perçut le ronronnement d'un moteur dehors et se leva du canapé pour jeter un regard par la fenêtre. Son cœur s'emballa.

— Levi ? La voiture de Marcus est dans mon allée.

Levi soupira.

— Du coup, je suppose que cette conversation est terminée. Arrête de me causer et va retrouver ton homme. Je ne vais pas prétendre que je comprends tout ça, mais tu n'es pas stupide. Je dois partir du principe que tu sais ce que tu fais. Alors, vas-y, envoie-moi ton lien. Je te promets que je le lirai. Je ne promets pas de me rallier à ta façon de penser, mais je le lirai.

Seb expira de soulagement, le cœur un peu plus léger.

— Merci. C'est tout ce que je te demande.

Il raccrocha avant de se précipiter vers la porte d'entrée. Lorsqu'il l'ouvrit, Marcus se tenait sur le perron dans un jean délavé et un tee-shirt bleu foncé, les traits tirés.

— J'aurais vraiment besoin d'un café, si tu en as.

Seb déglutit.

— Tu n'as pas fait presque cinq cents kilomètres

pour une tasse de café. Et je suis sûr que ce n'est pas non plus pour t'excuser de ne pas m'avoir appelé.

Il s'immobilisa lorsque son regard passa de Marcus à sa voiture. Celle-ci était remplie de cartons. Seb arqua les sourcils.

— Tu as quelque chose à me dire ?

Marcus rigola.

— Je n'ai même pas droit à un baiser ?

— Et risquer de donner à tous mes voisins un spectacle gratuit ?

Seb lui prit la main et le tira à l'intérieur, refermant la porte derrière eux avec le pied. Aussitôt, il se retrouva dans les bras de Marcus et ils s'embrassaient déjà, la semaine écoulée disparaissant un peu plus de sa mémoire à chaque seconde.

La joue pressée contre celle de Marcus, Seb inhala son parfum.

— Seigneur, que tu m'as manqué !

Marcus s'écarta.

— Je n'ai pas eu le *temps* de ressentir ton absence. C'est parti sur des chapeaux de roue et je n'ai pas pu m'arrêter.

Seb le mena au canapé, où ils s'installèrent.

— Alors ? Qu'est-ce qui se passe ? Qu'est-ce que tu fais là ? Et pourquoi ta voiture a l'air tellement chargée qu'on pourrait même plus y glisser une feuille de papier à cigarette ?

Il ne lâcha pas la main de Marcus, comme si le manque de contact risquait de le faire disparaître et de prouver que tout ça n'était qu'un rêve.

— Je fais une pause avant de retourner à Cape Porpoise. Mes parents sont rentrés à Boston, alors je vais vivre là-bas jusqu'à ce que j'arrive à trouver un endroit à moi.

Il croisa le regard de Seb pour achever :

— Dans le Maine.

Sainte Mère.

— Mais… ton boulot…

Marcus s'affaissa contre les coussins.

— À ce propos, justement. J'ai vu mon patron et on a beaucoup discuté. Il m'est vite devenu évident que peu importe le nombre de fois où il me promettait que les choses allaient changer, que les choses allaient s'améliorer… ce n'était pas la vérité. Alors, oui, les choses iraient bel et bien mieux… pendant un temps, puis tout serait pile-poil comme en avril. Les deadlines, la pression, encore des deadlines, un peu plus de pression… Merde quoi, rien que les dossiers en attente sur mon bureau en étaient la preuve. Du coup… j'ai pris une décision.

Marcus leva haut le menton.

— Tu as devant toi un rédacteur indépendant. Je travaillerai de chez moi à partir de maintenant – tout ce qu'il me faut, c'est le chez-moi.

Seb dut réfréner son envie de crier « Emménage ici ! ». *Il vient à peine d'arriver.*

— Tu es sûr de vouloir faire ça ?

Ça semblait être un bien grand pas.

— Je suis doué dans mon domaine et suffisamment de gens connaissent la valeur de mon travail si j'ai besoin de soutien. Ça pourrait mettre un moment à décoller, mais je m'y suis préparé.

Il prit une grande inspiration.

— Et… je pensais ce que j'ai dit à l'enterrement de Justin. Je vais achever mon livre.

Le cœur de Seb s'allégeait de seconde en seconde.

— Je suis content de l'entendre. Ce que tu as à dire est important.

Sa gorge se resserra.

— Je n'arrive toujours pas à croire que tu es vraiment là. Je pensais que c'était fini entre nous. En voyant que j'avais à peine de tes nouvelles…

Marcus attira Seb sur ses genoux pour l'étreindre.

— Je suis désolé, bébé. J'ai bossé d'arrache-pied pour mettre tout ça en place en une semaine. Il y avait mon appartement à gérer. J'ai passé en revue tout ce que j'avais dans mon garde-meubles. J'ai jeté un tas de trucs à la poubelle, je n'ai conservé que le nécessaire. Et *là,* j'ai réalisé qu'il me manquait quelque chose.

Son regard scintilla.

— Ma boîte à jouets. C'est *toi* qui l'as gardée.

— Aurais-je oublié de la mettre dans ta voiture ? demanda Seb innocemment. Oh, quel empoté je fais !

Marcus s'esclaffa.

— Eh bien, elle peut soit revenir avec moi à Cape Porpoise ou rester ici.

— On pourrait les diviser, suggéra Seb. Garde partagée ? On les échange tous les week-ends ?

Il déglutit, puis :

— Enfin, si on continue à se voir.

La main de Marcus était chaude sur sa nuque.

— Je n'ai pas fait presque cinq cents kilomètres juste pour commencer une nouvelle carrière. Je suis revenu ici pour *toi.*

Il attira Seb afin de l'embrasser, un doux effleurement des lèvres, avant de s'écarter.

— Et je crois qu'il est temps pour moi de me montrer honnête.

Seb avait l'impression que son cœur était sur le point d'exploser.

Marcus prit sa joue en coupe.

— Je pense que tu sais déjà ce que je m'apprête à

te dire.

Son pouls s'emballa, sa respiration s'accéléra.

— Ouais, sauf que tu ne l'as *jamais* dit.

Marcus rigola.

— Tu veux ta scène d'amour, c'est ça ? D'accord.

Il regarda Seb dans les yeux.

— Je t'aime. Je ne veux pas vivre sans toi. Je sais que les choses sont un peu en suspens en ce moment…

Seb le fit taire avec un baiser dans lequel il insuffla son cœur et son âme tout entiers.

— Je t'aime aussi, murmura-t-il contre les lèvres de Marcus.

Les mains de ce dernier étaient si douces contre son cou et ses joues.

— Trouver un équilibre avec nos carrières ne sera pas facile.

— On y arrivera, déclara Seb avec assurance. Mon plus gros problème en ce moment ? Apprendre à me montrer patient.

Car il mourait toujours d'envie de dire à Marcus d'emménager là. Il savait néanmoins que tout allait trop vite.

— Et maintenant, alors ?

Il se lova contre Marcus, la chaleur irradiant sa poitrine.

Je suppose que c'est à ça que ressemble le bonheur. C'était si bon que Seb aurait pu devenir accro.

— Eh bien, après avoir pris mon café, j'allais finir le trajet jusqu'à Cape Porpoise et déballer toutes mes affaires, expliqua Marcus en lui embrassant la tête. J'espérais que tu m'accompagnerais.

— J'ai encore du taf à préparer pour le semestre prochain, mais je peux l'apporter. Je resterai toute la semaine.

Le sourire de Marcus était la seule réponse dont Seb avait besoin. Il se rappela soudain :

— Oh. Samedi prochain. Tu te souviens quand tu as dit que tu voulais voir le parc d'Acadia ?

— Oui, répondit Marcus en étirant la syllabe.

— Eh bien, l'un de mes amis, Aaron – celui qui vit à Bar Harbor – organise un barbecue. Une sorte de réunion pour célébrer de la fin de l'été. Tous les copains seront là, je crois. Je ne savais pas si j'allais y aller ou pas.

Marcus fronça les sourcils.

— Pourtant, je croyais que tu adorais les retrouver.

Seb se mordit la lèvre.

— Je n'étais pas dans mon assiette.

— C'était ma faute, c'est ça ? comprit Marcus avant d'écarquiller les yeux. Tu veux y aller et tu veux m'emmener.

Souriant de toutes ses dents, Seb répondit :

— Je savais que tu étais un homme intelligent.

Marcus plissa les yeux.

— Est-ce que tu leur as au moins parlé de moi ?

— À un seul d'entre eux.

Et s'ils décidaient d'y aller, Seb était partagé entre deux choix quant à savoir s'il allait ou non prévenir Levi.

— Tu veux qu'on se pointe comme ça ?

— Bah, Finn l'a bien fait. On n'avait aucune idée pour Joel – enfin, les autres n'en savaient rien.

Seb, lui, avait été au parfum.

— Du coup, je serai le divertissement principal, annonça Marcus d'une voix légèrement tendue.

Seb passa les bras autour de son cou.

— Ce sont les gens que j'aime le plus au monde, il

faut qu'ils te rencontrent.

Avec un sourire, il renchérit :

— En ce moment, je me sens tellement heureux que j'ai envie de le crier sur tous les toits, mais le dire aux gars sera un bon début.

— Quand tu le présentes comme ça...

Marcus pencha la tête de côté.

— Qui est au courant pour moi ?

— Levi.

Le visage de Marcus se crispa.

— Merde.

Son regard croisa celui de Seb.

— Que lui as-tu dit à mon sujet, exactement ? Parce qu'au vu de son passif, s'il connaît le mien ? Ça pourrait devenir gênant.

— Crois-moi, ça va bien se passer.

Du moins l'espérait-il.

— Et d'après ce que j'ai compris, une autre forme de divertissement a été prévue.

Le second message d'Aaron parlait d'une surprise, sans qu'il y ait le moindre indice à son sujet. Il embrassa Marcus sur la bouche.

— Au fait, tu ne seras pas le seul vioc à la fête.

Marcus arqua les sourcils.

— Répète voir ?

Seb lui décocha un grand sourire.

— Quoi, t'es plus vieux que moi. Mais Joel est au début de la quarantaine, je crois.

— Dieu merci. J'ai cru pendant une minute que j'aurais à faire à sept autres comme toi, rétorqua Marcus avec une lueur dans les yeux.

— Hé, ça veut dire quoi ?

Marcus l'embrassa, un long et profond baiser qui se fraya un chemin jusqu'à l'entrejambe de Seb.

— Un seul comme toi me suffit amplement.

— Alors tu vas venir ?

Marcus acquiesça.

— Ça me fout les pétoches comme jamais, mais oui, je t'accompagnerai.

Il sourit avant de reprendre :

— À une condition, en revanche. Si je vais au barbecue avec toi, le week-end suivant, *tu* devras m'accompagner à Cape Porpoise pour la fête du Travail.

Tout sourire, il ajouta :

— Je veux que ma famille rencontre *officiellement* mon petit ami. Même si aucun d'eux ne sera surpris le moins du monde.

L'idée plaisait à Seb.

— Il y aura autant de gens que la dernière fois ?

— Aucune idée. Mais nous, on créchera dans le pavillon. Il faudra juste que j'aille faire des emplettes avant.

— Pour acheter quoi ?

Les lèvres de Marcus tressaillirent.

— Des stores.

Seb ricana.

— Ça existe, les stores insonorisés ?

— Hélas, non, mais j'ai une solution.

Marcus l'embrassa doucement sur les lèvres.

— Je n'aurais qu'à te bâillonner.

Seb sourit de toutes ses dents.

— Je n'ai qu'un mot à dire : idem.

Marcus éclata de rire.

— Bon, j'avoue, je ne suis pas discret non plus. Mais revenons à nos moutons… En combien de temps peux-tu préparer un sac pour la semaine ?

Seb écarquilla les yeux.

— On doit partir tout de suite ?

— Pourquoi ? Tu avais autre chose en tête ?

Les yeux de Marcus étincelèrent.

— Question stupide. Oublie que je l'ai posée. Ce serait peut-être le bon moment pour que tu me fasses une visite guidée… en commençant par la chambre.

Seb laissa échapper un soupir de bonheur.

— J'adore quand tu lis dans mes pensées.

Il fronça toutefois les sourcils.

— Et ce café dont tu n'arrêtes pas de parler, alors ?

L'éclat dans le regard de Marcus s'intensifia.

— Le sexe bat le café à tous les coups.

Il quitta les genoux de Marcus, lui prit la main pour le hisser sur ses pieds, puis le mena vers la chambre.

Les aspects pratiques pouvaient attendre. Faire l'amour à son homme était bien plus important.

Ils avaient du retard à rattraper.

CHAPITRE VINGT-HUIT

Le 23 août

Marcus se réveilla au son du chant des oiseaux, du tic-tac de l'horloge dans le couloir et de la respiration régulière de Seb à ses côtés. La lumière s'infiltrait à travers les rideaux pâles, baignant le jeune homme d'une lueur chaleureuse. Marcus se pencha sur lui et embrassa sa poitrine ; Seb remua, s'étira.

— C'est l'heure du café ?

Marcus gloussa.

— C'était une allusion ?

Seb se rapprocha de lui pour le serrer dans ses bras.

— Disons-le autrement, murmura-t-il d'une voix somnolente. Si tu m'apportes du café, je te donnerai une récompense.

Marcus sourit.

— Et quelle forme prendrait cette récompense ?

Les yeux de Seb contenaient une douce lueur.

— Je te prends, tu me prends… c'est kif-kif.

Marcus l'embrassa sur le front.

— Dans ce cas, je reviens tout de suite avec un café.

— Tu vois ? Je savais que je t'aimais pour une bonne raison.

Les yeux de Seb furent soudain aussi alertes que brillants.

— C'est vrai, je t'aime, tu sais.

— Je sais.

Marcus l'embrassa derechef.

— Mais je t'aimerais encore plus si tu m'apportes

un café, ajouta Seb.

Il laissa échapper un soupir de satisfaction.

— Ce lit est génial. J'ai super bien dormi.

Puis, il avisa Marcus du coin de l'œil.

— Tu es toujours là.

Ce dernier rigola.

— C'est *ta* faute, parce que tu es tellement beau au réveil. Je n'arrive pas à me séparer de toi.

Ce n'était pas une blague, pas entièrement.

Il sortit du lit et se rendit nu dans la cuisine, où il avait laissé son téléphone en charge. Il prépara la cafetière, puis jeta un coup d'œil à l'écran.

Apparemment, Nick l'avait appelé trois fois.

Marcus appuya sur le bouton d'appel, son ami répondit à la troisième sonnerie.

— Salut. Je voulais voir comment tu allais. Ça faisait un bail.

— Au risque de me répéter, j'avais l'intention de t'appeler.

— Où es-tu ?

— Dans le Maine, où je suis depuis notre dernière conversation, en dehors d'une semaine à New York pour boucler mes affaires.

— Boucler… OK, raconte-moi tout.

Marcus s'approcha de la porte de derrière pour contempler la cour inondée de soleil.

— Y a pas grand-chose à dire. J'ai quitté mon boulot, maintenant je bosse de la maison en tant qu'indépendant. Là, je squatte chez mes parents à Cape Porpoise jusqu'à ce que je trouve quelque chose de plus permanent. Ah et… j'ai rencontré quelqu'un.

Nick rigola.

— Et tout ça, ça compte comme « pas grand-chose à raconter » à tes yeux ? Bon sang, ta vie m'a l'air complètement chamboulée. Qui c'est, ce quelqu'un ?

— C'est un prof. Il vit à Ogunquit, mais il passe sa dernière semaine de liberté avant la rentrée ici avec moi. Il est intelligent, beau, drôle…

— Manifestement, il est fait pour toi. Tu as l'air si… heureux.

Seb était juste là, dans sa tête, les cheveux dans les yeux comme d'habitude, ce sourire effronté…

— C'est pour lui que je suis revenu ici.

Une pause s'ensuivit.

— On ne s'est pas exactement quitté sur une note positive, hein, la dernière fois qu'on s'est parlé ?

Marcus soupira et confirma :

— Pas vraiment. Mais tu sais quoi ? C'est pas grave. Tu peux penser ce que tu veux de mon passé. J'ai un homme dans mon lit qui a entendu les mêmes choses que toi et, *lui*, il me croit ; c'est tout ce qui compte.

— Tu lui as dit ?

— Oui, tout.

— Et ça ne le dérange pas ?

Marcus laissa échapper un autre soupir.

— Nick, je te l'ai dit en juin et je le répète : tu te focalises sur le passé. Ce qui compte pour moi en ce moment, c'est l'avenir.

Il marqua une nouvelle pause.

— Si jamais on passe à New York, je ferai un saut chez toi pour que tu puisses le rencontrer.

Nick émit un petit rire sarcastique.

— Oh, crois-moi, j'ai hâte de rencontrer le gars qui a chopé *ton* cœur. Prends soin de toi, Marcus. Appelle-moi à l'occase ?

L'intéressé s'esclaffa.

— D'acc. Passe le bonjour à Juan.

Ils raccrochèrent. Alors seulement Marcus se souvint-il du cadeau attentionné de Nick. Il sourit.

Peut-être qu'il était temps de s'en servir.

Cette éventualité devrait attendre. Pour l'instant, il avait un homme magnifique dans son lit, du lubrifiant sur la table de nuit et un dimanche tout entier qui s'étendait devant eux.

Le 24 août

Seb prenait des notes, conscient des fredonnements dans la cuisine, où Marcus leur préparait le déjeuner. Il se fendit d'un sourire.

Le bonheur seyait clairement à son homme.

— Dis, tu peux venir une seconde ?

Quittant sa chaise à la table à manger, Seb entra dans la cuisine alors que Marcus plaçait deux assiettes dans le réfrigérateur.

— Qu'y a-t-il ?

Marcus agita son doigt.

— Viens là.

Seb se rapprocha de lui en souriant.

— Dictateur.

Marcus le prit dans ses bras ; son baiser arracha un soupir d'aise à Seb.

— Tu as bossé toute la matinée. C'est le moment de faire une pause, décida Marcus en lui caressant la joue. Sur quoi travailles-tu ?

Seb se mordit la lèvre.

— Quelque chose que j'aurais dû faire quand j'ai commencé à enseigner.

Comme Marcus haussait les sourcils, Seb poussa un soupir d'un autre genre.

— Je prépare une affiche pour ma classe. C'est une bannière inclusive LGBTQI+, axée sur la non-discrimination.

Il leva le menton pour regarder Marcus dans les yeux.

— Je pense qu'il est temps que je hisse un drapeau virtuel, que je révèle mes vraies couleurs.

Marcus rayonnait.

— Ça me plaît.

Une vague de chaleur envahit le jeune homme.

— Tant mieux, dit-il avant de se mettre à froncer les sourcils. Par contre, je ne suis pas sûr d'avoir besoin d'une pause. Je pourrais bosser encore une heure avant le déjeuner.

La seule réponse de Marcus fut de l'embrasser, sauf que cette fois, ses mains se posèrent sur les fesses de Seb, glissant sous son short pour les écarter.

Ce dernier frissonna, son sexe s'engorgeant.

— C'est *vous* qui êtes une distraction, monsieur Gilbert.

Marcus ne put contenir son rire.

— Oh, quelle ironie.

Il remonta ses mains baladeuses, cajolant le dos de Seb d'une caresse plus légère. Puis il le propulsa en arrière, jusqu'à ce que les fesses de son amant cognent contre la table de la cuisine.

— Ça me rappelle une conversation que nous avons eue dans cette même pièce, déclara Marcus, donc la voix était devenue un peu rauque.

— De quelle conversation s'agit-il ?

Le membre de Seb pressait contre son short, distordant le doux tissu.

Marcus se pencha pour l'embrasser dans le cou et ses frissons se multiplièrent avant qu'il lui effleure l'oreille de ses lèvres.

— Celle où je t'ai dit que si on s'était rencontrés un an ou deux plus tôt, je n'aurais pas eu la force de garder mes mains dans mes poches.

La chaleur le parcourut alors qu'il se remémorait le reste des paroles de Marcus et le bois massif de la table de la cuisine dans son dos prit soudainement une toute nouvelle signification. Avant qu'il ait pu dire à Marcus qu'il adorait vraiment, mais *vraiment* cette idée, ce dernier lui enleva son tee-shirt, déboutonna son short qu'il jeta au sol, laissant Seb tout nu. Il le souleva sur la surface en bois lisse, puis se tortilla pour se débarrasser de son propre short. Marcus ouvrit d'un coup sec un tiroir de la table, d'où il récupéra un tube de lubrifiant.

Seb lâcha un hoquet de surprise complètement faux.

— Tu avais prévu ton coup.

Les yeux de Marcus pétillaient.

— Où veux-tu en venir ?

Seb hissa les jambes sur les larges épaules de Marcus.

— Baise-moi.

Il soupira alors que Marcus l'étirait en s'introduisant lentement en lui avant de se pencher pour attraper le bord de la table derrière Seb comme soutien.

Ses travaux scolaires devraient attendre.

Marcus sourit en voyant le nom de Jess s'afficher.

— Salut, frangine.

À côté de lui, sur le canapé, Seb leva les yeux avant de reporter son attention sur le film, sa tête reposant sur l'épaule de Marcus.

— Je n'interromps rien, j'espère ? lança-t-elle d'une voix amusée.

— On regarde la télé. Que puis-je faire pour toi ?

— Pour tout te dire, je voulais te demander ton avis. Vis-à-vis de fin septembre. Tu sais ce qui se passe à ce moment-là, non ?

Il lâcha un rire nasal.

— Non, j'avais complètement oublié que c'étaient leurs noces d'Or.

Elle s'esclaffa.

— Eh bien, j'ai une idée, mais vu que tu vis dans la résidence d'été, je dois d'abord t'en parler.

— Je t'écoute.

Marcus était dans un état de béatitude. Il aurait donné son accord pour n'importe quoi… dans la limite du raisonnable.

— Je voulais organiser un anniv surprise pour eux. Je m'occupe de tout, ajouta-t-elle rapidement. Les traiteurs, la déco… Tout ce que *toi* tu as à faire, c'est de les convaincre de débarquer. Invite-les à passer un week-end avec Seb et toi. Maman adorerait. Et quand ils arriveront, la maison sera pleine à craquer.

Marcus pouvait faire ça, oui.

— Avec plaisir. Je trouve que c'est une super idée.

— Excellent. Je vais m'y mettre tout de suite.

Un ange passa.

— Au fait, Marcus ? Au cas où j'aurais oublié de le mentionner la dernière fois qu'on s'est parlé ? Je suis vraiment comblée que toi et Seb soyez ensemble.

— Merci. On est assez « comblés » à ce sujet aussi.

Une autre pause.

— Tu te moques encore de mon vocabulaire, c'est ça ? Bon sang, tu faisais déjà ça quand j'étais gamine. Eh bien, vas-y, rigole. On sait tous les deux que si Seb et toi êtes ensemble, c'est grâce à moi.

Il cligna des yeux.

— Pardon ?

— Quoi, c'est bien *moi* qui l'ai invité à dîner avec nous, non ? Tu l'aurais fait, toi, peut-être ?

Il soupira.

— Probablement pas.

Puis il avisa les cheveux ébouriffés de Seb.

— Quoique… il est *possible* qu'il aurait fini par m'avoir à l'usure.

Les yeux de Seb trouvèrent les siens ; Marcus se pencha pour l'embrasser sur les lèvres, un long et doux baiser qui le réchauffa de l'intérieur.

Jess toussa.

— Hé, oh, je suis toujours là, vous savez ? Et avant que j'oublie… Jake a eu le job. Il l'a appris ce matin. Il va travailler dans une entreprise à Boston. On est en train de lui chercher un logement.

— C'est génial. Félicite-le de ma part. On le verra à la fête du Travail ?

— Il a dit que oui.

Elle toussa derechef.

— Bon, je vais vous laisser retourner à ce que vous regardez. Dis bonjour à Seb pour moi.

— Je n'y manquerai pas. On se voit début septembre.

Il raccrocha, puis s'étira pour déposer le portable sur la table d'appoint.

— Jess te passe le bonjour.

— Bonjour, Jess.

Seb remonta une main pour faire sauter le premier bouton de la chemise de Marcus.

— Je peux t'aider ? demanda-t-il avec un petit rire.

Seb l'ignora au profit de défaire un autre bouton.

— On dirait que la malédiction des Gilbert a sauté Sandra et James.

Encore un.

— Quelles sont nos chances d'y réchapper, d'après toi ?

Et un autre.

Marcus prit son menton en coupe et le leva, regardant le jeune homme dans les yeux.

— Je ne crois pas aux malédictions, déclara-t-il à voix basse.

Seb glissa la main sous le coton, le bout de ses doigts déclenchant des frissons dans tout le corps de Marcus lorsqu'ils effleurèrent son téton.

— Moi non plus.

Il se raidit.

— En quoi crois-tu ?

Marcus le poussa sur le dos, puis couvrit Seb de son corps, les mains de chaque côté de sa tête et de son cou.

— Toi, bébé. Je crois en toi.

Alors, Seb noua les bras ainsi que les jambes autour de lui et la télé fut oubliée.

Seb chantait sous la douche, ce qui provoqua le rire de Marcus. Malgré ses dires, selon lesquels il chantait comme une casserole, le jeune homme s'adonnait présentement à une interprétation potable de *Wake Me Up Before You Go-Go* et Marcus imaginait sans problème les paroles s'accompagnant de déhanchés et du détournement du pommeau de douche en guise de micro.

Ce n'était pas dans ce but précis qu'il l'avait acheté, mais en même temps…

Il avait dit à Seb de prendre son temps ; ne pas faire attention aux yeux de chien battu du jeune homme s'était avéré difficile, mais Marcus avait une tâche à accomplir. Il était à deux doigts de la terminer quand son téléphone sonna. Marcus comptait l'ignorer jusqu'à ce qu'il remarque le nom de Jake.

— Allô. On se voit le week-end prochain.

— Je sais, mais j'aurai probablement pas l'occasion de parler avec toi. Tu vis dans la maison de vacances, c'est bien ça ?

— Pour l'instant, oui.

— Eh bien… ça dérange si je viens te rendre visite un de ces jours ? Je préviendrai d'abord.

Quelque chose dans la voix de son neveu tiraille le cœur de Marcus.

— Tu peux venir quand tu veux, répondit-il aussitôt. Il s'est passé un truc ? En dehors de ton nouveau job, je veux dire.

Pendant un temps, un silence s'étendit.

— J'ai décidé que tu avais raison. Je vais lui dire ce que je ressens.

Marcus prit une profonde inspiration.

— Si tu as besoin de moi, tu sais où me trouver. C'est une zone neutre, d'accord ? Personne ne va te juger ici, *quoi* que tu aies à nous dire.

— Merci, Marcus. Tu n'as pas idée à quel point ça me touche. J'espère seulement que tu n'auras pas changé d'avis quand tu sauras la vérité.

Merde. C'est si grave que ça ?

— Bref, je vais te laisser retourner à tes occupations. Passe le bonjour à Seb pour moi. Je suis vraiment heureux pour vous deux.

Et de raccrocher avant que Marcus ait pu piper mot.

Merde. Marcus était sur le point de le rappeler quand il entendit l'eau se couper dans la salle de bains. Il appuya quand même sur la touche.

Seb n'irait nulle part et c'était important.

— J'ai oublié quelque chose ? s'enquit Jake quand la ligne fut connectée.

— Tu ne vas pas finir au fond du trou, j'espère ? lâcha Marcus à brûle-pourpoint.

Jake soupira.

— Tout va bien se passer. Et si ce n'est pas le cas, je viendrai te voir et on en parlera. D'accord ?

Il marqua une pause avant d'ajouter :

— Je sais que j'ai donné une mauvaise impression,

mais c'est ma faute. Je suis du genre à voir le verre à moitié vide, tu comprends ? Je ne vais rien faire… de stupide, je te le promets.

Marcus put respirer un peu plus aisément.

— D'accord. Je t'aime, mon grand.

— Je t'aime aussi, *tata* Marcus.

Jake riait lorsqu'il raccrocha.

Marcus posa le téléphone sur la table de nuit, puis enleva son jean et son tee-shirt. Il entra dans la salle de bains juste au moment où Seb s'essuyait. Un éclat illumina son regard quand il vit la nudité de Marcus, mais il plissa aussitôt les paupières.

— Je n'ai pas trop envie de te parler.

— Qu'est-ce que j'ai fait ?

Comme s'il ne le savait pas.

— J'étais là, dans cette magnifique grande douche, avec son banc incorporé et toi, tu étais aux abonnés absents.

— Comment tu as trouvé le nouveau pommeau ?

Seb se fendit d'un large sourire.

— Il est parfait. Maintenant, j'en veux un pour chez moi.

Il pencha la tête sur le côté.

— Tu étais au téléphone juste avant ?

Marcus acquiesça.

— Jake a appelé.

— Tout va bien ?

Il ne savait pas vraiment comment répondre à cette question.

Seb huma l'air.

— C'est quoi ce que je sens ?

— Ça te plaît ? J'ai installé mon diffuseur à huile dans la chambre. Il y a de la camomille et du jasmin dedans pour l'instant.

Seb sourit.

— C'est divin.

Il baissa la serviette, l'accrochant à son sexe en érection.

Marcus éclata de rire.

— Maintenant, tu es juste en train de frimer.

Il attrapa le rectangle de tissu et le suspendit au sèche-serviette.

— Suis-moi.

Son rythme cardiaque s'accéléra.

Ils entraient en terre inconnue.

Seb eut le souffle coupé lorsqu'ils entrèrent dans la chambre.

— Oh ouah.

En plus des parfums enivrants qui emplissaient l'air, des bougies chauffe-plats scintillaient sur chaque surface plane, leur lumière dansant sur les murs et le plafond.

Il se tourna vers Marcus, conscient de la légèreté dans sa poitrine.

— C'est merveilleux.

Marcus le prit par la main et le conduisit au lit.

— Je voulais que ce soit parfait.

Il repoussa les draps pour s'installer, entraînant Seb avec lui.

— Oh, ça l'est, mais parfait pour quoi ?

Il s'allongea près de Marcus, inspirant les

émanations relaxantes.

Marcus se pencha sur lui, sa main douce sur le visage de Seb.

— Faire l'amour.

Là, leurs lèvres se touchèrent et Seb gémit dans le baiser, savourant l'exultation du corps de Marcus contre le sien. Il frissonnait à chaque coup de langue sur sa peau, à chaque effleurement de doigts sur ses mamelons, son ventre, sa queue…

Son cœur battant la chamade, Seb prit le visage de Marcus en coupe.

— Je t'aime.

Marcus ne cilla pas.

— Je t'aime aussi, répondit-il en ponctuant sa déclaration d'un soupir. Je suis content que tu aimes les bougies. Je n'ai jamais fait ça avant.

Seb indiqua les chauffe-plats autour d'eux.

— Personne n'a jamais fait ça pour moi.

— Tu sais pourquoi ?

Le jeune homme se raidit.

— Non.

Heureusement que Seb était déjà allongé quand il vit le sourire de Marcus : c'était le genre de sourire qui ferait flancher les genoux de n'importe quel homme.

— Parce que personne ne t'a jamais aimé comme je t'aime.

La seule réponse adéquate qu'il trouva à ça fut de s'emparer de la bouche de Marcus.

CHAPITRE VINGT-NEUF

Quand Marcus s'excusa pour la dixième fois, Seb en eut assez.

— Écoute, ce n'est pas ta faute si ce type t'a appelé en plein week-end.

Le trafic sur la 95 avait déjà mis sa patience à rude épreuve : il ne voulait pas la perdre face à Marcus.

— Oui, mais j'aurais pu lui dire franchement que je n'étais pas disponible. Après tout, qui passe un coup de fil professionnel un samedi en fin d'après-midi ?

Seb posa la main sur la cuisse de Marcus et la serra.

— Mais c'était un coup de fil productif, non ? Si j'ai bien compris, il va t'envoyer beaucoup de boulot.

À en juger par le sourire de Marcus quand il avait raccroché, c'était un appel *très* productif.

— C'est vrai. Sauf qu'on aurait dû arriver chez Aaron il y a des heures.

Il était presque vingt et une heures, mais Seb ne s'inquiétait pas outre mesure.

— Je te garantis que quand on entrera dans la cour, il y aura encore assez de bière pour couler un cuirassé.

Son estomac gronda, lui arrachant un soupir.

— Niveau nourriture, par contre, ça pourrait être une autre histoire.

Même s'il était quasi certain qu'Aaron ne les laisserait pas mourir de faim.

— On est où ?

Seb pointa du doigt vers la gauche.

— Tu vois cette lumière là-bas ? C'est le phare

d'Egg Rock. Et aux prochaines vacances, on ira le voir, je te le promets. Cette fois-ci, on ne s'attarde pas.

Il se dirigea vers Main Street en espérant trouver une place pour se garer près de chez Aaron. Il l'avait appelé quelques heures auparavant pour le prévenir qu'ils seraient en retard.

Enfin, que je *serais en retard.* Seb n'avait pas parlé de Marcus.

— Prends mon téléphone, tu veux ? Et envoie un texto à Aaron. Il est sur la page des contacts. Dis juste « On arrive dans quelques minutes ».

Il énonça son code de déverrouillage et les pouces de Marcus tapotèrent l'écran.

— T'aimes débarquer en fanfare, avoue ? dit Marcus avec un petit rire.

Seb savait que son amusement servait à dissimuler sa nervosité.

— Tout va bien se passer, je te le promets. C'est des mecs super. D'ici à ce qu'on reparte demain après-midi, tu n'en douteras plus. Et selon l'endroit où on finira par dormir, tu sauras aussi qui ronfle et qui ne ronfle pas.

— Tu les connais, les arrangements pour la nuit ? Seb gloussa.

— Si tu repères un espace assez large pour y mettre un lit de camp, revendique-le.

Marcus attrapa son propre portable et fit défiler les pages.

— Qu'est-ce que tu cherches ? demanda Seb.

— Un hôtel. Je ne connaissais pas la situation. Le jeune homme rigola.

— Tu n'as jamais fait de soirées pyjama quand t'étais gosse ?

— Non et je n'ai pas l'intention de commencer

aujourd'hui. En plus, est-ce que la maison d'Aaron a un jacuzzi ? Une piscine extérieure chauffée ? Parce que le Bar Harbor Grand Hotel a les deux, lui, et ils ont une chambre disponible. Une chambre de luxe, avec lit king-size. Penses-y, Seb. Un grand lit douillet, insista Marcus, dont la voix se fit doucereuse.

Seb grogna.

— Il fallait que tu parles du lit, hein ?

— Oui, tu n'as pas le monopole du combat déloyal. Alors ? Je peux me lancer et cliquer sur « Réserver cette chambre » ? Rien ne nous empêche de revenir demain matin pour le petit déj, le brunch ou que sais-je.

Marcus caressa la cuisse de Seb.

— Mais au moins, je t'aurai tout à moi cette nuit.

— Réserve-la, trancha sèchement Seb. Super. Maintenant, je vais avoir la gaule en entrant chez Aaron.

— Je te proposerais bien mon aide pour t'en soulager d'abord, mais on est déjà assez en retard comme ça. Sans parler du risque qu'on se fasse arrêter.

Seb tourna à gauche sur Wayman Lane à la recherche d'une place. Il en trouva une à quelques maisons de chez Aaron et y gara la voiture. Alors qu'ils en sortaient, il entendit les réjouissances qui lui arrachèrent un grand sourire.

— Qu'est-ce que je t'avais dit ? La fête bat toujours ton plein.

Marcus prit une grande inspiration.

— OK. Passe devant.

Ils se dirigèrent vers la maison, mais alors qu'ils se rapprochaient, Marcus s'arrêta.

— J'ai oublié ma veste dans la voiture. Laisse-moi juste aller la chercher.

Seb lui jeta les clés et Marcus fit demi-tour.

Seb se rendit au portail latéral, qui était entrouvert. Il le franchit et trouva sa bande de potes assis autour du feu.

C'est parti, mon kiki.

Il sourit de toutes ses dents.

— Dites-moi que vous n'avez pas tout bouffé. J'ai la dalle.

Dès qu'il aperçut les bouteilles de bière dans leurs mains, il leva les yeux au ciel.

— Merde.

Il retourna au portail et s'écria :

— Prends les bières, bébé. Elles sont dans le coffre. Ce qui veut dire qu'elles vont sûrement exploser quand on va les ouvrir.

Il reporta ensuite son attention sur le groupe et se figea net.

L'assemblée était de marbre, leurs regards fixés sur lui.

— Pourquoi vous me regardez tous comme ça ?

Il se rendit soudain compte de ce qui lui avait échappé.

Ben fut le premier à réagir avec un sourire narquois.

— « Bébé » ? C'est qui, ce « bébé » ?

Ce n'était pas exactement ce qu'il avait prévu, mais bon…

Seb feignit la réticence.

— Il… s'avère que c'est mon petit ami.

Il attendit dès lors l'explosion, trépidant de l'intérieur.

Il n'eut pas longtemps à patienter.

L'espace d'un instant, un silence s'imposa, bientôt brisé par une cacophonie de voix levées pourtant synchronisées comme si s'agissait d'une protestation répétée.

— C'est quoi ce *bordel* ?

Seb haussa les épaules.

— Surprise ?

Il repéra le type qui se tenait à côté de Ben et, pendant un moment, son cerveau dérailla. Parce qu'il n'était pas *envisageable* que ce soit Wade Pearson. *Putain, pourquoi Ben aurait invité son patron ?*

Alors, il réalisa qu'il y avait un problème bien plus urgent à régler, car Ben et Wade se tenaient la main.

— Nom de Dieu.

Ben imita son haussement d'épaules.

— Surprise !

À ses côtés, Wade observait Seb avec une appréhension évidente. Ce fut ce regard de lapin apeuré pris au piège dans les phares d'une voiture qui arrêta Seb dans son élan.

Mais qu'est-ce qui se passe ici, bon sang ?

Aaron s'approcha d'un pas tranquille.

— Je t'avais prévenu, murmura-t-il. On peut pas en dire autant de toi, trouduc. C'est ton petit ami ?

À ce moment-là, Marcus franchit le portail en portant le carton dans lequel les bouteilles cliquetaient. Aaron lui décocha un large sourire, la main tendue.

— Salut. Moi, c'est Aaron. Et toi ?

— Marcus Gilbert. Je te serrerais bien la main, mais les miennes sont un peu occupées en ce moment.

Avant que Seb puisse intervenir et aider, Ben se précipita et prit la boîte des mains de Marcus.

— Salut. Moi, c'est Ben. Laisse-moi poser ça quelque part, comme ça nous pourrons faire les présentations.

Il jeta un coup d'œil à Seb avant d'achever :

— Et des explications.

Il emporta la boîte vers la maison, accompagné de Wade.

Seb les suivit du regard.

— Je m'en vais pendant onze semaines et le monde tombe dans la Quatrième Dimension ?

À côté de lui, Marcus souriait.

— J'ai déjà manqué quelque chose ?

— C'est une longue histoire, le rassura Finn avant de s'approcher et de serrer l'épaule de Seb. Mais tout ce que tu as besoin de savoir, c'est que… tout va bien.

Seb cligna des yeux.

— Mais… c'était bien Wade, j'ai pas rêvé ?

Aaron le confirma de la tête.

— Et pour info, je crois que c'est toi qu'il redoutait le plus de rencontrer. Alors, vas-y mollo avec lui.

— Ouais, renchérit Shaun qui saisit une bouteille de la main de Dylan pour la présenter à Seb. Je pense que tu as besoin de ça.

Il sourit chaleureusement à Marcus.

— Moi, c'est Shaun. Et toi, tu as aussi l'air d'avoir besoin d'un remontant.

— Merci.

Marcus lui adressa un regard reconnaissant, puis donna un petit coup de coude au bras de Seb.

— Bébé ? Ferme la bouche, tu vas gober des mouches.

Ce qui eut le mérite de les faire tous rire.

Dylan regarda Seb, Marcus, et de nouveau Seb.

— OK, c'est *moi* qui vais le dire, puisqu'aucun de vous n'en a l'intention. La fin du monde a sonné, c'est ça ? J'ai dû rater le son des cloches. Parce que Seb qui a un petit ami, c'est forcément un des signes de l'Apocalypse, non ?

Il y eut plusieurs secondes de silence avant les effusions de rires.

Seb se tourna vers Marcus.

— Bienvenue dans ma famille.

Qui ne cessait plus de s'agrandir.

Noah inclina la tête vers le brasero où Marcus et Aaron, assis avec une bière chacun, discutaient du parc d'Acadia, d'après ce que Seb arrivait à en capter.

— Je ne peux pas vraiment t'en vouloir de ne pas nous avoir tenus informés, parce que Ben a fait exactement pareil. L'un de nous était-il au courant ? À propos de Marcus, j'entends.

— Seulement Levi.

Et en parlant de Levi, Seb avait le sentiment qu'ils n'étaient pas encore tirés d'affaire, tous les deux. Son ami avait accueilli Marcus avec froideur. Quand ce dernier avait jeté à Seb un regard qui voulait manifestement dire « j'avais raison », Seb n'avait rien pu lui répondre.

Levi finira pas changer son fusil d'épaule. Du moins l'espérait-il.

— C'est bon, tu t'es remis du choc ?

Seb fronça les sourcils.

— Quel choc ?

Noah se fendit d'un grand sourire.

— *L'autre* surprise de la soirée, expliqua-t-il avant

d'incliner la tête d'un côté. Tu as déjà parlé avec Wade ?

Seb soupira.

— Ouais. Difficile d'imaginer qu'il s'agit du même gars. Vise un peu ses yeux de merlan frit.

Seb était heureux pour eux. Difficile de ressentir autre chose lorsqu'il voyait à quel point Ben rayonnait chaque fois que Wade et lui gravitaient l'un vers l'autre.

— Ce n'est pas le seul, répondit Noah en se mordant la lèvre. Tu as un sacré ticket à la poissonnerie, toi aussi. Je ne t'ai jamais vu aussi joyeux.

Seb avisa Marcus.

— Tu l'as vu, aussi ?

Il lui arrivait encore de devoir se pincer, parfois.

— Les gars ? lança Aaron qui se leva. Il se fait tard. La fête n'est pas terminée, mais je propose qu'on migre à l'intérieur.

Il sourit de toutes ses dents.

— J'ai des voisins géniaux, j'aimerais qu'ils le restent.

Au milieu des rires, tout le monde rentra dans la maison, pendant qu'Aaron éteignait le feu de camp.

Le salon était rempli de sièges de toutes formes et de toutes tailles : deux canapés, des chaises de salle à manger et un rocking-chair. Il y avait également de gros coussins de sol éparpillés dans la pièce. Seb désigna le fauteuil à bascule et donna un coup de coude à Marcus.

— Tu peux t'installer là.

Les lèvres de Marcus tressaillirent.

— Pour ta gouverne ? J'ai pris note de cette insulte. Et quand on sera rentrés à la maison, tu paieras les pots cassés.

Ensuite, il embrassa Seb sur la bouche, apportant la perfection à la scène.

— Dis, Seb, tu aurais une minute ? l'interpella Levi

depuis l'autre côté du salon.

Marcus serra la main de Seb.

— Va lui parler, dit-il à voix basse. Tu as des ponts à reconstruire.

Avec un sourire, il ajouta :

— Je ne bouge pas.

Seb prit une grande inspiration et partit causer à Levi.

Comme s'il ne savait pas déjà quel serait le sujet de conversation.

Marcus s'assit dans le rocking-chair, essayant de ne pas épier Seb en pleine conversation avec Levi.

Ils ont besoin de parler.

Le canapé à côté de son siège était entièrement occupé. Joel était dans le coin le plus proche de Marcus ; Finn, sur un coussin aux pieds de son homme, discutait avec Dylan. De l'autre côté de Joel se tenait un gars discret – *Shaun ? C'est comme ça qu'il s'appelle ?* – qui n'avait prononcé que quelques mots depuis l'arrivée de Marcus.

On dirait qu'il a l'esprit ailleurs. Comme sur la personne à qui il était en train d'envoyer un texto, par exemple.

— C'est déroutant au début, pas vrai ?

Marcus cligna des yeux et se recentra.

— C'est-à-dire ?

Joel le regarda avec un sourire chaleureux, puis

désigna l'assemblée d'un geste.

— Se souvenir de tous les noms. Ça s'améliore avec le temps. C'est ma deuxième soirée de ce genre, expliqua-t-il avec un éclat dans les yeux. C'était moi la surprise, la dernière fois. Maintenant que Ben a fait le même coup et puis Seb aussi, je commence à croire que c'est un petit jeu entre eux – comme une compétition pour voir qui peut faire le plus de vagues.

Marcus rigola.

— Tu pourrais bien avoir plus raison que tu ne le penses. J'ai demandé si j'allais servir de divertissement. Visiblement, j'ai mis le doigt dans le mille.

— Ta *présence* a pu être un choc pour nous tous, mais pas ton âge.

Marcus sourit de toutes ses dents.

— Seb aime les hommes plus matures. J'avais cru remarquer, ouais.

— Je trouve que c'est génial, personnellement. Ça me fera du bien d'avoir un autre gars à ces fêtes qui ne rit pas quand je propose de regarder un DVD ou d'écouter un CD.

Finn se tordit la nuque pour aviser Joel.

— Un CD ? Ce ne seraient pas ces trucs argentés en forme de sous-verre ? J'en ai trouvé un paquet quand j'ai déballé tes affaires. C'est génial pour poser les tasses dessus.

Joel le dévisagea bouche bée et les yeux de Finn pétillèrent.

— J't'ai eu.

Marcus éclata de rire. Seb avait raison au sujet de ses amis, ils étaient formidables. *Enfin, la plupart d'entre eux.* Il avait échangé moins de dix mots avec Levi de toute la soirée. Pour le bien de Seb, Marcus espérait que la situation s'améliorerait.

— Alors, Joel, Finn m'a dit que tu écrivais un livre ?

Joel rougit.

— *J'essaie* d'en écrire un. Je n'arrive pas vraiment à dégager du temps pour, depuis que mes affaires ont décollé.

Il haussa les épaules.

— Il n'y a pas le feu. Pour l'instant, il y a d'autres choses plus importantes qui m'occupent l'esprit.

Il caressa la tête de Finn.

— Comme la possibilité que ce cher monsieur ici présent nous construise une maison, termina-t-il, le regard brillant.

Finn hocha la tête.

— On pourra parler de ça demain.

Ben se rapprocha en traînant un coussin au sol sur lequel il s'affala près de Finn et Dylan.

— Ouah. Tu nous fais honneur, lança Joel avec un gloussement.

— Qu'est-ce que ça veut dire ? répondit Ben, dont les sourcils se froncèrent.

— Tu as réussi à t'arracher à Wade. Je commençais à penser que vous deux étiez chirurgicalement greffés l'un à l'autre.

Ben lui fit un doigt d'honneur et Joel s'esclaffa avant de se baisser pour embrasser le sommet du crâne de Finn.

— Mais je comprends parfaitement pourquoi vous ne voulez pas être séparés, se rétracta-t-il en se redressant.

Rougissant, Ben s'adressa à Marcus.

— Seb t'avait prévenu pour nous tous ?

— Je ne suis pas sûr que « prévenir » soit le mot que j'emploierais. Il a parlé de vous, oui, et je savais que c'était important pour lui que je vous rencontre.

— Si tu as l'impression qu'ils t'observent tous et te jaugent ? l'avertit Joel, tout sourire, pas d'inquiétude ! C'est parce que c'est vraiment le cas. Au moins, toi, tu n'as pas été la seule surprise de la soirée.

Ben se tourna vers l'autre côté de la pièce où, Wade, Aaron et Noah discutaient sur l'autre canapé.

— Bah, la plupart d'entre vous savaient déjà pour Wade, non ?

— Savoir, c'est une chose, lui fit remarquer Dylan. Entendre le gars qui a fait de ta vie un enfer annoncer à tout le monde qu'il t'aime ? Ça, c'était un choc.

Un sourire narquois sur le visage, il reprit :

— Du moins, ça l'a été *jusqu'à* ce que Seb débarque avec un petit ami.

Ben rigola.

— Il m'a carrément volé la vedette, merde.

Il se pencha avec un air conspirateur.

— Je crois que tu as causé un tel choc parce que Seb n'a pas donné de nouvelles de tout l'été.

Marcus soupira.

— Je dois comprendre qu'il n'a pas l'habitude de garder les choses pour lui ?

Ben eut un rire nasal.

— Seb ? Absolument pas. On savait tous par contre qu'il le vivait mal d'être coincé là-bas, sans personne à qui parler.

Il ravala un sourire.

— Sauf qu'il n'était pas seul, hein ? Pas étonnant qu'il ne nous ait pas appelés. Il était manifestement *occupé*, dit-il en formant des guillemets avec les doigts.

Ben continua, ignorant la toux soudaine de Dylan.

— Mais c'est ce qui est si génial dans notre groupe. Il y a toujours quelqu'un vers qui se tourner si on a besoin d'un coup de main ou juste d'une oreille pour nous écouter.

Il posa un regard chaleureux sur Finn et Dylan.

— Je ne sais pas ce que j'aurais fait si ces gars n'avaient pas assuré mes arrières. Ils sont venus me voir, ils ont décroché le téléphone, même quand c'était à une heure indécente du matin.

Les yeux pétillant, il ajouta :

— Alors certes, Dylan a dit qu'il bossait de nuit à la réception de l'hôtel ce jour-là, mais on sait tous ce qu'il faisait *vraiment*.

Finn cligna des yeux.

— Parle pour toi. Je n'en ai pas la moindre idée.

— Il matait du porno sur son téléphone, répondit Ben en un aparté peu discret.

La mâchoire de Dylan lui en tomba.

— J'ai jamais dit ça.

Ben s'esclaffa.

— Tu n'avais pas besoin de le dire. Non, ce que je veux savoir, c'est… si c'était du porno hétéro ou gay ?

— Ben peut continuer à s'interroger autant qu'il veut, déclara Finn à Dylan d'une voix ferme. Tu n'as pas à lui dire quoi que ce soit. Parce que ce ne sont pas ses affaires, ce que tu regardes, pas vrai, Ben ?

Il fixa l'intéressé d'un œil intransigeant.

Ben s'empourpra.

— T'as raison. Désolé, mon pote.

Il se leva et retourna vers l'autre canapé où Wade, Aaron et Noah étaient toujours en train de discuter. Les joues de Dylan avaient rosi.

Marcus avait comme l'impression que Ben avait touché une corde sensible.

— Tu as bien dit qu'on avait droit à une chambre rien que pour nous ? demanda Joel à Finn.

Lorsque ce dernier hocha la tête, un éclat envahit les yeux de Joel.

— Tu n'as pas envie de me montrer où elle est ?

Finn fut sur ses pieds en un clin d'œil. Il attrapa la main de son homme et le tira du canapé, puis le mena vers la porte.

Dylan toussa de plus belle.

— Eh bien, bravo la subtilité.

Il se redressa et prit la place de Joel sur le canapé.

— Écoute, ce que Ben a dit…

Marcus leva la main.

— Avant que tu ne prononces un mot de plus, je peux te faire remarquer quelque chose ? Finn a raison. Ce que tu mates ne regarde personne d'autre que toi.

— Ouais, mais il fait croire à toute le monde que je matais du porno alors que j'aurais dû bosser. Je pourrais me faire virer pour ça.

Marcus arqua les sourcils.

— La garde de nuit à la réception d'un hôtel ? Ça doit être l'un des services les plus barbants, non ?

Dylan hocha la tête.

— Ce n'est pas mon taf habituel, mais je l'ai fait plusieurs fois récemment pour dépanner. En plus, il n'y avait que moi au bureau. On pourrait mourir d'ennui à rester assis là.

Il se mordilla la lèvre inférieure.

— Quant à l'autre chose qu'il a dite…

Marcus croyait savoir ce qui dérangeait Dylan.

— Aucune importance si tu regardes des gars avec des filles, des filles avec des filles, des gars avec des gars… du moment que ça fait son œuvre.

Il se pencha.

— J'ai beau être gay, j'ai déjà regardé du porno hétéro.

Dylan cligna des yeux.

— Sérieux ?

Marcus hocha la tête.

— Bien sûr, j'étais plutôt concentré sur les fesses et les teubs des mecs.

— Y en a certaines qui sont *énormes*, chuchota Dylan. Parfois, quand j'y jette un œil, je jurerais que j'ai mal rien qu'à *l'idée* de me la prendre.

Il écarquilla les yeux.

— Non pas que je l'aie déjà fait. M'en prendre une, je veux dire. Je suis pas gay.

Marcus était sur cette Terre depuis suffisamment longtemps pour repérer un bicurieux avec une facilité relative. Et à en juger par les clignements d'yeux rapides de Dylan, la façon dont il tirait sur sa lèvre, son genou qui rebondissait sur son siège à côté de Marcus, c'était là un homme aussi nerveux que curieux.

— C'est pas grave, tu sais, dit-il à voix basse.

Quand Dylan se figea, Marcus hocha la tête.

— C'est normal d'être curieux. Et si l'occasion se présente d'aller au-delà de la curiosité ? Ne panique pas à ce sujet. J'ai un neveu, à peine la vingtaine, à qui j'ai récemment donné ce conseil : je lui ai dit qu'il devait décider ce qui valait mieux pour lui vivre avec le regret d'avoir fait quelque chose ou celui de ne pas l'avoir fait.

La respiration de Dylan s'emballa.

— C'est comme cette histoire de syndrome FOMO dont tout le monde parle. Tu vois, la peur de rater un truc important ? Eh bien, parfois, je me demande si je ne rate justement pas… quelque chose.

Marcus sourit.

— Mark Twain a écrit ces quelques mots très sages. Voyons si j'arrive à m'en souvenir correctement.

Il s'octroya une pause, puis récita :

— « La vie est courte, transgressez les règles, pardonnez rapidement, embrassez lentement, aimez véritablement, riez sans contrôle et ne regrettez jamais quelque chose qui vous a fait sourire. » Tout le monde cite toujours ce passage, mais il poursuit en disant que : « Dans vingt ans, vous serez plus déçus par les choses que vous n'avez pas faites que par celles que vous avez faites. Alors sortez des sentiers battus. Mettez les voiles. »

Marcus marqua une pause.

— Il a terminé par trois mots. « Explorez. Rêvez. Découvrez. »

Dylan avala sa salive.

— Il m'avait tout l'air d'un homme très sage.

Marcus réalisa qu'il allait devoir écourter la conversation.

— Où sont les toilettes ?

— Derrière cette porte, lui montra Dylan, puis à gauche.

Marcus le remercia et partit faire la vidange. Quand il ressortit de la salle de bains, quelqu'un appela son nom depuis la cuisine. Marcus suivit le son et trouva Levi en train de se verser un verre d'eau.

— Je crois qu'on devrait parler, annonça ce dernier d'une voix basse avant d'indiquer la porte. Tu ferais peut-être mieux de fermer.

Le cœur de Marcus s'emballa, mais il fit ce qu'on lui demandait.

— Connaissant un peu ton histoire, je me suis dit qu'on finirait par avoir une conversation à un moment donné.

Levi s'appuya contre le comptoir.

— Visiblement, on sait tous les deux des choses sur l'autre.

Il inclina la tête vers la porte pour expliquer :

— Mais je suppose que ce n'est pas un sujet que tu veux éventer à la cantonade.

Il prit une gorgée de son eau.

— Je peux en avoir un aussi ?

La bouche de Marcus s'était asséchée.

Levi posa son verre et en remplit un autre qu'il tendit à Marcus.

— Tu dois être quelqu'un d'assez remarquable. Je n'ai jamais vu Seb aussi heureux.

— Et pourtant, nous voilà au beau milieu de cette discussion.

Levi déglutit.

— J'ai connu Seb presque toute ma vie. Il est ce que j'ai de plus proche d'un frère, alors… je veille sur lui.

— C'est une évidence. Et c'est pour ça que tu lui as dit de m'oublier.

Comme Levi haussait les sourcils, Marcus hocha la tête.

— Il me l'a dit, oui. Je ne t'en veux pas. Et pourtant, nous voilà au beau milieu de cette discussion, répéta-t-il, donc tu dois avoir quelque chose en tête.

— J'ai lu ton article.

— Je vois.

Putain que son cœur battait la chamade.

— J'ai aussi cliqué sur un lien que Seb m'a envoyé.

— Et depuis, tu ne sais plus quoi penser. Je comprends, oui.

Levi hocha la tête.

— Seb n'est pas un imbécile. Il te fait clairement confiance. Je dirais même qu'il t'aime.

— Ce qui me va, vu que je l'aime aussi.

Marcus n'envisageait pas mâcher ses mots.

— Du coup, ça nous mène où ?

Levi prit une profonde inspiration, mais Marcus l'interrompit :

— Je viens tout juste de quitter ma vie à New York pour en refaire une nouvelle ici dans le Maine – avec Seb. Je ne compte *pas* lui faire de mal. Alors, je comprends parfaitement pourquoi tu ne me fais pas confiance, mais je te demande de mettre de côté cette méfiance, pour le bien de Seb. Tu peux me garder à l'œil si ça te chante, mais personnellement, je trouve qu'il y a de meilleures façons d'occuper ton temps. Si tu attends que je commette une erreur, que je reprenne mes vieilles habitudes, tu vas devoir attendre très, très longtemps, mon ami.

— Je ne suis pas ton ami.

— Non, c'est vrai – mais j'aimerais que tu le deviennes. J'ai *envie* d'un ami qui n'a pas peur de dire ce qu'il pense. D'un ami qui soit honnête avec moi. S'il y a une chose que Seb a et que j'envie, c'est vous tous.

Levi sembla en avoir le souffle coupé, mais il garda le silence.

— Je voudrais que tu me fasses confiance et je sais que ça prendra du temps. Eh bien, sache que je n'irai nulle part.

La porte s'ouvrit sur Seb qui entra dans la cuisine. Il s'immobilisa lorsqu'il les vit.

— On dit que les meilleures fêtes se finissent toujours dans la cuisine. Qu'est-ce que j'ai loupé ?

Son ton était léger, mais il avait le visage tendu, le dos raide.

Avant que Marcus ait pu répondre, Levi sourit.

— Marcus et moi apprenions à nous connaître, c'est tout.

Marcus comprit le message : une trêve avait été

déclarée.

Les épaules de Seb s'affaissèrent dans un soulagement évident.

— Je te cherchais parce que je vais y aller.

— Tu ne restes pas ? demanda Levi.

Seb enroula son bras autour de Marcus.

— Il y a un lit king-size qui nous attend au Bar Harbor Grand Hotel. On reviendra demain.

— Tant mieux, parce qu'Aaron a acheté de superbes steaks pour le déjeuner et je sais qu'il espérait que tu lui ferais honneur.

Levi croisa le regard de Marcus.

— Je suis content qu'on ait enfin pu se rencontrer.

— Moi aussi.

Lui prenant la main, Seb le tira hors de la cuisine. Après un concert d'au revoir, ils quittèrent la maison et se rendirent à la voiture pour récupérer leurs sacs de voyage dans le coffre. D'après son téléphone, l'hôtel n'était qu'à quelques pas de chez Aaron.

Seb entrelaça leurs doigts alors qu'ils déambulaient dans les rues tranquilles.

— Alors… tu comptes me raconter de quoi il en retournait ?

Marcus soupira.

— Levi cherche à te protéger, c'est tout.

— Le jury n'a pas encore délibéré, à ce que je vois.

Marcus serra les doigts de Seb.

— Tu ne t'attendais pas à ce qu'il capitule *aussi* facilement, quand même ?

— J'imagine que non.

Il porta la main de Seb à ses lèvres et l'embrassa.

— Laisse-lui le temps. Qu'il s'habitue à nous voir ensemble. Garde le contact avec lui. Fais en sorte qu'il fasse partie de nos vies. Qu'il partage nos succès.

— Et toi, donne-lui un exemplaire de ton livre quand il sortira, ajouta Seb.

— Peut-être.

Il jeta un coup d'œil à Seb.

— Tu veux bien me parler de ta conversation avec lui ? Parce que de là où j'étais, elle semblait assez intense.

Seb poussa un soupir.

— Il m'a demandé ce que je ferais si jamais tu…

— Si je venais à me droguer de nouveau ? suggéra Marcus et Seb acquiesça. Qu'est-ce que tu lui as répondu ?

— Je lui ai dit que tu avais commencé à cause d'un ensemble très spécifique de circonstances, circonstances dont tu as pleinement conscience, et que ces dernières ne se répéteront plus, parce que tu as éliminé ce qui les a causées à l'origine.

Lorsqu'ils s'arrêtèrent devant l'hôtel à la façade impressionnante, Seb se tourna face à lui.

— J'ai raison, non ?

Marcus hocha la tête.

— Oui, absolument.

Il attira Seb contre lui.

— Merci.

— Pour quoi ?

— M'avoir défendu. Ta confiance en moi.

Il indiqua la porte de l'hôtel.

— On ne parle plus de Levi ce soir, d'accord ? Je veux profiter de notre première nuit dans un lit d'hôtel, et même s'il s'agit d'un king-size, il n'y a la place que pour nous deux dedans.

— J'aime beaucoup cette idée.

— Et demain, on retournera à Cape Porpoise, on prendra le reste de tes affaires et ensuite on ira à

Ogunquit.

— « On » ?

Marcus sourit.

— Tout à fait. Je déposerai Monsieur le Professeur à l'école mardi matin. S'il aime l'idée de s'y pointer avec son petit ami.

Seb en eut le souffle court.

— Oui, il aime ça.

— Puis, quand les cours seront finis, je t'attendrai prêt pour un massage des pieds, de la tête, un câlin, tout ce dont tu auras besoin. Après quoi tu pourras me rabâcher les oreilles au sujet de tes petits morveux.

Les prunelles de Seb s'humidifièrent et le cœur de Marcus s'emballa.

— J'ai dit quelque chose qu'il ne fallait pas ?

Seb s'essuya ses yeux.

— Non, tout le contraire.

Il se pencha pour embrasser Marcus sur la joue avant d'approcher ses lèvres de son oreille.

— Maintenant, emmène-moi dans notre chambre et fais-moi l'amour.

Marcus lui embrassa le front.

— Toute la nuit.

Fin

Le dilemme de Dylan (tome 4)

Dylan est curieux depuis longtemps, mais est-il prêt à faire face à ses désirs ?

Une décision difficile

Dylan Martin travaille dans le même hôtel d'Ogunquit depuis qu'il a dix-huit ans et il connaît la chanson : tout ce qui peut nuire à la réputation de l'établissement doit être signalé. Prévenir le directeur coincé qu'un tournage de film porno gay est sur le point d'y prendre place ne devrait donc pas poser de problème.

Sauf quand Dylan reconnaît l'un des acteurs. Il regarde les vidéos de Mark Roman depuis si longtemps qu'il pourrait décrire chaque centimètre de son corps musclé, des mèches argentées sur ses tempes et dans sa barbe au tatouage qu'il a sur le popotin. Sans parler du sourire sexy de Mark qui fait grimper la température en Dylan chaque fois qu'il le voit.

Le problème ? Si Dylan ne dit rien, c'est son travail qui risque d'être mis sur la sellette. Jusqu'à ce qu'on lui force de toute façon la main…

Un étudiant enthousiaste

Le tournage de Mark est fichu, mais il trouve une lueur d'espoir sous la forme d'un gars mignon et sexy dans un bar local. Le jeune homme lui semble toutefois aussi familier que nerveux… et Mark comprend que c'est lui qui a vendu la mèche. Lorsque Mark plaisante en disant que Dylan lui doit une partie de jambes en l'air pour se faire pardonner, Dylan refuse catégoriquement, bien que le désir dans ses yeux soit difficile à ignorer : Dylan a manifestement envie de lui, même s'il ne peut pas se résoudre à l'avouer.

Mark veut être celui à le déshabiller, à lui montrer à quel point le baiser d'un homme peut être sensuel. Il veut enflammer Dylan, le faire frémir de plaisir. Mais surtout, il a envie d'entendre son nom sur ses lèvres lorsque Mark l'amènera au bord de l'extase.

Cette histoire n'ira pas plus loin qu'un simple désir charnel. La « carrière » de Mark s'est déjà avérée être un obstacle pour sa vie de couple et il ne s'attend pas à ce que ce soit différent avec Dylan.

Mark en sait peut-être beaucoup sur le désir, mais Dylan est sur le point de lui donner une leçon sur l'amour.

Remerciements

Un énorme MERCI, comme toujours, à ma merveilleuse équipe de bêta-lecteurs. Vous êtes GÉNIAUX.

Un merci tout particulier à :

Jason Mitchell, qui continue à être le plus merveilleux des alpha et la meilleure oreille qui soit.

Donal Mooney, qui m'a autorisée à utiliser une partie de notre conversation dans un dialogue.

Alexander Cheves, pour ses paroles.

Kazy Reed, pour son aide précieuse. Elle était déjà là pour les deux premiers tomes de la série, mais celui-ci nécessitait une expertise bien plus large et elle me l'a fournie.

Jack Parton, pour ses connaissances inestimables sur le Maine, mais aussi pour ses conseils. Je n'aurais pas pu écrire ce livre sans lui et je n'aurais jamais découvert le Dr Carl Hart. Merci d'avoir insufflé la vie à Marcus.

Appendices

D'après Carl Hart, neuroscientifique et spécialiste de l'abus de stupéfiants, la plupart des choses qu'on se tient pour dite au niveau des drogues et de l'addiction est fausse. Lui, qui a grandi dans un quartier pauvre et majoritairement afro-américain de Miami, a été témoin et a fait l'expérience de la multitude de facteurs qui mènent à la dépendance. Un « mélange de choix et de chance » l'a amené à quitter sa communauté et à fréquenter l'université, menant Carl sur une voie qui a abouti à sa nomination en tant que premier professeur de sciences afro-américain titulaire de l'Université de Columbia. Ses recherches scientifiques et ses expériences personnelles ont inspiré l'idée maîtresse de son livre, *The High Price*, à savoir que la toxicomanie est moins répandue et moins problématique que ce que l'on a voulu nous faire croire, et que les drogues ont servi de bouc émissaire pour des problèmes liés à la pauvreté et à l'ethnicité.

High Price: A neuroscientist's journey of self-discovery that challenges everything you know about drugs and society.

Hart CL. (2013). Harper-Collins: New York.

https://drcarlhart.com/

DE LA MEME AUTEUR

<u>En français</u>

<u>Lions, Tigres et Ours (série)</u>
Il grogne, il rugit, il ronronne
(tome 1)

<u>Sensual Bonds</u>
Le lien des Trois

<u>Merrychurch Mysteries</u>
Au nom de la vérité

<u>Love, Unexpected</u>
Dette

<u>Dreamspun Desires</u>
Le secret du Sénateur
Sortir des Ombres

Premières Fois
Pas à Pas
Pour la vie

<u>Colliers et Menottes</u>
Un Cœur Déverrouillé
Croire en Thomas
Te Protéger
Valse Hesitation
Discipline Domestique

<u>Secrets – with Parker Williams</u>
Avant que tu te brises
Un Esprit Libéré

<u>Personal</u>
Une Affaire Personnelle
Changements Personnels
Plus Personnel
Secrets Personnels
Strictement Personnel
Défis Personnels
La série complète

<u>L'art et la matière</u>
Dentelle
Satin

Cher Père Noel
Connexion
Les secrets du Père Noel

<u>Les hommes du Maine</u>
Le fantasme de Finn

D'Ombres et de lumière
Bears in the Woods (Edition française)
Soumission Princière
Le gay du train

À PROPOS DE L'AUTEUR

K.C. Wells vit sur une île près de la côte Sud du Royaume-Uni, entourée de la beauté de la nature. Elle écrit des romans sur des hommes qui aiment d'autres hommes et ne peut s'imaginer une vie où elle n'écrirait pas.

Le tatouage en forme de rose arc-en-ciel qu'elle a dans le dos avec les mots « Love is Love » (L'amour, c'est l'amour) et « Love Wins » (L'amour l'emporte), c'est sa façon à elle de brandir un drapeau. Elle a l'intention de continuer pendant encore longtemps à inventer des hommes amoureux, que ce soient des histoires douces qui prennent leur temps ou torrides et coquines.